MROCZNE NARODZINY

GDY ŁOWCA STAJE SIĘ CELEM

CARYSSA COLE

SHENANIGANS PRESS

SPIS TREŚCI

ROZDZIAŁ PIERWSZY

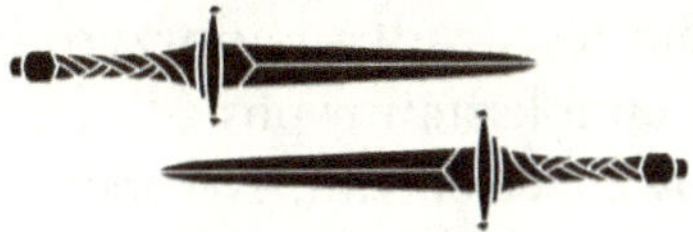

ZASTAŁE POWIETRZE W MOJEJ ciasnej kawalerce jest duszące, cuchnie starymi pojemnikami po jedzeniu na wynos i mdlącym, kwiatowym zapachem tanich kosmetyków. Jak zwykle jestem sama, sącząc szklankę taniej whiskey, kiedy przeglądam najnowsze zlecenia na zaszyfrowanym laptopie. Dla kogoś takiego jak ja, łowczyni-samotniczki polującej na zlecenie na nadprzyrodzone istoty, rzadko zdarzają się nudne chwile.

— Artemis Blackwell — zaskrzeczał niespodziewanie nieznajomy głos w mojej słuchawce, kiedy kliknęłam „ODPOWIEDZ" przy intrygującym nowym ogłoszeniu. — Mam dla pani dobrze płatne zlecenie.

Uniosłam brew, biorąc kolejny powolny łyk whiskey i rozkoszując się ogniem rozlewającym się po moim gardle. — No, no, anonimowy klient — odparłam sarkastycznie. — Chyba naprawdę uważa pan, że jestem jakąś tanią podwykonawczynią z łapanki, która przyjmie zlecenie bez sprawdzenia pracodawcy.

Nastąpiła chwila ciszy, po czym głos odezwał się znowu, już brzmiąc na zniecierpliwionego. — W porządku. Na razie może mnie pani nazywać panem Smithem. Podam więcej szczegółów, gdy przyjmie pani zlecenie. A teraz, jest pani zainteresowana czy nie?

Oparłam się na skrzypiącym krześle biurowym, pozwalając, by napięcie zawisło w powietrzu między nami. Ogłoszenie sugerowało pokaźną wypłatę, więc mimo moich obaw wciąż byłam zaintrygowana. — To zależy od szczegółów... i oczywiście od pieniędzy, panie Smith.

— Pani celem jest rzadka nadprzyrodzona istota, a konkretnie zmiennokształtny posiadający unikalną zdolność manipulowania cieniami. To sprawia, że jest niemal niewykrywalny, nawet dla doświadczonych łowców takich jak pani.

— Wspaniale, mroczny zmiennokształtny — mruknęłam, przewracając oczami. — Bo samotne polowanie na nieuchwytnego zmiennokształtnego nie brzmi wystarczająco niemożliwie.

Pan Smith zignorował mój sarkazm. — Zapłata wynosi pięćdziesiąt tysięcy dolarów za skuteczne schwytanie i dostarczenie istoty. Jeśli to możliwe, żywej i nietkniętej.

Zagwizdałam pod nosem. Taka kasa jest trudna do zignorowania, bez względu na to, jak podejrzane jest zlecenie. — W porządku, przykuł pan moją uwagę. Jakie mam wskazówki, żeby go wytropić?

— Po pierwsze, nasz wywiad sugeruje, że istota lubi przebywać w bardzo odległych miejscach, z dala od jakiejkolwiek ludzkiej populacji czy ciekawskich oczu. Po drugie, wiadomo, że zostawia za sobą wyraźny ślad mrocznej, nadprzyrodzonej energii. Będzie pani musiała wyostrzyć wszystkie zmysły, żeby go wyczuć.

Westchnęłam, już mentalnie przygotowując się na długie, wyczerpujące polowanie, które mnie czekało. — Odległe pustkowia i ślady mrocznej energii. Rozumiem. Coś jeszcze, co powinnam wiedzieć, zanim wyruszę na to polowanie na jednorożca?

— Czas jest najważniejszy, panno Blackwell — odparł szorstko pan Smith. — Oczekuję szybkich rezultatów.

Zanim zdążyłam odpowiedzieć, połączenie zostało przerwane. Uroczy gość. Powoli wstałam od biurka, krzywiąc się, gdy moje posiniaczone mięśnie zaprotestowały bólem. Poprzednie zlecenie, polegające na zlikwidowaniu gniazda wampirów, zostawiło mnie poobijaną i zmęczoną. Ale pokaźna zapłata obiecana w tym nowym zleceniu jest zbyt kusząca, by z niej zrezygnować. Mimo wszystko coś w tej całej sytuacji mi nie pasowało. Zdecydowanie w tym zagadkowym zadaniu chodzi o coś więcej niż tylko o schwytanie jakiegoś rzadkiego zmiennokształtnego. I jedno jest pewne: nie ufam temu panu Smithowi za grosz.

Ale hej, pięćdziesiąt tysięcy piechotą nie chodzi. A już wcześniej radziłam sobie w gorszych opałach.

Podejmuję wyzwanie. Żyję dla dreszczyku emocji towarzyszącego polowaniu. A jeśli uda mi się dorwać tę nieuchwytną istotę, wypłata będzie warta wysiłku.

Niech polowanie się rozpocznie.

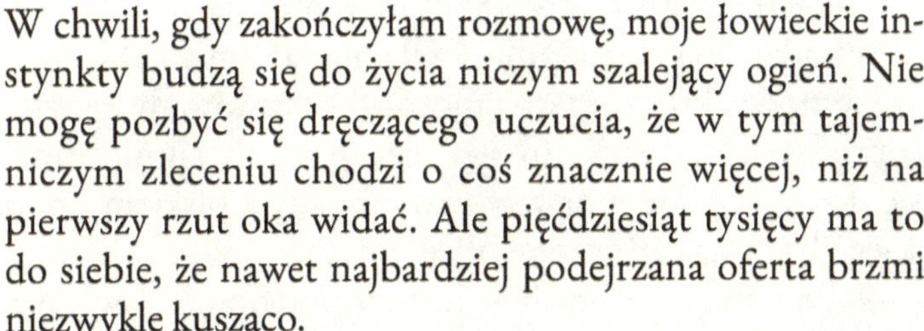

W chwili, gdy zakończyłam rozmowę, moje łowieckie instynkty budzą się do życia niczym szalejący ogień. Nie mogę pozbyć się dręczącego uczucia, że w tym tajemniczym zleceniu chodzi o coś znacznie więcej, niż na pierwszy rzut oka widać. Ale pięćdziesiąt tysięcy ma to do siebie, że nawet najbardziej podejrzana oferta brzmi niezwykle kusząco.

— No cóż, czas się uzbroić — mruczę, kierując się do ukrytej zbrojowni, schowanej za fałszywą ścianą w moim mieszkaniu. Przykładam dłoń do niepozornego fragmentu boazerii i patrzę, jak odsuwa się, odsłaniając imponującą kolekcję specjalnie zmodyfikowanej broni, zaprojektowanej do eliminowania nadprzyrodzonych zagrożeń.

Mój wzrok wędruje po skrupulatnie uporządkowanych półkach i stojakach, gdy w myślach robię przegląd opcji. — Zobaczmy, srebrne kule na wilkołaki... poświęcone żelazne naboje na demony... fiolki z wodą święconą na wampiry... — mamroczę, starannie wybierając i pakując różnorodne uzbrojenie do ciężkiej torby podróżnej.

Moje palce muskają parę ozdobnych srebrnych sztyletów, których ostrza zdobią starożytne anielskie runy. Wsuwam je do kabur przypiętych do moich ud. — O was nie mogę zapomnieć. — Te sztylety ratowały mi skórę więcej razy, niż jestem w stanie zliczyć. Czuję się naga, wyruszając na polowanie bez ich znajomego ciężaru u bioder.

— Odległa dzicz i ślady mrocznej energii — rozmyślam na głos, zasuwając wypchaną torbę. — Brzmi jak niezła impreza. — Zarzucam torbę na ramię i zdejmuję z wieszaka moją charakterystyczną, krwistoczerwoną skórzaną kurtkę, po czym ją wkładam. Gładka podszewka kryje pistolet u dołu pleców. Z moimi sztyletami, pistoletami i torbą pełną sztuczek czuję się w pełni przygotowana na wszelkie niebezpieczeństwa, które mnie czekają.

Schodzę do garażu, gdzie czeka moja duma i chluba – customowy, kruczoczarny motocykl zbudowany z myślą o prędkości i skradaniu się. Jego potężny silnik budzi się do życia pode mną z warkotem, gdy z piskiem opon wyjeżdżam na zatłoczone ulice miasta.

— Dobra, panie Smith — mruczę pod nosem, lawirując między samochodami. — Zobaczmy, w jakie bagno mnie pan wpakował. — Gdy tętniące życiem miasto ustępuje miejsca odludnym wiejskim drogom, nie mogę zignorować mieszanki ekscytacji i podejrzeń, które kotłują się we mnie. Nie ma nic lepszego niż dreszczyk emocji towarzyszący polowaniu, ale dręczące przeczucie, że ktoś mnie rozgrywa, psuje zwykłą ekscytację przed zleceniem.

Im dalej jadę, tym bardziej surowy i odludny staje się krajobraz. Drapacze chmur zmieniają się w gęste lasy, a wkrótce jedynymi dźwiękami są ryk mojego silnika i szum wiatru.

— No, to zdecydowanie kwalifikuje się jako odległa lokalizacja — mruczę do siebie, zwalniając i zatrzymując się u wylotu zarośniętej polnej drogi, niemal w całości pochłoniętej przez roślinność. Według informacji od klienta, gdzieś tutaj powinien być ukryty szlak prowadzący w głąb puszczy. Po uważnym nasłuchiwaniu w poszukiwaniu jakichkolwiek odgłosów życia, wyłączam warczący silnik.

Zapadająca cisza jest ciężka, przerywana jedynie szeptem wiatru w koronach drzew. Zamykam oczy, wytężając zmysły, szukając śladów nadprzyrodzonej energii. Jest – tuż na granicy percepcji, delikatne pulsowanie w powietrzu. Niewątpliwa wizytówka mrocznej mocy. I dochodzi z lasu przede mną.

— Mam cię — szepczę, nie mogąc powstrzymać drapieżnego uśmiechu. Zabezpieczam motocykl i po raz ostatni sprawdzam broń. Torba podróżna ciąży mi na ramieniu, gdy podążam śladem mroku wijącym się w głąb lasu, ku temu, co czeka na jego końcu.

Wśród drzew dostrzegam cel mojej podróży – starożytną, opuszczoną rezydencję, która na tle soczyście zielonego lasu wygląda niemal jak widmo. Nawet w świetle dnia zniszczona budowla emanuje wyczuwalną aurą mroku. Ostrzegawczy dreszcz przebiega mi po kręgosłupie, ale zmuszam się, by iść dalej.

— Urocze miejsce — mruczę sarkastycznie, oglądając kruszącą się cegłę, popękane okna i łuszczącą się farbę. Cała konstrukcja zdaje się uginać pod ciężarem czasu, jakby jeden silniejszy podmuch wiatru mógł ją zawalić. Niemniej jednak to tutaj zaprowadziło mnie polowanie.

Zbliżam się do imponującego frontowego wejścia i nie jestem zaskoczona, że zniszczone dębowe drzwi są zamknięte. — Żadnego ciepłego powitania? Jest mi przykro. — Zręcznie wyjmuję zestaw wytrychów i moje palce z wprawą badają skomplikowane zapadki, aż satysfakcjonujące kliknięcie odbija się echem w cichym lesie. Ciężkie drzwi otwierają się ze skrzypieniem, odsłaniając za progiem jedynie kłęby kurzu i pajęczyn.

— Pierwsze wyzwanie pokonane — oznajmiam do nikogo, wchodząc do zatęchłego foyer. Wnętrze rezydencji pasuje do jej zrujnowanego wyglądu zewnętrznego. Warstwy brudu i kurzu pokrywają każdą powierzchnię, a pajęczyny niczym misterne koronki otulają żyrandole. Trudno sobie wyobrazić, by cokolwiek, naturalnego czy nadprzyrodzonego, mogło tu zamieszkać.

— Halo? — wołam niepewnie, a mój głos odbija się od ścian, by po chwili zostać pochłoniętym przez duszne powietrze. Żadnej odpowiedzi, choć się jej nie spodziewałam. Biorąc głęboki oddech dla kurażu, przypominam sobie, po co tu jestem. — Czas wziąć się do roboty, Artemis.

Wyciągam pistolet w jednej ręce, a sztylet w drugiej, polegając na znajomym ciężarze mojej broni. Czuję, jakby były przedłużeniem mnie samej, dodając mi odwagi i determinacji. — Pokaż się — szepczę do cichej rezydencji. — Jestem na ciebie gotowa.

Wchodząc głębiej, metodycznie sprawdzam każde zakurzone pomieszczenie, zmysły wyostrzone na najmniejszy ruch czy drgnienie energii. Smugi światła przebijają się przez szpary w zabitych deskami oknach, rozcinając mrok. Im głębiej się zapuszczam, tym silniejsza staje się mroczna energia unosząca się w powietrzu, sprawiając, że włoski na karku stają mi dęba. Jestem blisko.

Za rogiem dostrzegam kręte schody prowadzące w głąb cienistej ciemności. Pulsowanie mocy zdaje się ciągnąć mnie w ich kierunku, rzucając wyzwanie, bym weszła na górę. Wiem, że konfrontacja z nieznanym w tak ciasnych pomieszczeniach byłaby samobójstwem. Ale zaszłam za daleko, by teraz zawrócić. Po raz ostatni sprawdzam broń, hartując swoją determinację. Tam na górze czeka mój cel.

— Gotowy czy nie, nadchodzę — oznajmiam śmiało, stawiając pierwszy krok na skrzypiącym stopniu. Schody jęczą pod moim ciężarem, ale wytrzymują. Z sercem walącym o żebra, wspinam się powoli, metodycznie, gotowa na wszystko. Ciemność pochłania mnie w całości, ale nie waham się. Jestem łowczynią na tropie, a moja ofiara jest blisko.

Na górze, długi korytarz rozciąga się w czarną otchłań. Suche deski podłogowe protestują przy każdym moim kroku, zdradzając moją obecność. Klamki, które mijam, są pokryte grubą warstwą brudu, co sugeruje, że zawartość pokoi od dawna jest nietknięta.

Kłujące uczucie bycia obserwowaną nie ustępuje. Gęsia skórka pojawia się na mojej skórze, gdy włoski na karku stają dęba. Jasne, ta zrujnowana rezydencja ocieka przerażającą atmosferą. Ale ten niepokój, który zżera mnie od środka, wynika z czegoś więcej niż tylko z otoczenia. Coś niewidzialnego czai się w tych cieniach, obserwując każdy mój ruch.

— Weź się w garść, Artemis — mruczę pod nosem, zmuszając moje galopujące tętno do uspokojenia. Ale dusząca cisza, otulająca mnie niczym całun, tylko wzmacnia czający się lęk.

— Kto tam? — Moje ostre pytanie odbija się echem bez odpowiedzi w opuszczonych korytarzach. Obecność obserwatora zdaje się zbliżać w odpowiedzi na moje wyzwanie, głodna i przytłaczająca. To nie paranoja – moje wyostrzone instynkty krzyczą, że niebezpieczeństwo czai się tuż poza zasięgiem wzroku.

— Pokaż się! — warczę, zaciskając palce na rękojeści ukrytego srebrnego sztyletu. Ostrze cicho syczy, gdy je wysuwam, a znajomy, śmiercionośny ciężar dodaje mi odwagi. — Nie mam zamiaru się bawić.

— Bawić? Och, nie, kochanie. To nie jest zabawa. — Chrypliwy głos ociekający złośliwością sprawia, że po plecach przebiega mi dreszcz. Odwracam się gwałtownie w stronę dźwięku, gdy z ciemności wyłaniają się poskręcane, cieniste postacie. Ich wyschnięte kończyny zakończone są sękatymi szponami, a puste oczy płoną drapieżnym głodem. Mniejsze istoty, jednorazowi zwiadowcy.

— Wow, jesteście naprawdę paskudni — prycham, a brawura maskuje mój niepokój. — Dobra, dziwadła, kto was wysłał?

— Kto nas wysłał? Nikt. My tylko... obserwujemy. — Wargi istoty rozchylają się, odsłaniając igłowate zęby w makabrycznej imitacji uśmiechu.

— Och, podglądacze, co? — Przewracam oczami z dramatyzmem, zyskując czas na ocenę zagrożenia. — Przykro mi was rozczarować, świry, ale wybraliście złą łowczynię do stalkowania.

Z błyskawiczną prędkością rzucam się do przodu, a srebrne ostrze zagłębia się w piersi mówcy. Ten rozpada się w kłęby cuchnącego dymu i znika w nicości. Tyle z próby wzięcia jednego żywcem. Te stwory najwyraźniej nie są zbyt wytrzymałe.

— Tylko na tyle was stać? — drwię z pozostałych potworów, przywołując je bliżej. Warczą zgodnie, a ich żółte oczy rozbłyskują drapieżną ekscytacją, gdy rzucają się na mnie. Ale ich niezdarne ataki to dziecinna igraszka dla kogoś z moimi umiejętnościami. Tańczę i obracam się, a ostrza kreślą w mroku śmiertelne łuki. W kilka chwil stwory leżą w tlących się stosach u moich stóp.

ROZDZIAŁ DRUGI

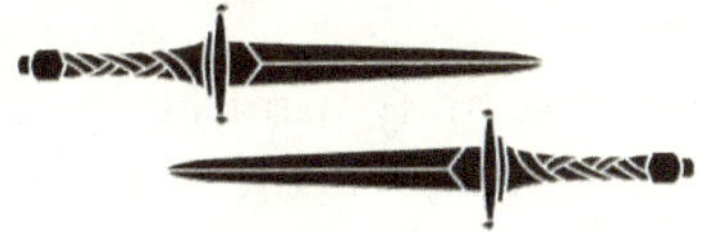

— Żałosne, — prycham, strząsając widmowy popiół z ostrzy, gdy lustruję teraz już pusty pokój. Mrowiące poczucie nieczyichś spojrzeń odsunęło się, ale w trzewiach wciąż zaciska się niepokój. W tym zrujnowanym dworze kryje się o wiele więcej, niż widać na pierwszy rzut oka. A intencje mojego tajemniczego zleceniodawcy wydają się coraz bardziej podejrzane.

Biorę oddech, by uspokoić rozpędzone myśli. — Skup się, Artemis — mamroczę pod nosem. — Masz tu robotę do wykonania. I nie wyjdziesz stąd, dopóki jej nie skończysz.

Wślizgując się głębiej w ponury dom, stawiam kroki na zakurzonych deskach tak miękko, jak potrafię, i metodycznie sprawdzam każde pomieszczenie, czy nie kryje się w nim resztka zagrożenia. Zastane powietrze wisi ciężko, przesiąknięte zapachem dawno pogrzebanych sekretów i powolnego rozkładu. Tłumię dreszcz, gdy wchodzę do komnaty pełnej mebli okrytych pożółkłymi prześcieradłami — jak duchy zastygłe w czasie.

— Uch, wcale a wcale nie upiornie — wzdycham, przewracając oczami do nikogo. Nagły podmuch wiatru turkocze spękanymi szybami, a ja odruchowo drgam. — Ogarnij się, Blackwell — karcę się. Nie mogę sobie pozwolić, by goniąc cienie dać się nastraszyć, kiedy gdzieś w pobliżu może czaić się coś znacznie groźniejszego.

Szperając za jakąkolwiek wskazówką co do miejsca pobytu mojej zwierzyny, dostrzegam świeży ślad odcisków przecinający szary kurz. Prowadzi z pokoju i dalej ciemnym korytarzem, a potłuczone szkło na posadzce świadczy o panicznej ucieczce.

Pozwalam sobie na nikły uśmiech i przyspieszam, by podjąć trop. — No proszę. Co my tu mamy? Tych śladów nie zostawił żaden człowiek; pazurzaste wgłębienia wyżłobiły stare deski. Ale też nie żadne stworzenie cienia. Dzieje się tu coś innego.

Trop urywa się nagle przy bocznych drzwiach prowadzących do ponurego lasu otaczającego posiadłość. Za kruszącym się progiem drzewa napierają niczym ściana cienia, gałęzie wyciągają chciwe palce pod zanikającym księżycem. Jeśli moja zwierzyna umknęła tamtędy, podjęcie śladu w tych mrocznych ostępach okaże się o wiele trudniejsze.

Klnąc w duchu, odwracam się z powrotem do wnętrza dworu. Muszą tu być wskazówki co do prawdziwej natury tego nietypowego znaku, na który poluję. Tożsamość celu, jego motywy ukrywania się tutaj, jakiekolwiek informacje przydatne w pościgu. To zrujnowane domostwo to skarbnica sekretów czekających na odkopanie.

Metodycznie czyszcząc kolejne pokoje, szukam czegokolwiek, co nie pasuje, ukrytej przestrzeni skrywającej odpowiedzi. Dopiero w bibliotece trafiam na nią — zamaskowane przejście, bezszwowo wkomponowane w regał. Adrenalina strzela mi w żyły. — Bingo — szepczę.

Za nim leży mały gabinet, oświetlony jedynie pojedynczą, dogasającą lampą oliwną. Biurko, zasypane dziwacznym sprzętem, stoi na straży kunsztownego kręgu wyrytego w deskach. A tam, do połowy ukryty pod stosem ezoterycznych ksiąg, leży to, czego szukałam — skórzany dziennik.

Przerzucając pożółkłe karty, rozszerzam oczy, gdy zarysowują się konsekwencje, o wiele bardziej pokręcone, niż przypuszczałam. Te gorączkowe bazgroły opisują kuriozalne eksperymenty na nadnaturalnych istotach, rozchwiane rytuały mistyczne, łowcę, który powoli zapada w mroczną obsesję.

— Co tu, do diabła, się dzieje? — mamroczę, gdy w żołądku zawiązuje się zimny supeł. Nie chcę mieć z tym szaleństwem nic wspólnego, a jednak... nie sposób nie poczuć ciekawości. Dziennik zapowiada coś znacznie bardziej złowrogiego niż zwykłe stworzenie do pojmania.

Nazwiska, daty, miejsca sugerują, że mój cel nie jest pierwszym, który padł ofiarą skrytych machinacji rozgrywających się tu po cichu. Ta posiadłość jest częścią czegoś dużo większego i ciemniejszego.

Klnąc pod nosem, wpycham dziennik głęboko do plecaka. Jeśli istnieje choć cień szansy, że mój zleceniodawca jest powiązany z tymi zdeprawowanymi eksperymentami, muszę odkryć prawdę. Ale na razie priorytetem pozostaje stworzenie. Resztę tego szaleństwa rozplączę, gdy mój cel będzie już zabezpieczony.

Hartując się, wymykam się z powrotem na zewnątrz, ku zasnutemu mrokiem lasowi, zmysły wyczulone na najmniejszy trzepot cienia. — No dobrze, ty pokręcona kreaturo — wołam butnie do czuwających drzew. — Zobaczmy, co tak naprawdę przede mną ukrywasz.

Las niechętnie rozstępuje się, gdy brnę głębiej, podążając za tym, co zostało z tropu. Połamane gałęzie i bruzdy odwróconej ziemi prowadzą mnie do skalnego wykusza skrytego w gąszczu. Między głazami zalega ciemność — idealna, by ukryć coś... albo kogoś.

Las zamyka się wokół mnie, tętniąc odgłosami niewidzialnych nocnych stworzeń. Nie potrafię strząsnąć narastającego poczucia, że jestem obserwowana, że nieprzyjazne oczy śledzą każdy mój ruch. Blady trop wije się naprzód między drzewami, które jakby pochylają się do środka, gałęzie szponią jak powykręcane dłonie. Mdława ciemność niesie złowróżbną zapowiedź, od której stają mi dęba najdrobniejsze włoski na karku.

— Ogarnij się, Artemis — szepczę, tak dla ukojenia własnych rozdygotanych nerwów, jak i by nie spłoszyć ewentualnych słuchaczy. — Przeżyłaś już gorsze rzeczy. Ale moja mizerna brawura opada bez echa, pożarta przez posępne knieje.

Im dalej pełznę w ten przygniatający mrok, tym natrętniejsze poczucie czającego się zagrożenia nie ustępuje. Jakby sam las sprzysiągł się przeciwko mnie, kryjąc niewysłowione grozy tuż poza zasięgiem wzroku. Czekając. Patrząc.

Wykrzywiam usta w naprężonym uśmiechu mimo lodowatego strużenia trwogi wzdłuż kręgosłupa. — Niezły numer, ale potrzeba czegoś więcej niż parę upiornych drzew, żeby mnie spłoszyć. Ta fałszywa odwaga brzmi idiotycznie nawet w moich własnych uszach.

Nagłe trzaski gałązek i gardłowe warki rozrywają ciężką ciszę, potwierdzając, że nie jestem tu sama. Obracam się ku hałasom, a bliźniacze srebrne sztylety jakby materializują się w moich dłoniach, instynktownie wyciągnięte z ukrytych pochew w rękawach.

— Pokażcie się! Mój ostry rozkaz zdaje się poruszać sam las. Z zarośli wytapiają się masywne, wilkopodobne bestie, oczy jarzą im się nienaturalną, jadowitą zielenią. Krążą szerokim łukiem, otaczając mnie z obnażonymi zębami i głodnymi warkotami.

Wypuszczam powoli powietrze, przyjmując wyważoną postawę, ostrza gotowe. — No dobrze, Azorze, zatańczmy.

Ruszają naraz, kłąb futra i furii. Piorunowe odruchy, szlifowane latami treningu: nurkuję i obracam się poza zasięgiem kłapiących szczęk, tnąc w gładkich łukach. Walcząc bardziej instynktem niż świadomą myślą, zatracam się w śmiertelnym tańcu, srebrny zawieruch, który spycha watahę.

Ale jedna szczęściara dopada mojej ręki od tyłu w miażdżącym uchwycie szczęk. Zacinam zęby na rozpalającym bólu, nie dając sobie wyrwać krzyku, gdy kły z obrzydliwą łatwością rozdzierają skórę i skórę rękawicy. Zwierzęcy odór przylepia się do skołtunionego futra, niczym nie przypomina prawdziwego wilkołaczego smrodu. Więc nie wilkołaki — coś gorszego.

Ignoruję śliskie ciepło spływające po przedramieniu, a wzrok wyostrza się do brzytwy pod wpływem adrenaliny i bólu. — I to wszystko, na co cię stać? — cedzę drwiąco przez zaciśnięte zęby.

Po niekończących się, napiętych minutach ostatnie stworzenie osuwa się w zarośla, a ja stoję dysząc, ubabrana krwią i potem, pośród trupów nienaturalnych napastników. Daję sobie kilka oddechów, by wyrównać galopujące tętno, nim zwracam uwagę na obficie krwawiące rozcięcie wzdłuż ramienia.

— Świetnie. Tego mi brakowało — burczę z udawaną swadą, odrywając pas materiału ze zszarpanego rękawa i sporządzając prowizoryczny bandaż. Zaciskam płótno zębami, tłumiąc syk.

Gdy robię bilans ran i pozostałej broni, na powierzchnię wypływają niepokojące pytania. Czemu te bestie rzuciły się na mnie z taką zajadłością? Nieprowokowane ataki dzikiej wilczej watahy to rzadkość. I z pewnością nie były wilkołakami — brakowało im znamion. W grze jest coś znacznie mroczniejszego.

— To się kupy nie trzyma — mamroczę, lustrując otaczający las w poszukiwaniu oznak odnowionego zagrożenia. Myśli wracają do obciążającego dziennika w mojej torbie. — A jeśli te chore eksperymenty są wskazówką, to tylko wierzchołek góry lodowej.

Zdeterminowana, by obnażyć prawdę stojącą za tymi pokręconymi wydarzeniami i ewentualnym udziałem mojego zleceniodawcy, wpycham się głębiej w chciwe objęcia lasu. Cokolwiek jeszcze zdeprawowanego czai się w tych ostępach, muszę iść dalej. Od tego zależą czyjeś życia — by wreszcie postawić tych nieznanych łotrów przed wymiarem sprawiedliwości.

Krystalizuje się mrożąca krew myśl, wyrywając z mojego ściśniętego gardła pusty śmiech. — Jaki zleceniodawca kieruje mnie na cel bez choćby krzty użytecznych danych, chyba że chciał, żebym po omacku wpadła w to szaleństwo? Potrząsam głową, zła na własną naiwność. — Brawo ja, że nie skumałam się wcześniej.

Pełznąc między ciasno stłoczonymi drzewami, nie umiem uciec od duszącego wrażenia, że niewidzialne oczy śledzą mnie ze wszystkich stron. Ale teraz nie zawrócę. Jeśli ja nie odkryję prawdy, to kto?

— Nikomu nie ufaj, Artemis — przypominam sobie ponuro, palce kurczowo ściskają skórzane rękojeści pozostałych ostrzy. — Zwłaszcza tajemniczym zleceniodawcom o podejrzanie głębokich kieszeniach.

Cienie przylegają coraz ciaśniej, a jednak zmuszam się stawiać krok za krokiem. Ktokolwiek reżyseruje tę pokręconą grę, najwyraźniej widzi we mnie pionka, zbyt głupiego, by pojął cały układ. Ale przekona się, że tak łatwo mnie nie zastraszy ani nie zwiedzie.

Rozsupłam sekrety ropiejące w tej ciemności. Dopilnuję, by każdy powiązany zapłacił adekwatną cenę za swoje plugastwo. I nie spocznę, dopóki równowaga nie zostanie przywrócona, choćby miało to kosztować morze krwi.

Niech ślą swoje koszmary. Jestem gotowa.

Mdły smród rozkładu wisi ciężko w powietrzu, przygniatając jak przypomnienie o życiu wypaczonym w coś pokręconego i groteskowego. Ostrożnie pełznę przez chciwy las, tropiąc ledwo widoczny ślad zostawiony przez moją wymykającą się zwierzynę. Cienie zdają się szeptać tuż poza progiem słyszalności, napomykając o złowrogich sekretach, których nie powinnam odkryć. Znaków, że coś poszło tu potwornie źle, nie sposób zignorować.

— Wpakowałaś się po uszy, Artemis — mamroczę pod nosem, skanując zasłany liśćmi grunt w poszukiwaniu śladów niedawnego przejścia lub szarpaniny. Trop pozostaje frustrująco zatarty.

— Jasne — odcina się z głębi sarkastyczna riposta. — Ale nie możesz po prostu teraz się odwrócić i odejść.

Wzdycham, odgarniając nisko zwieszone konary zasłaniające mi drogę. — Dzięki za motywującą pogadankę.

— Po to tu jestem — kwituje jadowicie mój wewnętrzny głos. — By trzymać nas w ryzach fatalnych życiowych wyborów.

Od odpowiedzi wybawia mnie błysk ruchu przed sobą. Przywieram do ziemi, ciało sprężone, gotowe do starcia. Ale to tylko wiewiórka, która nerwowo pomyka po ściółce i znika po pniu w górę. Wypuszczam drżący oddech i znów zmuszam niechętne stopy do marszu.

— Coś tu jest poważnie nie tak — mówię głośno do siebie, próbując zagłuszyć przygniatającą ciszę wokół. — Niemoralne eksperymenty, tajne laboratoria... w co ja się, u diabła, wpakowałam?

— W nic dobrego, to pewne jak amen — ripostuję ponuro. — Ale nie pozwolę, by ten, kto stoi za tym obłędem, uniknął konsekwencji. Nie za mojej warty.

Jak na zawołanie wpadam na małą polanę zasianą porzuconym medycznym śmieciem — strzykawki, fiolki, narzędzia chirurgiczne, które błyszczą okrutnie w marnym świetle. Mdławy, metaliczny posmak krwi kłóci się ostro z ziemistą wonią mokrych liści i próchnicy.

— Jezu — szepczę, tłumiąc falę mdłości. — Co oni tu wyprawiali? Wygląda jak plac zabaw jakiegoś zwyrodniałego szalonego naukowca. Wzdrygam się, wyobrażając sobie świeże okropieństwa zadawane tymi narzędziami.

— Z tą różnicą, że to nie tandetny film o rzeźniku. To rzeczywistość.

Podnoszę zabrudzony skalpel, a żółć podchodzi mi do gardła, gdy obracam go w rękawiczonych palcach. — To niebezpieczne. I mam paskudne przeczucie, że czas na zatrzymanie tego się kończy.

— Brzmisz jak zgrzytliwa, ograna kryminałowa narracja — strofuję się, odrzucając zbrukane ostrze. — Przestań gadać jak lektor i skup się na śladach prowadzących do psychola stojącego za tymi eksperymentami.

— Dobrze, dobrze — mamroczę, zerkając nieufnie po nieruchomej polanie, wypranej z czegokolwiek poza tymi obciążającymi resztkami porzuconymi byle jak. Po plecach pełźnie mi lodowaty dreszcz złego przeczucia.

— Ale wszystko we mnie wrzeszczy, że sprawy lecą na łeb na szyję. I to nie tylko dlatego, że bawię się w CSI w najohydniejszym, doraźnym gabinecie chirurgicznym świata.

— Zaufaj więc tym instynktom — przypominam sobie twardo, wymykając się spomiędzy obciążających dowodów. — Do tej pory utrzymywały cię przy życiu.

— Jasne, prosto w ten cyrk koszmarów — kwituję cierpko, serce wali jak młot, gdy zostawiam za sobą polową salę operacyjną. — Zredukowana do gadania do siebie w środku lasu jak stereotyp z filmu o rzeźniku.

Mój wewnętrzny głos prycha. — Hej, kwestionowanie własnych wyborów to część zabawy z prawie codziennym umieraniem. Przytul ten obłęd.

Wymuszam krzywy uśmiech mimo kotłującej się w trzewiach trwogi. — Z takimi mówkami to nic dziwnego, że tryskam pewnością siebie.

Zapada napięta cisza, gdy omiatając wzrokiem okolicę, szukam wskazówek, dokąd ruszyć dalej. Drzewa tłoczą się bliżej, cienie gęstnieją, kryjąc niewysłowione zagrożenia. Powinnam zawrócić, przerwać tę brawurową misję, póki czas.

Ale nie mogę się zatrzymać. Coś złego ropieje w tym miejscu, za zasłoną normalności. A jeśli uciekuę, rozleje się bez przeszkód, bez śladu — aż będzie za późno. Muszę iść za tym tropem, niezależnie od tego, dokąd mnie zawiedzie i jakie okropieństwa odkryję.

Kładę dłoń na kojącej wadze pistoletu przy biodrze, czerpiąc otuchę z samego rytuału. Odwrotu już nie ma. Odpowiedzi kryją się gdzieś przede mną, w mroku. I tak czy inaczej, wywlokę brzydką prawdę na światło dzienne.

— No to jedziemy — mruczę, zanurzając się w cienie. — Ot, kolejny dzień w robocie.

Rozdział trzeci

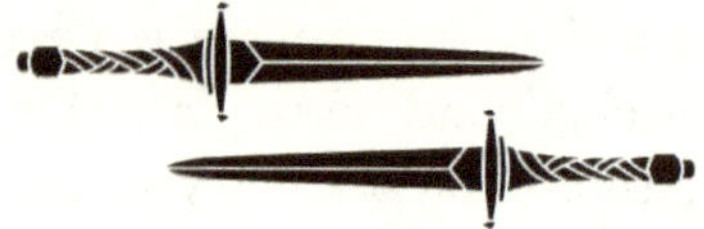

— Znów mam trop —I mruczę, wychwytując na lodowatym nocnym powietrzu ledwie wyczuwalny swąd siarki. Skradałam się przez gęsty las, a blask księżyca sączył się w dół, cętkami malując porośniętą mchem ziemię pod moimi butami. Ten wymykający się sukinsyn wodził mnie za nos przez długie godziny, zawsze o krok przede mną.

Ale ja jestem Artemis Blackwell i na tropie nigdy nie odpuszczam. Nigdy.

Mój cel najwyraźniej zna niejedną sztuczkę, jak wymykać się pościgowi. Nic dziwnego, że miejscami trop stygnie. Ale ja też mam swoje patenty. I używam każdej umiejętności, jaką posiadam, żeby trzymać się jego śladu.

— Dobra, do dzieła — szepczę, dostrajając wszystkie zmysły do otoczenia. Czuję drżenia ziemi, zawirowania wiatru, sekrety szeptane wśród szeleszczących liści. Wyciszam rozproszenia i skupiam się całkowicie na zwierzynie.

Jestem już głęboko na pustkowiu, daleko za mną zostały kojące światła miasta. Lodowaty podmuch tnie między drzewami, więc kulę się w skórzanej kurtce przed chłodem.

Oczy nieprzerwanie skanują złowrogie cienie, wypatrując najdrobniejszego poruszenia.

Gorzki posmak siarki zanika, ustępując miejsca wilgotnej, ziemistej woni rozkładu. — Cholera — klnę pod nosem, zirytowana, ale nie zniechęcona. Mój cel jest dobry, to pewne. Ale nie mogę dopuścić, by tym razem znowu się wymknął.

Gdy wślizguję się głębiej w dławiący mrok, zapada upiorna cisza, od której ciarki przebiegają mi po plecach. Czuję na sobie wzrok, jakbym to ja była ścigana, choć przecież to ja tu jestem łowczynią.

— Ogarnij się, Artemis — mamroczę, pocierając bliznę na policzku, pamiątkę po porażkach, których nie zamierzam powtarzać. Zmuszam się, by strząsnąć narastający niepokój i na nowo się skupić.

Odzyskanie tropu kosztuje mnie każdą odrobinę kunsztu, ale wreszcie go łapię — najcieńszy ślad siarki, niemal zagłuszony soczystymi zapachami lasu. — Mam cię — szczerzę zęby w dzikim uśmiechu, krew przyspiesza od dreszczu pogoni. Rzucam się naprzód, wszystkie zmysły wyostrzone na nieuchwytną zwierzynę.

Nagle nieziemski wrzask rozrywa ciszę, zamrażając mnie w miejscu. Lodowate brzmienie przeszywa mnie do rdzenia, niepodobne do niczego, co dotąd słyszałam. Odruchy ofiary biorą górę, wrzeszcząc, by uciekać przed niewidzialnym zagrożeniem.

Wymuszam urywane oddechy, starając się dosłyszeć coś ponad dudniący puls. — Trzymaj się, Blackwell — warczę przez zaciśnięte zęby, walcząc z przytłaczającym odruchem ucieczki. Żaden straszak mnie teraz nie odwieje.

— Proszę się pokazać! — wrzeszczę brawurowo w cienie, dłoń zawisa blisko kabury z pistoletem. Moja brawura pada płasko, odbija się szyderczym echem od drzew, po czym znów wszystko pochłania dławiąca cisza.

— W porządku, to sobie trwaj — warczę, zmuszając ołowiane nogi, by ruszyły naprzód wbrew każdemu instynktowi samozachowawczemu. Jeśli coś chce patrzeć na mnie z mroku, niech patrzy. Teraz nie porzucę tego polowania.

Przed sobą dostrzegam ogromny pas zdewastowanego lasu, drzewa wyrwane z korzeniami i poszarpane. Jakby przeszło tędy tornado, zostawiając po sobie tylko zniszczenie.

Gwiżdżę przez zęby, ogarniając wzrokiem skalę wyrachowanej ruiny. — No proszę. Czyli jednak coś potrafisz. To musi być robota mojego celu. Pierwsza solidna wskazówka, i nie zamierzam jej teraz zgubić.

— Niezłe zagrywki tam z tyłu, szefie — wołam sarkastycznie, kąciki ust drgają. Ale na żarty nie ma czasu. Jestem blisko, czuję to. Czas to skończyć.

Przeczesując rumowisko, nie ustępuje mi pełzające wrażenie, że niewidzialne oczy śledzą każdy mój ruch. Napinam wszystkie zmysły wśród milczących drzew, gotowa na zasadzkę. Ale nic się nie porusza.

— Niełatwo mnie nastraszyć, przyjacielu — rzucam głośno w czuwający mrok. — A z walki nigdy nie uciekam.

Moje śmiałe słowa giną w próżni. Żadnego ruchu, żadnej odpowiedzi. Tylko dysonansowa symfonia mojego dudniącego serca wybija rytm.

— Ostatnia szansa, żeby ułatwić to sobie — ostrzegam, dłonie ślizgają mi się od potu na rękojeściach broni. — Nie zmuszaj mnie, żebym wyciągała Pana z kryjówki jak spłoszonego królika. Proszę wyjść.

Cisza rozciąga się nieprzerwanie. Dobrze. W takim razie zrobimy to po trudniejszej linii. Nie opuszczę tego lasu bez mojego celu w kajdankach. I nic, co tu jest, już mnie nie przeraża.

Przymykam oczy, dostrajając się całkowicie do otoczenia — do zapachu wzruszonej ziemi, gorączkowego tętna bijącego przez drzewa, cichego trzasku energii iskrzącej w powietrzu. Wszystko wskazuje na szybko zbliżające się starcie.

Część mnie szepcze, by uciekać, zostawić to szaleństwo za sobą. Ale łowczyni w mojej duszy wie: odwrotu już nie ma. Doprowadzę to do krwawego finału. A moja zwierzyna nie będzie mnie zwodzić wiecznie.

— Gotowy czy nie, nadchodzę — warczę obietnicą i bez wahania rzucam się w wir. Prawdziwe polowanie zaczyna się tej nocy.

*

Badawczo omiatałam wzrokiem posępny las, szukając choć cienia ruchu pośród bezruchu. Serce waliło mi niespokojnie, bałam się, że mogłam się spóźnić. Jeśli mój nieuchwytny cel wymknął się, gdy się zapatrzyłam, zostawiając po sobie tylko tę rzeź...

— Cholera — syczę pod nosem i z frustracji kopię złamaną gałąź.

— Ależ język — cmoka aż nazbyt znajomy, irytujący głos. — I patrz pod nogi, skarbie.

Zawracam gwałtownie, a nóż materializuje się w mojej dłoni. — Declan? Co ty, do diabła, tutaj robisz?

Declan Reed, mój nieznośnie arogancki rywal, opiera się niedbale o drzewo, wyglądając zbyt swobodnie. — Mógłbym spytać o to samo. Ale założę się, że gonimy tego samego wyjątkowo niebezpiecznego delikwenta.

Zmuszam się, by rozluźnić kurczowy uścisk na rękojeści i szybko maskuję zaskoczenie. — Skąd ta pewność?

Odepchnąwszy się od pnia, Declan podchodzi z tym swoim łobuzerskim uśmiechem. — Daj spokój, krążymy wokół siebie dość długo, żebym poznał, kiedy jesteś na świeżym tropie.

Krzywię się, nie pozwalając, by jego nagła bliskość mnie rozproszyła. — A może po prostu mnie śledzisz, ty natręcie.

Na mój ostry ton jego uśmiech tylko się poszerza. — Wierz, w co chcesz. Ale marnujemy cenny czas, moja droga.

Biorę powolny oddech, zaciskając pięści. Jak bardzo nie cierpiałabym to przyznać, ma rację. — Dobra. Załóżmy, że oboje idziemy po ten sam cel. I co teraz?

Wzrusza niedbale ramionami, ale jego oczy śledzą każdy mój ruch. — Proste. Sprawdzimy, komu starczy umiejętności, by złapać go pierwszy.

— Uch, dla ciebie wszystko to gra. — Przewracam oczami z niesmakiem. — Zrób mi przysługę i zejdź mi z drogi.

— A gdzie w tym frajda? — śmieje się szyderczo. — Tylko nie przyłaź potem błagać o pomoc, kiedy zostaniesz w tyle.

Ostro go ignorując, znów skupiam się na zdewastowanym lesie, przeczesując teren w poszukiwaniu śladów. Muszę podjąć trop szybciej niż Declan. Złapanie tego celu to nie tylko kwestia dumy — potrzebuję odpowiedzi, których udzielić może tylko on.

Grzebiąc w rumowisku, czuję, jak palący wzrok Declana śledzi każdy mój ruch. Ale nie pozwalam, by jego wyzywająca obecność rozbiła moje skupienie. Wyciszam wszystko poza pogonią.

— Gotowy czy nie, nadchodzę — mamroczę, utwierdzając się w determinacji. Dopięję tego zlecenia przed Declanem, bez względu na cenę. Porażka nie wchodzi w grę.

Poruszam się pośród zniszczeń cicho jak widmo, wypatrując jakiejkolwiek wskazówki co do kierunku ucieczki celu. Declan snuje się za mną w pewnym oddaleniu, czekając, aż odkryję kolejny trop. Nie dam mu tej satysfakcji.

Klękam i oglądam nietypowy odcisk w wilgotnej ziemi — trzy długie bruzdy o nieludzkim rozstawie. Ślady pazurów. Puls mi przyspiesza, ale na zewnątrz zachowuję kamienną twarz. Pierwsza konkretna poszlaka od czasu, gdy trop zgasł. Wkuwam wzór w pamięć, po czym wstaję i ruszam dalej, nie zaszczycając Declana nawet spojrzeniem. Niech sam do tego dojdzie.

Przyspieszam, naładowana perspektywą wznowienia pościgu. Drzewa jakby pochylają się bliżej, cienie gęstnieją. Mrowienie w karku mówi mi, że Declan jest niedaleko, ale wycinam go z uwagi. Teraz liczy się tylko łów.

Przed nami, poskręcany dąb nosi ślady zniszczeń, górne gałęzie poszarpane, jakby coś wielkiego w amoku przez nie przeszło. Pozwalam sobie na skąpy uśmiech. Trop świeży, złamane końcówki wciąż sączą żywicę. Jestem blisko.

Wyciągam pistolet i skradam się naprzód, zmysły napięte na każdy dreszcz ruchu, każdy obcy dźwięk. Otaczający las zastygł śmiertelną ciszą, jakby wstrzymał wspólny oddech. Napięcie naciąga się coraz ciaśniej z każdym krokiem... aż wreszcie, przed nami, mignięcie czegoś nienaturalnego przesuwającego się między drzewami.

Zastygam, pistolet uniesiony i stabilny. Tam, za szkieletem gałęzi. Potężny, zniekształcony cień, pojawiający się i znikający. Obcy, lecz w zarysie humanoidalny.

— Declan — syczę pod nosem. Pojawia się u mojego boku, wzrok wlepiony w ten sam punkt. Póki co łączy nas jedno skupienie.

— To nasz cel? — wydycha ledwo słyszalnie. Dłoń ma zawieszoną blisko ukrytej broni.

Krótko kiwam głową, każdy mięsień mam napięty jak struna. — Bez dwóch zdań.

— No to zaczynajmy zabawę. — W oczach Declana błyska brawurowe podniecenie. Goniąc tę samą nagrodę, idziemy ramię w ramię, a nie przeciw sobie. Ale wiem, że to tylko chwilowe.

Dobieram drugi pistolet i zsuwam się bliżej migotliwej sylwetki, bezlitosna i skupiona. Dreszcz nadchodzącej konfrontacji szumi mi w żyłach. Czas zakończyć to polowanie. Tak czy inaczej.

Przenikliwy wiatr wyje przez ogołocone drzewa, wychładzając mnie do kości. Dygoczę i posyłam Declanowi mroźne spojrzenie, poirytowana jego wszystkowiedzącym uśmieszkiem.

— Od kiedy to bierzemy robotę od konkurencyjnych zleceniodawców? — parskam, a niepokój jak lodowe macki pełznie mi po kręgosłupie.

— Odkąd wyraźnie działamy na krzyż — odpłaca Declan, mrużąc piwne oczy. — Choć zaskakuje mnie twój osobliwy wybór pracodawcy.

— Nie twoja sprawa, dla kogo pracuję — wypluwam, palce świerzbią mnie do noży. — Myślisz, że masz wyłączność na ten cel tylko dlatego, że zatrudniono cię pierwszego?

— A jakże. — Zakłada ręce na piersi z arogancją. — I ja też nie zdradzę tożsamości mojego klienta, więc nawet nie pytaj.

— Nawet mi się o tym nie śni — mamroczę przez zaciśnięte zęby, a myśli pędzą. Czy mogę ufać własnemu zleceniodawcy? Czy wie, że zamieszany jest Declan? Czy ktoś celowo nas na siebie napuszcza? Co tu się, u licha, naprawdę dzieje?

Szyderczy uśmieszek Declana działa mi na nerwy. — Lepiej martw się tym, co będzie, jeśli pierwszy dopadnę nasz cel.

— Śnij dalej, Reed — warczę, skanując teren w poszukiwaniu śladów zwierzyny. — Do tego nie dojdzie.

Jego niski chichot jeży mi włoski na karku. — Zobaczymy, Blackwell.

Gdy ostrożnie brniemy dalej przez las, paranoja zaczyna mnie gryźć. Skoro nas oboje wynajęto do tego samego celu, to kto naprawdę pociąga za sznurki? I co gorsza — kto jest prawdziwym wrogiem w tej pokrętnej grze?

Odkładam spekulacje na bok i skupiam się na zadaniu. Niezależnie od tego, kto zaaranżował ten bajzel, nie pozwolę, by Declan mnie wyprzedził. A jeśli dojdzie do walki, będę gotowa.

— Uważaj na siebie, Reed — szepczę, gdy przytłaczające drzewa zacieśniają się wokół nas. — Nie tylko twoja reputacja jest tu na szali.

Wbija we mnie spojrzenie, zwężone i groźne, jakby próbował czytać mi w myślach. — Naprawdę sądzisz, że mnie wyprzedzisz do nagrody, Artemis? — Syczy moje imię jak przekleństwo. — Jesteś dobra, skarbie, ale nie aż tak.

— Daj spokój — parskam z pogardą. — Tropiłam naszego śliskiego koleżkę na długo, zanim ty w ogóle poczułeś zapach. To ja doprowadzę to polowanie do końca.

— Wielkie słowa jak na kogoś, kto zgubił trop — odpala, zerkając tam, gdzie się urwał.

Gorąco uderza mi do policzków, ale maskuję gniew, który wznieciła zaczepka. — Wiem, co robię, Reed. Niczego nie zgubiłam.

— Tak? — Unosi zarozumiale brew. — Bo stąd wygląda, jakbyśmy gonili za oparami.

— Dość! — syczę przez zęby, pięści zaciskają mi się, aż korci, by dobyć stali. — To, że doszliśmy do ślepego zaułka, nie znaczy, że nie podchwycę zapachu na nowo.

Declan pochyla się, jego ciepły oddech muska mi włosy. — A może powinniśmy połączyć siły, przynajmniej dopóki trop się nie odnajdzie. — Jego ton zaskakująco szczery. — Dwa charty lepsze niż jeden na krnąbrną zwierzynę.

Odsuwam się z obrzydzeniem. — Od kiedy niby miałabym ci ufać, Reed? Jesteśmy rywalami, nie sojusznikami.

— Jakby nie było, mamy wspólny cel — zauważa rzeczowo. — W naszym obopólnym interesie leży współpracować. Na razie.

Nienawidzę jego logiki, ale tkwimy w impasie. — Dobrze — wycedzam. — Ale w chwili, gdy trop się znajdzie, ten rozejm się kończy.

— Inaczej bym nie chciał. — Uśmiech Declana zapowiada przyszłą zdradę. Na razie jednak zgrzytliwie działamy w duecie.

To wbrew każdemu instynktowi, by się na nim opierać. Ale desperacja rodzi nieortodoksyjne sojusze. Przypominam sobie, żeby nie spuszczać gardy. Gdy tylko znajdziemy nasz cel, Declan znów stanie się wrogiem.

Na razie jednak jesteśmy niepewnymi sprzymierzeńcami, złączeni wspólnym celem. Ta myśl pozostawia w ustach gorzki posmak. Ale porażka tutaj nie wchodzi w grę. Muszę zamknąć to zlecenie przed Declanem.

Bez względu na koszt.

Rozdział czwarty

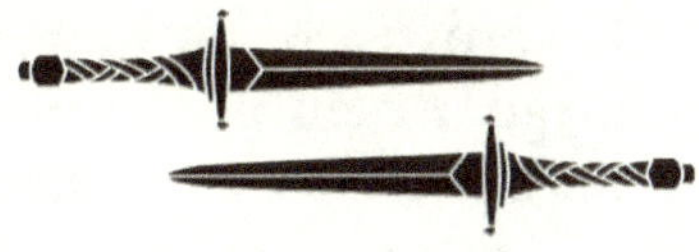

Ten gryzący smród spalonej ziemi i zwęglonego drewna uderza w moje zmysły, gdy zbliżamy się do obszaru spustoszenia. Niegdyś soczyście zielony las obrócił się w tlącą się pustynię, a ja nie mogę przestać się zastanawiać, jaka nieludzka moc mogła sprawić takie całkowite zniszczenie.

— Popatrz tylko na ten bajzel — mruczy Declan, omiatając wzrokiem sczerniałe szczątki i gwiżdżąc z uznaniem. — Myślisz, że nasz śliski przyjaciel tędy przechodził?

— Najpewniej — odpowiadam, kucając, by obejrzeć poskręcany kawał żelastwa, ledwie rozpoznawalny jako część ogrodzenia czy bramy. — Ewidentnie wydarzyło się tu coś grubego.

— Spadło, wzbiło się, a potem wyleciało w drobny mak — smirkuje Declan, wskazując na zwęglone, połamane wierzchołki drzew.

Powstrzymuję odruch przewrócenia oczami na jego frywolność. — Bardzo bystra obserwacja. A teraz bądź do czegoś przydatny i poszukaj śladów albo wskazówek, ja w tym czasie zabezpieczę perymetr.

Zostawiając go, by przeczesywał teren, robię ostrożny obchód tuż przy linii drzew, szukając oznak życia lub czających się zagrożeń. Ale wszystko pozostaje nieruchome i ciche, sadzowa ziemia pozbawiona pomocnych tropów i śladów. Cokolwiek wywołało tę lokalną apokalipsę, dawno już odeszło.

Ostry gwizd Declana przywołuje mnie do miejsca, gdzie klęczy przy do połowy zakopanym w popiele przedmiocie. — No proszę, cóż my tu mamy?

Kucam obok niego, z nieufnością przyglądając się metalicznemu cylindrowi. Na jego powierzchni wyryto misternie runy, wciąż migoczące resztkami energii. Zdecydowanie nadnaturalnego pochodzenia.

Declan szczerzy zęby. — Wygląda jak jeden z tych magicznych gadżetów, przy których wy, łowcy tajemnic, zawsze dłubiecie.

— Ależ techniczny żargon — odcinam się, wyrywając mu to z rąk. Na kontakt przez moje ciało przebiega lodowaty dreszcz. — Ale tak, nasz cel bardzo by się tym zainteresował.

— Czyli nie Biuro? — pyta z zaciekawieniem Declan, strzepując pył z dłoni.

Wzbiera we mnie gniew na to oskarżenie. — Nie jestem jednym z tych skrytobójców od czarnej roboty. Bureau of Paranormal Affairs dobrze płaci za moje usługi, ale to skorumpowani zdrajcy. Odmawiam, by stać się jednym z nich.

Wyczuwając moją irytację, Declan unosi dłonie w geście udawanej kapitulacji. — Mój błąd. I tak mam w nosie, dla kogo pracujesz. To w którą stronę nasz tak zwany przyjaciel najpewniej się stąd ulotnił?

— Już sprawdzam moją infolinię do jasnowidzów — rzucam sarkastycznie, lustrując jałowy krajobraz. Żadna wyraźna trasa nie odcina się wśród ciągle widocznych zgliszcz. Skinieniem głowy wskazuję na zdewastowane reszty pickupa. — Pomóż mi oczyścić pakę.

Razem zmiatamy popiół z paki, robiąc mi miejsce, by rozwinąć mapę okolicy. Declan pochyla się, orzechowe oczy czujne. — Dobra, zakładając, że nasz cel zwiał z okolicy, jakie ma najbliższe opcje?

Wiodę palcem po mapie, zamyślona. — Cóż, ta droga prowadzi prosto do najbliższego miasta. Niezbyt dyskretnie.

Declan mruczy z aprobatą. — Jeśli celem jest nie rzucać się w oczy, co nam zostaje?

Mój wzrok pada na grzbiet gór flankujących miasto od północy. Gęsty las poprzecinany siecią ustronnych jaskiń i wnęk. — Przedgórza — stwierdzam bez wahania. — Łatwo tam zniknąć.

Declan kiwa głową. — I mało wścibskich oczu. Postawiłbym, że to nasz najlepszy trop.

Czuję ukłucie niepokoju, jak łatwo wślizgnęliśmy się w ten tymczasowy sojusz. Ale trop sam się nie poprowadzi. — To ruszajmy. Dzień się kończy.

Ruszamy w stronę gór, widmo naszego wspólnego celu zawisa nad nami. Lodowaty wiatr gryzie mnie w twarz, podkreślając wrodzone ryzyko tego przymierza. Z zewnątrz Declan zdaje się niewzruszony, ale czuję w nim podobną ostrożność wobec mnie, skrytą za swobodną brawurą. Żadne z nas w pełni nie ufa motywom tego drugiego.

Płuca płoną mi przy każdym lodowatym wdechu, gdy wspinamy się wyżej, a skaliste stoki pokrywa pył śniegu. Przenikliwy chłód wdziera się w kości, choć nie zamierzam okazywać słabości. Zwłaszcza przy Declanie Reedzie. Widzę, że bez wysiłku dotrzymuje mi kroku, cholernie konkurencyjny drań. Nawet na wytrzymałość nie pozwoli mi wyjść na prowadzenie.

— Nie spodziewałam się, że lubisz górskie spacery — odzywam się zjadliwie, para kłębi mi się przed twarzą.

Declan się uśmiecha. — Wzajemnie, Blackwell. Ale widocznie oboje mamy drugie dno.

Nie daję się sprowokować. — Skupmy się na zadaniu, Reed.

Parliśmy dalej, ciszę przerywał tylko żałobny jęk wiatru w sosnowych gałęziach. To nieprzyjemne poczucie odsłonięcia, cudzych oczu śledzących każdy ruch, nie odpuszcza. Bezustannie skanuję otoczenie pod kątem zasadzki. Lecz nic się nie porusza. Tylko duchy przeszłości nawiedzają te stoki.

Aż wreszcie, przed nami, z surowego krajobrazu wyłania się budowla. Imponujący, betonowy kompleks wtulony w skalne zbocze, okna ciemne, martwe. Ale jego przeznaczenie jest nie do pomylenia.

— No proszę, co my tu mamy? Odosobnione laboratorium badawcze?

— Na to wygląda — zgadza się Declan. — Zastanawia, co nasz cel robił aż tutaj. Jego dłoń wędruje w stronę kabury.

Nie będę gdybać. — Jest tylko jeden sposób, żeby się przekonać. Wejdźmy i zobaczmy, jakie sekrety jeszcze tu zostały do odkrycia.

Ostrożnie zbliżamy się do budynku, zmysły wyczulone na najdrobniejszy ruch wśród wielu ocienionych okien ziejących jak puste oczodoły. Wejście tarasuje masywne stalowe wrota, lecz elektroniczny zamek nie stanowi dla umiejętności Declana żadnego wyzwania.

Stłumiony sygnał, rygle odpuszczają, a drzwi uchylają się z złowieszczym jękiem. Declan wykonuje kpiący ukłon. — Panie przodem.

Ignoruję go, włączam latarkę i wchodzę w stęchłą ciemność. Mrucząc pod nosem, Declan podąża za mną, a jego snop dołącza do mojego, odpychając mrok. Znów ramię w ramię, niespokojni sojusznicy złączeni jedynie wspólnym celem. Cokolwiek tu znajdziemy, jedno jest pewne — między mną a Declanem wkrótce dojdzie do konfrontacji. I tylko jedno z nas wyjdzie z tego zwycięsko.

Na razie jednak skupiamy się na odkryciu sekretów naszego celu. Odpowiedzi są blisko. Czuję to w ciężkiej ciszy przenikającej cały obiekt, aż po same kamienie. Polowanie przywiodło nas tu w określonym celu. I, czy jesteśmy gotowi czy nie, nasz cel czeka gdzieś w głębi.

◆

Przenikliwy wiatr tnie mnie jak lodowe ostrze, gdy oceniam z zewnątrz porzucony ośrodek badawczy. Nad kompleksem wisi nienaturalna, ciężka i przytłaczająca cisza. Sprawia wrażenie porzuconego w pośpiechu — drzwi zostały uchylone, ślady uciekających pojazdów połknął wciąż przybierający śnieg.

— Coś tu nie gra — mruczy Declan, a jego oddech zawisa w mroźnym powietrzu. — Myślisz, że ktoś ich ostrzegł, że idziemy?

— Oby nie — odpowiadam ponuro, gdy w żołądku zawiązuje mi się twardy supeł. — Tak czy siak, trzymaj gardę.

Zbliżamy się do czegoś, co wygląda na biurowiec, szyby powybijane jakimś dawnym aktem przemocy. Kopnięciem otwieram drzwi w drzazgach i ostrożnie wchodzimy do środka. Wnętrze splądrowane — papiery i meble porozrzucane po podłodze, szafy kartotek rozprute i przewrócone.

— Wygląda na to, że ktoś bardzo nie chciał, by cokolwiek tu zostało — rzucam z frustracją, wypatrując wskazówek, które mogły umknąć zniszczeniu.

— Albo po prostu są bardzo zaangażowani w przemeblowanie — kwituje Declan z beztroskim uśmiechem.

Rzucam mu chłodne spojrzenie. — Skup się, Reed. To poważne.

Przywołany do porządku, Declan poważnieje i idzie za mną dalej w głąb budynku. Ale wszędzie jest to samo — każde pomieszczenie ogołocone, wszelkie ślady zatarte. Każdy ślepy zaułek tylko dokręca śrubę mojej frustracji. Jesteśmy za późno, trop dawno wystygł.

Aż wreszcie Declan woła ostrym tonem: — Artemis, tutaj. Odnajduję go w czymś, co kiedyś było salą zabiegową, lodowate stalowe stoły wciąż błyszczą pod migotliwym światłem. Milcząco wskazuje ciemną plamę rozchlapaną na brudnych płytkach. Krew. Świeża.

— Cholera — syczę, tętno galopuje. — Nasz cel może gdzieś tu jeszcze być.

Declan krzywi się. — Albo właśnie wchodzimy prosto w zasadzkę.

Sprawdzam broń, uspokajając nerwy. — Tak czy inaczej, nie wyjdziemy stąd bez odpowiedzi. Ruszajmy dalej.

Razem zapuszczamy się głębiej, zmysły napięte na najlżejszy dźwięk czy ruch w stęchłym powietrzu. Palce muskają kojącą rękojeść pistoletu, gotowe dobyć go na pierwszy znak życia. Albo śmierci.

W tym, co wygląda na laboratorium, ostry chemiczny fetor pali mnie w nozdrza. Na blatach wciąż leży wachlarz aparatury naukowej i do połowy wypełnione fiolki o nieznanej zawartości. W rogu piętrzy się ogromny szklany zbiornik, a z jego mrocznych głębin wiją się przewody niczym metaliczne pnącza. Zza matowego szkła zdają się wić złowieszcze kształty, tuż poza zasięgiem wzroku.

Declan cicho gwiżdże. — Popatrz tylko na ten cyrk dziwów. — Podnosi sfatygowany dokument, marszcząc brwi. — To raport z badań. Rzuć okiem.

Przebiegam wzrokiem strony, a oczy mi się rozszerzają. Prowadzili eksperymenty na nadnaturalnych okazach, pchając ich zdolności do nienaturalnych granic. W tym na naszym celu.

— Cholerni dranie — wypluwam, gdy w piersi ciasno zwija się wściekłość. — Wykorzystywali go jak cholernego królika doświadczalnego.

Oblicze Declana twardnieje. — To o wiele większe, niż nam się wydawało. Ktokolwiek nas wynajął, nie chodziło mu tylko o odnalezienie stwora. — Chcieli, żebyśmy trafili na to wszystko.

Konsekwencje zaczynają się wyłaniać i zbiera mi się na mdłości. — Masz rację. Nasz cel był tylko przynętą, która miała nas doprowadzić do ich prawdziwej zdobyczy. — I co teraz? Dla tych ludzi byliśmy tylko pionkami. Ciągniemy robotę czy się wycofujemy?

Declan krzywi się z niesmakiem. — Żartujesz? Nie możemy pozwolić, żeby te zwyrodnialce uszli na sucho. Znajdziemy odpowiedzialnych za te eksperymenty i każemy im za to zapłacić.

Mimo naszych różnic czuję przypływ uznania dla jego determinacji. — Nie mogłabym się bardziej zgodzić. Nasze porachunki mogą poczekać — teraz mamy wspólnego wroga.

Declan kiwa głową. — Gdy zamkniemy ten koszmar, wrócimy do bycia rywalami. — Na jego ustach igra zawadiacki uśmiech. — Będzie jak za starych czasów.

— Już nie mogę się doczekać — odcinam się kwaśno. — Na razie rozsupłajmy tę poplątaną operację.

Przeczesujemy kompleks dokładnie, znajdując bez liku niedokończonych eksperymentów i porzuconych notatek badawczych. Każdy krok zapuszcza nas głębiej w świat okrucieństwa i wyzysku, gdzie poświęcone życia sprowadzono do suchych punktów danych. A każda kolejna rewelacja tylko wzmacnia moją wolę, by zniszczyć winnych.

W biurze z widokiem na laboratoria odkrywamy akta personalne i dzienniki wysyłek, sugerujące ogromną organizację stojącą za tymi brutalnymi przedsięwzięciami. Ten jeden ośrodek to zaledwie wierzchołek góry lodowej.

— Ta operacja jest ogromna, Declan — mruczę, usiłując ogarnąć skalę odkryć. — Wleźliśmy prosto w gniazdo szerszeni.

Declan uśmiecha się ostro, oczy rozświetla cel. — Wygląda na to, że zacznie się ciekawie. Lepiej zapnij pasy — zapowiada się ostra jazda.

Mimo naszego kruchego sojuszu w tej chwili jednoczy nas słuszna furia przeciw wspólnemu wrogowi. Droga naprzód pozostaje niejasna, ale wiem jedno ponad wszelką wątpliwość — rządy tych potworów kończą się dziś. Jeśli nie cudzymi, to moimi rękami.

Spotykam zajadłe spojrzenie Declana, w którym odbija się moja własna nieustępliwa determinacja. Razem możemy obalać gigantów albo zginąć, próbując. Ale porażka nie wchodzi w grę. Zbyt wiele niewinnych istnień już poświęcono.

Czas na dawno należną sprawiedliwość. A niech Bóg zlituje się nad tymi, którzy staną mi na drodze... bo ja nie.

ROZDZIAŁ PIĄTY

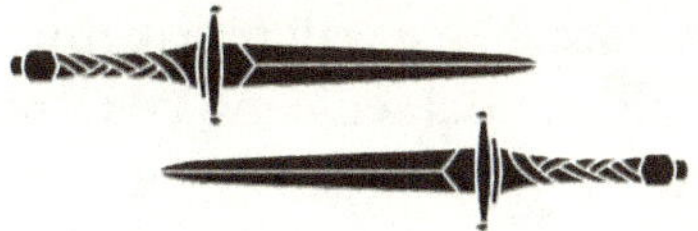

TEN ZAPACH ŚRODKA ODKAŻAJĄCEGO i upiorne bucze-
nie jarzeniówek otaczają mnie, gdy podążam za Declanem
przez opustoszały ośrodek badawczy, szukając jakichkolwiek tropów. Dlaczego nasz cel wrócił tutaj?

— To absurd. Niczego nie znajdziemy — mruczę
zgryźliwie.

— Przestań marudzić — mówi, pchając drzwi z
tabliczką 'Wymagana autoryzacja.' Tyle z tej autoryzacji.

Kluczymy przez puste korytarze i laboratoria, a cisza
przygniata mnie jak kamień. Na skórze pod skórzaną
kurtką stają mi dreszcze i nie tylko z powodu chłodu. Nie
mogę się pozbyć wrażenia, że ktoś nas obserwuje.

— Mam wrażenie, że mamy widownię, co? — mówię w
końcu, starając się brzmieć swobodnie.

— Skup się, Artemis — warczy Declan. — Musimy
znaleźć coś, co da nam trop.

— No tak, bo ślepe podążanie za tajemniczymi
wskazówkami zawsze działa na naszą korzyść. Ale mimo
mojego sarkazmu wiem, że nie mamy wielkiego wyboru.

— Masz lepszy pomysł? — staje i odwraca się do mnie,
krzyżując ręce na piersi.

— Dobra — ustępuję, przewracając zielonymi oczami. — Ale jeśli zaatakuje nas jakiś zbuntowany paranormalny stwór, wina spada na ciebie.

— Umowa stoi — mówi z lekkim uśmiechem, popychając kolejne drzwi.

Włoski na karku stają mi dęba, gdy zapuszczamy się głębiej w głąb ośrodka. Pokoje są pełne porzuconego sprzętu, probówek i dziwnych maszyn. To miejsce cuchnie sekretami i zakazaną wiedzą. Serce wali mi jak młot, gdy szukamy odpowiedzi — albo chociaż czegoś, co pomoże zrozumieć prawdziwą naturę tego, co się tu działo.

— Declan, tutaj — wołam, ledwie ponad szept. Przeczesując coś, co wygląda na pospiesznie opuszczone biuro, znajduję stos teczek oznaczonych 'Tajne.' Pieczęcie Biura wreszcie mówią nam, do kogo należał ten ośrodek — ale czemu Biuro go porzuciło?

Czy coś się tu wydostało, coś, co stworzyli, a potem nie potrafili nad tym zapanować?

— Niezły traf — mówi, dołączając do mnie i kartkując dokumenty. — Zobaczmy, co ukrywali.

— Albo kogo — dodaję, myśląc o hybrydach ludzi i istot paranormalnych, które, jak podejrzewamy, powstały właśnie tutaj.

— Tak czy inaczej, trafiliśmy na coś grubego — spogląda znad papierów, a jego brązowe włosy opadają mu na oczy. — I niebezpiecznego.

— Całe nasze życie w pigułce — wzdycham, palcami muskam bliznę na lewym policzku, przypomnienie minionych bitew — i tych, które dopiero nadejdą.

Szarpnięciem wyciągam teczkę ze stosu, palce ślizgają mi się po pokrytej kurzem tekturze. Napis na okładce głosi PROJEKT CHIMERA, tłustymi, czerwonymi literami. Nie podoba mi się to. Kiszek mi się przewraca, gdy przewracam na pierwszą stronę i przebiegam wzrokiem techniczny żargon i naukowe schematy.

— Posłuchaj — mówię, ściągając uwagę Declana. — Jest tu, że prowadzili eksperymenty na istotach paranormalnych — wykorzystując ich moce do, Bóg jeden wie, czego.

— Wbrew zasadom Biura? — pyta Declan, mrużąc piwne oczy.

— I to jak — odpowiadam, czując, jak gotuje się we mnie złość. — Mają chronić ludzi przed tymi stworami, a nie je wykorzystywać.

— Kto by pomyślał, że ludzie, dla których pracujemy, mogą być tacy... skorumpowani? — parska gorzko, ale bez cienia rozbawienia. Tylko obrzydzenie dla naszej własnej naiwności.

— Czy to nie zawsze tak się kończy? — mamroczę, skanując kolejny dokument. — Co gorsza, niektóre z tych istot są oznaczone jako 'nie do sklasyfikowania.' Mogą być czymkolwiek.

— Świetnie — burczy, przeczesując dłońmi rozczochrane włosy. — Czyli mamy zbuntowanych naukowców z Biura, którzy bawią się ogniem, a my wpadliśmy między młot a kowadło.

— Na to wygląda — przyznaję, przestępując z jednej okutanej w but żelaznej stopy na drugą, próbując zagłuszyć narastający niepokój. — Musimy znaleźć więcej dowodów i przekazać je mojemu klientowi — jednego jestem pewna: nie jest z Biura. Oni nie ukrywają tożsamości, kiedy mnie wynajmują. Może pomoże nam ustalić, kto za tym stoi.

— Zakładając, że sam nie tkwi po uszy w czymś gorszym — dodaje ponuro Declan, a ja nie mogę powstrzymać dreszczu na tę myśl.

— Declan — zaczynam, biorąc głęboki oddech — musimy komuś zaufać.

— Zaufanie to luksus, na który teraz nie możemy sobie pozwolić, Artemis — ripostuje napiętym głosem. — Musimy uważać, kogo w to wtajemniczymy.

— Dobrze — warczę, coraz bardziej poirytowana jego paranoją. — Ale nie zrobimy tego sami. Będzie nam potrzebna pomoc — niezależnie od tego, czy im ufamy, czy nie.

— Chyba masz rację — przyznaje z ciężkim westchnieniem. — Miejmy tylko nadzieję, że nasi tak zwani sojusznicy nie wbiją nam noża w plecy, zanim ujawnimy te eksperymenty.

— Miej nadzieję na najlepsze, szykuj się na najgorsze — przypominam mu i razem brniemy dalej przez te obciążające dowody, z sercami ciężkimi od poczucia zdrady.

◆◇◆

— O cholera — wydycham, wpatrzona w niepokojące obrazy, które odkryliśmy wśród porozrzucanych papierów i zapisów z eksperymentów. — Przeszli samych siebie.

— Artemis, zobacz to — woła Declan z drugiego końca słabo oświetlonego pomieszczenia, w jego głosie miesza się odraza i trwoga. Niespiesznie podchodzę, stukot moich butów niesie się echem po opuszczonym laboratorium, i zerkam na ekran, na który wskazuje.

— Czy to...? — oczy rozszerzają mi się w przerażonym olśnieniu. Zbuntowani naukowcy mieszali ludzkie DNA z genami różnych gatunków paranormalnych — tworząc potworności, które nie powinny istnieć.

— Wygląda na to, że gotowali tu żywe koszmary — krzywi się Declan, przewijając kolejne groteskowe zdjęcia wykręconych stworów. — To przekracza wszelkie granice.

— Nie mów — dygoczę, próbując strząsnąć lodowaty dreszcz pełznący mi po kręgosłupie. — Kto by pomyślał, że ktoś będzie na tyle stuknięty, by tego próbować? A Biuro? Mają chronić i otaczać opieką istoty paranormalne jak gatunki zagrożone wyginięciem, a nie... cokolwiek to za horror!

Declan wzdycha, przeczesując dłonią swoje potargane włosy. — Pytanie brzmi: dlaczego? Jaki jest ich cel?

— Władza, kontrola, sadystyczna ciekawość... do wyboru, do koloru — odpowiadam z goryczą, próbując poukładać ten chaos, na jaki się natknęliśmy. — Niezależnie od motywów, musimy to zatrzymać. Te hybrydy to tykające bomby z opóźnionym zapłonem.

— Zgoda — kiwa głową Declan, w jego piwnych oczach twarda determinacja. — Będzie nam jednak potrzebne wsparcie. Nie wiemy, jaką siłę ognia mają te dziwolągi natury.

— Albo czy da się je w ogóle kontrolować — dodaję, a żołądek skręca mi się na myśl o starciu z taką kreaturą twarzą w twarz. Zapach chemikaliów i rozkładu tylko potęguje mój niepokój.

— Dobra, zbierzmy tyle informacji, ile się da, i wynośmy się stąd — mówi stanowczo, nieznoszącym sprzeciwu tonem.

— Brzmi jak plan — przytakuję, tłumiąc narastający strach. Razem przeczesujemy laboratorium, z każdą minutą odkrywając coraz mroczniejsze sekrety.

Gdy pracujemy w napiętej ciszy, nie mogę się nie zastanawiać, jakie jeszcze koszmary na nas czekają — i czy w ogóle je przeżyjemy. Jasne jest jedno: odwrotu już nie ma. Prawda musi ujrzeć światło dzienne, a my musimy dopilnować, by tak się stało.

Podnoszę plik papierów, atrament rozmazany i ledwie czytelny. Przebiegam wzrokiem po stronach, szukając czegokolwiek, co mogłoby się przydać. I wtedy to zauważam — notatkę sygnowaną przez samego Dyrektora Hawthorne'a. Serce mi zamiera.

— Declan — syczę, niskim, naglącym tonem — spójrz na to.

Podchodzi szybkim krokiem i wyrywa papier z moich drżących palców, a jego piwne oczy rozszerzają się, gdy czyta. — Cholera — klnie pod nosem. — To sięga samej góry?

— Na to wygląda — mówię, czując, jak żółć podchodzi mi do gardła. Nie lubię Biura, ale myśl, że mogli być zamieszani w takie okrucieństwa, przyprawia mnie o mdłości.

— Artemis — zaczyna ostrożnie Declan, z bólem malującym się na twarzy. — Muszę ci coś powiedzieć.

— Dobra, mów — odpowiadam, szykując się na bombę, którą zaraz zrzuci.

— Agentka Diana Foxberry — zaczyna, z trudem przełykając ślinę. — Szantażuje mnie. Grozi, że wyciągnie na wierzch pewne... błędy, które popełniłem w przeszłości, jeśli nie pomogę jej w... czymś.

— W czym? — żądam, przyspiesza mi puls. — Declan, musisz mi powiedzieć wszystko.

— Uwierz, powiedziałbym, gdybym wiedział — zapewnia, jego piwne oczy błagalnie szukają moich. — Ale trzyma karty przy piersi. Wiem tylko, że kazała mi mieć cię na oku, jeśli cię tu spotkam. Uważa, że zbliżasz się za bardzo do czegoś.

— Do czego? Do tego? — macham mu przed twarzą obciążającą notatką, czując, jak we mnie narasta gniew. — Przecież ona jest z Biura! Próbuje chronić tych sukinsynów?

— Albo ich zniszczyć — sugeruje Declan z nutą zwątpienia w głosie. — Może po prostu nas do tego wykorzystuje.

— Tak czy inaczej, jest wrogiem — syczę, czując, jak ściska mnie w piersi. — I nie możemy jej ufać. Musimy wymyślić sposób, żeby ją pogrążyć, nie narażając ciebie.

— Zgoda — kiwa głową Declan, szczęka zaciśnięta z determinacją. — Ale najpierw skupmy się na tej gównoburzy, którą odkryliśmy. Diana może poczekać — te hybrydy nie.

— Racja — mamroczę, odpychając na razie myśli o odwecie. Na to jeszcze przyjdzie czas. Teraz mamy większe ryby do usmażenia — a raczej paranormalne dziwadła.

— Wynośmy się stąd — mówię, gdy chowamy dowody. — Jesteśmy tu łatwym celem, a coś mi mówi, że nasz pobyt przestał być mile widziany.

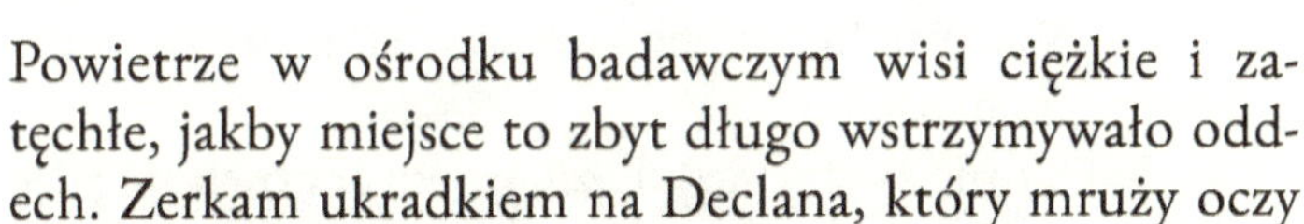

Powietrze w ośrodku badawczym wisi ciężkie i zatęchłe, jakby miejsce to zbyt długo wstrzymywało oddech. Zerkam ukradkiem na Declana, który mruży oczy w skupieniu, gdy przedzieramy się przez zwały przewróconych mebli i potłuczonego szkła.

— Ale serio — mówię przez zaciśnięte zęby — jak bardzo to może się jeszcze spieprzyć? Zbuntowani naukowcy z Biura, nielegalne eksperymenty, paranormalne hybrydy — a teraz jeszcze Diana, która pociąga cię za sznurki.

— Uwierz, nie bawi mnie to bardziej niż ciebie — mamrocze, zerkając ukosem na uchylone drzwi prowadzące do zaciemnionego pomieszczenia. — Ale trzyma mnie za jaja. Szantażuje mnie, odkąd dowiedziała się o moich... dawnych grzeszkach.

— Które to były...

— Nie twoja sprawa — ucina ostro, zaciskając szczękę. — Rzecz w tym, że wykorzystuje mnie do realizowania własnej agendy. A teraz, gdy wiemy, co ci sukinsyny tu robili, widzę dlaczego.

— Racja — przeczesuję palcami długie srebrne włosy, czując, jak ciężar sytuacji przygniata nas oboje. — Jeśli te hybrydy wyjdą na jaw, wybuchnie chaos. Biuro zostanie obnażone ze swojej roli, a Diana będzie stała obok i mieszała w kotle.

— Dokładnie — kiwa głową Declan, z ponurą miną. — Chce spalić to wszystko do gołej ziemi i nie obchodzi jej, kto znajdzie się na linii ognia.

— Klasyczna Diana — parskam, lustrując pusty korytarz przed nami. — Zawsze gra na dwie strony i wychodzi na swoje.

— Wygląda na to, że będziemy musieli dopilnować, by tym razem tak nie było — odpowiada, a w jego piwnych oczach błyska stal.

— Zgoda — mówię, czując nagły przypływ determinacji. — Nikt nie będzie nas używał jak pionków i nie ujdzie mu to na sucho.

— Dokładnie — mruczy Declan, odruchowo sięgając po broń u boku.

— Dobra, po kolei — mówię, próbując ogarnąć nasz następny ruch. — Musimy dopilnować, by te eksperymenty nie posunęły się ani o krok dalej. Mamy dowody, ale trzeba też zniszczyć ten ośrodek.

— Brzmi jak plan — kiwa niewzruszenie głową Declan.

— Robimy to — mówię, a serce wali mi w piersi, gdy ruszamy naprzód przez upiorną ciszę opuszczonego ośrodka badawczego, gotowi położyć kres potwornościom kryjącym się w jego murach. A kiedy ze wszystkim skończymy, agentka Diana Foxberry niech lepiej ma się na baczności — bo potem przyjdziemy po nią.

Rozdział szósty

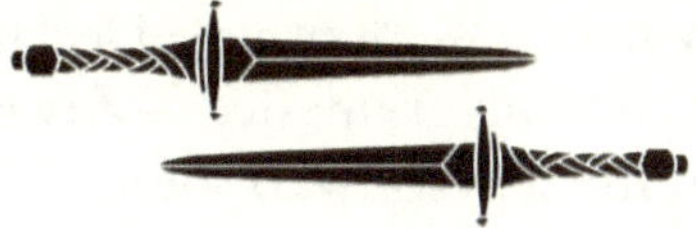

Aż dreszcz przebiega wzdłuż mojego kręgosłupa, gdy idziemy przez opustoszały ośrodek badawczy. Powietrze jest gęste od grozy i nie mogę pozbyć się wrażenia, że ktoś nas obserwuje.

— Na pewno informacje od Diany są wiarygodne? — pytam Declana, głosem ledwie głośniejszym od szeptu. Spogląda na mnie, mrużąc oczy.

— Wiarygodna to nie jest słowo, którego użyłbym, opisując ją — odpowiada, przeczesując dłonią swoje potargane brązowe włosy. — Ale powiedziała mi o tym miejscu — nie to, żeby podała dokładną lokalizację — i nie sądzę, żeby zrobiła to, gdyby nie było tu czegoś wartego znalezienia.

— Chyba że — wtrącam, serce wali mi jak młot — wykorzystuje nas, żeby popchnąć do przodu własny plan. Wiesz, jak działa — rozkręca bajzel, a potem siada i patrzy, jak chaos się rozgrywa.

Czuć, że łączy mnie z agentką Dianą Foxberry dawna historia?

Declan wzdycha, a jego piwne oczy wbijają się w moje. — Wiem, Artemis. Ale jaki mamy wybór? Musimy powstrzymać te eksperymenty, zanim posuną się jeszcze dalej.

— Dobra — mruczę, bez przekonania. — Tylko nie zapominajmy, z kim mamy do czynienia. Może po prostu próbuje nas poróżnić, nastawić jednego przeciwko drugiemu.

— Nie pierwszy raz — przyznaje Declan, a kąciki ust opadają mu w gorzkim grymasie. — Zawsze była dobra w rozgrywaniu ludzi przeciwko sobie.

— Właśnie. Więc bądźmy czujni. Nie opuszczajmy gardy. Nie możemy pozwolić, żeby znów wlazła nam do głów.

— Zgoda — kiwa głową Declan, spojrzenie ma skupione i niewzruszone. — Trzymamy się razem, bez względu na wszystko. Koniec z pozwalaniem, by nami manipulowała.

— Cholera, racja. Mamy robotę do zrobienia — i zrobimy ją razem.

Gdy wciąż kluczymy pustymi korytarzami, nie mogę pozbyć się niepokoju. Diana zawsze była mistrzynią oszustwa i obawiam się, że jej prawdziwe zamiary wciąż są przed nami ukryte. Ale na razie ja i Declan nie mamy wyjścia — musimy zaufać sobie nawzajem i liczyć, że nie gramy dokładnie tak, jak ona sobie to zaplanowała.

Odległy zgrzyt metalu o metal rozbrzmiewa w całym kompleksie, sprawiając, że serce podchodzi mi do gardła. Wymieniam przerażone spojrzenie z Declanem, który już napina mięśnie.

— Słyszałeś to? — pytam, głosem ledwie głośniejszym od szeptu.

— Coś tu nie gra — odpowiada, z rosnącym niepokojem lustrując otoczenie. — Mam co do tego złe przeczucie.

— Cudownie — mruczę sarkastycznie, zaciskając dłoń jeszcze mocniej na broni u boku. — Tego nam trzeba — jeszcze więcej niespodzianek.

Jak na zawołanie zza wcześniej niezauważonych drzwi po naszej lewej dobywa się seria gardłowych warczeń i warknięć. Dźwięki są niepokojące, nieludzkie i przeszywają mnie dreszczem.

— Wygląda na to, że znaleźliśmy króliczki doświadczalne — mówi ponuro Declan, dobywając własnej broni. — Gotowa?

— Załatwmy to — odpowiadam, hartując się na cokolwiek nadnaturalnego czai się za drzwiami.

Niemal równocześnie wyważamy drzwi, z bronią w ręku, gotowi do walki. Widok, który nas wita, jak z moich koszmarów. Pokój jest pełen klatek, a w każdej siedzi pokraczna hybryda człowieka i nadnaturalnego stworzenia, z oczami żarzącymi się dzikim głodem. A połowa krat już wyłamana — bestie błąkają się luzem.

— Serio?! — wykrzykuję, próbując skryć strach pod solidną warstwą sarkazmu. — To się robi żałosne.

— Skup się, Artemis — warknie Declan, już wiążąc się w starciu z jednym ze stworów, który zdołał wydostać się z klatki. — Nie mamy czasu na żarty.

— Dobra, dobra — burczę, biorąc głęboki wdech i rzucając się w wir walki. Moja broń świszcze w powietrzu i trafia w twardą skórę pierwszej bestii, na jaką natrafiam. Warczy z bólu i wściekłości, ale nie mogę odpuszczać. Te potwory są śmiertelnie groźne, a ja nie zamierzam zostać ich kolejnym posiłkiem.

W walce nie mogę nie zauważyć, jak dobrze współpracujemy z Declanem — mimo różnic i tlącej się nieufności. Poruszamy się jak jedno, zgrany duet, przewidując swoje ruchy i dając sobie niezbędne wsparcie. Jakbyśmy byli stworzeni do tego, by stać ramię w ramię w obliczu zagrożenia.

— Artemis, z lewej! — krzyczy Declan, wyrywając mnie z zamyślenia w samą porę, bym zdążyła uchylić się przed nadbiegającym ciosem jednego ze stworów.

— Dzięki — przyznaję niechętnie, tnąc stwora i posyłając go na ziemię. — Sam nie jesteś taki zły.

— Komplementy zostawmy na później, dobrze? — odpowiada z cieniem uśmiechu. — Wciąż mamy tu robotę.

— Racja — zgadzam się, odganiając wątpliwości i skupiając się na zadaniu. — Posprzątajmy ten bajzel — razem.

Serce mi wali, gdy rozcinam kolejne ohydne paskudztwo, czując, jak satysfakcjonujący opór ustępuje pod ostrzem. Stwór zwala się na ziemię i przez ułamek sekundy pozwalam sobie na cień zadowolenia.

— Artemis! — krzyczy Declan, jego głos tnie chaos. Zerkam w jego stronę i widzę, jak zmaga się z jednym z monstrów. — Przydałaby się mała pomoc?

— Uch, dobra — mamroczę, pędząc do niego i wbijając broń w plecy bestii. Wyje z bólu, po czym bezwładnie osuwa się na podłogę.

— Dzięki — burczy, ocierając pot z czoła. Ta nuta wdzięczności mnie drażni, ale przełykam to. To nie pora na drobne sprzeczki — nie, kiedy w grę wchodzi nasze życie.

— Jak tam chcesz — odcinam się, skanując otoczenie w poszukiwaniu kolejnych zagrożeń. Jak bardzo bym tego nie nie cierpiała, stajemy się zgraną ekipą, a nasze indywidualne atuty idealnie się uzupełniają.

— Za tobą! — szczeka Declan, a ja odruchowo nurkuję, cudem unikając wrednego zamachu łapą stwora, który podkradł się za moje plecy. Przetaczam się w bok i zrywam na nogi, przebijając mu ostrzem pierś.

— Ładnie uratowałeś skórę — mówię niechętnie, wyrywając broń z truchła.

— Wzajemnie — odpowiada, kiwając podbródkiem w stronę tego, którego przed chwilą posłałam do piachu. Wymieniamy napięte spojrzenie, a nasza wzajemna nieufność bulgocze tuż pod powierzchnią. Ale na razie odstawiamy ją na bok — mamy większe kłopoty.

— Idźmy dalej — sugeruję, wskazując mroczny korytarz. — Może się tu czaić ich więcej.

— Zgoda — przytakuje Declan, zrównując krok ze mną. Nasze kroki niepokojąco dudnią po opuszczonym kompleksie, ciszę przerywają tylko nasze poszarpane oddechy i odległe wrzaski istot, na które polujemy.

— Kto by pomyślał — mruczę mrocznie — że ty i ja skończymy, walcząc ramię w ramię?

— Życie bywa przewrotne — odpowiada z nutą goryczy. — Ale nie róbmy się sentymentalni. Nie jesteśmy przyjaciółmi, Artemis. Tylko... sojusznikami. Na razie.

— Mnie to odpowiada — parskam, gdy na jego szorstkie odcięcie znów we mnie buzuje złość. A jednak, mimo gniewu, nie mogę nie przyznać mu racji — na tę chwilę potrzebujemy się nawzajem. I razem mamy szansę stawić czoło temu, co nas czeka w tym przeklętym miejscu.

— No to jedziemy — mówię, zbierając się w sobie na nadchodzące starcia. Ramię w ramię ruszamy z Declanem w mrok, a nasz kruchy sojusz kształtują krew i konieczność.

Włoski na karku stają mi dęba, gdy skręcamy za róg i stajemy twarzą w twarz z naszym najgorszym koszmarem: olbrzymim, odrażającym bydlakiem, jakby wypełzł z najciemniejszych czeluści piekła. W nikłym świetle wielokrotne oczy błyszczą mu żądnym krwi głodem, a powykręcane kończyny kończą się szponami jak brzytwy. To żywy koszmar i nie mogę oprzeć się wrażeniu, że drwi z nas, wyzywając, żebyśmy spróbowali go sprzątnąć.

— Cholera — mamrocze pod nosem Declan, wyrażając moje własne myśli. — I co proponujesz z tym zrobić?

— Yyy... nie zginąć? — odbijam sarkastycznie, choć wiem, że potrzebujemy lepszego planu. Rozglądam się po wąskim korytarzu, szukając jakiejkolwiek przewagi, którą dałoby się wykorzystać. — Myślisz, że zdołasz go na tyle rozproszyć, żebym zaszła go od tyłu?

— Brzmi jak misja samobójcza — prycha. — Ale czemu, do diabła, nie? Spróbuję.

— Postaraj się przeżyć — mówię, głosem napiętym troską, do której się nie przyznam. — Nie uśmiecha mi się tłumaczyć twojej śmierci przed Biurem.

— Wzajemnie — mówi z ponurym uśmiechem. Potem, nie mówiąc już ani słowa, rusza naprzód, wrzeszcząc i wymachując bronią, by ściągnąć na siebie uwagę potwora.

Gdy śmiercionośne spojrzenie stwora fiksuje się na Declanie, ja pędem gnaję w boczny korytarz, modląc się, by zdążyć na drugą stronę, zanim zrobi z niego krwawą smugę na podłodze. Serce wali mi w piersi, adrenalina zalewa ciało, gdy zmuszam się do jeszcze większego wysiłku. Z tyłu odbijają się echem odgłosy bitwy — kakofonia ryku, warczenia i szczęku metalu o kość.

Wreszcie wpadam z powrotem do głównego korytarza akurat w chwili, gdy Declan ledwie unika zamachu, który ściąłby mu głowę. Nie waham się ani sekundy — doskakuję do odsłoniętych pleców bestii i wbijam broń głęboko w jej ciało.

— Artemis! — woła Declan, wykorzystując okazję, by podciąć jedną z nóg potwora i go ułomnić. Przez moment wydaje się, że mamy przewagę — aż stwór ryczy z wściekłości, miotając pozostałymi kończynami i o mało co nie posyłając nas obojga na ziemię.

— Cholera — klnę, uskakując przed kolejnym wściekłym atakiem. — Musimy to skończyć, zanim nas wykończy!

— Już nad tym pracuję — warczy Declan, zaciskając zęby, gdy odpiera kolejny cios. — Na trzy?

— Trzy — zgadzam się, wiedząc, że mamy tylko jedną szansę. Na ułamek sekundy nasze spojrzenia się spotykają, a wzajemna nieufność znika w obliczu wspólnego wroga.

Razem ruszamy naprzód, z bronią wzniesioną wysoko. W idealnej synchronizacji tniemy w słabe punkty bestii, a połączona siła wreszcie wystarcza, by zwalić ją z nóg. Gdy bezwładne cielsko osuwa się na podłogę, powietrze nieruchomieje, a cisza po bitwie aż dzwoni w uszach.

— Wygląda na to, że jednak tworzymy całkiem zgraną ekipę — mówi Declan, ciężko dysząc i opierając się o ścianę. W jego oczach pojawia się niechętne uznanie i nie mogę nie odwzajemnić tego uczucia.

— Może — przyznaję ostrożnie, nie chcąc całkiem spuszczać gardy. Ale gdy patrzę, jak ociera pot z czoła, a kąciki ust unoszą mu się w lekkim uśmiechu, nie mogę zaprzeczyć, że coś między nami się zmieniło. Lód, który skuwał naszą współpracę, topnieje, pozostawiając kruchą ufność, o którą chyba warto walczyć.

— Chodź — mówię w końcu, podając mu rękę, by pomóc mu wstać. — Wciąż mamy robotę.

— Tuż za tobą — odpowiada i po raz pierwszy od początku misji nie brzmi to jak groźba.

ROZDZIAŁ SIÓDMY

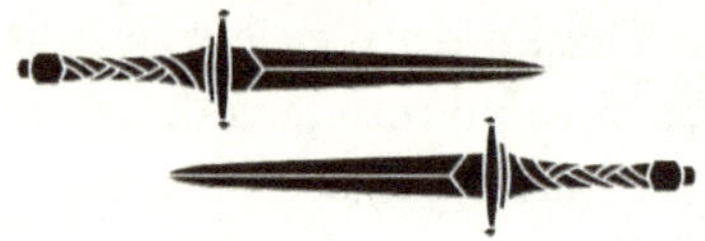

GRYZĄCY SMRÓD SPALONEGO MIĘSA i siarki przenika powietrze, gdy stoimy u progu ukrytego laboratorium głęboko w opuszczonym kompleksie. Declan, dyszący obok mnie, zdaje się nie dostrzegać wszechobecnej woni. Jego piwne oczy wlepione są w zamknięte drzwi, jakby samą siłą woli mógł je obrócić w pył.

— Gotowa na to? — pyta spięty, prostując ramiona. Nasza potyczka z tamtymi cieniami wyssała z nas więcej, niż któreś z nas chce przyznać.

— Proszę cię, urodziłam się gotowa — parskam, poprawiając chwyt na pistolecie w jednej ręce, a w drugiej na srebrnym sztylecie.

Declan wyważa drzwi kopniakiem i wchodzimy do środka, uzbrojeni w rozum i sporą dawkę sceptycyzmu. Mizerne jarzeniówki migoczą nerwowo nad brudnymi kaflami, rzucając na obszerne laboratorium nierówne cienie, które zdają się wić własnym, nienaturalnym życiem. Całość wygląda jak wycięta z tandetnego planu taniego horroru. Ale to nie film — niebezpieczeństwo czające się w mroku jest aż nazbyt realne.

— Hej, patrz na to. — Declan zgarnia teczkę z pobliskiego biurka i szybko ją przerzuca. — Jeszcze więcej uroczych eksperymentów hybrydyzacyjnych. Idealna lektura do poduszki.

Przejmuję teczkę, kartkując ją z niesmakiem. — Ach tak, ciąg dalszy rekombinantów ludzko-paranormalnych. Co następne w kolejce, jednorożce z probówki?

— To nie żart, Artemis — warczy Declan, ostro wyrywając mi kartki. — Te badania są chore do szpiku. — Jego szczęka twardnieje, gdy czyta dalej.

Zmuszam się, by spoważnieć. — Masz rację, to jest poważnie popieprzone. Powinniśmy zgarnąć wszystko, co ich obciąża, i zmykać stąd, zanim więcej tych dziwadeł przyjdzie wyrównać rachunki.

Declan sztywno kiwa głową, upycha dokumenty do kieszeni. — Miejmy nadzieję, że nie trafimy na nic gorszego niż te ohydztwa. — Ale ponury ton zdradza, że modlitwa tu nic nie wskóra.

Razem przeczesujemy laboratorium, wypatrując najmniejszego szczegółu nie na miejscu. Duszące wonie chemikaliów przesiąkły wszystko, aż zbiera mi się na wymioty. I wtedy ją widzę — ogromną szklaną komorę dominującą w centrum sali, a w niej pokraczną istotę żywcem wyjętą z moich najgorszych koszmarów. To coś jest częściowo człowiekiem, a częściowo... czymś zupełnie innym.

— Declan — syczę ostro. — Musisz to zobaczyć.

Dołącza do mnie, jego piwne oczy rozszerzają się na widok niemożliwości przed nami. — Co to, do diabła, jest? — W jego głosie ścierają się obrzydzenie i chorobliwa fascynacja.

Potrafię tylko kręcić głową, niezdolna oderwać wzroku od niemożliwej hybrydy zaledwie kilka kroków dalej. — Nic naturalnego, to akurat pewne jak cholera.

Wyraz twarzy Declana wykrzywia się w maskę odrazy. — Wygląda na to, że nasi szaleńcy w kitlach grzebią przy siłach poza swoją kontrolą, tworząc hybrydy ludzi z istotami paranormalnymi bez ich zgody.

— Jak widać, nikt im nie powiedział, że bawienie się w Boga bywa śmiertelnie niebezpieczne — rzucam ponuro, próbując, bez powodzenia, rozładować to koszmarne przedstawienie czarnym humorem. Ale w tych klatkach nie ma nic do śmiechu.

Declan spotyka mój wzrok, piwne oczy płoną mu chłodnym zamiarem. — Musimy znaleźć tych, którzy są za te zbrodnie odpowiedzialni, i sprawić, żeby cierpieli.

Krótko kiwam głową, a dłoń mimowolnie wędruje do blizny na policzku — przypomnienia mojej przysięgi, by chronić bezbronnych. — Czas zakończyć zwyrodniałe gierki tych sukinsynów, raz na zawsze.

Idziemy dalej w głąb laboratorium, ostrożnie stawiając kroki, których echo złowrogo odbija się w nienaturalnej ciszy. Z każdym metrem rośnie groźba niewidzialnych niebezpieczeństw, a mnie aż zgrzytają zęby. Zeszliśmy do samego serca ciemności i nie ma żadnej pewności, czy którekolwiek z nas wyjdzie stąd żywe.

— Spójrz na tego. — Wskazuję na kolejną szklaną obudowę, tym razem mieszczącą hybrydę człowieka i wilka, która krąży i warczy w ewidentnej rozpaczy. Nienaturalne oczy błyszczą dzikim głodem i bólem, utkwione w nas, gdy podchodzimy.

— Jezu — wydycha Declan. — To nie tylko sklejanie dwóch gatunków. Oni łączą cechy w niewyobrażalne nowe koszmary. — W jego głosie niemal niesłyszalnie zabrzmiała nuta niepewności.

Badam udręczoną istotę chłodnym okiem, zmuszając rozszalałe tętno, by się uspokoiło. — Nie sposób zgadnąć, ile wariantów tutaj stworzyli. Albo jakie mają zdolności.

Declan przełyka ślinę, w skupieniu lustrując salę. — Niektóre ewidentnie są niestabilne. To beczka prochu gotowa wybuchnąć, Artemis.

Z niepokojem patrzę, jak masywna, gadzia hybryda z impetem uderza w szybę swojej celi. — Prawda, ale część wygląda na udane twory, inaczej badania by ustały. Stajemy tu naprzeciw nieznanego — i to właśnie czyni je tak groźnym.

— Udane czy nie, wszystkie są zagrożeniem — odcina się ostro Declan. — Nie możemy ryzykować, że choć jedna wydostanie się z tego miejsca.

Waham się, poruszona aż nazbyt ludzką desperacją w oczach tych stworzeń, niemym błaganiem o uwolnienie albo litość. — One nie prosiły o tę torturę. Może niektórym da się pomóc, zamiast je zabijać.

— Nie przyszliśmy bawić się w zbawców, Blackwell. Naszym zadaniem jest powstrzymać szaleńców, którzy za to odpowiadają — prycha z goryczą. Jego wyraz twarzy nie pozostawia miejsca na dyskusję.

Tłumię przypływ gniewu, trzymając się cierpliwości. — Tylko nie zapominaj, że to żywe istoty, a nie same dziwolągi do odstrzału.

— Skoro tak twierdzisz. — Chłodna lekceważąca nuta bije od niego jak mróz. Idziemy dalej w napiętym milczeniu.

Ciężar naszego zadania zaczyna dusić, gdy patrzę w twarze niewinnych poświęconych dla tego szaleństwa. Walka z cienistymi zbuntowanymi naukowcami i ich dziełem to jedno. Walka z nieznanym, stawienie czoła istotom, które wielu uznałoby za potwory... ta moralna linia rozmazuje się do szarości. A ta myśl przeraża mnie bardziej niż jakikolwiek fizyczny wróg.

W samym sercu kompleksu znajdujemy dość dowodów, by obnażyć pełną skalę tego zdeprawowanego procederu. Ten jeden obiekt to ledwie powierzchnia rozległej, podziemnej sieci, gdzie bezkarnie prowadzi się podobnie plugawą działalność.

Strach i wściekłość kotłują mi się w trzewiach na widok rozmiaru wyzysku i cierpienia. A co gorsza, wyłania się nowe odkrycie — ten, kto nas wynajął, z pewnością jest w to wszystko uwikłany. Zgrabnie zmanipulowano nas, byśmy usługiwali samym architektom tego koszmaru.

Spotykam niepewne spojrzenie Declana i widzę w nim odbicie własnego zrozumienia. — To sięga dużo głębiej, niż myśleliśmy — szepczę. — Jesteśmy tylko marionetkami na poplątanych sznurkach.

Z zaciśniętą szczęką Declan chwyta mnie za ramię niemal do bólu. — Nieważne. Potniemy te sznurki tu i teraz. I każemy zapłacić każdemu z tych potworów.

Jego niezłomna determinacja mnie stabilizuje. Droga przed nami spowita jest cieniem, ale jedna prawda lśni jasno — nasz prawdziwy wróg udaje sprzymierzeńca. I poczuje mój gniew za to, że nas zwiódł i wykorzystał. Na razie jednak priorytetem jest eliminacja bezpośrednich zagrożeń. Na resztę tej zgnilizny przyjdzie czas.

Hartujemy się w sobie i kontynuujemy systematyczne przeszukiwanie kompleksu, likwidując plugastwa i zbierając dowody. Bez względu na to, jakie nowe koszmary wyłonią się z mroku, trzymam się misji. Zbyt wiele niewinnych istnień już tu zniszczono. Na tym koniec.

A bogowie niech zmiłują się nad każdym, kto stanie mi na drodze... bo ja nie.

Wpatruję się w pokraczną istotę przed nami, a żołądek ściska mi się z mieszaniny odrazy i litości. Nie sposób dociec, kim było to nieszczęsne hybrydowe stworzenie wcześniej. Teraz to już tylko wykrzywiona monstroza, niedobrane kończyny i nienaturalnie bystre oczy mówiące o gwałcie na naturze, którego nigdy nie powinno być.

— Wyobrażasz sobie żyć w ten sposób? — mruczę, niezdolna oderwać wzroku od koszmaru, w jaki przeobrażono tę kiedyś ludzką istotę.

— Żyć? — Declan prycha pogardliwie. — Uważasz, że te ohydztwa zasługują, by dalej oddychać?

Rzucam mu ostre spojrzenie. — One tego nie wybrały, Declan. Ta tortura została im narzucona.

— Nieważne. — Marszczy się z obrzydzonym lekceważeniem. — Spójrz na nich, Blackwell. To teraz potwory. Nie da się ich uratować ani kontrolować.

Na moment zamykam oczy pod naporem smutku. — Może i nie. Ale nie możemy skazać ich na stracenie, nawet nie próbując.

— Próbując? — parska twardo Declan. — Naprawdę myślisz, że w tych stworach zostało coś ludzkiego, co da się ocalić?

— Może, jeśli wystarczająco się postaramy — mówię cicho, kurczowo trzymając się kruchej nadziei. — Jakiś strzęp tego, kim byli, może wciąż w nich tlić.

Warga Declana unosi się w pogardliwym grymasie. — Bredzisz. Te dziwadła to nieudane eksperymenty, nic więcej. Trzeba je zlikwidować, zanim kogoś skrzywdzą.

W piersi buzuje mi gniew na jego bezduszność. — Nie jesteśmy tu katami, Declan. Naszym obowiązkiem jest chronić słabych, pamiętasz? — Wskazuję ostro na hybrydy. — I one wciąż są po części ludźmi, niezależnie od tego, co im zrobiono.

— Rób, jak chcesz — warknie przez zęby Declan, a jego piwne oczy ciemnieją od obrzydzenia. — Tylko nie płacz, gdy któryś z tych potworów zabije kogoś, na kim ci zależy.

Odwracam się, odmawiając skomentowania tej kąśliwości. Idziemy dalej w napiętym milczeniu przez labirynt szklanych cel. Jego okrutne słowa drążą we mnie, rozniecając wątpliwości, które wolałabym przemilczeć.

A jeśli ma rację? Jeśli tych udręczonych istot naprawdę czeka tylko śmierć, nieważne, jak bardzo będę próbować je ocalić?

Ale jeśli istnieje choć cień szansy... czy nie warto o niego walczyć? Nie potrafię stać z założonymi rękami, nie wtedy, gdy w nich może jeszcze żarzyć się iskra człowieczeństwa. Choćby skryta głęboko i ledwie tląca.

Mijam każdą hybrydę, spotykając ich spojrzenia, przekazując niemy ślub. Nie zapomnę o was. Znajdę tych, którzy wam to zrobili. I każę im zapłacić.

Jedna istota, bardziej wilcza niż ludzka, patrzy na mnie z niespodziewaną jasnością, przyciskając szponiastą dłoń do szyby. W tej iskrze porozumienia, przez jedno ulotne mgnienie, czuję człowieka uwięzionego w środku. Zagubionego i przestraszonego, ale nie całkiem utraconego. Jeszcze nie.

Wewnątrz twardnieje mi postanowienie, jak zimny diament. Dopóki tli się choć jeden skrawek tego, kim kiedyś byli, będę walczyć o ich prawo do życia i o to, by znów stali się cali.

Bez względu na cenę.

ROZDZIAŁ ÓSMY

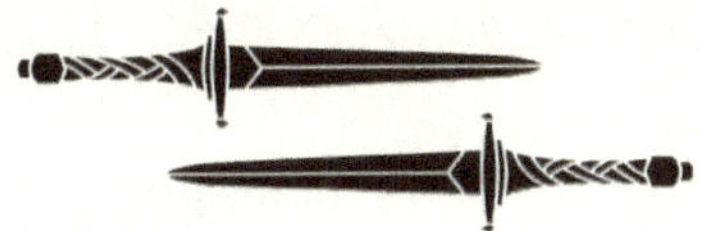

Tę duszącą metaliczną woń krwi przenika powietrze, gdy wkraczamy w sam środek ukrytego laboratorium. Wszędzie panuje absolutny chaos — potłuczone szkło, wywrócone meble, ślady pazurów głęboko wyryte w ścianach. To jasny dowód, że przynajmniej część biednych hybryd wyrwała się z uwięzienia i wyraziła swój ból jedynym sposobem, jaki im pozostał. Mój puls wciąż pędzi, a resztki adrenaliny tylko podkreślają niebezpieczeństwo, w które świadomie weszliśmy.

Declan szarpie mnie za ramię, wskazując z obrzydzeniem na dokumenty i luźne kartki walające się po podłodze. — Powiedz mi, że naprawdę nie rozważasz ratowania tych potworności, Blackwell.

Wyrywam rękę i obrzucam go miażdżącym spojrzeniem. Ale w środku nie mogę zaprzeczyć burzy, która we mnie wrze. — Nie wybrali, żeby ich stworzono takimi, jacy są, Declanie. Są takimi samymi ofiarami jak wszyscy.

Parska szorstkim śmiechem. — Och tak, oczywiście powinniśmy litować się nad dzikimi bestiami. Obudź się i poczuj zapach krwi.

Zaciskam szczęki tak mocno, że aż bolą zęby. — Samo nazywanie ich bestiami dowodzi, że już uznałeś ich za nie do odratowania. A to nie jest takie proste.

Declan odkopuje nogą zniszczone biurko, odsłaniając pod spodem połamane zwłoki jednej z humanoidalnych hybryd. — Masz rację. To coś jest najwyraźniej tylko niezrozumiane. Jego kpiący ton tnie do żywego.

Przełykam żółć podchodzącą do gardła. — Nie wiesz, do czego naprawdę są zdolne, Declanie. Może wciąż jest dla nich nadzieja.

— Nadzieja? — odwraca się gwałtownie, a jego piwne oczy płoną. — Artemis, rozejrzyj się! Te dziwadła trzeba wyeliminować, nie ratować.

— Nie nazywaj ich tak! — syczę przez zaciśnięte zęby. — Tak samo dobrze mogą być ofiarami. Nie możemy potępić ich wszystkich z góry.

Declan unosi ręce w geście wściekłej bezradności. — Nie mamy pojęcia, jakie stanowią zagrożenia. A ty chcesz narażać życie w imię jakiejś naiwnej krucjaty? — Jego głos ocieka odrazą. — To potwory, stworzone przez potwory.

To słowo wbija się we mnie jak nóż, rozpalając mój tliwy gniew. — A więc my też jesteśmy potworami, Declanie? Czym różnimy się od nich w oczach świata?

Prycha pogardliwie. — To naprawdę twój najlepszy argument? Żałosne, Blackwell.

Otwieram usta, by odszczeknąć, ale zawodzę. Otoczona krwią i zgliszczami, czuję, jak w moją determinację wpełzają wątpliwości. Czy z tego plugastwa może wyniknąć cokolwiek dobrego?

Wyraz twarzy Declana wykrzywia się w okrutnym uśmiechu, wyczuwając moje wahanie. — Rozejrzyj się. Naprawdę widzisz w tej piekielnej norze coś wartego ocalenia?

Wymuszam w głosie pewność. — Może. Z pomocą odkupienie nie musi być dla nich niemożliwe.

Jego warga drga z pogardą. — Zaczynasz brzmieć jak jeden z tych obłąkanych naukowców. Niewiarygodne. — Odwraca się, ale dostrzegam strach, który przyciemnia mu oczy — strach przed nieznanym, które uosabiają te biedne istoty. I nie mogę zaprzeczyć, że ten sam strach podgryza moje serce.

Czy współczucie tutaj jest tylko zaproszeniem do jeszcze większej katastrofy? Już nie wiem. I to właśnie napawa mnie przerażeniem.

Wchodzę głębiej w lab, omiatając wzrokiem rzędy komputerów wyświetlających stosy danych i niepokojące nagrania z eksperymentów. Stały pomruk maszyn szarpie i tak napięte nerwy. Declan krąży tuż za moim ramieniem, a napięcie bije od niego wyczuwalnymi falami.

— Musimy wyczyścić wszystkie dane, Artemis — mówi ponuro. — Nikt nie może uzyskać dostępu do tego zła.

Wściekle odwracam się do niego. — A jeśli zawierają wskazówki, jak odwrócić to, co zrobiono? — Wskazuję gwałtownie na ekrany. — Zniszczylibyśmy ich jedyną szansę!

Chwyta mnie mocno za ramiona. — Nie bądź naiwna! Te informacje są zbyt niebezpieczne, by pozwolić im się rozprzestrzenić. Jego wyraz twarzy nie dopuszcza żadnego kompromisu.

Szarpnięciem uwalniam się i wracam do komputerów z nową gorączką. — Daj mi tylko spróbować skopiować kilka kluczowych plików, zanim zniszczymy system. — Moje palce śmigają po klawiszach.

Declan wisi nade mną w milczącym potępieniu, gdy gorączkowo próbuję obejść zabezpieczenia. Ale mimo wszelkich starań wszystko jest bezbłędnie zaszyfrowane albo uszkodzone. Te bezcenne dane na zawsze pozostaną zamknięte, a ich tajemnice umrą wraz z tym przeklętym miejscem. Ta świadomość zostawia we mnie pustkę, czuję się ogołocona.

— Dość, Artemis — warknie Declan, a słowa wybrzmiewają ostatecznością w pustym laboratorium. — Czas nam się kończy. Musimy to dokończyć.

Osuwam się na oparcie krzesła, przygnieciona ciężarem porażki. Ma rację — jedyna szansa hybryd przepadła. Zniszczenie tego labu to jedyna opcja, choć zaciska mi się od tego supeł w piersi.

Declan rusza, by uruchomić protokoły autodestrukcji, ale podnoszę rękę, by go powstrzymać. — Czekaj. Proszę. — Głos mi się łamie, ciężki od żalu i wyrzutów.

Zastyga, obserwując mnie czujnie.

Zamykam oczy przed bólem. — Wiem, co tu jest stawką. Wiem. Ale nie możemy zetrzeć wszystkiego, nie uświadamiając sobie w pełni, co poświęcamy.

— Czy nie poświęciliśmy już dość? — pyta Declan ze zmęczeniem. W tej chwili wygląda na tak samo złamanego, jak ja się czuję. Ale jego determinacja nie kruszeje.

Kiwnę głową w milczeniu, niezdolna wykrztusić kolejnych słów przez żal dławiący gardło.

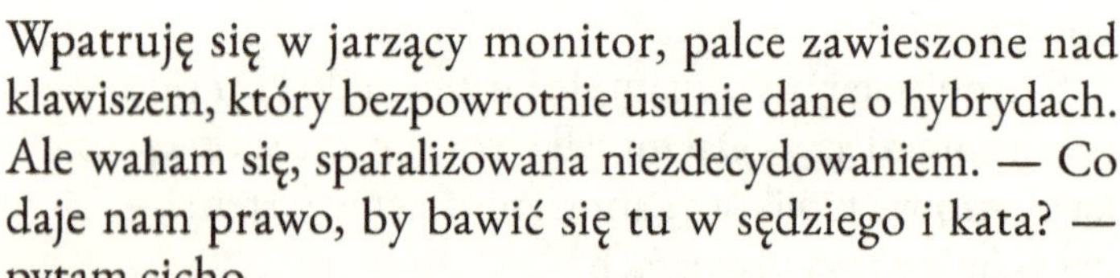

Wpatruję się w jarzący monitor, palce zawieszone nad klawiszem, który bezpowrotnie usunie dane o hybrydach. Ale waham się, sparaliżowana niezdecydowaniem. — Co daje nam prawo, by bawić się tu w sędziego i kata? — pytam cicho.

Declan przerywa swoją czynność i marszczy brwi, zdezorientowany. — O czym ty mówisz?

— Kim my jesteśmy, by decydować, czy mają żyć, czy umrzeć, tylko dlatego, że są inni? — Serce boli mnie na myśl o torturowanych hybrydach, uwięzionych między światami. — One o nic z tego nie prosiły.

— Nie mamy czasu na filozoficzne debaty, Artemis — prycha niecierpliwie Declan. — Widziałeś pliki — te rzeczy to zagrożenie.

Prostuję się, a w piersi zapala się gniew. — Czy naprawdę nasz obowiązek polega na tym, by wybić wszystko, co uznamy za niebezpieczne? — Zbliżam się o krok, patrząc mu prosto w oczy. — A może naszym zadaniem jest chronić niewinnych, niezależnie od ich formy?

Declan z rezygnacją rzuca rękami. — Nie bądź, do diabła, taka naiwna! Nie stać nas tu na litość.

— Dość! — Moja ostra riposta ucisza jego protesty. — Możemy przerzucać się moralnością cały dzień. Ale teraz musimy—

Mrożący krew w żyłach warkot ucina mi słowa w pół. Odwracam się w stronę wejścia do laboratorium, gdy z cieni wyłaniają się zdeformowane istoty, twarze ściągnięte w zwierzęce ostrzeżenie. Hybrydowi strażnicy. Musiały nas obserwować, czekając na moment do ataku.

Błyskawicznie dobywam pistoletu, wszystkie zmysły napięte do granic. — Declan. Przygotuj się. — Mój głos jest śmiertelnie spokojny.

On tylko krótko kiwa głową, broń błyszczy w jego dłoni. — Zaraz będzie brzydko, Blackwell.

Poprawiam chwyt, uspokajam rozszalałe serce. — Brzydko? Jeszcze nic nie widziałeś.

Stwory podchodzą bliżej, ich sylwetki falują odrażająco w nikłym świetle. Niemal czuję w ustach smak wściekłości i bólu, które buchają od nich duszącymi wyziewami. To starcie dojrzewa od chwili, gdy sforsowaliśmy te przeklęte mury.

Teraz burza się rozpętuje.

— Masz jakiś błyskotliwy pomysł? — pytam napiętym głosem, szykując się do zderzenia.

Jego uśmiech błyska ostrą brawurą. — Wybić wszystkich, a resztę wyjaśnić później. Zawsze to dla niego takie proste.

— Inspirujące przywództwo. — Przewracam oczami i wciskam spust, celując w najbliższą pokraczną postać. Rozpada się na cuchnący dym z przeraźliwym wrzaskiem. Jeden mniej.

Pozostałe hybrydy zwierają szyki, wyją w amoku krwi. Declan krzyczy ostrzeżenie, gdy pazury i kły błyskają przy moim nieosłoniętym boku. Cudem unikam zajadłego ataku, schodząc pod potworem, a Declan dobija go płynnym wypadem i cięciem. Oczywiście, nie dość „gracją" — będzie potem utrzymywał, że jego finisz to dzieło sztuki.

Nawałnica trwa, walczymy plecami do siebie, polegając na wyćwiczonym zgraniu, by wyprzedzać brzytwiasto ostre pazury i kłapiące szczęki. Ale jesteśmy niebezpiecznie w gorszej pozycji — tylko odwlekamy nieuniknione.

Wtedy ją dostrzegam — awaryjną zapadkę bezpieczeństwa do neutralizacji niebezpiecznych okazów. Nasza jedyna, desperacka szansa.

— Zabezpieczenie awaryjne, tam! — krzyczę do Declana, wskazując gwałtownie. Zrozumienie miga mu w oczach.

— Kupię ci czas. Leć! — Wyrąbuje ścieżkę przez warczące hybrydy, dając mi przestrzeń na szalony sprint do panelu sterowania. Walę dłonią w migający przycisk obejścia i w duchu modlę się do jakiegokolwiek bóstwa, które zechce posłuchać, by system wciąż działał.

Syreny rozdzierają ciszę, a cały kompleks trzęsie się złowieszczo wokół nas. Hybrydy się wahają, przez mgłę żądzy krwi przebija się konsternacja.

Declan chwyta mnie za nadgarstek, jego własna krew zostawia gorące smugi na mojej skórze. — Czas się zwijać, chyba że masz ochotę dać się pogrzebać żywcem.

Pędzimy przez drżące korytarze, ścigani jękami umierającej infrastruktury i nieludzkimi wyciem. Na szczęście to drugie zaczyna cichnąć, gdy wyprzedzamy niestabilne istoty. Płuca płoną, mięśnie krzyczą, ale zmuszam ołowiane nogi do większego wysiłku. Przetrwać teraz, runąć później.

Rozdział Dziewiąty

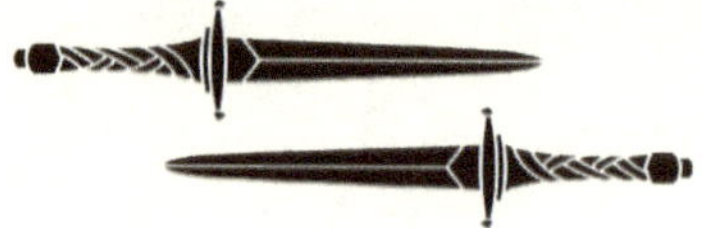

ŚCIANY KOMPLEKSU TRZĘSĄ SIĘ gwałtownie wokół nas, gdy pędzimy przez chaos i ruinę.

— Całe to miejsce zaraz runie! — krzyczy Declan, przekrzykując ogłuszające jęki betonu i wyginającego się metalu.

— A nie mów! — odpyskuję sarkastycznie, ledwo tłumiąc pierwotny strach w głosie. Lawirujemy między spadającymi odłamkami i przeskakujemy nad rozbitymi maszynami, gdy kompleks się wali. Każdy krok wystawia nasze ciała, pędzone adrenaliną, na próbę.

— Uwaga! — Declan chwyta mnie za ramię i szarpie w bok, gdy z góry spada ogromny kawał maszyny, o włos mnie mijając. Serce wali mi o żebra, które nagle wydają się kruche jak szkło. Dziś nie mam zamiaru zginąć, jeśli tylko mogę temu zapobiec.

Odzyskuję równowagę i biegnę dalej. — Masz jeszcze jakieś genialne uwagi, Profesorze?

Declan parska wymuszonym śmiechem. — Właściwie tak — jestem prawie pewien, że widzę wyjście tuż przed nami.

— Oby to nie był ślepy zaułek — mruczę w odpowiedzi. Nasze poszarpane oddechy mieszają się z apokaliptycznym zgiełkiem wokół. Przejście zbliża się, obiecując ucieczkę, jeśli tylko zdążymy do niego na czas.

Wpadamy w otwór w oślepiającą biel dokładnie w chwili, gdy za plecami ryczy fala uderzeniowa. Siła eksplozji ciska nami w stromy zaspa śniegu. Przez moment znam tylko oślepiający ból i dzwonienie w uszach.

Nad sobą widzę zatroskaną twarz Declana. — Artemis! Nic ci nie jest?

Zmusiłam zmarznięte kończyny do ruchu, tłumiąc jęk. — Zdefiniuj „okej”.

Podaje mi dłoń i pomaga się podnieść. Ciało krzyczy w proteście, ale z uporu blokuję kolana i zostaję na nogach. Nie ma czasu na słabość — wciąż grozi nam niebezpieczeństwo.

— Musimy się ruszać, zanim ochrona nas znajdzie — ponaglam Declana. Gorączkowo lustruję surowe zbocze w poszukiwaniu śladów pościgu. Wymknęliśmy się ze stryczka, ale łowcy nie mogą być daleko.

Zmieszanie przesłania potłuczoną twarz Declana. — Chwila, przed kim dokładnie teraz uciekamy?

— Przed tymi samymi skurczybykami, którzy próbowali zasypać nas żywcem. — Mój głos ocieka pogardą. Oczywiście korporacyjne pieski spuszczono ze smyczy w chwili, gdy odwróciliśmy się od naszych panów.

Declan wypuszcza z frustracją powietrze, poprawiając podarte ubranie pod lodowatym wiatrem. — Racja. Trzeba było wiedzieć, że nie pozwolą nam tak po prostu się ulotnić.

Przyspieszamy wspinaczkę po stromiźnie. — To jaki mamy plan na nasz wiszący nad głowami problem z ochroną? — pyta Declan.

Odsłaniam zęby w zawadiackim uśmiechu. — Proste. Nie uciekamy im.

Kroki mu na moment się plączą. — Słucham?

— Jeśli trzeba, przebijemy się przez nich. — Zaciskam dłonie na broni, a krew aż śpiewa z oczekiwania. — Żadne wynajęte osiłki nas teraz nie zatrzymają.

W oczach Declana zapala się brawurowy błysk. — No pewnie. Damy tym korporacyjnym pieskom posmakować, na co nas stać.

Buty chrzęszczą na zmarzliźnie, wspinamy się wyżej, nasłuchując ponad kąsający wiatr wszelkich odgłosów pościgu. Wiem, że następne starcie nadciąga szybko i musimy być gotowi.

Jest — w oddali charakterystyczny łomot łopat śmigłowca. No to jedziemy.

— Padnij! — wrzeszczy Declan. Rzucamy się za poszarpany występ skały dokładnie w chwili, gdy wokół nas rozszalał się ostrzał. Rykoszety wyją po kamieniu w gradowej zawierusze odłupków i śniegu.

Ryzykuję zerknięcie na ścigających — ciężko uzbrojeni, w sprzęcie klasy wojskowej. Ale ich poukładana linia zdradza przyzwyczajenie do korporacyjnej ochrony, nie prawdziwego pola walki. Damy radę.

Spoglądam na Declana i widzę we własnym spojrzeniu to samo nieustępliwe zdecydowanie. Bez słów wypinamy z pasów granaty odłamkowe i równocześnie wyciągamy zawleczki. Śmigłowce zbliżają się, karabiny obracają się w naszą stronę.

Trzy... dwa... jeden...

Wyskakujemy i ciskamy ładunki jednocześnie, śmiertelnie celnie. Grzmotliwe eksplozje ogarniają maszyny, gdy te próbują skręcić — za późno. Ogień rozkwita, wirują bez kontroli, zderzając się w erupcji płomieni i czarnego dymu.

Wymieniam z Declanem zajadły uśmiech. — Idziemy dalej. Nadciągną następni.

Parniemy wyżej, oddechy kłębią się w powietrzu, a lodowe powietrze pali płuca. Nastawiam uszu, szukając charakterystycznego pomruku zbliżających się silników ponad żałobnym wyciem wiatru.

Kiedy nadchodzi, robi to bez ostrzeżenia. Kule sieją w ziemi dziury, zmuszając nas do krycia. Zerkam na napastników — żołnierze opuszczają się po linach z oskrzydlającego śmigłowca, rozchodząc się wachlarzem, by nas otoczyć. Tym razem nie ma ucieczki.

Niech i tak będzie. Przetniemy ich ostrze po ostrzu.

Rozdzierający okrzyk przebija moją koncentrację — Declan osuwa się, a krew błyskawicznie rozlewa po jego kurtce. Nie! Nie teraz, gdy jesteśmy tak blisko.

Chwytam go za ramię i podciągam z siłą, o którą się nie podejrzewałam. — Trzymaj się, Declan! Wyjdziemy z tego żywi.

Zaciskając zęby z bólu, kiwa niepewnie głową. Razem kulawimy i zataczamy się w górę stoku, zdeterminowani, by uciec. Ostrzał nie ustaje, ale wściekłość i desperacja pchają nas naprzód.

Wreszcie szczyt jest przed nami, o włos poza perymetrem wroga. Tak blisko, że czujemy go na języku. Declan unosi zamglone bólem oczy i spotyka moje. Bez słów uzgadniamy plan — na mój znak przebijamy się prosto przez ich linię, z lufami plującymi ogniem.

Zaciskam uchwyt na ramieniu Declana, a on ściska mnie w ramię na znak gotowości. W tej ostatniej chwili jesteśmy idealnie zgrani, zjednoczeni w odmowie poddania się. Na mój krótkie skinienie wyskakujemy z osłony z brawurą prosto w zęby pozostałych żołnierzy.

Zaskoczeni naszą samobójczą szarżą, reagują zbyt wolno. Przebijamy się przez ich szyk w wirze stali, zanim zdołają zorganizować obronę. I tak po prostu jesteśmy już po drugiej stronie, zataczając się te ostatnie, kluczowe kroki do tymczasowego schronienia poza ich perymetrem.

Może jesteśmy poobijani i zakrwawieni, ale wciąż stoimy — i to więcej, niż mogą powiedzieć ci, którzy staną nam na drodze.

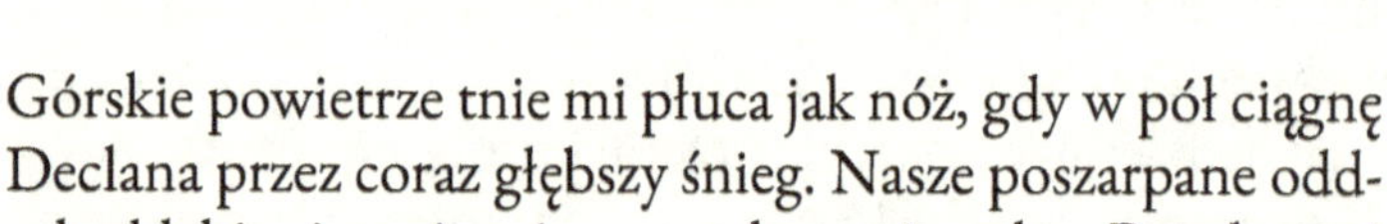

Górskie powietrze tnie mi płuca jak nóż, gdy w pół ciągnę Declana przez coraz głębszy śnieg. Nasze poszarpane oddechy kłębią się upiornie w mroku zmierzchu. Przed nami ciemna paszcza jaskini obiecuje cenne schronienie i wytchnienie.

— Prawie na miejscu — wyciskam przez zęby, kiedy pot lepi mi włosy do czoła mimo mrozu. Declan tylko jęczy w odpowiedzi, niepokojąco bezwładny, oparty o mnie.

Osuwamy się tuż za skalnym nawiesem, na moment chronieni przed kąsającym wiatrem. Ostrożnie układam Declana na lodowatej skale, a gardło mi się ściska na widok krwi, która błyskawicznie barwi nieskazitelnie biały śnieg wokół.

— Artemis... musisz zatamować krwawienie — chrypi Declan, ledwie trzymając się przytomności.

— Wiem, dam radę. — Grzebię w plecaku za marną apteczką, dłonie mi drżą. Do w pełni wyposażonego ambulatorium temu daleko, ale musi wystarczyć.

Wzrok Declana śledzi mnie, gdy rozcinam postrzępioną koszulę, by dostać się do rany postrzałowej. — Od kiedy jesteś medykiem? — usiłuje zażartować.

— Odkąd wpakowałam się w to szaleństwo. — Nakładam warstwy gazy na poszarpaną dziurę, dociskając. — A teraz zamknij się i daj mi pracować.

Czuję ciężar jego spojrzenia, ale odcinam się od niego, skupiając wszystko na powstrzymaniu szkarłatnego strumienia. Nie ma czasu na porządne szwy — prowizoryczne bandaże muszą wystarczyć. Myśli galopują i zderzają się, lecz siłą woli kładę na panikę lód. Okazywanie strachu nikomu nie pomoże.

Zabezpieczam opatrunek i odchylam się, zmywając krew z rąk śniegiem. — Gotowe. To powinno cię na razie poskładać.

Declan wysila się na bladawy uśmiech. — I to wszystko, na co cię stać?

Przewracam oczami, ale łagodzę ton. — Hej, ciesz się, że przypadkiem nie amputowałam czegoś ważnego.

Jego słaby chichot przechodzi w syk bólu. — Zawsze taka czarująca, Blackwell.

— Odpocznij teraz. — Lekko ściskam go w ramię, po czym przesuwam się do wąskiego wylotu jaskini, by wypatrywać pościgu. I dostrzegam kilka złowrogich sylwetek, które skrycie przemykają między drzewami. Cholera. Znaleźli nas.

Przykucam z powrotem, serce tłucze jak oszalałe. — Declan, mamy gości. Wygląda na pół tuzina.

Krzywi się i już próbuje się podnieść. — No to wygląda, że staniemy do walki tutaj.

— Siedź — rozkazuję krótko, sprawdzając magazynek. — Nie nadajesz się teraz do walki. Ja się tym zajmę.

W oczach Declana mignie niepokój, ale wie, że nie ma się co spierać. — Tylko... uważaj.

Wpycham pewność w głos. — A kiedy niby nie? — Ta fałszywa brawura smakuje gorzko. Ale ten ciężar muszę unieść sama.

Uspokajam oddech i nasłuchuję szeptów śniegu pod taktycznymi butami, które nieuchronnie się zbliżają. Declan wierci się niespokojnie za mną, jego ciężkie oddechy brzmią w mrozie jak wystrzały. Koniec uciekania. Czas się postawić — wygrać albo polec.

Gdy pierwszy żołnierz w czerni staje w polu widzenia, zbieram całą odwagę i rzucam wyzwanie w ciszę. — Koniec drogi, chłopcy. Jestem tutaj.

Ekipa ochrony obraca się ku mojemu wyzwaniu, zdumienie miga im w oczach. Ale reagują natychmiast, unosząc broń z zabójczą intencją. Głupcy.

— Artemis, padnij! — ochryple krzyczy Declan. Zanim zdołam zareagować, wyskakuje i z całej siły taranuje najbliższego strzelca. Zderzają się i znikają mi z oczu, a przez ich szamotaninę przebija jęk bólu Declana.

Nie mam czasu, by się o niego martwić. Oddaję szybki strzał do drugiego ochroniarza, trafiając go wysoko w ramię. Chwieje się, ale zdoła wypuścić dziką serię z odwetu, zmuszając mnie do uskoku. Pocisk świszcze tuż obok, aż porywa mi włosy. Zdecydowanie za blisko.

— Skup się, Blackwell — warczę do siebie, przeskakując przez osłonę i pędząc na powalonego strażnika, zanim zdoła znów wycelować. Puls dudni mi w skroniach furią i adrenaliną. Może z Declanem nie jesteśmy drużyną, ale teraz mamy tylko siebie.

Ze szczątków odgłosów ich szarpaniny wnoszę, że Declan siłuje się wręcz, wyraźnie w gorszej formie. Trzeba wyrównać szanse.

— Przydałaby się tu odrobina pomocy, kochanie? — woła przez zaciśnięte zęby Declan.

— Wiesz, że nie znoszę ksywek — warczę, kopiąc go z furią w nieosłonięte żebra. Strażnik składa się ze zduszonym charknięciem, wreszcie nieruchomieje.

Ostrożnie lustruję okolicę, ale na razie wygląda na czysto. — To już wszyscy?

— Chyba tak. — Declan z trudem się podnosi, z grymasem ściera krew i pot z czoła. — A teraz spadajmy stąd, zanim przyjdą następni.

Unoszę brew, znacząco zerkając na ciągnący się wokół nas nietknięty śnieg. — Jakieś mądre pomysły, geniuszu, jak to zrobimy?

W odpowiedzi Declan wskazuje na mały budynek niemal znikający na tle linii drzew. — W istocie, zdaje się, że to skutery śnieżne. — Na jego ustach, mimo wszystkiego, igra cień zwyczajnie bezczelnego uśmiechu.

Parskam krótkim, zaskoczonym śmiechem. — No dobrze, jestem pod wrażeniem. Może jednak z ciebie jakiś pożytek.

Razem brniemy przez narastające zaspy w stronę szopy. Rany palą w gryzącym wietrze, ale spycham to na bok. Nie czas teraz na słabość, jeśli chcemy uciec z tego lodowego piekła.

Declan szarpie drzwi, zawiasy skrzypią z mrozu, a w środku odsłaniają się dwa smukłe skutery. — To co, bierzemy tę zdobycz na rundkę, kochanie?

Przewracam oczami na jego brawurę, ale uśmiech tłumię z trudem. — Pamiętaj, kto tu prowadzi lepiej, kozaku. Postaraj się nie roztrzaskać nas obojga.

— Twoja wiara we mnie jest naprawdę budująca — burczy, ale w oczach iskrzy mu na nowo nadzieja i energia.

Silniki ryczą, rozpruwając krystaliczną ciszę. Declan rusza przodem, a ja trzymam się tuż za nim, spinając się na podskoki i szarpnięcia zdradliwego terenu. Pniemy się po zdradliwych zboczach, jeszcze bardziej niebezpiecznych przez wirujący śnieg i tafle lodu. Ale zwalnianie nie wchodzi w grę.

Kurczowo ściskam lodowate kierownice, walcząc, by utrzymać spłoszoną maszynę w ryzach. Obok mnie Declan coś krzyczy, czego nie dosłyszę przez wyjący wiatr. Wskazuje nagląco dokładnie w chwili, gdy dostrzegam przed sobą lśniący, zdradliwy pas.

Gwałtownie zrywam na bok, o włos unikając śmiertelnej wywrotki. Serce podchodzi mi do gardła, gdy odzyskuję kontrolę. — Dzięki za ostrzeżenie!

Declan krzywi się w uśmiechu i rzuca żartobliwy salut, po czym znów patrzy przed siebie. Daleko nam do bezpieczeństwa, ale taka robota w jednym rytmie — to po prostu jakoś gra. Razem możemy mieć realną szansę wyrwać się z tej lodowej pułapki.

Im wyżej, tym bardziej kręci się w głowie, ale ciśniemy ciągle w górę, próbując uciec przeszłości i zostawić za sobą tę przeklętą kabałę. Ciało boli, dłonie drętwieją pod podartymi rękawiczkami, ale bywało gorzej. Damy radę.

A z Declanem niespodziewanie u boku przyszłość nie wydaje się już aż tak ponura. Kto wie, może kiedyś spojrzymy wstecz i będziemy się śmiać z tego szaleństwa.

Ale najpierw musimy przeżyć. Zaciskam zęby na mrozie, ignoruję protesty poobijanego ciała i jadę dalej. W stronę tego, co przyniesie przyszłość.

ROZDZIAŁ DZIESIĄTY

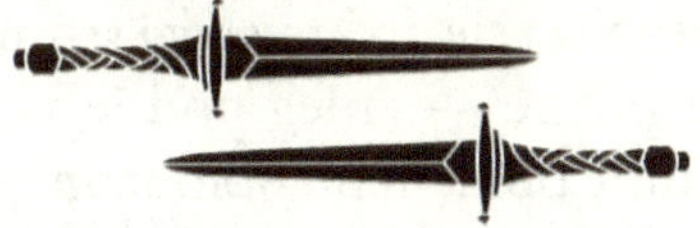

DRAPIEŻNE CHMURY ZBIERAJĄ SIĘ nad nami, rzucając złowieszczy cień na i tak zdradliwy górski teren. Wiatr się wzmaga, wyjąc jak wataha wilków zaciskająca krąg wokół ofiary.

— Wygląda na to, że szykuje się paskudna pogoda! — krzyczy Declan ponad rykiem naszych silników, mrużąc oczy przed zawiejką płatków śniegu. — Lepiej przyspieszmy, zanim złapie nas ta zamieć!

— Fantastycznie, bo przecież nawigowanie po tych stokach już i tak nie było dość trudne — burczę pod nosem. Ale ma rację — jeśli wkrótce porządnie nie ruszymy naprzód, zasypie nas żywcem.

Śnieg się wzmaga, a wiatr miota nim w dzikim tańcu, który zasnuwa nam widok. Zaciskam palce na kierownicy, wysilając wzrok w bieliźnie zadymki; oczy łzawią od przenikliwego mrozu.

— W ogóle widzisz, dokąd jedziemy? — krzyczę do Declana, ledwo przebijając się przez wycie wichru.

— Ledwo! Ale nie przychodzi mi do głowy nic lepszego, tobie tak? — ryczy w odpowiedzi, ledwie słyszalny. Tylko

Declan potrafi znaleźć plusy w tym, że tkwimy w jeżdżącej pułapce śmierci.

Im dalej brniemy, tym szybciej warunki się pogarszają. Ledwo widzę parę kroków przed sobą, a palce drętwieją z zimna mimo rękawic. To proszenie się o katastrofę i, mówiąc szczerze, nie mam pewności, czy tym razem z tego wyjdziemy.

— Declan, zwolnij! — wrzeszczę, gdy widzę, jak niebezpiecznie zbliża się do krawędzi stromego urwiska. Ale jest już za późno — śnieg pod jego pojazdem osuwa się, a on sunie bokiem po oblodzonej powierzchni. Wciskam hamulec, rozpaczliwie próbując powstrzymać własną maszynę przed wpadnięciem na jego.

— Artemis! — jego głos to surowy, spanikowany krzyk, gdy walczy o odzyskanie kontroli. Lecz los chce inaczej — nasze pojazdy zderzają się z wstrząsem, od którego trzeszczą kości, a mnie wyrzuca w bok; ląduję w zaspie ze stukiem, który wybija mi powietrze z płuc.

— Declan! — sapczę, dźwigając się na nogi; całe ciało boli od kraksy. Obraz mi pływa, kiedy próbuję go wypatrzyć w bezlitosnej zamieci, a klatkę ściska strach. — Gdzie jesteś?!

— Tutaj! — odkrzykuje słabo, z trudem. Podążam za głosem, potykając się w śniegu, aż znajduję go rozciągniętego na ziemi, syczącego z bólu. — Chyba coś sobie złamałem.

— Świetnie, tego nam brakowało — mamroczę, walcząc z odruchem przewrócenia oczami. Ale nawet mój sarkazm nie przykryje niepokoju, który mnie zżera — tkwimy w brutalnej zamieci bez szans na ucieczkę, a jeśli szybko nie znajdziemy schronienia, nie doczekamy końca burzy.

— Chodź, musimy znaleźć schronienie — mówię przez zaciśnięte zęby, chwytając Declana za ramię, gdy brniemy przez zadymkę. Śnieg jest niezmordowany, niekończący się grad lodowych sztyletów kłujących odkryte fragmenty skóry.

— Tam! — krzyczy Declan, wskazując niewielką szczelinę w zboczu góry. Niewiele to, ale musi wystarczyć — byle tylko precz z tej cholernej zawiei. Chwiejemy się ku niej, na pół skostniali i kompletnie wyczerpani.

Szczelina ledwie mieści nas oboje, ale wciskamy się do środka i tulimy do siebie dla ciepła. Zwykle czułabym się nieswojo tak blisko kogoś, zwłaszcza jego, ale teraz przetrwanie wygrywa z prywatnością.

— Dobra, pokaż mi ranę — nalegam, napiętym, urywanym tonem. Wiem, że nie chce, żebym nad nim skakała, ale jeśli to się zakaża, jesteśmy ugotowani.

— Artemis, nic mi nie jest — protestuje słabo, próbując zbagatelizować mój niepokój. Ale ma bladą twarz, płytki oddech i widzę ból w jego oczach.

— Przestań być uparty, Reed — warknę, aż gotuje się we mnie z frustracji. — Nie pozwolę ci się tu wykrwawić.

— Dobrze — ustępuje, krzywiąc się, gdy podnosi koszulę i odsłania paskudną postrzałową ranę w boku. Żołądek mi się przewraca na ten widok, ale zmuszam się, żeby zachować zimną krew. To nie pierwszy raz, kiedy opatruję kogoś w terenie, i nie ostatni.

— Okej, będzie boleć — ostrzegam go, zaczynając oczyszczać ranę drżącymi palcami i usiłując ignorować to, że nasza bliskość przyspiesza mi puls. — Ale lepsze to niż gangrena, uwierz.

— Dzięki za ostrzeżenie — wyciska przez zaciśnięte zęby, całe ciało napięte z bólu, gdy pracuję. — Zawsze wiesz, jak poprawić mi humor.

— Zamknij się i daj mi się skupić — odcinam się, czując, jak policzki mi płoną od mimowolnej intymności sytuacji. A jednak, choć chciałabym go odepchnąć, trzymać na dystans jak wszystkich w moim życiu, nie potrafię. Jest w

Declanie coś, przez co moje mury po prostu nie dają się utrzymać.

— Dobra, gotowe — mówię w końcu, zawiązując prowizoryczny bandaż i starając się nie zatrzymywać na ciepłej skórze pod opuszkami palców. — Nie wygląda to pięknie, ale wytrzyma, dopóki nie znajdziemy porządnych opatrunków.

— Dzięki, Artemis — mruczy, a jego piwne oczy wpatrują się w moją twarz z intensywnością, od której wiercę się nieswojo. — Nie wiem, co bym bez ciebie zrobił.

— Pewnie byś się wykrwawił — odpowiadam zgryźliwie, wpychając na usta krzywy uśmiech, choć serce dudni mi w piersi. — A teraz spróbuj pospać. Będzie nam to potrzebne, jeśli mamy przetrwać tę burzę.

Śnieg zasypuje wejście, zasklepiając wylot naszej małej szczeliny. Na zewnątrz wiatr wyje, zagłuszając wszelkie inne dźwięki i pogrążając nas w ciemności. Uwięzieni jak szczury.

— Nie wierzę, że tu utkniemy — mamrocze Declan, wyraźnie próbując przerwać ciszę, która się między nami rozgościła. — Przynajmniej burza daje nam oddech od tych cholernych ochroniarzy.

— Małe pocieszenie — rzucam, nie potrafiąc zapanować nad sarkazmem. Siadam plecami do zimnej, nieprzejednanej skały, z kolanami podciągniętymi pod brodę. Palcami kreślę bezmyślne wzory na oszronionym kamieniu, starając się nie myśleć o tym, jak blisko siebie siedzimy w tej klaustrofobicznej szczelinie.

— Hej. — Jego głos łagodnieje, niemal mięknie. — Żyjemy, prawda? To też się liczy.

— Żywi i uwięzieni w zamieci — przypominam kwaśno.

— Lepsze to niż martwi i pogrzebani pod wysadzonym laboratorium — ripostuje, a jego oddech jest ciepły na moim policzku.

— Prawda — przyznaję niechętnie. Znowu zapada cisza, ale już mniej napięta, bardziej towarzyska. Nie trwa jednak długo. Nic nigdy nie trwa.

— Artemis?

— Co? — warczę, zirytowana, że wyrwał mnie z zamyślenia.

— Miałaś kiedyś... jakieś żale? — pyta niepewnie, niemal bezbronnie. Nie podoba mi się to.

— Każdy czegoś żałuje, Declan — mówię od niechcenia, nie chcąc zanurzać się za głęboko we własną przeszłość. — Taka już ludzka natura.

— Racja. — Zawiesza głos, po czym ciągnie: — Jest coś, o czym muszę ci powiedzieć.

— Oświeć mnie — prowokuję, unosząc brew, choć i tak nie może tego zobaczyć w ciemności.

— Agentka Diana Fox. — Samo to imię wywołuje we mnie dreszcz, który nie ma nic wspólnego z zimnem. — Szantażuje mnie, Artemis. Zmusza mnie do roboty i zdawania jej raportów.

— Co ona może na ciebie mieć? — Tego nie pojmuję.

— Pamiętasz, jak mówiłem, że kiedyś byłem złodziejem? — pyta cicho. — Był taki skok... Poszło źle. Bardzo źle. Ludzie zginęli, Artemis. Niewinni ludzie.

— Jezu, Declan — szepczę, czując, jak ściska mnie w żołądku. — I Diana o tym wie?

— Wie? To ona tym wszystkim pokierowała — pluje słowami, a głos mu drży z wściekłości. — Wystawiła mnie, a teraz trzyma to nade mną jak jakiś zwyrodniały marionetkarz.

— Cholera. — Wyrwało mi się, nim zdążyłam się powstrzymać, ale nie dbam o to. Tkwimy tu razem, on i ja, spętani sekretami, kłamstwami i gorzkim smrodem zdrady. W tym lodowym piekle nie ma od tego ucieczki.

— Artemis — szepcze Declan w ciemności, głosem ciężkim od żalu. — Przepraszam.

— Daruj sobie — mówię, a serce boli mnie w piersi. — Mamy teraz większe problemy.

— Na przykład przetrwać noc? — sugeruje z przekąsem.

— Dokładnie. — Wymuszam uśmiech, choć bardziej przypomina grymas. — A teraz śpij. Przyda nam się to.

— Dobra. — Milknie i przez chwilę myślę, że zasnął. Ale potem znowu się odzywa, ledwie przebijając się ponad wycie wiatru.

— Dzięki, że mnie wysłuchałaś, Artemis. To... wiele dla mnie znaczy.

— Jak chcesz — mamroczę, odwracając się od niego i próbując zignorować ucisk w piersi. — Po prostu śpij.

— Okej. — Jego oddech jest ciepły na mojej szyi, mała pociecha w mroźnej ciemności. — Dobranoc, Artemis.

— Dobranoc, Declan — szepczę i po raz pierwszy czuję, że może jednak wyjdziemy z tego cali.

***

Świt pęka jak rozbite jajko, a niebo krwawi pomarańczem i różem, gdy burza wreszcie odpuszcza swój nieustępliwy atak. Powietrze jest zimne, ostre jak nóż, ale lepsze to niż zostać żywcem zasypanym.

— Wygląda na to, że daliśmy radę — mruczy Declan, zachrypnięty po godzinach milczenia. Mimowolnie zerkam na niego, zauważając, jak blado wygląda na tle posiniaczonego nieba.

— Ruszajmy dalej — mówię, odpychając natrętną troskę, która próbuje podnieść łeb. Mamy teraz większe problemy — na przykład zniknąć z tej góry, zanim Bureau nas dopadnie.

Z trudem wydostajemy się ze szczeliny; ciała mamy sztywne i zbuntowane po zimnie i braku miejsca. Głęboki śnieg zdradziecko czepia się nóg jak lodowe macki, usiłując wciągnąć nas w dół. Prawie piękne — takie śmiertelne piękno.

— Cholera — warczy Declan, potykając się, gdy ugina mu się noga. Rana nas spowalnia, zamieniając każdy krok w wysiłek.

— Oprzyj się na mnie — proponuję niechętnie, pozwalając mu zarzucić ramię na mój bark. — Tylko się nie przyzwyczajaj.

— Nawet mi się o tym nie śni — odpowiada, obdarzając mnie zmęczonym uśmiechem, który nie sięga oczu.

— Dobrze — mruczę, skupiając się na stawianiu jednej nogi przed drugą. Śnieg chrzęści pod butami, a każdy krok to walka w białej pustyni.

— Artemis — dyszy Declan, a jego oddech zamienia się w parę w mroźnym powietrzu. — Przykro mi z powodu... no wiesz.

— Oszczędzaj oddech — ucinam, nie chcąc wracać do poprzedniej rozmowy. — Przyda ci się na podejściu.

— Racja — przyznaje i tylko trochę mocniej się we mnie wpija. — Dzięki za... no wiesz.

— Mówiłam: oszczędzaj oddech — powtarzam, ale w piersi rozlewa się ciepło, które nie ma nic wspólnego ze wschodzącym słońcem. Brniemy w milczeniu, a nasze oddechy mieszają się w lodowatym powietrzu, gdy parliśmy naprzód, zdesperowani, by zostawić to zmarznięte piekło za sobą.

Góra wznosi się nad nami, jej postrzępione szczyty sięgają nieba, które ma gdzieś chaos rozgrywający się poniżej. To okrutna ironia — piękno świata obojętne na zmagania w jego wnętrzu.

— Artemis... — głos Declana jest napięty, a ciało drży od wysiłku przy każdym kroku. — Nie wiem, jak długo jeszcze... dam radę...

— Idź — przerywam mu, nie pozwalając, by strach, który zwija mi się w żołądku, doszedł do głosu. — Damy radę.

— Racja — wykrztusza, wlepiając wzrok w ziemię, gdy wciąż walczymy z zdradliwym terenem. — Razem.

— A jakże — przytakuję i pierwszy raz naprawdę w to wierzę.

Szczyt wyrasta przed nami, okrutny strażnik, który śmie nam rzucać wyzwanie. Zaciskam zęby i wciągam Declana o kolejny stopień wyżej, a wiatr wyje nam w uszach jak wycie banshee.

— Prawie na miejscu — sapię, zerkając na Declana. Twarz ma bladą, spoconą, ale wciąż zdeterminowaną. — Jeszcze kawałek.

— Dzięki za otuchę — burczy, ledwie słyszalny ponad wściekłym wichrem. — Nie prosiłem, ale mniejsza.

— Hej, nie jesteś tu jedynym, który cierpi — odcinam się, stawiając kolejny krok. — Więc przestań się mazgaić, kwiatuszku.

— Dobra — mamrocze, a jego oddech znów zamienia się w parę, kiedy wreszcie docieramy na szczyt. Zatrzymujemy się, wiatr smaga nas jak lodowe noże. I nagle, nie wiadomo skąd, gdzieś w oddali zaczyna dudnić cichy, wirujący dźwięk.

— Czy to...? — mruży oczy w kłębach śniegu, niedowierzając.

— Helikopter — potwierdzam, wpatrując się w drobny punkcik, który rośnie, gdy się zbliża. — Wygląda na to, że ktoś jednak przysłał wsparcie.

— Albo chcą nas dobić — mruczy ponuro, a ból sprawia, że popada w paranoję. — Tak czy siak, bądźmy gotowi.

— Zgoda. — Zaciskam mocniej dłoń na pistolecie, obserwując, jak helikopter podlatuje. Wirniki wzniecają własną zamieć, a śnieg wiruje wokół nas w oślepiającym szale.

— Artemis! Declan! — Z helikoptera wyskakuje postać w mundurze Bureau, lądując z gracją w śniegu po kolana. Przed nami staje Diana Foxberry; jej rude włosy smaga podmuch turbin, a zielone oczy błyszczą czymś, co może być triumfem. — Wyglądacie jak siedem nieszczęść.

— Też mi miło, Pani Diano — warczę, nie opuszczając gardy. Podejrzenia Declana są zaraźliwe, a w jej pojawieniu się coś mi nie gra.

— Naprawdę? Bo wygląda, jakby była Pani zachwycona — prycha z uśmieszkiem, wskazując na helikopter. — Jestem tu, żeby Państwa ewakuować. Teraz, jeśli nie chcą Państwo zostać na tej przeklętej górze dłużej niż trzeba, proponuję, żebyśmy ruszali.

— Od kiedy Pani bawi się w bohaterkę? — pyta Declan, a w jego głosie pobrzmiewa podejrzliwość. — Nigdy mi Pani nie wyglądała na ten typ.

— A dziewczyna nie może zmienić zdania? — Diana udaje urażoną, ale z jej oczu nic nie da się wyczytać. — No już. Proszę, ruszajmy. Nie mamy dużo czasu.

Gdy zbliżamy się do helikoptera, instynkt krzyczy: niebezpieczeństwo. Ale na tym zamarzniętym szczycie nie mamy wielkiego wyboru. Z każdym krokiem naprzód spinam się na to, jaka zdrada może nas czekać.

Rozdział jedenasty

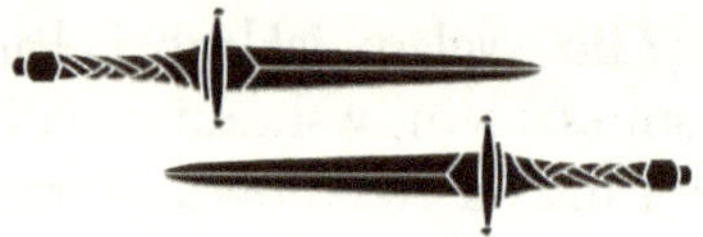

To chłodne nocne powietrze szczypie mnie w twarz, gdy po kolei lustruję Dianę i Declana, a puls mi przyspiesza. Nie mogę powiedzieć, że jej w pełni ufam, ale coś w determinacji, którą widzę w zielonych oczach agentki Diany Fox, mówi mi, że nie bawi się w półśrodki.

— Słuchaj, Artemis — ponagla Diana, robiąc krok w naszą stronę. — Musimy się ruszać, zanim dotrą tu kolejni agenci. Jesteśmy tu zbyt na widoku.

Przygryzam nerwowo wargę. Ma rację, ale... — Jak mamy wiedzieć na pewno, że możemy ci zaufać? Pojawiłaś się znikąd.

Zanim Diana zdąży odpowiedzieć, Declan wtrąca się niecierpliwie. — Oferuje nam wyjście, Artemis. Bylibyśmy idiotami, gdybyśmy z tego nie skorzystali.

Odwracam się do niego gwałtownie, z ogniem w oczach. — Łatwo ci mówić! Ale ja nie pójdę ślepo za jakąś obcą bez szczegółów. — Odwracam się z powrotem do Diany, krzyżując ramiona na piersi. — Lepiej zacznij mówić, agentko. I niech to, do cholery, będzie dobre.

Diana nie odrywa ode mnie wzroku. — Rozumiem twoje wahanie. Ale uwierz mi, chcę wam obojgu pomóc bezpiecznie się stąd wydostać. Wyjaśnię po drodze wszystko, co tylko mogę, ale teraz liczy się czas.

Marszczę brwi, nieprzekonana. — Wszystko, co możesz, czy wszystko, co powinniśmy wiedzieć?

— Wszystko, co wolno mi ujawnić — doprecyzowuje Diana po krótkiej pauzie, z ustami zaciśniętymi w wąską kreskę. Niespecjalnie to uspokaja.

Wypuszczam ze złością powietrze, rozważając nasze skromne opcje. Choć nie cierpię niewiadomych, zostanie w miejscu jest ewidentnie bardziej niebezpieczne. — Dobra. Zrobimy po twojemu, na razie. Ale żadnych numerów, jasne?

Ulga przemyka przez twarz Diany. — Jasne. Po lądowaniu czeka na nas samochód. Ruszajmy.

Declan rusza, żeby pójść za nią, ale szarpię go za ramię. — Jeśli coś pójdzie nie tak, zdejmujemy ją. Bez wahania. — W moim głosie nie ma miejsca na dyskusję.

Spotyka moje spojrzenie i kiwa głową. — Wiesz, że cię kryję. Jesteśmy w tym razem.

W ciągu godziny wracamy do miasta; Diana ląduje helikopterem na parkingu za najwyraźniej nieużywanym magazynem. Idziemy za Dianą labiryntem zaułków, a serce bije mi coraz mocniej z każdym krokiem. Przeczucie mówi mi, że zaufanie jej to ryzyko, ale może warte podjęcia. W najgorszym razie to szansa, by dowiedzieć się więcej o szemranym świecie, w który nas wciągnięto. I tak czy inaczej znajdziemy z niego wyjście — nawet jeśli po drodze zostawimy trochę zniszczeń.

Smukłe, czarne SUV, do którego prowadzi nas Diana, wygląda jak żywcem wyjęte z podręcznika tajnych operacji rządowych. No tak. Wsuwam się ostrożnie na tylne siedzenie, z ukrytą podejrzliwością obserwując, jak siada za kierownicą.

— Proszę — mówi Diana rzeczowo, podając mi tablet do tyłu. — Musicie to zobaczyć.

Ostrożnie biorę go od niej, skórę aż mrowi od chłodu obudowy. Dane na ekranie mrożą mi krew w żyłach. Mapy, listy nazwisk, fotografie placówek — wszystkie złowieszczo opatrzone etykietą „Centra Badań nad Hybrydami".

— Więcej tych popapranych laboratoriów? — pyta ostro Declan, pochylając się nad moim ramieniem. — Ile ich jest?

Wyraz twarzy Diany w lusterku wstecznym jest śmiertelnie poważny. — Za dużo. Wszystkie działają w ukryciu, eksperymentując tak na ludziach, jak i na istotach nadnaturalnych. — Jej dłonie zaciskają się mocniej na kierownicy. — Ale jeśli je zdemaskujemy, zamkniemy tę zdeprawowaną machinę na dobre.

Przybieram nonszalancki ton, by zakryć niepokój. — Niezła szlachetna krucjata, jaką proponujesz.

Jej przeszywające zielone oczy zatrzymują się na moich. — To szansa, by ochronić niewinnych i wyplenić zgniliznę z Biura. — Pod spokojną fasadą tli się żar. — By naprawdę coś zmienić.

Odwracam wzrok, myśli kłębią się w głowie. Czy naprawdę chcę takiej odpowiedzialności, po tylu latach udawania, że zło tego miasta mnie nie dotyczy?

Wyczuwając moje wahanie, Declan odzywa się twardo. — Dla jasności — robimy to dla ofiar, nie dla twojego ukochanego Biura.

— Taa — szybko przytakuję. — Nie jesteśmy winni tobie ani twoim szemranym znajomym żadnych przysług.

Wyraz twarzy Diany się wyostrza. — Rozumiem, że trudno wam zaufać. Ale tu w grę wchodzą ludzkie życia. Możemy odłożyć tę dyskusję na później, żeby powstrzymać te okrucieństwa?

Jeżę się na jej protekcjonalny ton, ale Declan kładzie uspokajająco dłoń na moim przedramieniu, zanim zdążę odszczeknąć. — Pomożemy na razie — mówi spokojnie. — Ale zrozum: nasz sojusz trwa tylko do momentu zamknięcia tych laboratoriów. — Zdradzisz nas — odchodzimy.

Diana tylko kiwa głową. — To skupmy się na bieżącej misji. — Wjeżdża z powrotem na opustoszałą drogę i rusza w nieznane.

Niepokój skręca mi trzewia, gdy światła miasta zostają za nami. Wpakowałam nas w coś znacznie mroczniejszego niż zwykła zagadka, bez wyraźnej drogi ucieczki. To, co zaczęło się jako zakład, wymknęło się spod kontroli.

Declan chyba czyta mi w myślach. — Hej — mruczy — damy radę, dobra? — Ale pod jego swobodnym tonem tli się napięcie. Oboje czujemy, jak sieć powoli się wokół nas zaciska.

Udaję słaby uśmiech. — Jasne, bułka z masłem. — Fałszywa lekkość brzmi płasko nawet w moich własnych uszach.

Podajemy sobie tablet tam i z powrotem, w milczeniu przeglądając obciążające pliki. Każda kolejna informacja odsłania coraz brzydszą prawdę o ohydnych eksperymentach prowadzonych na bezbronnych istotach. Wpatruję się w makabryczne zdjęcia hybrydowych obiektów, żółć pali mnie w gardle. Samo to pogwałcenie odbiera mi dech.

— To jest absolutnie chore — mamroczę, tłumiąc mdłości. — Bawić się w bogów cudzym, niewinnym życiem.

— Zgoda. Trzeba raz na zawsze zdjąć każdego z tych zdeprawowanych zwyrodnialców. — W oczach Declana tli się furia.

Przygryzam wargę, myśli kłębią się w głowie. — Choć zemsta kusi, pójście na rympał z palcem na spuście grozi tym, że staniemy się tacy jak oni. — Patrzę uważnie na Declana. — Musimy być lepsi, bo inaczej sami utoniemy w mroku.

Przeciąga dłonią po twarzy, nagle wyglądając na zmęczonego. — Chcę tylko, żeby to się skończyło, za wszelką cenę. Ofiary zasługują na sprawiedliwość.

— Masz rację — przyznaję cicho. Choć chcę wierzyć, że pozostaniemy nieskalani, skala cierpienia sprawia, że ślepa zemsta kusi okrutnie. — Tylko mam nadzieję, że wymierzanie sprawiedliwości nie wykrzywi nas w odbicie zła, z którym walczymy.

Wyraz twarzy Declana łagodnieje ze zrozumieniem. — Cokolwiek się wydarzy, będziemy się trzymać nawzajem przy ziemi. Będziemy sobie przypominać, po co to robimy, gdy zrobi się najciemniej. Umowa?

Spycham w dół sztorm wątpliwości i zastrzeżeń. Wycofanie się teraz zostawiłoby zbyt wiele niewinnych istnień na pastwę losu. Cokolwiek czuję, na drugie myśli jest już za późno. Plansza jest ustawiona, figury już poszły w ruch. Zostaje dograć partię do końca.

Wymieniamy z Declanem ostatnie, zdecydowane spojrzenie. Bez względu na to, co nas czeka, stawimy temu czoła razem. A bogowie niech się zlitują nad każdym, kto spróbuje stanąć nam na drodze.

Prawdziwa bitwa zaczyna się teraz.

Patrzę na Dianę, której oczy błyszczą desperacją i sprytem, gdy przemierza w tę i z powrotem przygaszony bezpieczny dom. — Potrzebuję was obojga do tego — nalega. — Na własne oczy widzieliście koszmarną prawdę o eksperymentach nad hybrydami.

Declan parska, krzyżując ręce na piersi. — I jaka to niby prawda dokładnie?

Diana zatrzymuje się, a jej zielone spojrzenie uważnie przeskakuje między nami. — Że kierownictwo Biura jest w to zamieszane. Nielegalnie eksperymentują na ludziach i istotach nadnaturalnych.

Rzucam rękami w górę z frustracją. Krzyczę: — Co ty nie powiesz, Sherlocku! — Znaleźliśmy podpis samego doktora Victora Gravesa na części tych dokumentów! Szefa Biura osobiście!

— Dlatego właśnie musimy ich zdemaskować razem — nalega Diana. — Sama nie rozmontuję tej operacji. Z waszą wiedzą od środka możemy z hukiem zawalić cały ten zdeprawowany plan.

Wyraz twarzy Declana twardnieje z nieufności. — Albo grasz na dwa fronty. Dlaczego mielibyśmy ci zaufać?

Diana prostuje ramiona, nie spuszczając z niego wzroku. — Bo jeśli nie, te okrucieństwa będą trwać bez przeszkód. Więcej ludzi ucierpi, a prawda pozostanie pogrzebana.

Występuję naprzód wściekle, czuję, jak przez ciało przechodzą dreszcze furii. — Czyli mamy ryzykować życie dla twojej agendy? — żądam. — Dla kobiety, która kłamała od początku?

— Artemis, proszę... — zaczyna błagalnie Diana.

— Dość! — tnąc powietrze dłonią, niemal się trzęsę z gniewu. Pokój aż dusi od napięcia, gęsty jak dym. — Pomożemy rozbić ten chory projekt. Ale nie z lojalności wobec ciebie ani Biura.

Diana mierzy mnie wzrokiem, przekrzywiając lekko głowę. — Dlaczego więc?

Spotykam jej spojrzenie twardo, zdecydowana. — Bo tak trzeba. I nikt inny tego nie zrobi.

Coś niemal niedostrzegalnie zmienia się w wyrazie twarzy Diany. — Rozumiem. Ale nie zakładaj, że tylko was wiążą zasady. — W jej głosie brzmi przekonanie. — Chcę skończyć ten koszmar tak samo mocno jak wy.

Declan prycha kwaśno. — No tak, świętoszkami to my wszyscy jesteśmy. A teraz — masz jakiś sprytny plan, jak to w ogóle zrobić?

Na ustach Diany igra tajemniczy uśmiech, gdy wyciąga teczkę. — Może zostało mi jeszcze parę sztuczek. I cud albo dwa, jeśli dopisze nam szczęście.

Wywracam oczami ku niebu z irytacją. — No świetnie, więcej szpiegowskich gierek. Obyśmy tylko wszyscy przeżyli to szaleństwo.

Figlarny ton Diany znika. — Ryzyko jest realne, nie zaprzeczę — przyznaje z powagą. — Ale mamy szansę odkopać zło podszywające się pod sprawiedliwość. Uratować niewinnych niesłusznie skazanych. — Jej oczy błyszczą żarem. — Czy to naprawdę nic dla was nie znaczy?

Wiercę się nieswojo pod jej żarliwym spojrzeniem. — Oczywiście, że ofiary się liczą — mruczę. — Po prostu wolę bitwy, które rozumiem, z wrogami, których widzę.

Declan chrząka, równie skrępowany jej krucjatową retoryką. — Ratowanie życia brzmi nieźle w teorii. Ale rozbrajanie spisków to nie nasza specjalność.

— I właśnie dlatego was potrzebuję — nalega Diana. — Z waszymi umiejętnościami i moimi informacjami wyrwiemy ten rak korupcji z korzeniami. — Wyciąga ku nam dłoń. — Staniecie ze mną, żeby zakończyć te potworności na zawsze?

Wymieniamy z Declanem niepewne spojrzenie, oboje nie do końca przekonani. Ale myśl o kolejnych niewinnych, którzy będą cierpieć te okrucieństwa, ciąży mi jak kamień w żołądku. Teraz możemy być ich jedyną nadzieją.

Niepewnie ujmuję wyciągniętą dłoń Diany. — Jesteśmy z tobą, na razie. Ale to zaufanie ma swoje granice.

Diana ściska moją dłoń, a ulga mignięciem przemyka przez jej twarz. — Tyle mi wystarczy. Razem doprowadzimy winnych przed wymiar sprawiedliwości. — Jej uścisk się wzmacnia. — I zakończymy ten koszmar.

Declan kładzie swoją dłoń na naszych, przypieczętowując nasz kruchy sojusz. — Brzmi szlachetnie w teorii, jak mniemam. Teraz pozostaje mieć nadzieję, że pożyjemy dość długo, by tę hipotezę sprawdzić.

Diana uśmiecha się cienko. — O, pożyjemy. Porażka nie wchodzi już w grę.

Jej nieposkromiony zapał przyprawia mnie o dreszcz. Mogę tylko modlić się, by jej krucjata nie pożarła nas wszystkich, zanim to się skończy. Ale kości zostały rzucone, na dobre i na złe.

Teraz się okaże, czy jesteśmy bohaterami, czy głupcami.

ROZDZIAŁ DWUNASTY

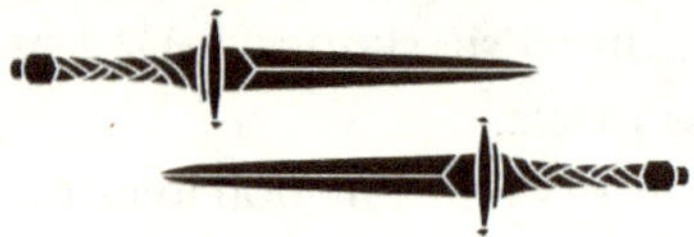

Ciężar tej decyzji osiada ciężko na mojej piersi. Prawie słyszę duchy mojej przeszłości, szepczące ostrzeżenia, przypominające, co się dzieje, gdy zaufanie rozdaje się lekkomyślnie. Ale jaki właściwie mamy teraz wybór? Nie mogę zignorować okrucieństw, których byłam świadkiem, udręki wyrytej na twarzach hybryd.

Zerkam na Declana. Ma zaciśniętą szczękę, spojrzenie nieobecne. Czuje ciężar tego równie mocno jak ja.

— W porządku — mówię w końcu; gorycz niechęci pali mnie na języku. — Najpierw zbierzemy więcej dowodów. Musimy mieć pewność, zanim wszystko spalimy do gołej ziemi.

Diana krzywi usta w ciasnym uśmiechu, jakby wygrała jakiś pokręcony pojedynek. — Mądra decyzja — mówi gładko, wyjmując z torby dwie teczki i rzucając je na stół. — Profile dwóch innych podejrzanych placówek. Jedna na pustkowiach, druga na odludziu, na pustyni.

Przekartkowuję strony ze zdjęciami i szyfrowymi notatkami, a skóra mi cierpnie. Oczywiście, te potwory nie ułatwią ich zdemaskowania. — Wygląda na to, że ten chory projekt jest jeszcze większy, niż sądziliśmy...

— Który obiekt sprawdzimy najpierw? — pyta Declan niskim, niebezpiecznym tonem.

— Rozdzielimy się. Artemis i ja bierzemy laboratorium na pustkowiach, Declan — pustynię — rzuca Diana, a jej kalkulujące spojrzenie przeskakuje między nami. — Działając osobno, zrobimy więcej.

Trzaskiem rzucam teczkę na stół. — Rozdzielić się? Czy Pani oszalała? Ledwie Pani ufamy. W życiu.

Declan krzyżuje ręce na piersi. — Ma rację. Trzymamy się razem, zawsze. To jedyny sposób, żeby pilnować sobie nawzajem pleców.

Usta Diany zwężają się z niezadowolenia, ale skłania głowę w geście zgody. — Dobrze. Zaczniemy razem od placówki na pustyni. Ale pamiętajcie, czasu jest mało, zanim Biuro zwietrzy, co robimy.

Przewracam oczami, zbierając dokumenty. — Wiemy. Szybko, zdobyć dowody, ulotnić się. Nie jesteśmy tu żadnymi żółtodziobami.

Oczy Diany błyskają goryczą. — Oczywiście. Nie śniłabym nawet o tym, żeby Państwa dwojga zlekceważyć. — Jej miodny ton kapie jadem.

Odpowiadam tym samym sarkazmem. — Lepiej, żeby Pani nie próbowała. To byłby ostatni błąd, jaki by Pani popełniła.

— Dość — warknie Declan, a żyła pulsuje mu na skroni. — Skupcie się na misji, a nie na drobnych urazach. — Kieruje surowe spojrzenie raz na Dianę, raz na mnie. — Musimy przeniknąć niezauważeni. Wewnętrzne spory zostawimy na później.

Przełykam ostrą ripostę, ramiona mam sztywne od niechęci. Choć gardzę Dianą, Declan ma rację. Musimy współpracować — na razie. Ale to nie znaczy, że ufam jej choćby za grosz.

Diana wygładza marynarkę i gwałtownie wstaje. — W takim razie ruszajmy. Im szybciej obnażymy to zepsucie, tym lepiej.

— Choć raz się zgadzamy. — Declan rzuca mi zaniepokojone spojrzenie, gdy idziemy za nią. Odwzajemniam subtelne skinienie. Będziemy pilnować sobie nawzajem pleców.

Na zewnątrz, przy pojazdach, waham się; cienie nagle jakby ożyły, kipiąc ukrytymi zagrożeniami. Zimny dreszcz złego przeczucia przebiega mi po kręgosłupie. A może to tylko duchy dawnych zdrad, które znów mnie nawiedzają.

Tłumię niepokój i wsuwam się na tylne siedzenie obok Declana. Na wątpliwości nie ma już miejsca. Przekartkowuję teczki, wkuwając szczegóły, gdy Diana rusza w gęstniejący mrok.

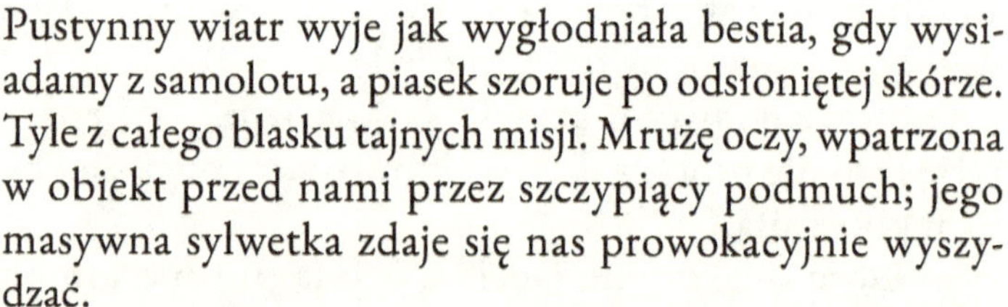

Pustynny wiatr wyje jak wygłodniała bestia, gdy wysiadamy z samolotu, a piasek szoruje po odsłoniętej skórze. Tyle z całego blasku tajnych misji. Mrużę oczy, wpatrzona w obiekt przed nami przez szczypiący podmuch; jego masywna sylwetka zdaje się nas prowokacyjnie wyszydzać.

— Witamy w naszym prywatnym piekle — zauważa Diana z kpiącym uśmieszkiem, od niechcenia poprawiając okulary przeciwsłoneczne, jakby była na cholernej wycieczce.

— Uroczo — mruczę, mocniej otulając się kurtką przed szorstkim żywiołem.

— Trzymajcie się blisko — mówi krótko Declan, lustrując ponure otoczenie. — Nie wiadomo, jakie środki zabezpieczeń czekają.

Kiedy brniemy w stronę złowrogiego kompleksu, Diana przysuwa się do Declana i szepcze coś, czego nie mogę dosłyszeć. Ostentacyjnie ignoruję przypływ irytacji. Pewnie tylko porównują notatki z terenu, mówię sobie. Nie ma się czym przejmować.

Ale to, jak zerka na mnie ukradkiem z tą chytrą minką, sprawia, że mam pewność: próbuje wejść mi pod skórę. I, do diabła, działa.

Przyspieszam, by iść ramię w ramię z nimi. — Chciałaby Pani coś opowiedzieć całej klasie? — pytam lekko, nie zdoławszy całkiem ukryć podejrzenia w głosie.

— Nic ważnego — odpowiada beztrosko. — Tylko drobna rada. Wie Pani, od jednej doświadczonej agentki dla drugiej.

— Naprawdę? — unoszę brew, a mój sarkazm jest gęsty jak melasa. — I cóż to niby takiego?

— Może gdyby skupiła się Pani na zadaniu, a nie na podsłuchiwaniu naszej rozmowy, już byśmy skończyli — odpiera Diana, a na jej ustach igra zadowolony uśmieszek.

Zaciskam zęby, tłumiąc buchnięcie gniewu. Utrata panowania niczego nie pomoże. Muszę się skupić na celach misji, a nie na małych gierkach Diany.

Łatwiej powiedzieć, trudniej zrobić. Czuję, że coś tu nie gra, aż skóra cierpnie. Im bardziej próbuję to rozgryźć, tym bardziej wymyka mi się to z dłoni niczym piasek.

— Artemis, skup się — głos Declana przywraca mnie do rzeczywistości. — Musimy dostać się do środka niezauważeni.

Kiwnięciem głowy potwierdzam, kierując uwagę na wypatrywanie najlepszego punktu infiltracji. Ale myśli wciąż wracają do nowego napięcia, które kiełkuje między mną a Declanem za sprawą jadowitych słówek Diany.

W naszym świecie zaufanie to krucha rzecz. A Diana najwyraźniej zamierza rozbić tę chwiejną wiarę, którą zdołaliśmy z Declanem jakoś odbudować. Ta myśl zostawia we mnie niepokój, którego nie umiem ubrać w słowa.

Jeśli nauczyłam się w tym nadnaturalnym świecie jednej rzeczy, to tej, że zaufanie jest kapryśne. I teraz nie mam pewności, komu ufam najmniej: Dianie czy Declanowi.

— Czy to Panu nie przeszkadza? — odzywa się Diana z przesłodzoną niewinnością w głosie. — Jak Artemis potrafi być taka... sztywna?

— Sztywna? Też określenie — odbijam, a irytacja we mnie wznieca płomień.

— Ej, spokojnie — Declan unosi dłoń, wyraźnie walcząc o neutralność. — Nie czas ani miejsce.

— Właśnie — mruczy Diana. — Można by sądzić, że ktoś tak zapatrzony w reguły by to rozumiał.

— To dopiero dobre, słyszeć to od Pani, pani agentko z Biura! Już skończyła Pani? — syczę, mierząc ją groźnym spojrzeniem.

— Hej, hej... — Declan podnosi dłoń, z wysiłkiem trzymając nerwy na wodzy. — Przenieśmy tę kłótnię na później, dobrze?

Diana go ignoruje, skupiona na mnie. — Większość już by pojęła, że kluczem jest elastyczność, kochanie. Ale przypuszczam, że niektórzy wolą kurczowo trzymać się starych nawyków.

— Dość — prycha Declan, a ostatnie postrzępione nitki jego cierpliwości pękają. — Albo zrobimy to razem, albo wcale. Jasne?— Oczywiście, kochanie — odpowiada bez zająknięcia. — Tylko prowadzę rozmowę.

Jej chytre spojrzenie obiecuje jednak tylko więcej kłopotów. Patrzę kamiennie przed siebie, nie dając jej satysfakcji. Napięcie między nami trzaska jak elektryczność statyczna, ale zmuszam się, by skupić się na zadaniu. Musimy zdemaskować to miejsce i dopaść potwory, które nim rządzą — a nie rozszarpać się nawzajem.

Wkrótce obiekt wznosi się przed nami, obiecując odpowiedzi, jeśli tylko przetrwamy cienie w środku. Noc zapada szybko, okrywając pustynię atramentową zasłoną. Wiatr niesie szeptane sekrety, gdy podkradamy się ku niepozornemu bocznemu wejściu. Czuję to w kościach — coś tu jest nie tak, groźnie. Każdy zmysł krzyczy, by zachować ostrożność, bo wchodzimy nieprzygotowani do jaskini lwa. Ale na wahanie jest już stanowczo za późno.

— Już prawie na miejscu — mruczy Declan, kiwając głową w stronę pogrążonego w mroku obiektu. — Pamiętajcie: żadnych błędów. Mamy tylko jedną szansę.

— Zrozumiano — zaciskam zęby, a determinacja twardnieje mi w piersi.

— Mów za siebie — przeciąga Diana, zerkając na mnie z ukosa. — Niektórzy mają zwyczaj naginać zasady, kiedy im wygodnie.

— Dość! — syczy Declan, jego cierpliwość wyraźnie się kończy. — Musimy współpracować, jeśli mamy to dopiąć.

— Oczywiście, Panie Declanie — odpowiada słodziutko Diana, choć jej oczy mówią co innego. — Zawsze może Pan na mnie liczyć.

Gdy zbliżamy się do obiektu, nie mogę przestać martwić się o to, co nas czeka — nie tylko o koszmary, które odkryjemy, ale i o szczeliny, które pękają między nami. Zaufanie to dziś towar deficytowy i gdy stoimy na skraju chaosu, zaczynam się zastanawiać, czy nie jest już za późno, by ocalić to, co z niego zostało.

Noc osiada nad pustynią jak czarny całun, pożerając ostatnie skrawki światła. Powietrze gęste jest od gryzącego zapachu spalonej ziemi, a wiatr szepcze mi do uszu sekrety, gdy skradamy się ku placówce hybryd. Czuję to w kościach — coś jest z tym miejscem nie tak.

— Wygląda na to, że się zwinęli — zauważa Declan prawie szeptem. — Cokolwiek tu się działo, chyba przenieśli się gdzie indziej.

Niespokojnie lustruję wzrokiem mroczny, milczący zewnętrzny mur. — Albo tylko przyczaili się, licząc, że przejdziemy obok. — Brak oczywistych sił ochrony tylko wzmaga mój niepokój. Jest upiornie cicho; słychać tylko chrzęst żwiru pod naszymi butami.

— Tak czy inaczej, musimy ustalić, co tu robili — wtrąca Diana z pogardą w głosie. — A może nawet, kto ich ostrzegł.

— Czy Pani coś insynuuje? — warczę, moja cierpliwość się kończy. To, że z nami współpracuje, nie znaczy, że muszę ją lubić.

— Spokojnie — uśmiecha się z przekąsem. — Stwierdzam oczywistość. Gramy do jednej bramki, pamięta Pani?

— Jasne — mruczę bez przekonania. Ale to nie czas na kłótnie. Mamy robotę do zrobienia i nie pozwolę, by osobiste animozje stanęły nam na drodze.

Przemykamy przez cienie, unikając nielicznych kamer, które wciąż zdają się działać. Bardziej ufając instynktom niż jakiejkolwiek mapie, trafiamy pod główny budynek ochrony — serce tej placówki.

— Jest okazja — mruczy Declan, wskazując drzwi. — Oby ich zabezpieczenia były tak porzucone jak reszta.

Klękam przy klawiaturze, narzędzia w pogotowiu. — Jest tylko jeden sposób, żeby się przekonać. — Chwilę później zamek odryglowuje się cichym kliknięciem. Pozwalam sobie na cień satysfakcji, gdy drzwi się uchylają. — Proszę.

Diana mija mnie bez słowa. Łapię spojrzenie Declana i wymieniamy nieme porozumienie, po czym idziemy za nią.

Wnętrze jest ciemne i zaduszone, a sprzęt pokrywa cieniutka warstwa pustynnego pyłu. — Cicho — szepcze Declan. — Nie wiemy, kto albo co może się tu jeszcze czaić.

— Albo co tu zostawili — dodaję, zerkając na zakurzone komputery i porzucony sprzęt. Jakby rozpłynęli się w pośpiechu, zostawiając duchy, by straszyły w tych korytarzach.

— Znajdźmy to, po co przyszliśmy, i wynośmy się stąd — mówi Diana, a w jej głosie brzmi niecierpliwość. — Im szybciej ujawnimy to miejsce, tym lepiej.

— W pełni się zgadzam — odpowiadam, zastanawiając się, jak długo utrzymamy to kruche porozumienie. W świecie pełnym kłamstw i zdrady trudno wiedzieć, komu można ufać — nawet gdy stoi tuż obok ciebie.

Ale na razie brniemy naprzód, zjednoczeni w misji wydobycia prawdy na światło dzienne. Na tle wszechobecnej ciemności suniemy przez cienie jak duchy, zdeterminowani, by odkryć tajemnice skrywane stanowczo zbyt długo.

Rozdział trzynasty

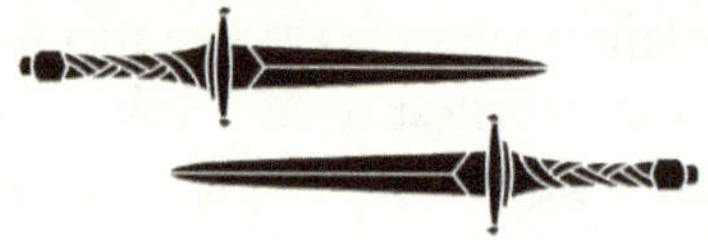

A ŚWIATŁO MIGOCZE NAD nami, rzucając cienie, które tańczą po popękanej betonowej posadzce. Artemis Blackwell—niżej podpisana—Declan Reed i Agentka Zdrajczyni—to znaczy, Diana Fox—skradamy się przez tajny obiekt Biura. Niemal czuję w ustach smak niebezpieczeństwa czającego się w mroku.

— Pamiętaj o planie — syczy Diana, mrużąc zielone oczy. — Wchodzimy, bierzemy dane i wychodzimy. Zero bohaterstwa.

— Jasne — odpowiadam, przewracając oczami. — Bo przecież na co dzień jestem taka bohaterka.

— Skupmy się — wtrąca cicho Declan, a jego piwne oczy skanują otoczenie. Zawsze dobrze sprowadzał mnie na ziemię—chyba dlatego trzymamy go przy sobie tak długo.

— Dobra, dobra. Nasze stłumione kroki złowieszczo niosą się pustym korytarzem. Wszystko w tej akcji pod przykryciem jeży mi włosy na karku, ale może to tylko zwietrzałe powietrze płata figle.

— Jest — szepcze Diana, gdy podchodzimy do niepozornych drzwi. Cierpliwie powtarzam sztuczkę z wytrychem i wita nas pomruk komputerów oraz blady, niebieskawy blask. Jakbyśmy weszli do techno-jaskini—niepokojąco sterylnej, zważywszy na zakurzony, opuszczony stan reszty obiektu.

— No dobrze, zobaczmy, co da się wykopać — mruczę, strzelając palcami, po czym siadam przy terminalu. Palce śmigają po klawiaturze, tnąc firewalle i szyfry z dziecinną łatwością. Dreszcz łowów płynie mi w żyłach, gdy drążę głębiej, odsłaniając zastrzeżone dane i przejmując kontrolę nad systemem. Dla tego żyję - żeby wyciągać brzydkie prawdy na światło dzienne.

Za moimi plecami Declan stoi na czatach, cichy cień przy drzwiach. Przesuwa się bliżej, napięcie brzmi w jego szeptanym głosie, gdy pochyla się i szepcze mi do ucha. — Artemis, coś tu nie gra. Nie ufam Dianie. — Rzuca na nią okiem; jest zajęta po drugiej stronie sali. — Coś ukrywa.

— Serio? Myślisz? — odparowuję sarkastycznie, nie odrywając wzroku od ekranu. — Każde z nas coś ukrywa, Declanie. Ale teraz potrzebujemy tych informacji. Zajmiemy się nią później.

— Dobrze... tylko uważaj. — Declan klepie mnie po ramieniu trochę zbyt mocno, po czym wraca na pozycję.

— Zawsze uważam — kłamię, nawet na niego nie spoglądając. Bo umówmy się—nie zawsze uważam. Ale właśnie to czyni życie ciekawym, prawda?

Napięcie w pokoju jest tak gęste, że można by je kroić nożem. Mimo niepokoju nie umiem jednak powstrzymać dreszczu ekscytacji, gdy wgryzam się w system, rozplątując warstwy sekretów i kłamstw. Do tego zostałam stworzona—by obnażać prawdę, bez względu na to, jak bardzo jest brzydka.

I coś mi mówi, że zaraz odkryjemy coś naprawdę potwornego.

Wyłączam wszystko poza zadaniem, palce śmigają po klawiaturze, gdy ryję w systemie za śladami ich zdegenerowanych eksperymentów. Po to tu jesteśmy—żeby wyciągnąć prawdę na światło i doprowadzić do sprawiedliwości.

— Jest — mruczę, gdy wyskakuje plik zatytułowany 'Eksperyment 13B'. — Declan, rzuć na to okiem.

Pochyla się nad moim ramieniem, ciepły oddech łaskocze mnie w szyję. Dobrze pachnie—ciepłą skórą i przyprawami—i łapię się na tym, że wciągam głębiej jego zapach. Skup się, strofuję się ostro. Teraz zdecydowanie nie czas.

— Jakiś projekt hybrydyzacji — streszczam, szybko skanując dokument. — Biorą ludzkie obiekty—więźniów, nie ochotników—i łączą ich z istotami paranormalnymi. — Żołądek skręca mi się z obrzydzenia. — To jest poza wszelką skalą.

Declan klnie zajadle pod nosem. — Trzeba spalić to piekielne miejsce do gołej ziemi.

— Zgoda. Ale najpierw musimy namierzyć wszystkich, którzy za tym stoją. — Rzucam mu znaczące spojrzenie. — Możesz ściągnąć teczki personalne? Przydadzą się, żeby później dopaść tych psychopatów.

Już wystukuje coś na sąsiednim terminalu. — Jestem przed tobą o krok. Zasysam wszystko, co się da.

— Dobrze. I miej oko na Dianę — dodaję cicho, spięta. — Nie ufam jej ani na krok.

Usta zaciskają mu się w twardą kreskę, zerkając w jej stronę. — Uwierz, ja też nie. Skup się na dowodach. Zajmiemy się nią, kiedy przyjdzie pora.

Kiwnięciem wracam do przekopywania plików. Skala zepsucia udokumentowanego tutaj odbiera mi dech. Jak można tak nisko upaść? Ale zmuszam się, by kopać dalej—ofiary zasługują na sprawiedliwość.

— No dalej, dajcie mi coś konkretnego, żeby przygwoździć te zwyrodnialce — mamroczę, klikając przez dziesiątki niepokojących plików. Puls mi wali z naglącą pilnością. To kwestia czasu, zanim ochrona nas namierzy.

— Szukaj dalej — ponagla napięta Diana, wzrokiem skacząc między ekranem a drzwiami. — Potrzebujemy jak najwięcej dowodów.

— Zawsze taka oddana służbie publicznej — odpowiadam sarkastycznie, nawet nie podnosząc wzroku. Jej fałsz wisi w powietrzu jak cierpki dym.

— Mam kolejny. — Ściszony głos Declana przywraca mi ostrość. — Dziecko tym razem, hybryda wampira i człowieka. — Zaciska pięści, aż bieleją mu kłykcie. — Jak mogli się tak nisko stoczyć?

Krzywię się, żółć pali mi gardło. — Na razie trzymajmy się zadania. Po prostu kopiuj wszystko na dysk.

Bierze drżący wdech, szczęka mu twardnieje. — Masz rację. Skupiamy się na misji.

Ryzykuję zerknięcie na Dianę. Stuka dalej, jakby nie poruszały jej narastające potworności. Moje nieufność znów skacze w górę. Coś w tym braku reakcji jest... nie tak. Ale nie mogę pozwolić sobie na rozproszenie. Najpierw odpowiedzi, potem podejrzenia.

Niechętnie wracam do własnych poszukiwań, żołądek mam ściśnięty. Jakie zdeprawowane umysły wymyślają tak sadystyczne eksperymenty na żywych istotach?

— Kolejna podsekcja — melduję z tępym przerażeniem, otwierając folder. — Robią to od lat. Tyle ofiar...

Declan przeciera twarz dłonią, wyglądając na chorego. — Musimy sprawić, żeby za to zapłacili. Wszyscy co do jednego.

— Tu się nie kłócę. — Zakładam zakładkę na szczególnie obciążający plik. — Ale najpierw musimy uciec z tego gniazda żmij z dowodami.

— Racja. — Kopiuje kolejną partię dokumentów, palce stukają nerwowo.

Wstrzymuję własne działania, hartując wolę. Wkrótce te potwory nie będą miały się gdzie schować. Ich ofiary dostaną sprawiedliwość, nieważne, ile to potrwa i jak krwawa okaże się droga.

Co do tego każda fibra mojego jestestwa jest zdecydowana. Czas chirurgicznych cięć w ciemności minął. Teraz zostało już tylko zdzieranie grzecznych fasad, które osłaniają takie zło przed konsekwencjami.

Nieważne, kto stanie mi na drodze, nieważne, dokąd poprowadzi trop, będę iść za nim bez wytchnienia do samego źródła i spalę to wszystko na popiół. Moje dłonie mogą się przy tym nieodwracalnie splamić, ale to niewielka cena za prawdę.

Wymieniamy z Declanem ponure, nieme spojrzenie zrozumienia. Kości zostały rzucone. Zostało tylko ruszyć naprzód bez wahania w nadciągającą burzę ognia.

I modlić się, by starczyło nas, żeby przechylić szalę na stronę światła, zanim gromadząca się ciemność pochłonie nas wszystkich.

Gdy klikam przez kolejną koszmarną teczkę, kątem oka dostrzegam ruch. Diana pisze jak szalona, a na ustach igra ledwie dostrzegalny uśmieszek. Chłód przebiega mi po kręgosłupie, gdy dociera do mnie, że nie tylko zbiera dowody. Przesyła dane tylnymi drzwiami na potrzeby własnej agendy.

— Declan, coś jest nie tak z Dianą — szepczę pilnie pod nosem. — Nie można jej ufać.

Wyraz jego twarzy twardnieje ponuro. — Zrozumiano. — Chowa nośnik do kieszeni, gotów do wyjścia.

— Czekaj. — Wypatruję ukryty folder zatytułowany 'Projekt Relokacja' i rzucam się na niego. — Chyba coś nam umknęło.

Przeglądam go w pośpiechu, a Declan zagląda mi przez ramię. Opisuje przenoszenie kluczowych eksperymentów poza teren w oczekiwaniu na dekonspirację.

— Musieli zakładać, że ich potworności w końcu wyjdą na jaw — mówi mrocznie Declan.

— Ale dokąd ich przenieśli? — stukam nerwowo w klawisze, śledząc cyfrowy trop. W oczy wyskakuje wzmianka o centrali Biura, a lodowate palce ściskają mi serce. Organizacja, która miała regulować te występki, je umożliwia. Nie powinna mnie już dziwić, a jednak ta implikacja tnie głęboko.

Declan klnie zajadle pod nosem. — Musimy ustalić, kto za tym stoi, i raz na zawsze ich zamknąć.

Kiwnięciem potwierdzam, myśli pędzą. Stawka w kilka sekund skoczyła wykładniczo. To, co zaczęło się jako zwykły rajd po dane, zdarło kolejną warstwę korupcji.

Zagłębiamy się w obciążające pliki, szukając tropów prowadzących do reżyserów tego horroru. Kliniczne opisy i obrazy pokrętnych eksperymentów wywracają mi kiszki. Obok mnie Declan aż promieniuje ledwie skrywaną wściekłością.

— Musimy całkowicie wyczyścić te systemy — wtrąca lodowatym tonem Diana. — Ta wiedza jest zbyt niebezpieczna w niepowołanych rękach. Najlepiej zniszczyć wszystko teraz.

Rzucam jej ostre spojrzenie. — Absolutnie nie. Najpierw musimy wyśledzić wszystkich, którzy za tym stoją. Inaczej odpełzną, jeśli ich nie zdemaskujemy.

Oczy Diany błyskają irytacją. — Nie wszystkich da się uratować, Artemis. Czasem jedynym wyjściem jest wypalić zgniliznę do cna.

— Urocze obrazki — odszczekuję jadowicie. — Ale nie pozwolę, żeby ci psychopaci uniknęli konsekwencji. Ani mi się śni.

Serce tłucze mi się w piersi, złość i frustracja ściskają ją jak sprężyna. Diana gra w jakąś grę, której nie potrafię rozgryźć, ale nie pozwolę jej wykoleić tej misji.

Wyczuwając narastający konflikt, wkracza Declan. — Może da się tu znaleźć kompromis...

Odwracam się do niego z niedowierzaniem. — Mówimy o niewinnych życiach! Nie ma miejsca na kompromisy.

Unosi dłonie pojednawczo. — Chodzi mi tylko o to, by zagrać z głową. Nie możemy ryzykować wszystkiego, goniąc za plotkami.

Gotuję się, ale gryzę się w język. — Dobrze. Wyczyścimy dane. Ale na moich warunkach, jasne?

Diana uśmiecha się chłodno. — Oczywiście, jak uznasz za najlepsze. — Ten wyraz twarzy tylko podnosi mi ciśnienie.

Kiedy wracamy do przeszukiwania, we mnie samym szaleje sztorm. Ta misja zmieniła się w poplątaną pajęczynę kłamstw i nieufności, a ja tkwię w centrum bez wyraźnego przeciwnika. Blizna pulsuje w rytm rozszalałego serca, stara paranoja podnosi głowę. W tym świecie nawet rzekomi sojusznicy skrywają za plecami noże, gotowe do pchnięcia.

Cienie wokół zdają się gęstnieć, odpowiadając na naszą niebezpieczną sytuację. Ślepa wiara może pogrzebać wszystko, za co krwawiliśmy. Ale odmowa zaufania komukolwiek grozi izolacją i bezbronnością. Każda ścieżka naprzód kryje kolce.

Na moment spotykam spojrzenie Declana. Jego niepokój odbija mój. Stoimy na ostrzu noża, bez jasnego wroga do uderzenia. Tylko cienie skrywające niewidzialnych przeciwników.

Frustracja wreszcie się przelewa, gdy znów zwracam się do Diany. — Coś tu śmierdzi. Jesteś absolutnie pewna, że grasz po naszej stronie?

Rozszerza oczy, udając oburzenie. — Ranisz mnie. Oczywiście, że chcemy tego samego.

— Jasne, jasne. Po prostu podejmij wreszcie decyzję! — warknie krótko Declan, zerkając to na mnie, to na nią.

— Dobrze! — walę pięścią w blat, nerwy mam na włosku. — Zniszcz dane. Ale jeśli to ustawka, zapłacisz za to. Przysięgam.

Oczy Diany iskrzą. — Broń Boże. Możesz mi w pełni ufać.

Jakoś wcale mnie to nie uspokaja. Ze zirytowanym westchnieniem uruchamiam sekwencję czyszczenia, nękana wątpliwościami.

— Czekaj! — nagle krzyczy Declan. — Znalazłem coś kluczowego—

Jego słowa giną w kakofonii alarmów i migających świateł awaryjnych, pancernych drzwi z hukiem się zamykających i ryglujących nas w środku. Nagła blokada systemu. Oczywiście.

Klnę siarczyście, waląc w blat. — Co, do cholery, zrobiłaś, Diano?

Mruga szeroko, na twarzy wypisane jawnie fałszywe zdumienie. — Ja? Nic złego nie zrobiłam.

— Jasne, na pewno to wydarzyło się zupełnie przypadkiem. — Rwę w jej stronę wściekle, lecz drogę zagradza mi Declan.

— Skupmy się! Musimy uciec, zanim to miejsce stanie się grobowcem. — Rozgląda się dziko, jakby oczekiwał ataku.

Biorę głęboki oddech i kiwam głową. — Masz rację, znajdźmy szybko wyjście. — Posyłam Dianie lodowate spojrzenie. — Ale jeszcze z tobą nie skończyłam.

Jej odpowiedź to beztroski uśmiech. — Nie mogę się doczekać dalszej rozmowy.

Gdy desperacko próbujemy obejść blokadę, czas wlecze się niemiłosiernie. Każda nieudana próba podkręca napięcie. Na języku czuję gorzki smak zdrady. Znów pozwoliłam, by sentyment zaślepił mnie na brutalne prawdy.

— Mam to! — wykrzykuje Declan, gdy system niespodziewanie odpuszcza. Drzwi sycząco się rozsuwają i bez wahania rzucamy się do biegu, a pytania o to, jak mu się udało, zostają niewypowiedziane w naszym pośpiechu.

Rozdział czternasty

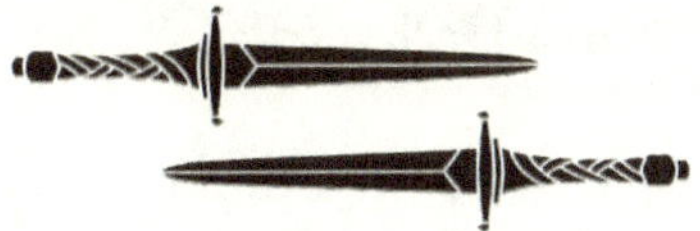

Metaliczny posmak strachu wisi ciężko w powietrzu, podkreślany elektrycznym pomrukiem maszynerii. Pędzimy, by uciec z tej pokręconej placówki, zanim znów dopadnie nas katastrofa. Albo zanim coś bardziej złowrogiego przechwyci nasz lot.

Nagle szybki stukot mechanicznych nóg rozbrzmiewa korytarzem, stawiając każdy włos na moim ciele dęba. Zaciskam mocniej dłoń na broni, aż kostki bieleją.

— Nadchodzą! — krzyczy Declan. Z ukrytych paneli wyłania się rój owadzich robotów, czerwone oczy żarzą im się drapieżną żądzą. Otaczają nas w mgnieniu oka, odcinając wszelką drogę ucieczki. — Wygląda na to, że to jeszcze nie koniec.

Wypuszczam ciężkie westchnienie, adrenalina strzela w górę. — No jasne. Po co miałoby być łatwo?

Diana tylko obdarza nas doprowadzającym do szału uśmieszkiem, nonszalancja unosi się wokół niej jak jadowite perfumy. Zaufać jej to jak próbować złapać dym — niemożliwe i śmiertelnie głupie.

— Dość stania. Rozkręćmy te metalowe sukinsyny. — Schodzę do bojowego przysiadu, zmysły wyostrzone do granic.

Roboty zlewają się falą klikających odnóży i lśniącej stali. Schylam się pod zamachem ostrza, czując, jak świszcze tuż przy uchu. Te machiny są szybkie, ale ja jestem szybsza.

— Uważaj z tyłu, Artemis! — Declan powala jednego bota tuż, zanim ten zaszedłby mnie od boku. Zderzają się w plątaninie kończyn, a Declan ostatecznie zwycięża czystą, brutalną siłą.

— Dzięki za wsparcie! — odkrzykuję, obracając się i ścinając głowę mojemu niedoszłemu zabójcy. Łeb uderza o posadzkę głuchym brzękiem. Jeden mniej, jeszcze niezliczone przed nami.

Przez rój przedzieramy się bez wytchnienia, mięśnie płoną, reakcje jadą na skraju możliwości. Ale za każdego pokonanego strażnika pojawiają się dwa kolejne. Pędzą nas, zużywają. Łatwa zdobycz dla czegoś, co czai się głębiej w tym plugawym miejscu.

Myśli pędzą na złamanie karku, choć ciało walczy już niemal automatycznie. Kto — albo co — jest tu prawdziwym zagrożeniem? Śmierdzi to czymś znacznie gorszym niż zwyczajowe nieetyczne eksperymenty The Bureau. Ktoś inny pociąga za sznurki z cienia.

— Wycofać się w stronę wyjścia! — krzyczę przez zgiełk walki. — Musimy stąd wyjść, póki jeszcze możemy!

Declan wycina ścieżkę przez morze robotów. — W pełni się zgadzam! Cała ta sprawa jest podejrzana.

Docieramy do korytarza prowadzącego na zewnątrz, posiniaczeni i wyczerpani. Ale sam kompleks nie zamierza puścić nas tak łatwo. Przed nami z sykiem opadają grodzie, zaryglowując jedyną drogę ucieczki.

— Cholera jasna! — walę pięścią w nieustępliwą stal, bezsilny gniew buzuje. Wlazłyśmy prosto w czyjąś przewrotną pułapkę. Ale po co?

Ocalałe roboty pędzą nas w głąb od wyjść, czerwone oczy błyszczą triumfalnie. Ich liczba zdaje się mnożyć — bezkresna, mechaniczna fala.

Przyciskam plecy do pleców Declana, łapiąc gwałtownie oddech. — Bądź czujny. To jeszcze nie koniec walki.

Kiwa ponuro głową, kłyka ściskają rękojeść broni aż do białości. — Racja. Nie padnę, zanim nie stoczę cholernie zaciekłej walki.

We mnie twardnieje determinacja, przepędzając lodowate palce strachu. — Wyjdziemy z tego chorego miejsca, choćby miało to oznaczać stosy metalowych trupów.

Krok po kroku tniemy roboty, walcząc z powrotem do zaryglowanych drzwi. Ktokolwiek myśli, że nas uwięził, nie docenia, jak zajadle wydrapiemy sobie drogę na wolność.

Wreszcie Declan rozrywa ostatniego robota, jego części rozsypują się po zalanej krwią podłodze. Patrzę na migoczące spojrzenie czujników, aż gasną w czerni. — No dobrze, bezmordny draniu. A teraz otwieraj te drzwi, żebyśmy mogli wyjść.

Odpowiada nam tylko puls syren alarmowych. Zerkam na towarzyszy, równie wyczerpanych, lecz wciąż niepokonanych. Pozostaje nam jedna opcja — wyciąć sobie drogę.

Podnoszę broń i podchodzę do bariery zagradzającej drogę do wolności. — Szykujcie się biec na złamanie karku. Nie zginiemy tu na dole.

Nasze kroki złowieszczo niosą się po opustoszałym budynku. Nie mogę otrząsnąć się z wrażenia, że idziemy prosto w kolejną pułapkę.

Declan unosi ostrożnie broń, zerkając w mrok przed nami. — To jaki tu dokładnie plan?

— Wyłączymy główny serwer — odpowiadam ciężko. — Odetniemy im kontrolę nad robotami.

Diana uśmiecha się krzywo, kipiąc samozadowoleniem. — Miejmy nadzieję, że twoja mała histeria tam wcześniej nie zdradziła już naszej pozycji.

Rzucam jej żrące spojrzenie. — To ty nas w to bagno wciągnęłaś.

— Dość kłótni! — ucina ostro Declan, cierpliwość mu się kończy. — Mamy towarzystwo.

Kolejny rój owadzich robotów wyłania się z mroku przed nami, pazury klikają i warczą, gdy się zbliżają.

— Cudownie, właśnie tego nam brakowało. — Zaciskam mocniej dłoń na broni, hartując się psychicznie na starcie.

— Skup się, Artemis — mówi ostro Diana. — Damy radę.

Obrzucam ją jadowitym spojrzeniem. — Och tak, bo ufanie tobie wychodzi nam przecież świetnie. — Mimo to przyjmuję bojową postawę.

Roboty spadają na nas rozmazaną smugą metalowych kończyn. Przyjmujemy je z frontu, nasze bronie sieką ich szeregi w śmiertelnym tańcu. Mimo wzajemnej nieufności stanowimy brutalnie skuteczny zespół przeciw tym automatom.

Lecą iskry, metal wyje, gdy rozcinamy je jednego po drugim. Rój napiera, ale jesteśmy niepowstrzymani, pędzeni desperacją.

— Biuro ochrony jest tuż przed nami! — wrzeszczę przez zgiełk, wskazując ostrzem na drzwi na końcu korytarza. — Kończmy to!

Declan przytakuje pomrukiem, rozstrzeliwując ostatniego bota tarasującego nam drogę. — Najwyższa pora. Mam już dość tego miejsca.

Dobiegamy ostatni odcinek do celu, wspólną siłą wyważamy zaryglowane drzwi. Serwery stoją od podłogi po sufit wzdłuż dalekiej ściany, pulsują gorączkową energią. Przekaźniki klikają i warczą, koordynując automaty-

czne systemy obrony kompleksu przeciw intruzom —
nam.

Bez słowa bierzemy się do roboty, wyrywając połączenia
i wysadzając zasilane rdzenie. Maszyny zawodzą w proteście, lecz nie są w stanie nam przeszkodzić. Po kilku minutach pokój zapada w martwą ciszę, skąpany w iskrzących szczątkach.

Osiadam na ścianie, dysząc po wysiłku i gwałtownym spadku adrenaliny. Udało się — odcięliśmy łeb tej złowrogiej bestii.

Declan klepie mnie znużenie po ramieniu. — Dobra robota. Spadajmy stąd, zanim przyjdzie coś gorszego.

Zbieram resztki sił, odpycham się i ruszam ku wyjściu. Diana ociąga się, rozglądając się z nieprzeniknionym wyrazem twarzy. Znów uderza mnie wrażenie, że chciała tu czegoś więcej, jakiegoś celu, którego nie potrafię rozgryźć.

Ale te pytania będą musiały poczekać. — Chodź — wołam ostro. — Wychodzimy, z tobą albo bez ciebie.

To wybija ją z osobliwej zadumy. Z cienkim uśmiechem dołącza do nas w roztrzaskanym przejściu, za którym majaczy wolność. Oby pułapka, którą ewentualnie zastawiła, została teraz rozbrojona przez nasze działania. Ale jeśli chodzi o Dianę, niczego nie biorę za pewnik.

Bycie wciąż na jej punkcie przewrażliwioną męczy, ale i tak wolę to, niż dać się zaszlachtować od tyłu. Zagram w jej grę w oszustwa tylko tak długo, jak będzie mi po drodze.

I będę gotowa przeciąć więzy w chwili, gdy nasze cele się rozejdą.

◆━◇━◆

Biuro ochrony to strefa katastrofy: rozbite sprzęty i pokruszone szkło. Ktoś był tu przed nami, nastawiony na sianie chaosu. W centrum pomieszczenia złowieszczo buczy zestaw serwerów, kontrolki pulsują w upiornym unisonie.

Diana wskazuje je pospiesznie. — To główne serwery. Jeśli je rozwalimy, sparaliżujemy ich kontrolę nad obroną obiektu.

Podnoszę broń, determinacja aż pali mnie w żyłach. — To rozwalmy ten techno-koszmarek.

Rozchodzimy się wokół maszyn, z bronią w górze, gotowi do jednoczesnego ataku. Odliczanie zbędne — jak jeden otwieramy ogień, pociski rozrywają delikatne rdzenie serwerów w kakofonii iskier i odłamków.

Declan wydaje z siebie zadowolony wrzask, gdy ostatni serwer drży i gaśnie, pogrążając nas w ciemności. — Macie za swoje, sukinsyny!

W blasku reszkujących iskier smakuję przelotne poczucie zwycięstwa, choćby i puste. Może wygraliśmy tę bitwę, ale gorzki posmak zdrady Diany wciąż mam na języku. Wojna daleka od końca.

Duszny zapach spalonego metalu i zwęglonej instalacji wypełnia powietrze. Nasłuchuję rozszerzającej się ciszy, szukając oznak nowego ataku. Ale do moich napiętych uszu dociera tylko bezruch i nasz ciężki oddech.

Diana niespokojnie przesuwa się obok mnie. — Powinniśmy iść. Za chwilę mogą nadejść kolejne systemy obrony. — Ton brzmi zbyt nagląco, co tylko podnosi mi ciśnienie.

Wbijam w nią rozżarzone spojrzenie. — Co tak naprawdę czeka na nas dalej?

— Tylko kolejne zagrożenia, jeśli nie ruszymy teraz — ucina. Ale jej wzrok ucieka przed moim, winny. Nadal coś ukrywa, jestem tego pewna.

Otwieram usta, by przycisnąć ją do prawdy, kiedy Declan wtrąca się napiętym tonem. — Chodźmy, po prostu wynośmy się stąd. — Też nie patrzy mi w oczy, skupiony na rozwalonym wyjściu z sali.

Przygryzam w frustracji wargę, ale gestem rozkazuję Dianie iść przodem. To nie czas na przesłuchanie. Jeszcze nie — nie, dopóki nie znajdziemy się z dala od kolejnych sadystycznych pułapek, które czyhają w tym labiryncie.

Ostrożnie stąpamy po zwałach maszynerii, która wypełnia pomieszczenie. Zły krok i gruz osuwa się wokół nas złowieszczym klekotem. Cały sufit jęczy pod jakimś niepojętym naprężeniem.

— Uważaj! — krzyk Declana ginie w lawinie osypującego się muru i stali. Rzucam się w bok, przetaczając się boleśnie, gdy powietrze wypełnia kurz i łoskot.

Gdy wszystko cichnie, zmuszam się, by wstać, w uszach dzwoni. Gdzie są pozostali? — Declan! Diana!

Jęk bólu przyciąga mój wzrok. Declan klęczy, tuląc poszarpane ramię, krew przecieka mu między zaciśniętymi palcami. Pędzę do niego, serce podchodzi do gardła. — Jak źle?

Krzywi się, twarz mu blednie. — Przeżyję. Ale musimy się ruszać. Idź — ja ich zatrzymam.

Waham się, nie znosząc myśli, by zostawić go tak odsłoniętego. Ale z korytarza znów dobiega szczęk metalu. Czas się skończył.

Declan odpycha mnie szorstko. — No już, leć, do diabła!

Klnąc bezsilnie, odwracam się i biegnę. Tchórzostwo, ale lepiej mu pomogę, gdy poradzę sobie z następną falą. Najpierw tylko muszę znaleźć, dokąd zniknęła Diana.

Pędzę chwiejnymi korytarzami, gnana wściekłością i strachem. Ta przeklęta kobieta wie więcej, niż mówi, o tym, co się tu dzieje. Czas wytrząsnąć z niej odpowiedzi, czy tego chce, czy nie.

Wpadam w poślizg na zakręcie i dostrzegam Dianę przy półzawalonym murze; wiatr targa jej włosy, gdy zaczyna wspinać się przez poszarpaną wyrwę.

— Gdzieś się wybierasz? — pytam lodowato.

Odwraca się gwałtownie, oczy rozszerzone. — Artemis! Wiem, że jesteś wściekła, ale spróbuj zrozumieć—

— Zrozumieć, że o mało nas nie zabiłaś? — Ruszam w jej stronę, dłonie drżą od adrenaliny i furii. — Proszę bardzo, oświeć mnie!

Wyraz jej twarzy twardnieje. — Zrobiłam to, co było konieczne! Więcej, niż ty możesz powiedzieć, wiecznie sparaliżowana wahaniem i wątpliwościami.

Oskarżenie uderza jak fizyczny cios. Ale zanim zdołam odciąć się równie ostro, ściana obok Diany eksploduje do środka pod naporem masywnego, metalowego szpona. Diana przeskakuje przez otwór nawet nie oglądając się za siebie.

Osuwam się plecami po przeciwległej ścianie, gdy huk uderzeń niesie się korytarzem i szybko cichnie. Tyle jeśli chodzi o odpowiedzi. Ze wstrętnym westchnieniem kuśtykam z powrotem do miejsca, gdzie został Declan, gotowa na kolejną rundę.

Gdy do niego docieram, wszelkie atakujące roboty są już stertą złomu. Declan osuwa się wśród pobojowiska, twarz ma ściągniętą i bladą, ale oczy — zdeterminowane.

Podaję mu rękę, by go podnieść. — Diana uciekła. Wygląda na to, że zostaliśmy sami przeciwko temu, co jeszcze to miejsce nam podrzuci.

Kiwnięcie zmęczoną głową, opiera się na mnie, gdy ruszamy. — Czyli jak za dawnych czasów.

Nie wiem, jakie jeszcze pułapki na nas czekają ani czego tak naprawdę chce Diana. Ale Declan stoi za mną murem. Razem już nieraz wychodziliśmy cało z gorszych tarapatów.

I tym razem, kiedy znów staniemy naprzeciw tej zdradzieckiej kobiety, nie zawaham się jej powstrzymać. Chce zobaczyć mój prawdziwy potencjał? O, posmakuje go. Tuż przed tym, jak położę kres jej intrygom na dobre.

ROZDZIAŁ PIĘTNASTY

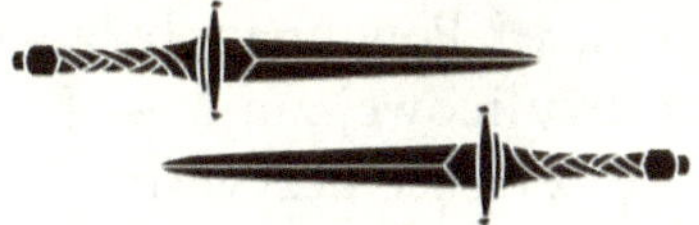

Mój PULS WALI GDY zaciskam dłonie na kierownicy skradzionego pojazdu Biura tak mocno, że aż bieleją mi knykcie, a opony piszczą na ostrych zakrętach. Na fotelu pasażera Declan wykrzywia się z bólu przy każdym wstrząsie, jedną ręką obejmując ochronnie brzuch.

— Do diabła z tobą, Diano — syczę przez zaciśnięte zęby, a w żyłach kipi furia po jej zdradzie. Ta podła żmija rozegrała nas perfekcyjnie i znów jesteśmy w ucieczce. W lusterku płonie placówka hybryd, nasze cele się rozmywają. Ale nie ma czasu na roztrząsanie — teraz liczy się ucieczka.

— Artemis, uważaj! — okrzyk Declana wyrywa mnie z ponurych rozmyślań w samą porę, żebym wyminęła porzucony samochód na opustoszałej pustynnej drodze.

— Dzięki — mruczę ostro, gdy prostuję poślizg pojazdu. Przenikliwe, piwne oczy Declana na moment zatrzaskują się na moich, po czym uciekają. Na jego przystojnej, lecz upapranej twarzy pojawia się świeża zmarszczka niepokoju.

— Wszystko w porządku? — jego chropawy głos zdradza własny ból.

Rzucam mu niedowierzające spojrzenie. — Daj spokój, ze mną się nie przejmuj; przed chwilą dosłownie cię postrzelili, a teraz znowu jesteś ranny. To ja powinnam pytać, jak się trzymasz.

Declan sięga i zaciska dłoń na moim przedramieniu. — Hej, oboje wiemy, że Diana rozegrała nas po mistrzowsku. Nie mogłaś przewidzieć jej zdrady.

Palce zaciskają mi się na kierownicy, gdy wzbiera gorycz. — Naprawdę? Powinnam była wiedzieć, że nie wolno ufać tej dwulicowej żmii. — Jej podstępność wstecz wydaje się aż rażąco oczywista.

Palce Declana niemal boleśnie wbijają mi się w rękę. — Nie rozszarpuj się żalem. Teraz musimy być maksymalnie skupieni na ucieczce.

Zmusiłam się do głębokiego wdechu i kiwam głową. — Masz całkowitą rację. Jesteśmy poobijani, ale żyjemy. Nie pozwolę, by zdrada Diany nas złamała.

Declan niespokojnie się wierci, twarz mu się wykrzywia. — To właściwie dokąd jedziemy?

— Gdzieś bezpiecznie, gdzie przeczekamy i odzyskamy siły. — W moim głosie pobrzmiewa stal. — Bo kiedy wydobrzejemy, rozwalimy Dianę i cały ten jej chory interes na dobre.

Declan zdobywa się na bolesny półuśmiech. — To jest plan, pod którym mogę się zdecydowanie podpisać.

Zmuszam usta do krzywego uśmiechu, podziwiając, że potrafi znaleźć choć odrobinę światła nawet teraz. — A jakże.

Pusta droga ciągnie się w nieznaną ciemność przed nami. Może i jesteśmy ranni i potwornie zmęczeni, ale daleko nam do klęski. Diana srogo nie docenia siły naszej wspólnej determinacji.

Zrogowaciała dłoń Declana na moment przykrywa moją na kierownicy — niemy znak, że gramy tu razem.

Cokolwiek przyjdzie, odtąd stawimy temu czoła wspólnie. Ramię w ramię, tak jak powinno być od początku.

A kiedy nadejdzie właściwy moment, dopilnujemy, by Diana i jej nieludzkie hybrydalne koszmary zapłaciły krwią za wszystko, co zrobiły. Taka sprawiedliwość będzie nasza. Ta myśl hartuje moje poszarpane nerwy.

Do tego czasu mamy siebie. A stała, niewzruszona obecność Declana przypomina mi, że nawet w najciemniejszej godzinie tli się nadzieja.

Razem wydrapiemy się z powrotem ku światłu, choćby dzień po dniu. Diana chciała nas złamać, lecz tylko nas wzmocniła.

Wykuty w przeciwnościach, nasz więź jest teraz niezachwiana. I weźmiemy odwet na tych, którzy próbowali nas zniszczyć. Dla Declana, dla mnie i dla wszystkich innych, którym wyrządzili krzywdę.

Sięgam i ściskam dłoń Declana, pieczętując tę niemą przysięgę. Potem znów wbijam wzrok w długą, pustą drogę przed nami. Przetrwamy. Musimy.

*

Silnik skradzionego pojazdu wydaje ostatnie rzężenie, po czym całkiem zamiera, kiedy wtaczamy się na popękany, zachwaszczony parking. Księżycowe światło sączy się upiornie między budynkami kłującymi niebo poszarpanymi krawędziami, rzucając głębokie cienie.

Spoglądam na Declana, bezwładnie osuniętego na szybę po stronie pasażera. Twarz ma bez krzty koloru, zroszoną potem — ledwo się trzyma.

— Siedź, przyniosę apteczkę — rozkazuję krótko, a gdy wysiadam, moje buty chrzęszczą na żwirze.

— Jasne, szefowo — odzywa się jego słaba próba żartu. Ale słyszę pod spodem napiętą nutę bólu, który próbuje maskować.

Gorączkowo grzebię z tyłu, aż dłonie natrafiają na apteczkę. Spieszę z powrotem na stronę pasażera, a nienawiść do Diany znowu we mnie kipie. Ta podstępna żmija zrobiła z nas idealne marionetki dla swoich pokręconych celów.

Wsuwam się z powrotem za kierownicę i cedzę: — Pora cię opatrzyć. — Grymas bólu na twarzy Declana pogłębia się, kiedy zsuwam z niego przesiąkniętą krwią koszulę, odsłaniając przemoczone opatrunki wokół brzucha i świeże, sączące rozcięcie na ramieniu. Skóra pod moimi palcami jest gorąca i lepka.

Widok jego ran rozniecа we mnie buchającą wściekłość. Staram się trzymać twarz na wodzy, ale Declan i tak czyta ją w moich oczach. — To nie twoja wina, Artemis — chrypi. — Nie mieliśmy wyboru, musieliśmy jej zaufać.

— Może i tak. — Nasączam bandaż środkiem odkażającym, szczęka mam zaciśniętą. — Nie znaczy, że nie dostanie tego, na co zasłużyła.

Kiedy delikatnie oczyszczam i zszywam kolejne rany Declana, w głowie nieustępliwie kotłują się pytania. Jaki ostateczny cel pcha Dianę? Kto jeszcze jest zamieszany w jej sieć kłamstw? Zbyt wiele pozostaje niewiadomych. Ale zamierzam rozwikłać tę mroczną prawdę.

Zapinam ostatni szew na jego ramieniu i oświadczam chłodno: — Gotowe. Zostaniemy tu na noc, musisz dojść do siebie.

— Dzięki — mruczy Declan, a jego oczy już opadają pod naporem zmęczenia.

Przez chwilę patrzę na niego w ciszy, serce boli mnie od mętnej mieszaniny troski o jego stan i czegoś o wiele czulszego, czego boję się przyjrzeć zbyt blisko.

Odruchem muśnięciem składam najlżejszy pocałunek na jego spoconym czole. — Śpij. Razem to rozgryziemy, obiecuję.

Kiedy oddech Declana pogłębia się we śnie, zostaję sama z niespokojnymi myślami w ciasnym, ciemnym pojeździe.

Cienie za oknami zdają się żyć, pełzają bliżej, duszą. A jednak wewnątrz rozbłyska iskra zuchwałej determinacji.

Jesteśmy poobijani, ale niezłamani. I znajdziemy Dianę, ujawnimy jej wykrzywione hybrydowe okropieństwa, zakończymy ten koszmar raz na zawsze. Nie wygra — przysięgam zajadle. Sprawiedliwość będzie po naszej stronie.

Delikatnie obejmuję dłoń Declana, znajdując ukojenie w jej stałym cieple. Razem jesteśmy dość silni, by pokonać wszystko, nawet tę zdradę. Diana popełniła błąd, zostawiając nas przy życiu. Ta pycha będzie jej zgubą.

Zmęczenie uparcie mnie szarpie, ale zmuszam powieki, by pozostały otwarte; czuwam samotnie przez długą noc. Declan musi odpocząć, żeby się wygoić.

A gdy nadejdzie świt, będziemy gotowi wznowić polowanie z płonącą, nieustępliwą determinacją. Diana i jej złowrodzy sojusznicy nie wiedzą, kogo sprowokowali. Ale wkrótce zrozumieją, kiedy naszą wspólną wolą zrzucimy w płomieniach ich pokraczne imperium.

*

Pierwsze cienkie promienie świtu sączą się między budynkami, rzucając postrzępione cienie na sfatygowany pojazd. Obok mnie Declan porusza się z bolesnym grymasem. Jego piwne oczy na moment spotykają się z moimi, po czym uciekają, pełne wstydu.

— Artemis, miałaś rację, że nie ufałaś Dianie do końca — chrypi, wciąż ochrypły ze zmęczenia. — Powinienem był posłuchać twoich wątpliwości.

— I to jeszcze jak — parskam jadowicie, a stary gniew znów się podnosi. — Ale stało się. Musimy skupić się na naszym następnym ruchu.

Declan pociera wychudzoną twarz. — Ujawnienie wypaczonych eksperymentów hybrydowych Biura teraz nie będzie łatwe. Zwłaszcza bez dowodów, które obiecała

Diana. — Jego wyraz twarzy ciemnieje. — Cokolwiek naprawdę knuje, to nie może być nic dobrego.

Wystukuję palcami rytm na kierownicy. — Może nie. Ale musi istnieć inny sposób. Możemy wyjść do ludzi, ujawnić wszystko, co wiemy. Eksperymenty, kłamstwa, całą prawdę.

Declan patrzy sceptycznie. — Na pewno to mądre? Możemy stać się większymi celami, narazić mnóstwo innych...

— Lepsze to niż chowanie się jak tchórze! — warczę, piorunując go spojrzeniem. — Nie możemy pozwolić, by uszło im to na sucho.

— Łatwo ci mówić — odcina się Declan, a pod słowami tli się gniew. — Nie wiesz, jak to jest całe życie być zwierzyną, nigdy nie wiedzieć, komu zaufać.

Urażona odbijam piłeczkę: — Ty też nie! Nie tak naprawdę. Oboje byliśmy dla nich tylko pionkami.

Declan ciężko wzdycha, nagle jakby pokonany. — Dobra, to jaki mamy ruch? Po prostu pójść i zażądać, żeby przestali?

Mimo wszystko kąciki moich ust drgają. — Coś w tym rodzaju. Zdobędziemy dowody, obnażymy zgniliznę przed całym światem. Zmusimy ich, by przyznali się do zbrodni.

— O ile w ogóle znajdziemy coś konkretnego — mruczy z powątpiewaniem Declan.

— Zostaw to mnie — stwierdzam stanowczo. — Ty skup się na odzyskaniu sił.

Piwne oczy Declana płoną przekonaniem mimo bólu. — Zniszczenie danych o hybrydach to jedyny sposób, żeby to naprawdę zatrzymać. Trzeba sparaliżować ich badania.

Zawieszam się, niepewna. — Może. Ale czy to do nas należy taka decyzja? Bawić się w sędziego i ławę przysięgłych, rozstrzygając, kto ma żyć, a kto umrzeć?

— To nie zabawa w boga, Artemis — sprzecza się gorąco. — Te hybrydy są nienaturalne, zrodzone z wypaczonych eksperymentów. Nigdy nie miały istnieć.

— Ale istnieją teraz — odpowiadam cicho. — Nie prosiły o to. Kim my jesteśmy, by decydować o ich losie?

Frustracja Declana kipie. — Jeśli nic nie zrobimy, staną się następną generacją broni Biura. Ile niewinnych istnień zostanie straconych?

Jego słowa każą mi się zawahać. To prawda — im dłużej dyskutujemy, tym więcej może ucierpieć. A jednak myśl o wymazaniu całego ludu, potwornego czy nie, przewraca mi żołądek. Musi istnieć inna droga... prawda?

Kręcę bezradnie głową. — Już sama nie wiem. Może... może nie zostały nam żadne dobre wyjścia. Tylko niemożliwe wybory.

— Słuchaj — mówi Declan, prostując się z widocznym wysiłkiem mimo ran. — Wiem, że to trudna decyzja, ale nie możemy stać z boku i pozwolić, by te eksperymenty toczyły się bez żadnej kontroli.

Ściskam pięści, frustracja buzuje. — Dobrze. Zniszczymy na razie dane. Ale potem ujawnienie całej prawdy będzie priorytetem numer jeden. Ludzie zasługują, by wiedzieć, co się dzieje.

Declan powoli przytakuje, krzywiąc się. — Z tym się nie kłócę. Ale najpierw musimy mieć cholerną pewność, że jesteś gotowa na tę walkę.

— Uwierz mi, nigdy nie byłam na nic bardziej gotowa — stwierdzam twardo, stal w moim głosie.

Piwne, przenikliwe oczy Declana zatrzaskują się na moich i milczące porozumienie przeskakuje między nami. Może jeszcze nie w pełni zgadzamy się co do metod, ale cel mamy wspólny — walka o sprawiedliwość i lepszą przyszłość, bez względu na koszty.

W tym przekonaniu możemy polegać na sobie w pełni i bez zastrzeżeń. I teraz to wspólne zaufanie musi wystarczyć, by przeprowadzić nas przez nadciągający chaos.

Declan mocno ściska moją dłoń, jakby wyczuł niewypowiedziane wątpliwości. — Nie jesteś w tym sama, Artemis. Cokolwiek się stanie, stoimy razem. Nie zapominaj o tym.

Kurczowo trzymam się jego dłoni jak liny ratunkowej, pozwalając, by na moment przegnała cienie. Ma rację — razem przetrwamy każdą burzę.

Spotykam zdecydowane spojrzenie Declana i zmuszam się do krzywego uśmiechu. — To na co, do diabła, czekamy? Ruszajmy na polowanie.

Cień uśmiechu muska jego usta w odpowiedzi. Jakkolwiek mroczna będzie droga przed nami, przynajmniej nie będziemy jej iść sami. I nie ma nikogo, kogo wolałabym u boku w tej walce, niż Declan.

Razem runiemy pokręcony domek z kart Biura i z popiołów wykujemy śmiałą, nową przyszłość. Tego jestem pewna jak stali. Ich grzechy zostaną obnażone na oczach wszystkich.

I może wtedy sprawiedliwość dosięgnie wszystkich żyć łamanych w cieniu. To kruchej wagi nadzieja, ale warta tego, by o nią walczyć do ostatniego tchu.

Mocniej ściskam na moment dłoń Declana, pieczętując tę niemą przysięgę, po czym puszczam go, by odpalić uparty silnik pojazdu.

Kości zostały rzucone.

*

Ściskam kierownicę skradzionego pojazdu tak mocno, że bieleją mi knykcie, pędząc ku niepewnej przyszłości. Wiatr smaga mi włosy wokół twarzy, nieustannie i chaotycznie przypominając o zamęcie, jaki zostawiliśmy za sobą.

Chropawy głos Declana rozcina napiętą ciszę. — Widziałaś te hybrydy, Artemis? Jak się poruszały, ich czysta fizyczna siła? I ich oczy... — Wzdryga się. — Nie było w nich już krzty człowieczeństwa. Tylko wściekłość i chaos. To już nie ludzie, tylko niebezpieczne narzędzia.

Przygryzam niepewnie wargę. — Może i tak. Ale czy zasługują na śmierć za to, jak zostały stworzone? Kim my jesteśmy, by to przesądzać? — Wypalone w pamięci mam ich umęczone twarze.

Declan odchyla się z bolesnym grymasem. — Tu nie chodzi o to, na co zasługują. Chodzi o ochronę niewinnych przed zagrożeniem, jakie stanowią.

Mocniej zaciskam dłonie na kierownicy, gdy we mnie ścierają się wątpliwości. — To naprawdę takie proste? Mamy wymazać ich istnienie, ich potencjał, tylko po to, by inni byli bezpieczni?

— Artemis, wiesz, że Biuro wyprodukuje kolejne bronie, jeśli nie zatrzymamy tego teraz — argumentuje z naciskiem Declan. — Możesz z tym żyć?

— Oczywiście, że nie! — z wściekłością uderzam dłonią w deskę rozdzielczą. — Ale skąd mamy wiedzieć, że podejmujemy dobrą decyzję? Co nam daje prawo, by kontrolować ich losy?

Piwne oczy Declana mętnieją. — Niedoskonałe czy nie, w tej chwili są po prostu zbyt niebezpieczne, by pozwolić im swobodnie istnieć. — Zaciska szczękę. — Musimy zrobić wszystko, co trzeba, aby powstrzymać to zagrożenie.

Następne słowa ledwie mi się wydobywają. — Nawet jeśli po drodze sami staniemy się potworami?

Declan odwraca wzrok. — Czasem trzeba wejść w ciemność, żeby ochronić światło.

Jego słowa brzmią w moich uszach pusto. Czy ma rację? Czy przekroczyliśmy już linię, z której nie ma powrotu? Ta myśl mnie przeraża.

Myślę o hybrydach, które zostawiliśmy w płomieniach. Być może już staliśmy się potworami, w imię konieczności. Jak żyć z tak ohydnymi wyborami?

Declan jakby czyta moje udręczone myśli. — Nie zostały nam łatwe decyzje, tylko potencjalny żal. Ale bierzemy ten ciężar na siebie, żeby inni nie musieli. Nie zapominaj o tym.

Patrząc na niego, uświadamiam sobie, że wypuściłam nadzieję z rąk, nawet tego nie zauważając. Stoimy na krawędzi przepaści własnej roboty.

Sięgam, by ścisnąć jego dłoń, kurczowo szukając czegokolwiek, czego mogłabym się uchwycić. Może wszystko, co nam zostało, to my dwoje. Może to będzie musiało wystarczyć.

Gdy ciemność zaciska się wokół, jedziemy dalej. Szukając światła, a może już dawno je tracąc. Nie jestem już niczego pewna.

*

Gdy pusta droga ciągnie się bez końca przed nami, zmagam się z miażdżącym ciężarem naszych ostatnich czynów. Każda kolejna decyzja przygniata bardziej niż poprzednia. Uwięzieni w splątanej sieci kłamstw i zdrady, zmuszeni jesteśmy wybrać, gdzie leżą nasze prawdziwe lojalności — po stronie ludzi zaufanych, którzy stworzyli te hybrydy, czy istnień uznanych przez nich za zbędne i niedoskonałe.

Dłoń Declana delikatnie przykrywa moją. — Cokolwiek będzie dalej, wiem, że ostatecznie podejmiesz właściwą decyzję. Zaufaj instynktowi, Artemis. Nie zawiedzie cię.

Kiwnęłam powoli głową, biorąc głęboki, uspokajający oddech. Nasza droga naprzód może tonąć w cieniach i nieznanych zagrożeniach, ale w jednej rzeczy tężeje we mnie pewność — nigdy więcej nie pozwolę, by ktokolwiek mną kierował. Nie Biuro, które zrobiło z nas jednorazowe pionki. Nie umęczone hybrydy tańczące w rytm pokręconej melodii swoich twórców. I na pewno nie własne paraliżujące wątpliwości.

— Skończmy to — oznajmiam z nową, stalową determinacją w głosie. — Za wszystkich, których Biuro już straciło w swoich kłamstwach.

— Zgoda — mamrocze Declan. Jego silny uścisk dłoni na moment się wzmacnia w bezsłownym wsparciu.

Razem jedziemy dalej w stronę czającej się nieznanej przyszłości, zjednoczeni i gotowi stawić czoła wszystkim nowym wyzwaniom. Cokolwiek się wydarzy, teraz już nie odpuścimy.

Deszcz zaczyna bębnić w szyby pojazdu, podkreślając naszą izolację. Ale towarzystwo kropel wolę od dysonansu wspomnień, które nieustannie odtwarza mój umysł — rozjuszone, czerwieniące się oczy hybryd, placówka pożerana oczyszczającym ogniem.

Declan zdaje się wyczuwać mój wewnętrzny chaos. — Podjęłaś jedyną możliwą decyzję w sytuacji bez wyjścia. Nie pozwól, żeby żal zatruł ci ducha.

Chwytam się jego słów jak koła ratunkowego, przekuwając wątpliwości w zahartowaną determinację. Przeszłości nie cofniemy, ale przyszłość wciąż jest niezapisana. I doprowadzę naszą misję do końca, cokolwiek to będzie kosztować.

Przed nami z mroku wyłaniają się pierwsze budynki miasteczka. Nasza kolejna kryjówka, albo ostatni bój. Tak czy inaczej, stawimy temu czoła razem, a odwaga urośnie wraz z każdym nowym wyzwaniem.

Zbyt długo byliśmy pionkami reagującymi na cudze pokrętne intrygi. Teraz wreszcie przechodzimy do ofensywy. I niech Bóg ma w opiece każdego, kto stanie nam na drodze, bo nie zawahamy się go zgnieść w imię wyższego dobra. Czas na wątpliwości i wahanie minął.

Od teraz sami kształtujemy swój los. Koniec z tańczeniem na sznurkach Biura. Albo będziemy wolni, albo zginiemy, próbując.

Rozdział szesnasty

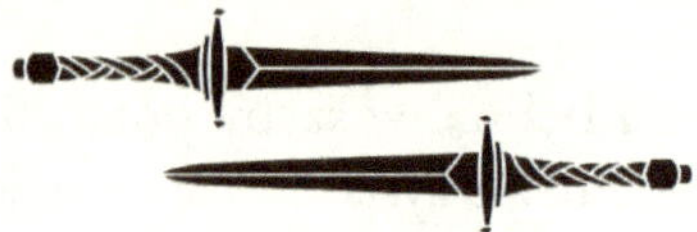

Silnik transportowca mruczy cicho, ledwie przebijając się przez duszną ciemność otaczającą nas. Przez gęsty las przebijają się tylko wąskie smugi księżycowego światła, rzucając upiorne cienie na twarz Declana wykrzywioną bólem. Obok mnie oddycha ciężko, wciąż dochodząc do siebie po brutalnych obrażeniach. Ściska mnie w piersi, gdy go tak widzę, a pod troską tli się wściekłość.

Znajomy głos trzaska w komach, rozpruwając niespokojną ciszę. — No proszę, kogo to kot przywlókł. *Diana*. Widzę oczyma wyobraźni jej zarozumiały uśmieszek i mocniej zaciskam dłonie na kierownicy.

— Dość tych bzdur, Foxberry — syczę przez zaciśnięte zęby. — Czego Pani chce?

— Zawsze taka wroga. — Cmoka. — Jest mi przykro. Ale odpowiadając na pytanie: jest jeszcze jeden ośrodek, z którym potrzebuję pomocy. Jest strzeżony jeszcze lepiej niż pozostałe.

— Podaj mi choć jeden dobry powód, dla którego mielibyśmy Pani ufać po tym wszystkim, co się wydarzyło — wypluwam, jeszcze mocniej ściskając kierownicę.

— Bo mam coś, czego będziecie chcieć — odpowiada, aż ocieka samozadowoleniem. — Dowody. Dowody, że grube ryby w Biurze są w to wszystko zamieszane. Wystarczająco, by ich pogrążyć i raz na zawsze zakończyć ich spaczone eksperymenty.

Serce przyspiesza na tę myśl, ale wahanie trzyma mnie w miejscu. Diana już raz sprowadziła nas na manowce, z bolesnymi konsekwencjami. Czy mogę ryzykować, że znów dam się zwieść i zdradzić?

— Kłamie Pani — warczy Declan, mrużąc oczy. — Dość już gierek, Pani Diano.

— Wierzcie, w co chcecie — odpiera. — Ale to wasza szansa, by ujawnić prawdę i ocalić niezliczone istnień. Czy nie tego właśnie chcieliście?

W głowie kotłują się możliwości, ryzyko i potencjalne zyski tej propozycji. Jest kusząca, nie da się zaprzeczyć. Ale czy naprawdę mogę jej zaufać? Czy mogę zaufać sobie, że podejmę właściwą decyzję, kiedy stawka jest tak wysoka?

— Przemyślcie to — sugeruje Diana z nutą kpiny w głosie. — Ale nie zwlekajcie. Czas się kończy.

Łączność milknie, zostawiając tylko jednostajny pomruk silnika i łomot mojego serca.

— Artemis... — szepcze Declan, jego oczy szukają w moich odpowiedzi. — Co robimy?

— Najpierw najważniejsze — mówię, z trudem przełykając ślinę. — Musimy znaleźć ten ostatni ośrodek. Jeśli Diana mówi prawdę, musimy działać. A jeśli kłamie ... cóż, przynajmniej będziemy wiedzieć, po której stronie stoi.

— Dobrze — zgadza się, wyraz bólu wyryty na twarzy. — Ale bądź ostrożna. Pamiętaj, z kim mamy do czynienia.

Kiwnię głową, kostki palców bieleją na kierownicy, gdy zapuszczamy się coraz głębiej w zacieniony las. Idziemy po linie rozpiętej między sprawiedliwością a zgubą. Jeden zły krok i runiemy w ciemność.

Declan krzywi się, gdy podskakujemy na wyboju. Świeża krew przesiąka bandaże. Poczucie winy i furia walczą we mnie o dominację. Nie powinien znosić więcej bólu. Nie przez moją krucjatę.

Ale to już większe ode mnie. Zbyt wiele istnień zrujnowano, podczas gdy Biuro odwracało wzrok. Informacje Diany mogą wreszcie wymusić odpowiedzialność, jeśli jej motywy są szczere...

Zerkam na Declana. Jego oddech zwalnia, gdy opada z sił. Delikatnie ściskam go za dłoń, boję się puścić. Boję się, że stracę go w ciemności, w którą nas oboje wciągnęłam.

— Zaufaj mi — szepczę stanowczo. — Nie pozwolę jej wygrać.

Obdarza mnie bolesnym uśmiechem, po czym zapada w niespokojny sen. Zazdroszczę mu wytchnienia, podczas gdy mnie dławi bezsenność i paranoja. Pytania mielą bez końca. Czy wiara w Dianę jest warta ryzyka? Czy zdołam żyć z kolejną krwią na rękach, jeśli się pomylę?

Na horyzoncie majaczy ośrodek, złowieszczo odcinając się od nocnego nieba. Tu zbiegają się moje wybory. Ale zaufanie własnym instynktom — mimo dawnych pomyłek — może być teraz jedynym światłem, które mnie poprowadzi.

Biorę głęboki oddech, hartując się w środku. Ośrodek czeka — wraz ze sprawiedliwością... albo zgubą.

———◦———

Na zewnątrz wyje wiatr wokół skradzionego transportu, jak przystało na gównoburzę, w jakiej się znaleźliśmy. Dłonie drżą mi na kierownicy. Ledwo trzymam na wodzy gniew kipiący tuż pod powierzchnią.

— Dobrze, Pani Diano — warczę, gdy łącze znów się nawiązuje — chce Pani pograć? Świetnie. Ale najpierw chcę odpowiedzi. Kto, do diabła, Panią w tym wszystkim wspiera?

Po drugiej stronie zapada krótka cisza; niemal słyszę, jak waży słowa, zanim się odezwie.

— Powiedzmy, że w Biurze są... frakcje — mówi wymijająco Diana. — Nie wszyscy popierają eksperymenty z hybrydami. Niektórzy wierzą w inną drogę.

— Wygodnie — parskam, zerkając na Declana, który syczy z bólu z powodu ran. — Czyli teraz grasz bojowniczkę oporu? Daj spokój.

— Niech Pani wierzy, w co chce, Artemis — odpowiada chłodno. — Ale faktem pozostaje, że hybrydy stanowią zagrożenie i trzeba je powstrzymać. Widzieliście to na własne oczy.

— Owszem, ale dlaczego mielibyśmy Pani zaufać? — domagam się, serce dudni mi w uszach. — Kłamała Pani, manipulowała, zdradziła nas — i teraz oczekuje Pani, że ślepo pójdziemy za Panią w paszczę lwa?

— Artemis, nie proszę Pani, by mi Pani ufała — mówi napiętym, ściśniętym głosem. — Proszę zaufać własnym instynktom. Mamy jedną próbę — jedną szansę, by zakończyć ten koszmar i ujawnić prawdę o spaczonej działalności Biura. Naprawdę chce to Pani wyrzucić do kosza przez swoje osobiste uprzedzenia wobec mnie?

Omal nie parskam śmiechem na tę bezczelność. Mój „instynkt" każe udusić ją gołymi rękami. „Osobiste uczucia" to za mało powiedziane wobec kipiącej nienawiści, jaką do niej czuję. Ale ma rację — stawka jest zbyt wysoka, by pozwolić emocjom mącić osąd. Muszę skupić się na szerszym obrazie.

— Dobrze — cedzę przez zęby. — Pomożemy Pani rozwalić ten ostatni ośrodek i ujawnić to, co wyprawia Biuro. Ale potem lepiej niech się Pani modli, by nasze drogi nigdy już się nie skrzyżowały, bo przysięgam, Diano — jeśli tak się stanie, nie będzie na ziemi miejsca, gdzie zdoła się Pani przede mną ukryć.

— Zrozumiano — odpowiada lodowato, po czym rozłącza się.

Gdy łączność milknie, wypuszczam drżący oddech, próbując uciszyć sztorm emocji, który grozi pochłonięciem mnie. Oczy Declana spotykają moje — pełne bólu i determinacji.

— Naprawdę to zrobimy? — pyta cicho, jego głos ledwie przebija się przez wycie wiatru na zewnątrz.

— Na to wygląda — odpowiadam twardo, nieugiętym tonem. — Ale pamiętaj, Declan — nie robimy tego dla niej. Robimy to dla tych wszystkich hybryd, które nigdy nie miały szansy, i dla wszystkich, którzy znaleźli się w krzyżowym ogniu.

— Racja — mruczy, kiwając uroczyście głową. — Dla nich — i dla nas.

— Dokładnie — szepczę. Czas skończyć to, co zaczęliśmy, raz na zawsze. A niech bogowie, jeśli patrzą, zlitują się nad naszymi duszami.

Patrzę, jak Declan przygryza dolną wargę; w jego piwnych oczach maluje się ból. Stoi rozdarty między pragnieniem zemsty a gorzkim smakiem ponownej współpracy z Dianą.

— Artemis — mówi napiętym głosem. — Nie możemy pozwolić, by to nas poróżniło. Wtedy to ona wygra. Zaszliśmy za daleko.

Nie mogę się powstrzymać od parsknięcia. — A niby co takiego dotąd osiągnęliśmy, Declan? Odkryliśmy, że jesteśmy tylko pionkami w pokręconej grze Biura?

Zaciska zęby, chwyta mnie za ramiona. — Poznaliśmy prawdę o hybrydach, a teraz mamy moc, by to wszystko zakończyć. By ocalić tych, którzy nie prosili, by ich tak stworzono.

— Niszczeniem ich? — prychnę, gniew zapala się we mnie.

— Przez powstrzymanie tych, którzy je stworzyli! — odpiera, zaciskając uścisk. — Wiemy, że ich istnienie jest niebezpieczne, Artemis. Jesteśmy to winni sobie — urywa, przełyka ciężko — i tym, których straciliśmy po drodze, by dokończyć tę misję.

— Nawet jeśli oznacza to współpracę z tą zdradziecką suką? — Puls przyspiesza, gdy wpatruję się w jego oczy, szukając pewności, której nie jestem pewna, czy znajdę.

Declan waha się, po czym wzdycha. — Tak. Nie musimy jej ufać, ale możemy wykorzystać jej informacje na swoją korzyść. Rozwalmy ostatni ośrodek, ujawnijmy udział Biura i dopilnujmy, żeby to nigdy się nie powtórzyło.

Jego słowa krążą po mojej głowie jak wściekłe szerszenie, żądląc prawdą, której rozpaczliwie chcę zaprzeczyć. Ale ma rację; teraz nie możemy się wycofać. Nie, kiedy jesteśmy tak blisko zakończenia tego koszmaru.

— Dobrze — mamroczę, odsuwając się od jego dotyku. — Zrobimy to. Ale jeśli spróbuje czegokolwiek—

— To sprawimy, że pożałuje, iż kiedykolwiek nam podpadła — kończy, a w jego oczach płonie determinacja lustrzana wobec mojej.

— A jakże — mówię, próbując zignorować niepokój gryzący mnie w dołku.

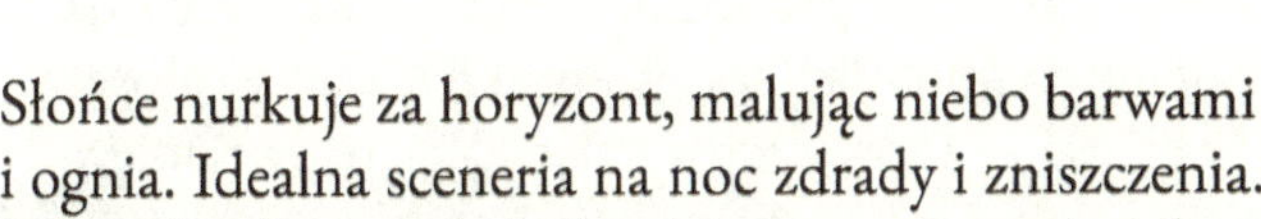

Słońce nurkuje za horyzont, malując niebo barwami krwi i ognia. Idealna sceneria na noc zdrady i zniszczenia. Stojemy z Declanem obok skradzionego transportu, lustrując jałowy krajobraz wokół lokalizacji ostatniego laboratorium hybryd.

— Dobrze — mówię, próbując zepchnąć niepokój w najciemniejsze zakamarki umysłu. — Diana twierdzi, że gdzieś tutaj jest podziemne wejście.

— No pewnie, że podziemne — burczy Declan, wpychając dłonie w kieszenie wojskowej kurtki. — Jakże inaczej wyglądałaby nora szalonego naukowca, gdyby nie była pogrzebana pod ziemią jak jakaś bezbożna krypta?

— Może nam się poszczęści i trafimy na tajną windę — rzucam z przekąsem, zarzucając na ramię plecak wypchany taką ilością materiałów wybuchowych, że nawet najbardziej zaprawiony piroman zzieleniałby z zazdrości.

Declan przewraca oczami. — Świetnie. To przynajmniej zginiemy z fasonem, kiedy wszystko szlag trafi.

— Zawsze optymista, co? — mruczę, lustrując okolicę w poszukiwaniu jakichkolwiek śladów ukrytego wejścia. Wiatr targa kurz i tajemnice, wyjąc nad jałowym pustkowiem; dreszcze przebiegają mi po plecach mimo ciężkiej skóry mojego prochowca.

— Tutaj — woła Declan, kucając przy kępie kamieni. Drobnym truchtem podbiegam, serce wali w takt gasnącego światła. Odgarnia kilka głazów, odsłaniając zardzewiały, metalowy właz, na wpół zagrzebany w ziemi.

— Gotowy? — pyta, zerkając na mnie tymi piwnymi oczami, które zdają się przenikać prosto do mojej duszy.

— Gotowa, jak tylko mogę być — odpowiadam, biorąc głęboki wdech, by się uspokoić. — Rozwalmy to i pokażmy, że Biuro to potwory.

— Brzmi jak plan — przytakuje, szarpiąc właz, który odzywa się zgrzytem protestującego metalu. Przed nami ziewa ciemność, otchłań gotowa połknąć nas w całości.

— Pamiętaj — mówię, chwytając Declana za ramię, gdy szykujemy się do zejścia w otchłań. — Nie możemy ufać Dianie. Mogła dać nam informacje, ale ma własną agendę.

— Jeśli spróbuje czegokolwiek, zapłaci za to — kiwa głową, twarz twardnieje od determinacji.

— Dobrze — mówię z ponurą satysfakcją. — Do dzieła.

Zsuwamy się w ciemność, a ciężar misji przygniata nas niczym ziemia nad głowami. Przemierzając cienie, nie mogę nie myśleć, jakie nowe koszmary na nas czekają — i czy wyjdziemy z tego żywi, by opowiedzieć tę historię.

ROZDZIAŁ SIEDEMNASTY

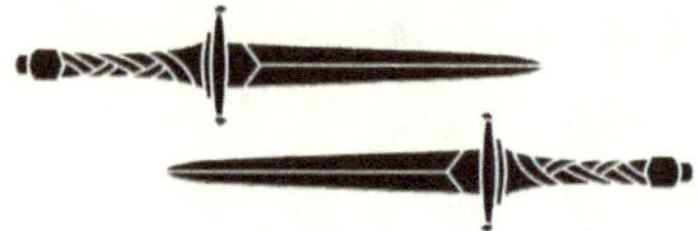

NIE WIEM CZEGO SIĘ spodziewałam, ale to nie była ona. Agentka Diana Fox, wtyka, stoi tak, jakby czekała na nas od zawsze. W jej zielonych oczach jest ten chytry błysk, który wrzeszczy o oszustwie i goryczy. Po prostu świetnie.

— Artemis, Declan — wita nas z bezczelnym uśmieszkiem przyklejonym do twarzy. — Dobrze, że dotarliście.

— Daruj sobie, Diana — warknęłam. Declan posyła mi ostrzegawcze spojrzenie, ale mam to gdzieś. Zaufanie jej to zbyt duże ryzyko; już się na tym sparzyliśmy.

— Dobra — wzdycha, przewracając oczami. — Za mną.

Podążamy za Dianą, skradając się pustymi korytarzami ukrytego ośrodka. Powietrze cuchnie stęchlizną, jakby tajemnice zostały tu zostawione, by zgnić. Dreszcz przebiega mi po plecach, gdy mijamy zamknięte drzwi bez najmniejszej wskazówki, co kryją. Dłoń sunie bliżej pistoletu wciśniętego w krzyż, na wszelki wypadek.

— Trzymaj się, Artemis — mruczy Declan, jego piwne oczy lustrują korytarz w poszukiwaniu kłopotów. Jest ostrożny, zawsze planuje, zawsze gotów do następnej walki. Dlatego tak dobrze nam się razem działa.

— Uwierz, próbuję — mamroczę pod nosem. Serce i tak wali mi jak oszalałe. Jesteśmy na niebezpiecznym terenie i nic tu nie gra.

— Tutaj — szepcze Diana, stając przed wielkimi metalowymi drzwiami. — Za nimi jest centrum kontroli.

— No proszę, serio? Tak myślisz? Nigdy bym nie wpadła.

— Artemis — ostrzega znowu Declan. Przewracam oczami, wiedząc, że ma rację. Ale napięcie jest takie, że nie umiem inaczej. To jedyny sposób, w jaki sobie radzę.

— Po prostu miejmy to za sobą — wzdycham, palce zaciskają się na rękojeści sztyletu. Cokolwiek tam znajdziemy, zostaje mi tylko wierzyć, że było warte ryzyka, jakie podjęliśmy, by tu dotrzeć.

Gdy metalowe drzwi rozchylają się, uderza nas podmuch zimnego powietrza, aż cierpnie mi skóra. Za nimi panuje czarna jak smoła ciemność i wiem na pewno, że coś tam na nas czeka. Tak jak czekała Diana, kiedy na nią trafiliśmy.

— Artemis — szepcze Declan. Wyciąga rękę i ściska mnie za ramię, przywracając mnie tu i teraz. — Cokolwiek się stanie, jesteśmy w tym razem.

— Dzięki — mówię, próbując zignorować ten natrętny głos w głowie, który powtarza, żeby nikomu nie ufać. Nawet jemu.

— Patrzcie pod nogi — ostrzega Diana, znikając w mroku przed nami. Mrużę oczy, powstrzymując odruch, by chwycić ją za kołnierz i zażądać odpowiedzi. Zamiast tego idę w ślad za nią, ze sztyletem gotowym do użycia.

— Serio? Mamy patrzeć pod nogi? Tyle masz do powiedzenia? — burczę, licząc, że mój sarkazm zagłuszy łomot serca.

— Ciszej, Artemis — syczy pod nosem Declan. — Zdradzisz naszą pozycję.

— Dobra — odwarkuję, gryząc się w język. Widocznie nikt nie docenia mojego poczucia humoru, ale nic na to nie poradzę. Tylko tak umiem sobie radzić z napięciem, które ściska mi klatkę jak stalowa obręcz.

Posuwamy się ostrożnie naprzód, ciemność otula nas jak duszący koc. Po wieczności kropli czasu Diana staje przed smukłą, zaawansowaną konsolą komputerową, której ekran rzuca upiorną poświatę na salę.

— Tutaj — mruczy, wystukując kilka klawiszy. — Tu znajdziemy informacje, których szukamy.

— No wreszcie — myślę, zerkając jej przez ramię. Gwałtowny wdech ucieka mi z ust, kiedy wpatruję się w obrazy na ekranie. Rzędy dzieci o nienaturalnie wielkich oczach i wydłużonych kończynach, przytroczone do łóżek, z igłami wbitymi w nadgarstki. Jedne mają łuski, inne pióra albo futro. Każde następne bardziej upiorne od poprzedniego. Biedne dzieciaki... Są tylko królikami doświadczalnymi.

— Wierzysz w to gówno? — mamroczę, mój głos jest ledwie szeptem w zimnym, sterylnym pomieszczeniu. — Robią z dzieci broń.

— Dzieci-hybrydy — poprawia mnie Diana, pobladła. — Pół-ludzkie, pół-nadludzkie. Potworności stworzone w jednym tylko celu: wojny.

— Jezu Chryste — wydycha Declan, blady. — Musimy ich powstrzymać.

— Zgadza się — mówię przez zaciśnięte zęby, wściekłość we mnie kipi. — Ale teraz musimy ustalić, kto za tym stoi, i ich zdemaskować. A to znaczy wyjść stąd żywymi.

— Oby tylko Diana była po naszej stronie — dodaję w myślach, uważnie ją obserwując, gdy zgrywa pliki na pendrive'a. Bo jeśli nie, to tylko kwestia czasu, aż wpakujemy się prosto w kolejną pułapkę.

— Mam to — oznajmia, wsuwając nośnik do kieszeni. — A teraz wynośmy się stąd do diabła.

— W pełni się zgadzam — mówię, a we mnie napięcie dokręca kolejny gwint. Zaciskam mocniej palce na sztylecie, gotowa na wszystko, co może się wydarzyć. — Prowadź.

Gdy zapuszczamy się głębiej w ośrodek, nie mogę otrząsnąć się z tych koszmarnych obrazów. Serce mnie boli na myśl o niewinnych dzieciakach wykrzywionych w potwory. — To jest popieprzone poza wszelką miarą — myślę, zerkając ukradkiem na Dianę. — Jak ktoś mógł zrobić coś takiego?

— Czekajcie — mówi nagle Diana, zatrzymując nas w pół kroku. — Muszę coś powiedzieć.

— To wypluj to wreszcie — warknęłam, cierpliwość mam na wyczerpaniu.

— Wszystko, co tu widzieliśmy, wszystkie dane i o kazy... trzeba to zlikwidować — mówi gorączkowo, a jej zielone oczy twardnieją determinacją. — Nie może zostać żaden ślad.

— Oszalałaś? — pytam, nie dowierzając. — To dowody! Potrzebujemy ich, żeby to ujawni—

— Zaufaj mi — przerywa szeptem. — Jeśli nie zniszczymy wszystkiego, będą cierpieć kolejne dzieci.

— A jeśli ma rację? — zastanawiam się, rozdarta między zachowaniem prawdy a przerwaniem tego koszmaru. Ale choć chcę jej uwierzyć, coś mi tu nie gra. Stawka jest zbyt wysoka, by ślepo zaufać komuś, kto już raz nas zdradził.

— Dobra — mówię w końcu chłodno. — Ale jeśli się mylisz, Diana, zapłacisz za to piekłem.

Powietrze w centrum kontroli wisi ciężkie od napięcia, jakby nawet sterylne ściany czuły, że coś tu nie gra. Ku mojemu zdumieniu Declan staje po stronie Diany. — Wiesz, że nigdy nie popieram niszczenia dowodów, Artemis — mówi, patrząc mi prosto w oczy. — Ale myślę, że ma rację. Musimy temu położyć kres.

— Wy oboje postradaliście zmysły? — syczę, zaciskając pięści. Serce mi pędzi, rozrywane złością i strachem. — Te potwory stworzyły dzieci-hybrydy! A jeśli jest więcej takich laboratoriów? Jeśli—

— Artemis! — syczy Diana, aż głos jej pęka. — Nie rozumiesz. Te... te potworności powstały z mojego DNA.

— Że z czego, proszę? — pytam, a sarkazm ustępuje czystemu niedowierzaniu.

— Słuchaj — cedzi, walcząc o opanowanie. — Mój ojciec brał udział w pierwszych eksperymentach. Wykorzystał moje DNA bez mojej wiedzy, a te dzieci... to skutek. Dlatego muszę to wszystko zniszczyć, zanim będzie gorzej.

Mdłości ściskają mi żołądek, gdy prawda zapada się we mnie jak kamień. Diana, kobieta, którą miałam za zdrajczynię, jest spleciona z samym sercem tej spaczonej operacji. Ale to nie zmienia faktu, że prosi nas o zniszczenie cennych dowodów i możliwe zatarcie śladów zbrodni, do których tu doszło.

Ciężar wyznania Diany wisi w sterylnym centrum kontroli jak czarna chmura, dusząc resztki nadziei. Wciąż dochodzę do siebie, próbując pojąć, jak do diabła mogło do tego dojść.

— Twój ojciec — zaczynam, głos mi się łamie z niedowierzania — wykorzystał twoje DNA, żeby stworzyć te... hybrydy?

Diana kiwa głową, twarz ma jak maskę twardej determinacji. — Szukał lekarstwa na mój nowotwór, gdy byłam dzieckiem. Udało się, ale nie przestał bawić się w Boga.

— Chryste. — Przeczesuję włosy dłonią, a rzeczywistość uderza we mnie jak pociąg towarowy. Stawka właśnie skoczyła dziesięciokrotnie.

— Słuchaj, Artemis — mówi Diana, a wina chrypi jej w gardle. — Wiem, że trudno to pojąć, ale muszę to naprawić. Nie pozwolę, by spaczone dziedzictwo mojego ojca żyło dalej.

— Naprawić? — parskam, frustracja we mnie kipi. — Chcesz zniszczyć wszystko, łącznie z dzieciakami? One są w tym wszystkim niewinne, Diana.

— Na pewno? — odbija piłkę, a jej zielone oczy rozbłyskują bólem. — A może to tylko tykające bomby, które w końcu wybuchną i pociągną wszystkich za sobą?

— Na litość, Diana — mruczę, kręcąc głową. Tego sporu nie da się wygrać. Ona już podjęła decyzję i wątpię, by cokolwiek ją ruszyło. Ale diabli mnie wezmą, jeśli nie spróbuję. — Da się inaczej. Nie musisz—

— Dość! — przerywa Diana, a jej głos odbija się echem od zimnych metalowych ścian. — Niosę ten ciężar wystarczająco długo. Nie pozwolę, by ktoś jeszcze cierpiał przeze mnie.

— Dobra — wypluwam, zaciskając pięści przy bokach. — Rób, co musisz. Tylko pamiętaj, że nie ty jedna będziesz żyć z konsekwencjami tej decyzji.

— Zaufaj mi, Artemis — prosi Diana szeptem. — To jedyna droga.

Ściska mnie w piersi, gdy spotykam spojrzenie Diany, kobiety, która zamierza jednym ruchem zetrzeć z powierzchni ziemi całe pokolenie dzieci-hybryd. Palce drżą mi u boku, świerzbią, żeby zrobić cokolwiek, by ją powstrzymać. I wtedy myśl trafia mnie jak grom z jasnego nieba.

— Czekaj — mówię, głos mam napięty od desperacji. — Te dzieci... one też są ofiarami, rozumiesz?

Twarz Diany wykrzywia się w mieszaninie frustracji i gniewu. — Oczywiście, że wiem, Artemis! Ale jaki mamy wybór? Są niebezpieczne, niestabilne—

— Może wcale nie muszą! — krzyczę, wchodząc jej w słowo. — Sama mówiłaś, że ojciec zaczął to wszystko, żeby cię uratować. Może dla tych dzieci też jest jeszcze nadzieja. Nie możemy ich tak po prostu skreślić!

— Nadzieja? — prycha Diana, jej zielone oczy zwężają się do niebezpiecznych szparek. — Myślisz, że po tym wszystkim, co tu zobaczyliśmy, jest dla nich nadzieja? Bredzisz.

— Czy bredzę, czy nie, to nie zmienia faktu, że są niewinni — odcinam się, nie zamierzając odpuścić. — Nie prosili o to. Nie możemy skazać ich na śmierć, nie dając im nawet szansy.

— Dość! — syczy Diana, twarz wykrzywia jej wściekłość. — Nie mam czasu się z tobą spierać, Artemis. Chcesz ich ratować? Proszę bardzo. Ale ja w tym nie uczestniczę.

Jej dłonie przemykają po panelu sterowania i z przerażeniem patrzę, jak uruchamia sekwencję czyszczenia. Pomieszczenie zalewa kakofonia alarmów i migających świateł, a moje serce tonie jak kamień.

— Nie! — rzucam się do przodu, próbując ją powstrzymać, ale system jest już zablokowany. — Diana, błagam! Musi być inny sposób!

— Artemis — mówi chłodno, odsuwając się od panelu, a oczy ma pełne łez. — Przykro mi. Ale jest za późno.

— Zatrzymaj ją, Declan! — krzyczę, głos mi pęka z desperacji. Rzucamy się, by wyłączyć sekwencję, palce biegają po panelu jak oszalałe. Ale Diana jest bezlitosna, blokuje każdy nasz ruch.

— Dość! — warknie Diana, twarz ma skrzywioną bólem i gniewem. — Nie rozumiecie. Muszę to zrobić.

— Dla kogo pracujesz? — żąda wyjaśnień Declan, w głosie słychać zdradę. — Dlaczego chcesz zabić te niewinne dzieci?

— Dzieci? — prycha Diana. — To nie są dzieci! To potworności, monstra stworzone przez faceta bawiącego się w boga!

— Może — przyznaję przez zęby. — Ale nie wybrały, że urodzą się takie. Jeśli je po prostu zniszczysz, nie dając im szansy, nie będziesz ani trochę lepsza od ich twórców.

— Artemis, ja... — jej głos się łamie, patrzy na mnie z udręką. — Biuro chce okiełznać moc drzemiącą w tych hybrydach i użyć jej do własnych celów. Nie mogę pozwolić im żyć, wiedząc, czym mogą się stać.

— Nawet jeśli oznacza to zabicie ich wszystkich? — pytam, głos drży mi z wściekłości i strachu.

— Zwłaszcza jeśli oznacza to zabicie ich wszystkich — odpowiada ze łzami w oczach. — To jedyny sposób, by nikt nie zrobił z nich broni.

— Posłuchaj samej siebie! — wybucham, czując, jak i mnie napływają łzy. — Mówisz o rzezi dzieci! Nie możesz serio uważać, że to właściwe!

— Uwierz mi, Artemis, chciałabym, żeby było inaczej — mówi Diana miękko. — Widziałam, do czego są zdolne. Jeśli nie zatrzymamy ich teraz, będą cierpieć niezliczeni inni.

— Pozwól nam sobie pomóc — prosi Declan. — Razem rozbijemy tę organizację. Ale nie zrobimy tego, mordując te dzieci.

— Declan ma rację — wtrącam. — Musi istnieć inny sposób. Musimy go tylko znaleźć.

Diana patrzy na nas, jej spojrzenie się chwieje, po czym odwraca wzrok. — Przykro mi — szepcze, głos gruby od emocji. — Nie mogę ryzykować, że będą dalej istnieć. Procedura musi trwać.

I tym samym znika w chaosie, zostawiając nas, byśmy stawili czoło konsekwencjom jej czynów.

Cały ośrodek trzęsie się gwałtownie, a ja czuję, jak serce dudni mi w każdej komórce ciała. Jakby podłoga pod nami ożyła i miała nas zaraz połknąć. Odliczanie ruszyło, a zdrada Diany nie zostawiła nam wyboru.

— Czas się zwijać — wrzeszczy Declan ponad ogłuszający wycie alarmów. — Teraz!

— Serio? Nie zauważyłam! — odgryzam się z sarkazmem, gdy pędzimy korytarzem. Miejsce rozłazi się nam nad głowami, z sufitu walą się odłamki. Uciekamy przed kawałami betonu, o włos unikając zmiażdżenia.

— W lewo! — wrzeszczy Declan, chwyta mnie za ramię i wciąga w przejście. Zatrzymujemy się z poślizgiem przed masywnymi metalowymi drzwiami, wyjściem — naszą jedyną nadzieją, by wyrwać się z tego piekła żywcem. Problem w tym, że są zaryglowane na głucho.

— Masz jakiś genialny pomysł? — wyduszam, łapiąc oddech w spazmach. — Mamy może dwie minuty, zanim to wszystko wyleci w powietrze!

— Daj spróbować. — Declan podchodzi do panelu przy drzwiach, oczy śmigają po numerach i symbolach na ekranie. — Może uda mi się obejść blokadę.

— Jasne, po prostu włam się do systemu zabezpieczeń supertajnego rządowego ośrodka. Pikuś — mamroczę, przewracając oczami. Ale w duchu modlę się, żeby mu się udało. Choć nie cierpię się do tego przyznawać, teraz potrzebny nam cud.

— Mam! — wykrzykuje Declan, gdy drzwi zaczynają ustępować. Pojawia się szczelina i oboje rzucamy się, by je rozewrzeć. Za nimi pomieszczenie tonie w czerwieni świateł awaryjnych, rzucając upiorne cienie na ściany.

— Rusz dupę, Blackwell! — krzyczy Declan, popychając mnie naprzód. Ściska mnie za ramię tak mocno, jakby chciał mnie z niego wycisnąć życie — albo po prostu jest tak przerażony jak ja.

— Tuż za tobą! — odpowiadam w tym samym tempie.

Biegniemy przez kolejne pomieszczenia, desperacko wypatrując jakiegokolwiek śladu wyjścia. Ośrodek to labirynt i czuję się jak szczur w eksperymencie, który poszedł potwornie źle. Z każdą sekundą odliczanie dudni głośniej i nie mogę się pozbyć myśli, że to już — że właśnie tak zginiemy.

— Tam! — Declan wskazuje klatkę schodową i rzucamy się w tamtą stronę, biorąc stopnie po dwa. Im wyżej, tym mocniej trzęsie się ziemia, i wiem, że czasu już brak.

— Prawie na miejscu — mruczy bardziej do siebie niż do mnie. — Jeszcze kawałek.

— Na pewno idziemy we właściwą stronę? — pytam, a w głosie słychać strach. — A jeśli biegniemy głębiej w pułapkę?

— Zaufaj mi — mówi, wysilając się na wymuszony uśmiech. — Dam radę.

— Oby, do diabła — odbijam, chwytając się resztek zadziorności.

Gdy wyrywamy się przez ostatnie drzwi na powierzchnię, nocne powietrze uderza nas jak policzek. Pędzimy przez asfalt, nie oglądając się za siebie, gdy ośrodek rozpada się w gruzy. A potem, z ogłuszającym rykiem, wszystko staje w płomieniach.

— Biegnij dalej! — wrzeszczy Declan, i biegnę. Bo w tym świecie pełnym niebezpieczeństw, kłamstw i nadnaturalnych potworów czających się w cieniu jedno pozostaje prawdą: liczy się tylko przetrwanie.

Rozdział osiemnasty

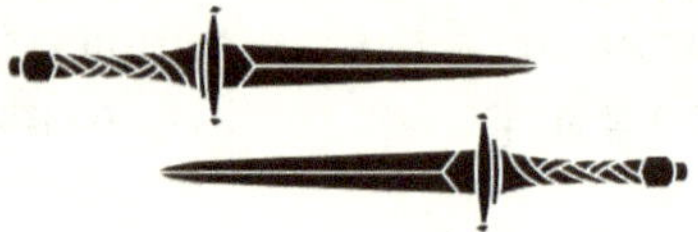

Ten świat wokół mnie wybucha pandemonium, a ja znów ląduję w oku cyklonu. Powietrze drży od surowej, elektrycznej energii, namacalnego świadectwa uwalnianej mocy. Echo przerażonych krzyków hybrydowych dzieci rykoszetuje pośród chaosu, ich dźwięki rozpaczy przeszywają kakofonię i wwiercają mi się w czaszkę.

W wirze zamieszania w pole mojego widzenia wkracza znajoma sylwetka. Declan. Jego pięści są zaciśnięte z frustracji; piwne oczy, zwykle miękkie i ciepłe, teraz błyskają wściekłą determinacją.

— Artemis! — Jego głos, ściśnięty i rozpaczliwy, jakoś przebija się przez ogłuszający ryk wybuchów energii, które rozbrzmiewają dookoła niczym śmiercionośna symfonia. — Musimy uciec z tego szaleństwa!

— Serio? — warknęłam, kryjąc się za przewróconym stołem, gdy dookoła sypią się odłamki. — Nie zauważyłam.

Zanim zdążymy choć pomyśleć o ruchu, przed nami pojawia się grupa postaci w smukłych czarnych mundurach. Na ich czele stoi nie kto inny jak agentka Diana Fox, kobieta, która w ogóle namówiła nas do włamania się do tego przeklętego ośrodka. Jej zielone oczy, zimne i wyrachowane, omiatają nas spojrzeniem.

— Dokądś się wybieracie? — uśmiecha się złośliwie, a jej rude włosy kleją się od potu do czoła.

— Cholera jasna, Pani Diano! — warknęłam, czując, jak pali mnie ukłucie zdrady. — Co się, do diabła, dzieje?

— Zabezpieczyć ich — rozkazuje swojemu zespołowi, nie spuszczając z nas wzroku.

Czuję szorstki uścisk dłoni na ramionach, wykręcających mi ręce do tyłu. Przez żyły przetacza się fala paniki, gdy chłodne zęby plastikowych kajdanek zaciskają się na moich nadgarstkach. Obok mnie Declan warczy, jego ciało napina się przeciw agentom, którzy go trzymają, lecz to daremny wysiłek. Jesteśmy uwięzieni.

— Przykro mi z powodu całego tego zamieszania — mówi Diana, ani trochę nie brzmiąc na skruszoną. — Ale potrzebowałam, by byli Państwo moją przykrywką przy dostępie do kompleksu. Macie Państwo nie byle jaką reputację.

— Dzięki? — pluję, próbując wywinąć się z więzów. — Jesteśmy naprawdę zaszczyceni. Ale może następnym razem po prostu Pani zapyta?

— Jakby zgodzili się Państwo — prycha, mrużąc oczy. — Od lat jesteście Państwo cierniem w boku Biura. To była tylko kwestia czasu, aż ktoś postanowi to wykorzystać.

— Przez to, że nas pojmie? — wtrąca Declan z sarkazmem w głosie. — No tak, świetny plan, Pani Diano.

— Państwa pojmanie to tylko pokazówka — ucina, nerwowo stukając palcami w udo. — To Państwo jesteście terrorystami, którzy narobili całych tych szkód, nie wiedzą Państwo? A ja dzielnie was pojmałam, wraz z moim zespołem. A teraz, jeśli Państwo pozwolą, mamy pracę do wykonania.

Gdy odwraca się na pięcie, zostawia mnie w uścisku niedowierzania i konfuzji. Jak to się stało, że trafiliśmy tutaj—zdradzeni, skuci i otoczeni chaosem? Przecież jeszcze wczoraj byliśmy towarzyszami broni, ramię w ramię tropiąc zbuntowane nadnaturalne istoty. A teraz? Teraz jesteśmy tylko pionkami w podłym planie Diany, gotowymi przyjąć na siebie winę za jej występki. I nie możemy z tym nic, do diabła, zrobić.

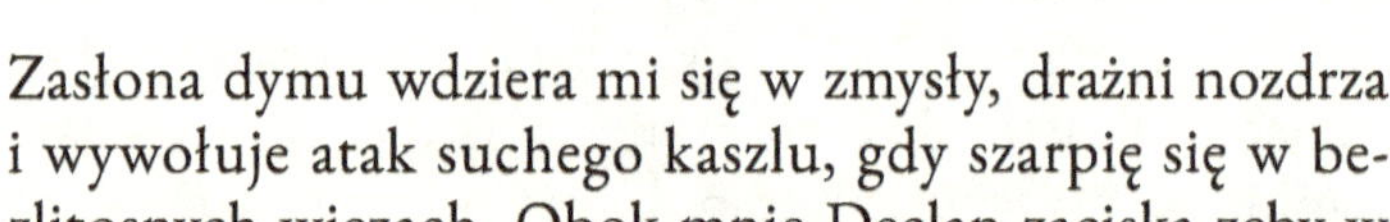

Zasłona dymu wdziera mi się w zmysły, drażni nozdrza i wywołuje atak suchego kaszlu, gdy szarpię się w bezlitosnych więzach. Obok mnie Declan zaciska zęby w daremnym geście buntu, jego piwne oczy nerwowo skaczą między Dianą a rozszalałym otoczeniem.

— Kto ich wspiera? — domagam się, usiłując dojrzeć cokolwiek przez dym i chaos. — Dlaczego są tak zdeterminowani, żeby zniszczyć programy hybrydowe Biura?

— Bo to potworne wynaturzenia — syczy Diana, a jej zielone oczy lodowacieją pogardą. — Biuro posunęło się za daleko w eksperymentach na dzieciach — łącząc ludzkie i nadnaturalne DNA dla swoich pokręconych celów.

— Dobrze, ale co z uwięzionymi hybrydowymi dziećmi? — wtrąca Declan, z gniewem w głosie. — Nie da się usprawiedliwić zgładzenia ich razem z programem!

— Żartują sobie Państwo? — prycha Diana, przewracając oczami. — Te dzieci stworzono nielegalnie i wbrew ich woli. Nie ma dla nich miejsca w naszym świecie.

— No chyba że żywe — mruczę pod nosem, ścinając się w środku na myśl, że setki niewinnych istnień mogą zgasnąć w jednej chwili.

— Dość! — warknie Diana, wyraźnie tracąc cierpliwość. — To nie jest debata. Hybrydy są zagrożeniem, które trzeba wyeliminować, a my już wprawiliśmy machinę w ruch. Państwo to tylko szkody uboczne.

— Aż się człowiekowi robi ciepło na sercu, prawda? — mówię z ociekającym sarkazmem. — I co teraz? Zostawicie nas tu, żebyśmy zginęli razem z resztą?

— Coś w tym rodzaju — odpowiada, mrużąc oczy. — Czas, żeby ponieśli Państwo konsekwencje mieszania się w sprawy, których nie rozumieją.

— No proszę — mówi Declan, kręcąc głową z niedowierzaniem. — Zawsze wiedziałem, że niezła z Pani sztuka, Pani Diano, ale to już wyższy poziom.

— Szkoda słów — ucina, odwracając się do nas plecami. — Przydadzą się Państwu.

Dym wypełnia mi płuca i z trudem tłumię gwałtowny kaszel. Słowa Diany dudnią mi w głowie, nie pozwalając skupić się na niczym innym. Hybrydowe dzieci... masowy mord. Na samą myśl żołądek wywraca mi się na drugą stronę. Przez budynek przetacza się potężny pomruk i wiem, że kończy nam się czas.

— Ruchy! — szczeka Diana do swojego zespołu, każdy członek ubrany w czarny sprzęt taktyczny, twarze skryte pod gładkimi maskami. Nie musi powtarzać; są przy niej szybsi niż sfora piekielnych ogarów, znikając z nią, Bóg raczy wiedzieć dokąd.

— Czekaj! — krzyczę, głos łamie mi się z desperacji. Ale jest za późno. Już przepadła, zostawiając po sobie tylko cierpki posmak zdrady unoszący się w przesyconym dymem powietrzu.

— Sukinsyny! — burczy Declan, jego stopa trafia w gruz, który z brzękiem sunie po podłodze jak rzucony płaski kamień po wodzie. — Zostawili nas.

— Istotnie. — Serce wali mi w klatkę tak mocno, że dziwię się, iż on tego nie słyszy. Staram się mówić spokojnie. — Ściślej, zostawili nas na linii strzału. Jesteśmy idealnymi kozłami ofiarnymi.

— Niech to diabli. — Mars na czole znaczą Declanowi twarz, frustracja wyryta w każdym rysie niczym ponury portret. — Jaki jest nasz następny ruch?

— Przede wszystkim — odpowiadam, wpatrzona w miejsce, gdzie stała Diana. Palce, ukryte za plecami, wydobywają cienki drut żyletkowy wszyty w mankiet kurtki. Przecina plastikowe kajdanki jak rozgrzany nóż masło. — Musimy ewakuować się z tego sypiącego się wyroku śmierci zwanego budynkiem, zanim pogrzebie nas żywcem. — Błyskam ostrzem, a na twarzy rozlewa mi się triumfalny uśmiech. Po kilku sekundach Declan jest wolny.

Potakuje ponuro i razem zaczynamy lawirować przez dogorywającą konstrukcję. Każdy krok posyła ostre ukłucia bólu w górę moich nóg, ale zaciskam zęby i brnę dalej. Musimy uciec, przegrupować się i wymyślić plan, by oczyścić się z zarzutów.

— Artemis — szept Declana dosięga moich uszu, gdy potykamy się o to, co kiedyś było podziemnym parkingiem, a teraz jest cmentarzyskiem gruzu i pogiętego metalu. — Jeśli nie przeżyjemy tego—

— Zamknij się — ucinam ostro. — Wyjdziemy z tego, a potem znajdziemy sposób, żeby dobić Dianę i jej popapranych mocodawców. Słyszysz?

Wpatruje się we mnie przez sekundę, po czym kiwa głową, a na jego ustach igra ponury uśmiech. — Tak, słyszę.

— Dobrze. — Obracam wzrok po zgliszczach, szukając wyjścia — albo czegokolwiek, co da nam cień szansy.

— A teraz ruszajmy. Czeka nas mnóstwo roboty.

Smród palących się chemikaliów i tlących się szczątków wypełnia powietrze, gdy przedzieramy się przez zwęglone resztki ośrodka. Jedynym dźwiękiem jest odległy jęk zbliżających się syren, dołączający do chóru mojego pędzącego serca.

— Artemis, tam. — Palec Declana wskazuje częściowo zawaloną ścianę, w której odsłania się wąska szczelina. — Nasza droga ucieczki.

— Wreszcie jakieś światełko w tunelu — mruczę, przyglądając się prześwitowi z mieszaniną ulgi i niepokoju. Będzie ciasno i duszno, ale to nasza najlepsza szansa, by przemknąć niezauważenie. Nabieram głęboko powietrza, szykując się na nieuchronną szarpaninę. Nasza brawurowa ucieczka zaczyna się teraz.

Przeciskamy się przez szczelinę, wynurzając się na parking spowity cieniami. Odgłosy agentów Biura narastają, a ich szperacze tańczą po gruzowisku jak nieziemskie istoty polujące na winowajców.

— Tamten wóz. — Wskazuję na starszy samochód stojący w zacisznym rogu placu. — Nie powinno być trudno odpalić go na krótko.

Trzy minuty później mkniemy przed siebie, jakby nas diabli gonili. Wynosimy się z tego pustkowia z powrotem do miasta, gdzie można skryć się w tysiącu miejsc i zebrać siły, spróbować wymyślić nowy plan, żeby położyć Dianę,

Biuro i kogokolwiek, kto pociąga za sznurki stojące za horrorami, które dziś odkryliśmy.

Bo nie możemy w nieskończoność włamywać się do kolejnych placówek i wysadzać ich w powietrze. Z moich wyliczeń wynika, że to już czwarte w ciągu ostatnich dwudziestu czterech godzin, a nawet ja nie pociągnę takiego tempa bez końca.

Rozdział dziewiętnasty

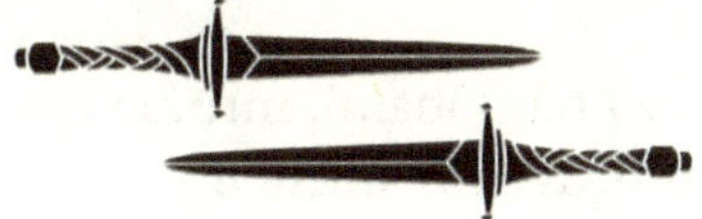

— Więc, masz jakiś genialny pomysł jak mamy ujawnić prawdę, skoro wszystkie miejsca i dane zostały zniszczone?

Declan przeczesuje dłonią włosy, a na jego twarzy wyryte są frustracja i zmęczenie. — Jeszcze nie. Ale musi być coś, co możemy zrobić.

— Na przykład co? — pytam, krzyżując ramiona. — To nie tak, że możemy po prostu wmaszerować do siedziby Bureau z pisemnym przyznaniem się Diany. Zwłaszcza że to nie ona dzisiaj narobiła najwięcej szkód.

— Może nie — przyznaje, pocierając w zamyśleniu podbródek. — Ale musi być ktoś, kto wie więcej o jej działaniach i planach. Ktoś, kto pomoże nam obnażyć prawdę.

— Tylko kto byłby na tyle głupi, żeby iść przeciwko Bureau? — zastanawiam się na głos, zapadając na chybotliwe krzesło. — Mają oczy i uszy wszędzie.

— Dokładnie — zgadza się Declan, jego głos staje się niski i niebezpieczny. — Dlatego musimy ustalić, kto naprawdę pociągał za sznurki w operacji Diany. Musieli mieć niezłą władzę, skoro potrafili manipulować kimś tak przebiegłym jak ona.

— Świetnie, czyli szukamy igły w stogu siana — marudzę, masując skronie. — Coraz lepiej.

— Słuchaj, wiem, że to wydaje się niemożliwe — mówi, spotykając mój wzrok — ale nie mamy wielkiego wyboru. Czas nam się kończy i jeśli szybko nie zadziałamy, dopadną nas.

— Dobra — wzdycham, uznając porażkę. — To od czego w ogóle zaczynamy? Jak znaleźć tego, kto pociąga za sznurki?

Declan wzrusza ramionami, mrużąc oczy, gdy rozważa nasze opcje. — Będziemy musieli kopać głęboko, wejść w półświatek, który tętni pod powierzchnią miasta. Nie będzie łatwo, ale jeśli gdzieś są odpowiedzi, to właśnie tam.

— Brzmi jak plan — mruczę, a żołądek ściska mi się z niepokoju. — Oby tylko nie skończyło się tak, że porwiemy się z motyką na słońce.

— Zaufaj mi — mówi Declan z wilczym uśmiechem — bywało gorzej.

— Mów za siebie — odbijam piłeczkę, ale nie da się zaprzeczyć prawdzie w jego słowach. Jak bardzo bym nie chciała, jesteśmy w tym razem i jedyna szansa na przetrwanie to stawić ciemności czoła.

— Gotowi czy nie — szepczę, hartując się na nadchodzącą bitwę — nadchodzimy.

⸺◆⸺

Rozglądam się po słabo oświetlonym, opuszczonym magazynie, w którym kryliśmy się przez ostatnie kilka godzin. Do nozdrzy wciska mi się zapach wilgotnego drewna i zardzewiałego metalu. Nie mogę się pozbyć wrażenia, że ktoś nas obserwuje, choć wszystkie zmysły mówią co innego.

— Declan — mówię ściszonym głosem — musimy znaleźć sposób, żeby namierzyć działającą poza systemem ekipę Diany. To może być nasz jedyny trop, by ujawnić tę jej chorą agendę.

Ociera dłonią porośnięty szczeciną podbródek, rozważając moją propozycję. Napięcie w pokoju jest namacalne, jak napięty drut, który zaraz pęknie. — Myślisz, że doprowadzą nas do tego, kto naprawdę pociąga za sznurki?

— Nie wiem — przyznaję, przeczesując palcami włosy — ale to nasza najlepsza szansa. Musimy coś zrobić.

— Dobra — zgadza się niechętnie Declan, a w jego piwnych oczach widać ciężar podjętej właśnie decyzji. — Nie mamy wyjścia, musimy dalej tropić. Albo to, albo czekać, aż Bureau nas dopadnie.

Kiwnęłam głową, przyjmując ponurą rzeczywistość naszej sytuacji. Mamy związane ręce i nie ma już odwrotu. Zaciągam ciaśniej na siebie czerwoną, skórzaną kurtkę, gdy po plecach przebiega mi dreszcz.

— Zacznijmy od prześledzenia jej kroków — proponuję, próbując poskładać plan. — Gdzieś musi być jakaś wskazówka. Jakiś błąd... coś, dzięki czemu ich namierzymy.

Declan wzdycha. — Masz rację. Musimy ruszać, zanim śledczy z Bureau zbliżą się jeszcze bardziej.

Zbieramy nasze skromne manatki i opuszczamy magazyn, by stawić czoło przeszywającemu chłodowi nocy. Księżyc rzuca upiorne sylwetki na gnijące zabudowania wokół nas, idealną scenerię dla naszej złowieszczej wyprawy.

— Artemis — mówi Declan, gdy idziemy ramię w ramię — chcę, żebyś wiedziała, że cokolwiek się stanie, masz we mnie oparcie.

— Wzajemnie — odpowiadam, krótko kiwając głową. Zaufanie nie przychodzi łatwo takim jak my. Ale w tej chwili wiem, że oboje jesteśmy gotowi nadstawić za siebie karku.

Stanowiąc jeden front, wtapiamy się w ciemność, uparcie tropiąc nieuchwytnych ludzi Diany. Z każdym krokiem zbliżamy się do złowieszczej otchłani, która czai się przed nami, gotowa pochłonąć nas wszystkich. Ale nie pozwolimy jej zwyciężyć. Mówią, że desperackie czasy wymagają desperackich środków, i diabli nas wezmą, jeśli nie dociągniemy tego do samego, gorzkiego końca.

⚬

Wilgotna miejska atmosfera przylepia się do skóry jak druga warstwa. Brniemy przez misterny labirynt ciasnych przesmyków, których wąskie gardła toną w cieniu piętrzących się ponad nimi budynków. Nad nami neony zacinają jak nieregularne uderzenia serca, skąpując spękany chodnik w migotliwą feerię barw.

— Jesteś co do tego pewna? — pyta Declan, jego głos ledwie przebija się ponad odległy szum ulicy.

— Na sto procent — odpowiadam, wypatrując najmniejszego znaku zagrożenia. — Nasi starzy znajomi mogą być naszą jedyną nadzieją.

— Dobra — mówi, a w tonie pobrzmiewa cień niechęci. — Do dzieła.

Nawiązujemy kontakt z kilkoma szemranymi typami z naszej przeszłości, każdy bardziej małomówny od poprzedniego. Początkowo strzegą swoich sekretów jak najdroższych skarbów, ale gdy dociera do nich, że nie jesteśmy ludźmi z Bureau, opuszczają gardę — choćby o włos.

— Mówi się na mieście, że działa podziemna frakcja przeciwko Bureau — mamrocze szorstki facet z opaską na oku, pochylając się tak, by nikt inny nie usłyszał. — Niewiele o nich wiem, ale mają wtyki w całym mieście.

— Świetnie — szepczę pod nosem, powstrzymując się, by nie przewrócić oczami. — Tego nam brakowało - jeszcze więcej tajemnic.

Declan posyła mi spojrzenie, ale milczy. Wie, że czas nie jest po naszej stronie, a każda chwila tutaj zwiększa ryzyko.

— Masz jakiś pomysł, gdzie możemy ich znaleźć? — pyta, starając się utrzymać równy ton.

— Nie powiem na pewno — odpowiada mężczyzna, drapiąc swój kołtuniasty zarost. — Ale słyszałem szepty o miejscu spotkań przy dokach. Warto obczaić.

— Dzięki — mówię, rzucając mu zmięty banknot, po czym znikamy z powrotem w cieniach.

— Kolejny ślepy zaułek? — pyta Declan, wyraźnie sfrustrowany.

— Może nie — odpowiadam, a w głowie kotłują mi się możliwości. — Jeśli ta podziemna grupa naprawdę działa przeciwko Bureau, mogą wiedzieć, jak znaleźć ekipę Diany.

— Albo zaprowadzą nas prosto w zasadzkę — kontruje, marszcząc brwi z troską.

Krzywię się, wiedząc, że ma rację. Zaufanie komukolwiek w tym momencie to rosyjska ruletka - jeden zły ruch i po nas.

Ale jaki mamy wybór?

— Chodźmy na nabrzeże — mówię, tłumiąc supeł strachu w żołądku. — Rozejrzymy się, zobaczymy, co da się znaleźć.

— Dobra — zgadza się Declan, zaciśniętym głosem. — Ale wchodzimy gotowi na wszystko.

Kiedy kierujemy się ku nabrzeżu, rozdzierająca napięta niepewność podgryza mnie od środka. Idziemy po ostrzu brzytwy między odkryciem prawdy a staniem się ofiarą sił, które próbujemy zdemaskować. Ale nie ma już odwrotu. Zaszliśmy za daleko, by się poddać.

— Cokolwiek się wydarzy — mówię sobie, czując ciężar broni w dłoni — stawimy temu czoła razem.

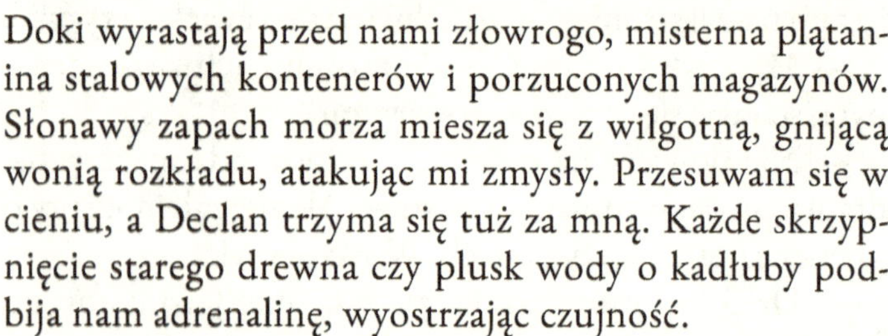

Doki wyrastają przed nami złowrogo, misterna plątanina stalowych kontenerów i porzuconych magazynów. Słonawy zapach morza miesza się z wilgotną, gnijącą wonią rozkładu, atakując mi zmysły. Przesuwam się w cieniu, a Declan trzyma się tuż za mną. Każde skrzypnięcie starego drewna czy plusk wody o kadłuby podbija nam adrenalinę, wyostrzając czujność.

— Artemis — mruczy Declan, jego głos ledwie słyszalny, gdy wskazuje na stary magazyn, którego drzwi są uchylone akurat na tyle, by sączył się z nich promyk światła. — To może być to.

— Może — zgadzam się, a palce same zaciskają się na kojącym ciężarze broni. — Albo zwykła banda szczurów buszujących w śmietniku.

— Jest tylko jeden sposób, żeby się przekonać. — Krzywi się w uśmiechu, próbując wlać odrobinę humoru w tę ponurą sytuację. Ale widzę napięcie w jego oczach, zaciśniętą szczękę. Oboje jesteśmy spięci, i słusznie.

— Dobra — mówię, zbierając się w sobie. — Sprawdźmy to. Ale pamiętaj: nie wiemy, kim są ci ludzie ani do czego są zdolni. Bądź gotów na wszystko.

— Zawsze jestem — odpowiada, a kąciki ust drgają mu w półuśmiechu.

Podchodzimy do magazynu z mozolną ostrożnością, a nasze kroki tłumi nasiąknięta wilgocią ziemia. Puls tłucze mi w piersi, każdy jego uderzenie brzmi we mnie jak nieubłagany bęben, który pcha mnie naprzód.

— Miej oczy szeroko otwarte — szepczę, skanując mrok w poszukiwaniu najmniejszego ruchu. — Jeden fałszywy ruch i będzie po nas.

Kiedy wsuwamy się do środka, do naszych uszu dociera stłumiony pomruk głosów. Od grupki ludzi skulonych wokół prowizorycznego stołu bije nikły blask, a ich twarze toną w cieniach. Zaciskam mocniej dłoń na broni, pot ślizga mi się po dłoni.

— Kim oni są? — myślę gorączkowo. — Przyjaciele? Wrogowie? Coś pomiędzy?

— Hej — warknie chrapliwy głos, a my zamieramy w bezruchu. — Kim wy, do diabła, jesteście?

— Spokojnie — mówi gładko Declan, unosząc ręce w pojednawczym geście. — Szukamy tylko informacji.

— Informacji? — prycha mężczyzna, podejrzliwie mrużąc oczy. — Jakich informacji?

— O Dianie Foxberry i jej ekipie anty-Bureau — wtrącam, choć serce wali mi jak młot. — Musimy ich znaleźć.

Przez grupę przebiega pomruk, po którym nastaje napięta cisza. Czuję ich spojrzenia na sobie: ważą nas, mierzą.

— Dobra — mówi w końcu mężczyzna, kiwając w stronę stołu. — Siadajcie. Pogadamy.

Kiedy zasiadamy, nie mogę się pozbyć wrażenia, że wkroczyliśmy na niezbadane terytorium — w podróż, która może nas wybawić albo zgubić. Jedno jest krystalicznie jasne: odwrotu nie ma.

Rozdział dwudziesty

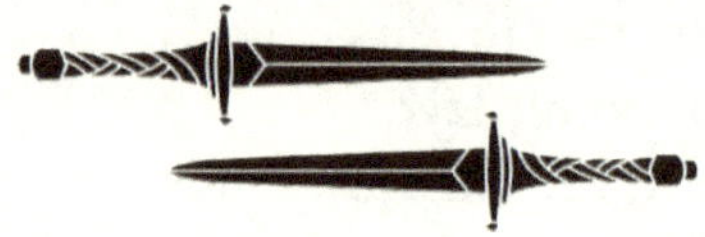

— Wygląda na to, że trafiliśmy w dziesiątkę, Declan — syczę, a z mojego głosu kapie sarkazm, gdy kierujemy się do stołu. Zgraja odszczepieńców kuli się razem, mrucząc półgłosem, którego echo odbija się od wilgotnych, betonowych ścian. To podziemna siatka, o której krążyły szepty — ci, którzy podzielają naszą pogardę dla szemranych interesów Biura.

— Artemis, poznaj Obsidian Circle — kpiąco uśmiecha się Declan, obserwując grupę z mieszaniną ciekawości i ostrożności. — Mówią na mieście, że zależy im na demaskowaniu i sabotowaniu tajnych programów, za którymi depczemy.

— Świetnie, kolejna banda samozwańczych bohaterów — mruczę pod nosem, przewracając oczami. Moje serce przyspiesza na myśl o tym, co dr Graves i jego poplecznicy zrobią, jeśli się o tym dowiedzą. Ale nie mamy wielkiego wyboru; jeśli chcemy obalić Biuro, potrzebujemy każdej pomocy, jaką możemy zdobyć — nawet jeśli pochodzi od zbieraniny buntowników o co najmniej wątpliwym guście.

Gdy podchodzimy, grupa mierzy nas podejrzliwym wzrokiem, jak lwy osaczające zdobycz. Jedna kobieta lustruje mnie bez pardonu, a jej przeszywające, zielone oczy wwiercają się w moje.

— Nie powinniście tu być — warczy, a wrogość maluje się na jej twarzy.

Zmuszam się, by wytrzymać jej spojrzenie, czując, jak we mnie kipią desperacja i determinacja. Potrzebujemy tych ludzi, jacy by nie byli niesympatyczni. — Jesteśmy tu, żeby pomóc — mówię spokojnie. — Biuro posunęło się za daleko i trwa to zbyt długo. Czas, by ktoś położył kres szaleństwu dr. Gravesa.

Kobieta prycha, krzyżując ramiona z wyzywającą miną. — A skąd mamy wiedzieć, że nie jesteście tylko parą szpiegów Biura, którzy węszą kłopoty?

Zanim zdążę odpowiedzieć, występuje naprzód Declan, a jego oczy płoną. — O tak, jesteśmy kłopotami. Takimi, które zerwą zasłonę z korupcyjnych operacji Biura i pokażą je takimi, jakie są naprawdę.

Czuję ukłucie niepokoju na jego zuchwałość, ale wiem, że ma rację. Jeśli mamy zniszczyć Biuro, potrzebujemy Obsidian Circle po naszej stronie.

Pojedynek na spojrzenia trwa, a napięcie iskrzy w powietrzu jak elektryczność. Po dłuższej chwili wyraz twarzy kobiety odrobinę łagodnieje. — No dobrze — mówi niechętnie. — Jeśli chcecie informacji, dostaniecie informacje. Ale jeśli choć podejrzę, że nas ogrywacie... — przeciąga palcem po gardle złowrogo.

Dreszcz przebiega mi po kręgosłupie, ale kiwam głową. — Macie moje słowo. Chcemy tylko, żeby Biuro upadło.

Kiedy zajmujemy miejsca przy stole, czuję odurzającą mieszankę nadziei i strachu. Ta zbieranina może być naszym biletem do ujawnienia tajemnic Biura... albo początkiem naszej zguby. Tak czy inaczej, kości zostały rzucone. Nie ma już odwrotu.

Obskurna piwnica wydaje się jeszcze mniejsza, gdy wszyscy ściskamy się wokół chybotliwego stolika do kart pod ostrym blaskiem jarzeniówek. Powietrze jest gęste od napięcia, jakbyśmy wszyscy siedzieli na beczce prochu, czekając na najdrobniejszą iskrę.

Przywódca — krzepki mężczyzna o skórze jak zwietrzały granit i oczach ciemnych i twardych jak obsydian — odzywa się pierwszy. — Imiona to tu balast. Mówcie mi Slate. — Głos ma niski i chropawy, jak kamienie trące o siebie.

Wskazuje na surową kobietę po swojej prawej ręce, tę, która wcześniej nas zatrzymała. Jej oczy są lodowato niebieskie, zimne i kalkulujące. — To jest Sapphire. Prawdziwych imion nie używamy.

Powstrzymuję się od przewrócenia oczami. Kryptonimy? Co za pretensjonalność. Ale gryzę się w język i kiwam głową. Potrzebujemy wszelkich informacji, jakie ci podziemni buntownicy mogą nam dać o Biurze, bez względu na to, jak melodramatyczni chcą przy tym być.

— Wasz kontakt w Biurze u nas występuje jako Onyx — ciągnie Slate.

Czuję, jak rozszerzają mi się oczy, nim zdołam to ukryć. Onyx to Agentka Diana Fox, choć reszta nie musi o tym wiedzieć. Więc cały czas grała na dwa fronty? Ciekawe. To sprawia, że jej przelotne wybuchy goryczy wobec zepsutych mechanizmów Biura wydają się o wiele bardziej zrozumiałe.

— Onyx zbierała informacje do nadchodzącej operacji — mówi ostro Sapphire, krzyżując ramiona i lustrując Declana oraz mnie z jawną nieufnością. — W tej chwili kompletuje zespół.

— Zgadnę: operacja wymierzona w samo Biuro? — pyta Declan, unosząc sceptycznie brew. — Bywałem, robiłem. Do dziś wyciągam z włosów odłamki po wybuchach.

Kąciki ust Slate'a unoszą się w cienkim, zagadkowym uśmiechu. — Coś w tym guście. Ale jeśli chcecie wejść do środka, najpierw będziecie musieli się wykazać. Nie tolerujemy nożowników w plecy ani primadonn udających bohaterów.

— Primadonna? Spróbuj chociaż odrobinę oryginalności — prycha Declan.

Zanim napięcie zdąży jeszcze wzrosnąć, wchodzę mu w słowo. — Dość. Na czym polega operacja? — Moja cierpliwość dla teatru się kończy. Liczy się tylko zatrzymanie dr. Gravesa i jego eksperymentów Frankensteina ukrytych głęboko w Biurze, za wszelką cenę.

Slate unosi dłoń. — Najpierw potrzebujecie kryptonimów, jak cała reszta. Potem porozmawiamy o szczegółach.

Powstrzymuję odruch zgrzytania zębami ze złości. Dobrze. Jeśli to przebieranki sprawiają, że czują się ważni i dzięki temu dostaniemy potrzebne informacje, niech będzie. — Jestem Artemis Blackwell. Możecie mówić do mnie... Jade. — W miarę pasuje do koloru moich oczu.

— Może być Jet — wzrusza ramionami Declan.

— W porządku. — Slate wreszcie wydaje się zadowolony. — Witajcie, Jade i Jet. A teraz: Onyx zdobyła informacje o nielegalnym programie hodowlanym, który prowadzi Biuro...

Gdy kontynuuje odprawę, adrenalina zaczyna buzować mi we krwi. Jesteśmy o krok bliżej, by obnażyć zgniliznę w sercu Biura. Z pomocą Obsidian Circle może wreszcie wywleczemy grzechy dr. Gravesa na światło dzienne.

Szykujemy się na to, że nas poinformują, tylko po to, by odkryć, że Obsidian Circle wcale nie ma zamiaru siedzieć i gadać. Diana już przygotowuje swój szturm, chcąc utrzymać Biuro w stanie rozchwiania, zanim zdążą wzmocnić zabezpieczenia po naszych ostatnich atakach na ich tajne ośrodki.

— Dobrze, Jade i Jet — mówi Sapphire, mierząc nas czujnym wzrokiem. — Znajdziecie Onyx i jej zespół w piwnicy pod wieżowcem na południowej stronie miasta. — Podaje nam adres.

— Znam tę wieżę — mruczę do Declana. — Jeden mocniejszy podmuch i runie do cholernej rzeki.

— Dziękuję — mówi krótko do Sapphire. — Nie traćmy więcej czasu.

Wynurzamy się z kryjówki Obsidian Circle w rześkie, nocne powietrze, a księżyc wisi wysoko i pełen nad poszarpaną linią horyzontu. Nasz oddech unosi się w mroźnych obłoczkach, gdy pędzimy pustymi ulicami, a stuk naszych kroków o bruk odbija się echem od ciemnych budynków.

Adres, który dała nam Sapphire, prowadzi do niegdyś lśniącego wieżowca, teraz kruszącego się w ruinę i zaniedbanie, wiszącego nad krawędzią rzeki jak przechylony nagrobek. Tłumię dreszcz, gdy wślizgujemy się do środka, przeciąg świszcze przez rozbite okna i roznosi wiry kurzu po uświnionej podłodze.

— Cóż za urocze miejsce na tajną operację — mruczy Declan, a w jego głosie ledwie skrywane nerwy napinają sarkastyczną brawurę.

— Żartujesz? — odpowiadam sucho. — Nigdy nie byłam bardziej podekscytowana wkradaniem się do upiornego, w pół zburzonego budynku.

Uśmiecha się, ale oczy zdradzają nerwy. Oboje wiemy, że to już nie jest gra. To kwestia życia i śmierci.

Gdy schodzimy w ciemność, a nasze kroki tłumią warstwy kurzu i gruzu, czuję osobliwą więź z Declanem. Mimo różnic łączy nas misja — odkryć prawdę i chronić tych, którzy znaleźli się na linii ognia.

Piwnica jest słabo oświetlona, cienie tańczą po ścianach, kiedy skradając się posuwamy naprzód. Przed nami mignie ruch i moje serce zaczyna łomotać.

— Artemis — szepcze Declan, ściskając mnie za ramię. — Patrz.

Wychylam się zza rogu i widzę ją — Dianę, znaną też jako Onyx — siedzącą przy prowizorycznym stole; rude włosy błyszczą w świetle latarni, gdy wpatruje się intensywnie w swoich zwolenników zebranych przed nią. Ich przyciszona rozmowa niesie w sobie nutę pilności, która napina mi nerwy do granic.

— Trzymaj się nisko — szepczę do Declana, a puls przyspiesza. — Musimy się dowiedzieć, co planują.

— Zgoda — odpowiada, głos ma napięty. — Ale musimy być gotowi na wszystko.

— Zaufaj mi — mówię, a ręka odruchowo sięga do broni u boku. — Zawsze jestem gotowa.

Gdy obserwujemy z cienia, Diana zaczyna mówić, ton ma niski i naglący. Jasne, że cokolwiek prowadzi, nie będzie to spacerek. Zresztą, kiedy ostatnio było?

Powietrze jest gęste od napięcia, namacalna siła zaciska mi się wokół piersi jak imadło. Aż nadto świadoma jestem niebezpieczeństwa i tego, jak wysoką stawkę toczy gra. Jedynie miarowy oddech Declana obok trzyma mnie w rzeczywistości. Teraz albo nigdy.

— Dobrze, wszyscy — mówi Diana, a jej głos skupia uwagę bez podnoszenia tonu. — To jest to. Przygotowywaliśmy się do tej chwili miesiącami i nie ma już odwrotu.

Napięcie w pomieszczeniu przygniata mnie jak fizyczny ciężar, utrudniając zaczerpnięcie tchu. Zastygam obok Declana, a puls warczy mi w uszach, kiedy Diana zaczyna mówić.

Przez tłum przechodzi poruszenie, ale Diana ucisza je samym spojrzeniem. — Wiem, że ryzyko jest ogromne —

ciągnie. — Ale nagroda jest większa — wreszcie wywlec na światło dzienne przewiny Biura.

Jej zwolennicy milczą; na ich twarzach mieszają się determinacja i ledwie maskowany strach. Ale jedno uczucie bije z każdego oblicza: postanowienie. Wiedzą, jaka jest stawka, i są gotowi doprowadzić to do końca.

— Gdy już będziemy w środku, przejmiemy kontrolę nad ich systemami — naciska Diana, a jej oczy błyszczą jak naostrzone ostrza. — Potem publicznie ujawnimy każdą nielegalną operację, każdy nieetyczny eksperyment, każdego skorumpowanego urzędnika na ich liście płac. Świat zobaczy potwory, jakimi naprawdę są.

W pomieszczeniu osiada ciężka cisza. Czuję, jak od tych agentów i cywili bije kipiący gniew i pragnienie sprawiedliwości — ich cierpliwość właśnie się wyczerpała. Są gotowi uderzyć w zgniliznę w samym rdzeniu Biura.

— Bądźcie czujni i pamiętajcie: nie ufajcie nikomu spoza tego kręgu. — W oczach Diany miga coś mrocznego, dzikiego. — Drugiej szansy nie będzie.

Kiedy zwolennicy Diany wypływają z obskurnej piwnicy, łapię spojrzenie Declana z drugiego końca sali. W tej krótkiej chwili porozumienia bez słów rozumiemy, że bez względu na to, jak to się potoczy, wszystko zaraz zmieni się nie do poznania. Komfort rutyny rozsypie się w proch.

Żołądek wiąże mi się w nerwowe supełki, gdy rozważam nasze położenie. Ujawnienie bujnej korupcji Biura jest kluczowe, ale na myśl o narażeniu niewinnych agentów robi mi się lodowato.

Pospiesznie daję znak Declanowi, by poszedł za mną za prowizoryczną osłonę z skorodowanych rur i zardzewiałych belek. Kuca obok mnie, a jego piwne oczy płoną ogniem determinacji.

— To jest to, Artemis — syczy przez zęby. — Nasza szansa, by wreszcie wywlec grzechy Biura na światło dzienne. Tylko mi teraz nie mięknij.

Gwałtownie kręcę głową, a frustracja i niezdecydowanie kotłują się we mnie. — Wiem, że prawda musi wyjść na jaw, ale nie w ten sposób. Nie, jeśli ma to oznaczać zdradzenie ludzi, którzy stali za nami murem. — Głos lekko mi drży, gdy spotykam jego niewzruszone spojrzenie.

Brew Declana marszczy się, a przez jego twarz przemyka cień niepewności. — Naszym obowiązkiem jest obnażać korupcję, bez względu na wszystko — upiera się, lecz z mniejszym ogniem niż wcześniej.

— Kosztem człowieczeństwa? — Wbijam paznokcie w dłonie ze złości. — Nie poświęcę dla tego własnego sumienia, Declan. W Biurze są też dobrzy ludzie.

Wzdycha ciężko i z rozdrażnieniem przeczesuje dłonią potargane włosy. Widzę, jak walka toczy się za jego oczami. — Wiem, że to nie jest czarno-białe — przyznaje niechętnie po dłuższej pauzie. — Ale kończą nam się możliwości. Czasem nie zostają żadne dobre wybory — tylko trudne.

Znów gwałtownie kręcę głową, mrugając, by powstrzymać wściekłe łzy. — Łatwo ci mówić. To nie ty staniesz naprzeciw niebezpiecznym konsekwencjom.

Wyraz twarzy Declana nieco łagodnieje na widok mojego oczywistego rozedrgania. Kładzie mi pocieszająco dłoń na ramieniu. — Hej, jesteśmy w tym partnerami, na dobre i na złe. Też cię osłaniam — mówi łagodnie, ale stanowczo. — Jeśli jest inna droga, znajdziemy ją. Ale musimy działać szybko, zanim Diana przypuści atak.

Biorę głęboki, drżący oddech i zmuszam się, by stłumić kipiące we mnie emocje. Ma rację — kończy nam się czas na dyskusje. Znów spotykam jego cierpliwe spojrzenie i zdecydowanie kiwam głową. — Zatrzymajmy to po naszemu. Prawda, bez niepotrzebnej przemocy.

Declan przytakuje, wygląda na ulgniętego, że znowu gram z nim do jednej bramki. — Najpierw porozmawiam z Dianą, wyczuję jej nastawienie — mówi z namysłem. — Nie możemy teraz ryzykować, że ją sprowokujemy.

Jeżę się na myśl, że zajmie się tym sam, ale wiem, że jego złoty język daje nam największą szansę odwrócić katastrofę. Diana nie należy do moich fanek. — Tylko bądź ostrożny — ostrzegam poważnie. — Jeden fałszywy krok może zrujnować wszystko, na co pracowaliśmy.

Ze stalową determinacją w spojrzeniach wychodzimy z cienia. Przyszłość wisi na włosku, ale wiem, że razem z Declanem mamy największą szansę przechylić szalę na stronę sprawiedliwości, nie katastrofy.

Drzwi skrzypią, odsłaniając obskurny pokój rozświetlany jedynie sporadycznie migającą żarówką nad głową. Diana — a może raczej Onyx — stoi na przedzie, podświetlona od tyłu złowieszczo, gdy przemawia do swoich zwolenników.

To ekscentryczna gromadka — podarte dżinsy i skórzane kurtki obite ćwiekami. Tatuaże pełzną po karkach, a kolczyki błyszczą w skąpym świetle. Ale mimo ich niechlujnego wyglądu, we wszystkich oczach pali się to samo, ostre natężenie, które wywołuje u mnie dreszcz.

— Marnotrawni agenci wracają — cedzi sarkastycznie Diana, gdy wchodzimy, a jej lodowate spojrzenie prześlizguje się po nas. — Czym zawdzięczamy tę przyjemność?

— Dosyć tej maskarady — warknie Declan, a pod opanowaną powierzchownością tętni gniew. — Wiemy wszystko o Pani planach i koniec z byciem Pani pionkami.

Wchodzę mu w słowo, pozwalając, by wylała się i moja frustracja. — Chcemy, żeby Biuro upadło, ale nie kosztem niewinnych istnień. Zbyt wiele razy nas Pani wykorzystała.

Diana unosi wykrojoną brew. — I niby czemu mam wam teraz ufać, zdrajcy? — pyta lekceważąco. — Czy jeszcze niedawno nie byliście wiernymi sługusami?

Jeżę się na ten zarzut, dłonie zaciskają mi się w pięści. — Bo jest nam Pani winna za wszystkie razy, kiedy przelewaliśmy krew dla Pani sprawy — odcinam się gorąco. — Spłaciliśmy dług krwią, ostatnio choćby dziś! Teraz pozwólcie nam pomóc na naszych warunkach.

Declan posyła mi ostrzegawcze spojrzenie, ale je ignoruję. Grzeczności mamy już za sobą.

Po chwili napiętego milczenia Diana skłania głowę. — Dobrze. Możecie nam pomagać — ale wykonujcie rozkazy, inaczej wylatujecie. — Jej blade oczy niebezpiecznie błyszczą. — Nie dopuszczę, by zbuntowani agenci zagrozili tej operacji.

— Rozumiem — odpowiada równym tonem Declan. — Ale proszę pamiętać: celem jest prawda, nie bezmyślna destrukcja. — Jego spojrzenie ani drgnie.

— Oczywiście. — Zimny uśmiech wykrzywia usta Diany. — Prawda na końcu zwycięża... prawda?

Tłumię dreszcz na dźwięk jej zagadkowych słów. Bo jeśli źle oceniliśmy to przymierze, prawda może dziś umrzeć razem z nami.

ROZDZIAŁ DWUDZIESTY PIERWSZY

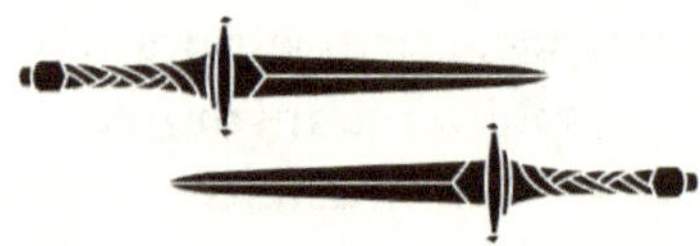

TEN GRYZĄCY, METALICZNY ZAPACH potu wisi ciężko i mdląco w zakurzonym powietrzu opuszczonego magazynu. Przeciskam się między zbieraniną wojowników zgromadzonych tu — najemnikami, zbuntowanymi agentami, cywilami z prywatnymi porachunkami — wszystkich łączy pragnienie, by rozmontować Bureau. Cóż, rozpaczliwe czasy rodzą dziwne sojusze, jak sądzę.

— Artemis, na środek — twoja kolej! — chropawy głos Diany rozcina gwar, aż zgrzytam zębami. Z niemałą niechęcią podchodzę do niej, stoi na skraju mat, a jej przeszywające zielone oczy błyszczą ledwie skrywaną rozbawioną złośliwością. Cudownie. Nie ma co dłużej unikać tego sparingu, niestety.

Wchodzę na maty, podłoga trzeszczy pod stopami, a ja kręcę ramionami, próbując się rozluźnić. Diana krąży wokół mnie szerokim łukiem, porusza się z drapieżną, wężową gracją wyćwiczoną przez lata jako jedna z najgroźniejszych operatorek Bureau. Jest dobra — aż za dobra. Będę musiała mieć się na baczności, żeby nie skończyć rozjechana w niecałą minutę.

— Pamiętaj, to tylko sparing, nie pojedynek na śmierć i życie — mruczy Diana, a kącik jej ust unosi się w świadomym uśmieszku.

— Na razie — mamroczę pod nosem, niezdolna powstrzymać sarkazm. Trudno nie żywić urazy do kogoś, kto z własnej woli przez większość życia był egzekutorem naszego wroga, nieważne, jak bardzo może się przydać. Ale jeśli Diana naprawdę poważnie myśli o obnażeniu zgnilizny w sercu Bureau, to ten niewygodny sojusz jest koniecznością. Choćby obrzydzało mnie poleganie na jej umiejętnościach i kontaktach.

— Gotowa? — Diana wyzywająco unosi smukłe brwi, płynnie przyjmując postawę bojową.

— Urodziłam się gotowa — odpowiadam bezbarwnie, nakładając na wyświechtaną odzywkę tyle sarkazmu, ile zdołam. Na niewidzialny sygnał rzucamy się na siebie, wymieniając błyskawiczny grad ciosów i bloków, a poszarpana gromadka widzów śledzi nasz pojedynek z zainteresowaniem. Zaciskam zęby na pulsującym bólu, gdy pięść Diany ociera się o moje żebra — nie mam wątpliwości, że później rozkwitnie tam widowiskowy siniak.

W przerwie Declan odciąga mnie na bok, jego piwne oczy są poważne i niespokojne. Mówi półgłosem, tak by oddani zwolennicy Diany nie mogli nas podsłuchać.

— Potrzebujemy konkretnego planu, żeby zminimalizować ofiary, kiedy ruszymy z atakiem — mruczy, marszcząc brwi. — Niewinni łatwo mogą wpaść tu pod krzyżowy ogień.

Wykorzystuję moment, by otrzeć pot z czoła, wciąż łapiąc oddech. — Och, czyli cudownie odnalazła się twoja litościwa strona? — odpalam cierpko. — Jakoś ostatnio na treningach szkody uboczne mało cię obchodziły.

Declan krzywi się, jakby urażony, i przegarnia dłonią wiecznie rozczochrane włosy. — Ta cała operacja jak dotąd była... brudna, przyznaję — mówi po ciężkim westchnieniu. — Ale nie możemy tam wpaść z hukiem i liczyć, że nie będzie żadnych konsekwencji.

Jak bardzo bym nie chciała, muszę przyznać mu rację. Wypuszczam ostre westchnienie. — Dobrze. Co dokładnie proponujesz?

— Pozwól mi zająć się kontrolą tłumu — skupię się na szybkim wyprowadzeniu osób postronnych z niebezpieczeństwa, żeby reszta mogła zabezpieczyć właściwy budynek — mówi po krótkim namyśle.

Przegryzam policzek od środka, niechętna, by przyznać na głos, że to brzmi całkiem solidnie. — Brzmi w porządku — mówię neutralnie. — W ten sposób będzie mniej niepotrzebnego przelewu krwi.

Declan kiwa głową, zadowolony, że nie zamierzam dalej dyskutować. — Na razie wracaj do sparingu. Jutro w nocy musimy być w najwyższej formie. — Uśmiecha się i sztucha mnie lekko w ramię, próbując rozproszyć wiszącą nad nami ponurą napiętą atmosferę.

Nie mogę powstrzymać krzywego półuśmiechu, jednocześnie odpychając go z powrotem. Choć czasem się ze sobą ścieramy, wiem, że kiedy naprawdę się liczy, Declan mnie osłoni. A teraz jego ostrożny pragmatyzm może być jedynym, co powstrzymuje mnie przed kompletnym odjazdem.

Biorę głęboki, hartujący oddech i odwracam się z powrotem ku matom, gdzie Diana czeka, gotowa do skoku. W jednym ma Declan rację — jutro w nocy, gdy wreszcie uderzymy na twierdzę Bureau, muszę być w absolutnym szczycie fizycznych i mentalnych możliwości. Co oznacza, choć to mnie brzydzi, że muszę zaufać Dianie jako sojuszniczce, nie wrogowi. Bo jutro porażka po prostu nie wchodzi już w grę.

Powietrze aż iskrzy od napięcia, gdy zbieramy się w cieniach, a członkowie Obsidian Circle obrzucają nas spojrzeniami podszytymi nieufnością graniczącą z wrogością. Ich pomruki ledwie słychać, ale wyłapuję strzępy wątpliwości i nieufności. — Czego oni chcą? — szepcze jakaś kobieta, strzygąc oczami to w moją stronę, to z powrotem na towarzyszkę. — Naprawdę przyszli pomóc?

— Cisza — syczy Diana, uciszając szemrzących lodowatym spojrzeniem. Odwraca się do Declana i do mnie, w jej zielonych oczach błyszczy determinacja. — Ruszamy teraz. Trzymajcie się planu.

— Jasne — mruczy Declan, z zaciśniętą ze złości szczęką. Widzę, że aż go nosi, by to wreszcie zakończyć, wyrwać Bureau serce i obnażyć jego zgniły rdzeń.

Gdy przemykamy mrocznymi ulicami, ogarnia mnie narastający niepokój. Z każdym krokiem bliżej siedziby Bureau ciężar nieufności Obsidian Circle przygniata mnie jak miażdżący balast, coraz trudniej mi oddychać. Zerkam na Declana, który najwyraźniej też czuje presję — jego oczy są wąskie od koncentracji. Musi czuć mój wzrok, bo odwraca się i posyła mi tak sztywny uśmiech, że to raczej grymas.

— Skup się — mówi niskim, napiętym tonem. — Już prawie jesteśmy.

Kiedy wreszcie docieramy do imponującego gmaszyska, uderza mnie, jak upiornie jest cicho. Księżyc rzuca długie, złowrogie cienie na kamienną fasadę, przez co wygląda bardziej na grobowiec niż miejsce pracy. Ale wiem, że w środku niezliczeni agenci i naukowcy bez wytchnienia tworzą kolejne potworności.

— Dobra, robimy to — mówi Diana równym głosem mimo ciężkiej atmosfery. — Declan, ty i Artemis zajmiecie się kontrolą tłumu. Reszta — trzymać się rozkazów.

— Miejmy nadzieję, że wasz plan zadziała — burczy jeden z członków Obsidian Circle, mrużąc oczy podejrzliwie. — Bo inaczej wszyscy za to zapłacimy.

— Zaufaj mi — odpowiada Diana, głosem zimnym i twardym jak stal. — Chcemy tego tak samo jak wy.

Na to rzucamy się do akcji, sunąc przez cienie jak duchy. Gdy infiltrujemy siedzibę Bureau, wszystkie zmysły mam wyostrzone do granic — czuję każdy puls, każdy oddech, każdy błysk ruchu. To jest to. Chwila prawdy. I odwrotu już nie ma.

<hr>

Wdarcie się do monumentalnej siedziby Bureau natychmiast podkręca moje zmysły — samo powietrze w zacienionych korytarzach zdaje się naładowane złowrogim napięciem. Mrowienie na karku mówi mi, że jesteśmy obserwowani, lustrowani przez niewidzialną siłę. Z Declanem idziemy na przedzie, poruszając się szybko, lecz ostrożnie labiryntem korytarzy, wytężając słuch, by wychwycić choć cień obecności elitarnej straży, niewątpliwie czającej się gdzieś blisko.

— Bądź czujna — szepcze Declan, ledwie słyszalnie. — Ci strażnicy są szkoleni, by eliminować zagrożenia bez mrugnięcia okiem. Nie zawahają się zabić.

Przełykam sarkastyczną ripostę, wiedząc, że jego ostrzeżenie wynika z głębokiej troski. Jeden zły krok i skończymy martwi... albo gorzej, w niewoli. Nie wchodzi w grę.

Przemykamy dalej przygaszonymi korytarzami, skupieni i czujni. Kiedy docieramy do narożnika, dostrzegam masywną sylwetkę stojącą na czatach — elitarny strażnik w imponującym czarnym pancerzu, zaprojektowanym, by onieśmielać intruzów. W trzewiach zaciska mi się zimny wąż niepokoju. Czy naprawdę mamy szansę przeciw potędze Bureau?

Ale instynkt wyostrzony latami walki na pięści przebija się przez strach. Z dzikim sykiem rzucam się na opancerzonego strażnika, zanim zdąży zareagować, i pakuję miażdżący cios w jego brzuch. Warczy zaskoczony i obolały, na chwilę traci dech, lecz szybko się zbiera i wymierza we mnie potężną pięść. Cudem uchylam się, słysząc, jak świst mija mi ucho. To zaraz zrobi się bardzo brzydkie.

— To zatańczmy — warczy Declan, dołączając do walki i zadając cios, od którego szczęki dzwonią. Strażnik cofa się chwiejnie, plując krwią i przekleństwami.

— Dwóch na jednego? — burczy pogardliwie, ocierając usta. — Słynny Obsidian Circle nie ma honoru.

— Zrobimy wszystko, by wygrać — ripostuję i wyprowadzam wściekłe kopnięcie z obrotu. Głowa strażnika uderza o betonową ścianę i mężczyzna osuwa się nieprzytomny. Jedno zagrożenie zneutralizowane, ale na pewno nadciągną kolejne.

— Uważaj! — krzyczy ostrzegawczo Declan, gdy z cieni za moimi plecami wyłania się kolejny elitarny strażnik, ząbkowane ostrze błyszczy mu w dłoni. Obracam się w samą porę, gdy tnie przestrzeń, w której ułamek sekundy wcześniej stałam. Zbyt blisko, by czuć się komfortowo.

— Dzięki za wsparcie — sapię, serce mi łomocze, kiedy staję twarzą w twarz z nowym przeciwnikiem. Nie mogę pozwolić, by skupienie mi się rozjechało, nie teraz, gdy jesteśmy tak blisko przebicia się do zgniłego rdzenia Bureau.

Declan szamocze się zaciekle ze swoim przeciwnikiem, wymieniając ciosy tak szybkie, że ledwo da się je śledzić. — Trzymaj gardę, Artemis! — warknie pilnie. — Damy radę!

Chcę w to rozpaczliwie uwierzyć, ale szanse piętrzą się przeciw nam. Mimo to porażka nie wchodzi w grę — zbyt wiele od nas zależy tej nocy. Więc z niemal zwierzęcym rykiem rzucam się z powrotem w morderczą młóckę, zdeterminowana walczyć, jakby od tego zależało moje życie. Bo dokładnie zależy.

*

Gdy przedzieramy się dalej przez niekończące się korytarze i komnaty siedziby Bureau, czuję, jak w piersi nieśmiało tli się iskierka nadziei. Choć oboje jesteśmy poobijani i do kości zmęczeni, Declan i ja wciąż stoimy. I razem może naprawdę mamy szansę wyjść z tego koszmaru żywi.

Smród ozonu i krwi wdziera mi się do nozdrzy, gdy zagłębiamy się w budynek. Nie mogę nie pomyśleć, jak bardzo nie znoszę zapachu zwycięstwa. Zespół Diany rozprasza się wachlarzem, zabezpieczając każdy korytarz jak wataha wilków śledząca zdobycz. Są dobrzy — aż za dobrzy, jeśli mam mówić szczerze. Ich szybkość nie wydaje się do końca naturalna, a już to, że przynajmniej jedno z nich widzi w ciemności... Nie podoba mi się to.

Nie podoba mi się nic z tego.

— Nadążaj — warknie Diana przez ramię, a jej przeszywające spojrzenie nieustannie skanuje cienie dookoła, szukając oznak nowych zagrożeń. Trudno nie czuć buzującej do niej urazy, biorąc pod uwagę główną rolę, jaką odegrała w umożliwieniu tej katastrofy, niezależnie od jej własnej tragicznej przeszłości. Jest tak samo ofiarą jak reszta z nas dzięki nieetycznym grzechom ojca. Ale teraz to marne pocieszenie.

— Daleko jeszcze? — pytam mimo woli, żart wysuwa mi się z ust w znużeniu.

Głowa Diany gwałtownie się odwraca, jej twarz jest twarda jak krzemień. — Sala kontroli jest tuż przed nami. Potem będziesz mogła zrobić swoje. — Wskazuje ponurą, wzmocnioną drzwię na końcu korytarza.

— Nareszcie — mamrocze pod nosem Declan obok mnie, ścierając z oczu brudny pot. — Skończmy to, zanim zjawi się więcej straży.

Podchodzimy do ostatniej przeszkody, a Diana przeciąga kartą dostępu. Ciężkie drzwi jęczą, otwierając się powoli i odsłaniając pomieszczenie pełne monitorów, klawiatur, serwerów — raj dla hakera. Mimo wszystko czuję, jak przyspiesza mi puls z niecierpliwości.

— Dobra — mruczę, siadając przy głównej konsoli i rozginając palce. — Czas wywlec wszystkie trupy z szafy Bureau.

Biorę hartujący oddech i zaczynam szybko wystukiwać komendy, rozpoczynając głębokie nurkowanie w tajne informacje zamknięte na tych serwerach. Jeśli jakimś cudem wyjdziemy stąd żywi, wreszcie będę mogła obnażyć pełną skalę nieetycznych eksperymentów na ludziach, korupcji i grzechów Bureau przeciw samej ludzkości. Ale tylko jeśli najpierw przetrwamy tę noc.

Ledwie ta niepokojąca myśl przebiega mi przez głowę, a rozpętuje się piekło — syreny zaczynają wyć, stroboskopy oślepiają, a stalowe grodzie z hukiem zatrzaskują się wokół nas z dudniącą ostatecznością. Jesteśmy uwięzieni. Diana obraca się w miejscu, z twarzą pobladłą do kredowej bieli, krzyczy jakieś słowa, których nie potrafię wyłowić przez ogłuszający ryk.

Declan spotyka mój zaskoczony wzrok z drugiego końca niewielkiego pomieszczenia, rezygnacja ciemnieje mu w oczach. — Przepraszam — formułuję bezgłośnie, gdy lepki gaz usypiający błyskawicznie wypełnia zamkniętą przestrzeń. Zaraz potem zapada ciemność, wraz z nią

przygniatające poczucie porażki. Byliśmy tak frustrująco
blisko, by obnażyć prawdę...

Ale to jeszcze nie koniec — przypominam sobie wściekle, gdy nicość wyciąga po mnie ramiona. To nie może się
tak skończyć, nie po tym wszystkim, co już przeszliśmy.
Nie pozwolę na to. Nie dopóki Bureau nie odpowie za
lata niewybaczalnych grzechów. Z tą ostatnią rozpaczliwą
myślą ciemność ostatecznie mnie pochłania.

ROZDZIAŁ DWUDZIESTY DRUGI

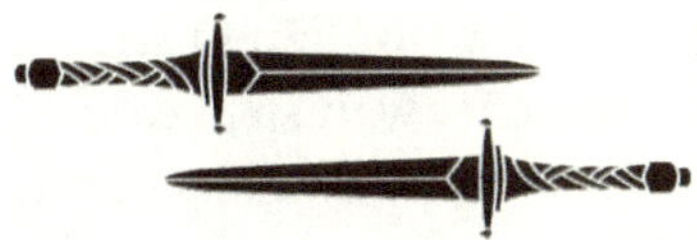

ZAPACH WILGOTNEJ PLEŚNI UDERZA mnie najpierw. Głowa mi pulsuje, gdy zmuszam się, by otworzyć oczy, wpatrując się w kamienny sufit nade mną. Gdzie, do diabła, jestem?

Podnoszę się, sycząc, gdy ból przeszywa mi czaszkę, i ogarniam wzrokiem otoczenie. Pokój jest mały, słabo oświetlony i cuchnie moczem oraz rozpaczą. Cela. Cudownie. Pewnie jestem na urlopie.

— Witaj w mojej skromnej chacie — mamroczę sarkastycznie, pocierając tył głowy. Jest tkliwy w dotyku, ale nie wygląda to na nic poważnego. Tylko paskudny guz. Musieli mnie naćpać; inaczej stawiłabym większy opór.

Wlokąc się na nogi, podchodzę do okna z kratami, licząc na jakąś wskazówkę, gdzie jestem. Ale widzę tylko ciemność. Typowe.

— Mogli chociaż dorzucić pokój z widokiem — burczę, zerkając w czarną otchłań.

Gdy odwracam się od okna, dostrzegam ruch naprzeciwko mojej celi. Declan. Leży nieprzytomny, rozciągnięty na podłodze jak porzucona szmaciana lalka. Twarz ma posiniaczoną, na skroni skruszała zaschnięta krew. Wściekłość zapala się we mnie, wypierając dezorientację.

— Declan! — syczę, chwytając kraty dla podparcia. — Hej, obudź się!

Zero reakcji. Cholera.

— No dalej, Declan — szepczę gorączkowo, starając się mówić cicho. Jeśli w pobliżu są strażnicy, nie byłoby najlepiej, gdyby zorientowali się, że doszłam do siebie.

— Proszę — błagam, pozwalając, by rzadki moment słabości przemknął przez moją tarczę. Potrzebuję, żeby się obudził. Musimy sobie nawzajem pomóc, żeby się stąd wydostać.

Ale on pozostaje nieruchomy, pogrążony w nieprzytomności, zostawiając mnie sam na sam z niepokojem i frustracją.

— Declan! — próbuję jeszcze kilka minut później, głosem ledwie głośniejszym niż szept. — Obudź się, do cholery.

Nic. Nawet drgnięcia. Serce wali mi w piersi, jakby miało zaraz wyskoczyć jak jakiś obcy pasożyt. Frustracja i niepokój wygryzają mi dziury w skupieniu. Musi się obudzić, zanim—

Ciężkie kroki niosą się echem po korytarzu, z każdą sekundą coraz głośniejsze. Panika rozkwita mi w piersi, gdy uświadamiam sobie, co nadciąga.

— Cholera — mamroczę pod nosem, odsuwając się od krat akurat w chwili, gdy za rogiem rośnie cień. Strażnik, nie ma wątpliwości. Przyciskam się do zimnej ściany, próbując wtopić się w mrok jak kameleon. Ta, jasne. Jakby to kiedyś zadziałało.

— Declan — syczę po raz ostatni, z nadzieją wbrew nadziei, że się ocknie. Ale pozostaje nieruchomy, skazując mnie na samotne stawienie czoła nadciągającej zgubie.

Kroki stają się cięższe, bliższe. Wycieram spocone dłonie o spodnie i biorę głęboki oddech, żeby się uspokoić. Czas na występ godny Oscara.

— Halo? — wołam, udając zagubienie. — Jest tam ktoś? Naprawdę się boję!

Moje słowa zdają się odbijać echem w korytarzu, drwiąc ze mnie. Ale kroki na moment cichną, po czym znów kierują się w moją stronę. Przynajmniej mam ich uwagę.

— Proszę — skomlę, odgrywając bezradną ofiarę. Aż mnie mdli, ale wiem, że to konieczne. Muszę grać mądrze, jeśli chcę wyjść stąd żywa.

Gdy kroki wreszcie zatrzymują się przed moją celą, spinam się. Zaczynamy przedstawienie.

Wreszcie widać strażnika, a jego widok aż zgrzyta mi na zębach. Masywny brutal z wykrzywionym uśmiechem, który rozlewa mu się po mięsistej gębie, gdy łypie na mnie przez kraty.

— Zgubiłaś się, dziewczynko? — chichocze mrocznie, jego oczy suną po mnie, jakby nigdy nie widział kobiety. Albo jakby nie widział jej od bardzo dawna. Tak czy siak, obrzydliwe.

— Proszę — piszczę, powstrzymując odruch wymiotny, gdy nachylam się bliżej krat. — Pomożesz mi? Nie wiem, gdzie jestem ani jak się tu znalazłam.

— Doprawdy? — przeciąga, udając, że się nad tym zastanawia. — Cóż, szkoda. Może będę mógł jakoś... pomóc.

— Naprawdę? — mówię miękko, trzepocząc rzęsami i mając nadzieję, że nie wygląda to tak żałośnie, jak się czuję. — Byłabym ci tak wdzięczna.

— Wdzięczna, co? — Uśmiech strażnika się poszerza, a mnie świerzbi pięść, żeby wpakować mu ją prosto w tę zadowoloną gębę. Zamiast tego zmuszam się do odwzajemnienia uśmiechu, jakbym naprawdę lubiła tę ohydną gierkę, w którą gramy. Od samej myśli mnie skręca, ale trzymam fason. Jeszcze.

— Bardzo — szepczę, pochylając się jeszcze bliżej krat, aż mój oddech je zamgli. — Potrzebuję tylko, żeby ktoś pokazał mi wyjście. I może... mnie ochronił?

— Brzmi jak dobry układ — mówi strażnik, a jego palce drżą z niecierpliwości, krążąc przy kluczach u pasa. — Dla nas obojga.

— Absolutnie — przytakuję gorliwie. Jego dłoń zawisa przy zamku, a każdy mięsień mojego ciała napina się, gotów do ataku. Jeszcze chwila...

— Dziękuję — mruczę ledwo słyszalnie. — Nie masz pojęcia, jak wiele to dla mnie znaczy.

— Zaufaj mi, skarbie — mówi, wpatrzony we mnie. — Mam całkiem niezłe pojęcie.

I nagle twarz strażnika jest o centymetry od mojej, a ten ohydny uśmiech wypełnia mi całe pole widzenia. Czuję jego oddech na skórze — gorący, ciężki, cuchnący starą fajką. Ledwo powstrzymuję się, by nie cofnąć się z odrazą.

— No to wyciągnijmy cię stąd, co? — mówi, wreszcie sięgając po klucze. I chociaż każdy instynkt wrzeszczy, żeby zaatakować, zmuszam się, by się wstrzymać. Czekać na idealny moment.

— Proszę — mówię znów, głosem drżącym od udawanego strachu. — Nie chcę już być sama.

— Ja też nie — odpowiada, szczerząc się, i wiem, że wreszcie pora działać. Ale jeszcze nie teraz. Najpierw musi myśleć, że wygrał. Że ma mnie dokładnie tam, gdzie chce.

— Dziękuję — szepczę po raz ostatni, patrząc, jak klucz wsuwa się do zamka. A gdy zaczyna się obracać, wyrównuję oddech, szykując się na to, co za chwilę.

Klucz obraca się z metalicznym kliknięciem, a drzwi celi skrzypią, uchylając się. To jest to.

— Chodź tu, skarbie — mówi strażnik, wyciągając do mnie rękę. Przyklejam na twarz wdzięczny uśmiech i nachylam się do jego dotyku — tylko na tyle, by pomyślał, że mnie ma.

— Dziękuję — mówię drżącym głosem. — Jesteś taki dobry...

— Zostaw to na później — parska, przyciągając mnie bliżej. Nie widzi, co nadchodzi, aż jest za późno.

Spinam mięśnie i całą siłą wbijam kolano w jego krocze. Powietrze wylatuje mu z płuc z satysfakcjonującym świstem, a oczy rozszerzają się ze zdumienia. O, tak.

— Przykro mi, nie jestem zainteresowana — warczę, wpychając go z powrotem na kraty. Osuwa się na ziemię, charcząc jak przebite miechy. Pewnie nie spodziewał się tego po bezradnej więźniarce. Splatając dłonie, walę nimi z całej siły w tył jego głowy. Odpływa, zanim jego twarz dotknie podłogi.

— No więc, na czym to stanęło? — mruczę, wyrywając klucze z jego pasa, nim zdąży zareagować. Palce tańczą mi po zimnych metalowych kółkach, szukając tego, który mnie uwolni. Nie trwa to długo — zawsze dobrze radziłam sobie z zamkami, nawet gdy nie były przymocowane do kajdanek.

— Ach, jesteś — mówię, znajdując właściwy klucz i otwierając moją celę. Ciężkie drzwi rozchylają się, odsłaniając słabo oświetlony korytarz. Wolność nigdy nie wyglądała tak słodko.

— Dzięki za asystę, kolego — mamroczę do strażnika, przekraczając jego bezwładne ciało. — Naprawdę się przydałeś.

— Declan — syczę, przeskakując przez korytarz do jego celi. Siedzi zwalony w kącie, nieprzytomny i wyglądający jak nieszczęście. Na ten widok aż mną wstrząsa; gniew tylko podsyca determinację. — Pobudka, Śpiąca Królewno.

Grzebię w pęku, na chybił trafił znajdując właściwy klucz. Zamek szczęka i rozchylam drzwi na oścież, wchodząc do środka. Oczy Declana trzepoczą, gdy jęczy, wyraźnie zdezorientowany. — Artemis? Co... co się stało?

— W skrócie: gaz usypiający, musimy się stąd zwijać — mówię bez ogródek, chwytam go za ramię i stawiam na nogi. Nogi uginają mu się pod sobą, a ja tylko przewracam oczami. — No dalej, Declan, ogarnij się.

— Łatwo ci mówić — burczy, ciężko się na mnie wspierając. — Jakby mi ktoś rzucił fortepian na łeb.

— Cicho! — syczę, nerwowo zerkając w dół korytarza. Nie mamy czasu na twoje gadki. — Musimy iść. Teraz.

— Jasne — mamrocze, prostując się, jak potrafi. — Ruszajmy.

Zarzucam ramię Declana na swoje ramię, starając się zignorować żar bijący od jego ciała. To rozpraszacz, na który mnie teraz nie stać; musimy uciec z tej dziury.

— Dobra, bądź cicho i trzymaj się mnie — szepczę.

— Jasne — chrząka, ledwie głośniej niż szept. Przemykamy przez słabo oświetlone korytarze, oddychając płytko i cicho, uważając, by nie narobić hałasu. Zapachy krwi i potu wdzierają mi się do nozdrzy, gdy mijamy zamknięte drzwi cel. Mogę się tylko domyślać, jakie koszmary kryją się za nimi, ale nie mam czasu martwić się teraz kimkolwiek innym. Musimy skupić się na tym, by wyjść stąd żywi.

— Artemis — szepcze pospiesznie Declan, jego uścisk na mnie się zaciska. — Przed nami drzwi zabezpieczające.

— Cholera — mamroczę pod nosem, serce dudni mi w piersi. — Oby te klucze były tak przydatne, na jakie wyglądają.

Gdy zbliżamy się do masywnych metalowych drzwi, zauważam obok czytnik kart. Fala ulgi spływa na mnie, gdy przypominam sobie identyfikator strażnika, który też zwinęłam mu z pasa. Wyciągam go z kieszeni i przeciągam przez czytnik.

— Proszę, zadziałaj — modlę się w duchu, patrząc, jak na czytniku miga zielone światełko, po czym drzwi zabezpieczające odblokowują się z satysfakcjonującym kliknięciem. — Dzięki bogom za drobne przysługi.

— Nieźle — mruczy Declan, tłumiąc jęk, gdy brniemy dalej korytarzem. Czuję, jak syczy z bólu, ale nie ma czasu, by zająć się obrażeniami. Jeśli stąd wyjdziemy, ogarniemy to później.

— Bądź czujny, Declan — ostrzegam go, widząc, jak jego piwne oczy mętnieją. — Skup się na tym, żeby stać prosto i oddychać.

— Łatwo ci mówić — wydusza słaby chichot, który szybko gaśnie mu w gardle.

— Hej — sykam, zatrzymując się tylko na tyle, by zmierzyć go wzrokiem. — Sam chciałeś się ze mną włóczyć, pamiętasz? Wiedziałeś, w co się pakujesz.

— Dobra — burczy, ale widzę, że próbuje się skupić i utrzymać na nogach. Dobrze, już niedaleko.

W miarę jak brniemy krętymi korytarzami, mam wyostrzone wszystkie zmysły. Każde skrzypnięcie drzwi czy daleki krok napina mnie jak struna, gotową do walki. Ale choć jestem przygotowana na totalną jatkę, modlę się, by do niej nie doszło. Jedziemy na oparach, oboje, a ostatnie, czego nam trzeba, to kolejna konfrontacja. Z każdym krokiem wyjście jest bliżej i przysięgłabym, że czuję już smak czekającej na nas na zewnątrz wolności.

— Już prawie — szepczę, zaciskając mocniej uchwyt na Declanie. — Jeszcze kawałek.

— Gotowy? — pytam Declana, gdy stoimy na progu wolności. Ciężkie metalowe drzwi, które dzielą nas od świata, są jak bariera między naszym życiem a pewną śmiercią.

— Bardziej gotowy już nie będę — odpowiada, głos napięty, ale zdeterminowany.

Biorę ostatni głęboki oddech i przeciągam identyfikator strażnika przez panel. Ku mojej ogromnej uldze drzwi odskakują, odsłaniając ciemny, opustoszały zaułek. Serce tłucze mi się w piersi, gdy wymykamy się na zewnątrz, na razie niezauważeni.

— Dobra robota, Blackwell — udaje mu się powiedzieć, po czym wpada w gwałtowny kaszel. — I co teraz?

— Transport — mruczę, skanując okolicę w poszukiwaniu oznak życia. Parę kroków dalej dostrzegam pojazd techniczny używany przez personel. Wygląda na nasz bilet stąd. — Tam. Ruchy.

Zerkając na budynek za nami, popycham Declana w stronę pojazdu. — Trzeba tylko znaleźć kluczyki — mówię, gdy do niego docieramy. Opiera się o bok, ledwie utrzymując pion.

— Albo odpalimy na krótko — proponuje z przekąsem, wyciągając z kieszeni małe narzędzie. — Parę rzeczy o furach nauczyłem się kiedyś.

— Popisujesz się — paruję, trzymając wartę, podczas gdy on majstruje przy stacyjce. — Tylko się nie guzdrz; nie mamy czasu.

— Nawet by mi to nie przyszło do głowy — mruczy, twarz wykrzywiona koncentracją.

Nagle spod kolumny kierownicy strzela iskra i wiem, że mu się udało. Silnik ryczy do życia, co przyprawia mnie o dreszcz. — Wsiadaj — rozkazuję, przerzucając go na fotel pasażera, po czym sama zsuwam się za kierownicę.

— Gaz do dechy, Blackwell — mówi, osuwając się na szybę. — Nie zatrzymuj się, dopóki nie będziemy daleko od tej piekielnej dziury.

— Zaufaj mi, nie zamierzam — odpowiadam, wciskając gaz do podłogi. Opony zapiszczały na asfalcie, gdy pędzimy z dala od miejsca, które zbyt długo trzymało nas w niewoli.

Adrenalina pompująca mi w żyłach utrzymuje mnie skupioną na zadaniu: ucieczka. Ale z tyłu głowy wisi natrętna myśl — tę bitwę może i wygraliśmy, ale wojna jest daleka od zakończenia.

ROZDZIAŁ DWUDZIESTY TRZECI

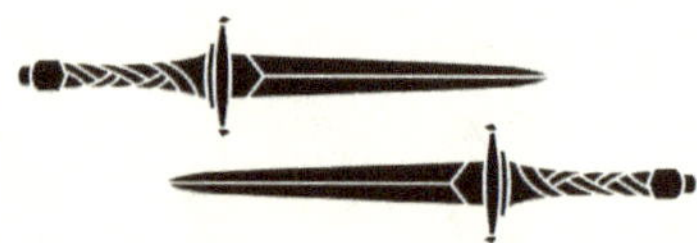

TEN LODOWATY WIATR WYJE przez otwarte okna, szczypie mnie w oczy i zdrętwiawia palce zaciśnięte kurczowo na kierownicy. Muszę świadomie przypominać sobie: wdech, wydech, gdy ciemna droga przede mną rozmazuje się przed zapłakanymi oczami. Mrugam szybko, ledwo powstrzymując gorące łzy.

— Artemis... musisz zwolnić — chrypi słabo obok mnie Declan, jego głos niemal zagłuszany przez zawodzące podmuchy. Osuwa się bezwładnie na drzwi pasażera, powieki mu trzepoczą, gdy walczy z nieprzytomnością.

— Jeszcze nie, wciąż jesteśmy za blisko — przekrzykuję wichurę, a moje kostki bieleją jak kość od imadleowego uścisku na kierownicy. Potrzebujemy większego dystansu — tyle, ile tylko się da — między nami a tą dymiącą ruiną, którą zostawiliśmy za sobą.

— Dobra — mamrocze Declan, jakby samo to jedno słowo kosztowało go ogrom wysiłku. Jego twarz jest upiornie blada, a zapadnięte oczy otaczają sine, poszarzałe cienie.

Ryzykuję szybkie spojrzenie na jego popielatą twarz, a niepokój nieustannie przeżera mi wnętrzności. Wiem, że strasznie cierpi, ale zatrzymanie się teraz mogłoby nas zabić, jeśli ktoś nas śledzi.

— Trzymaj się, Declan — nalegam, agresywnie zrzucając bieg, by jeszcze mocniej przycisnąć wyjącą jednostkę. — Nawet nie waż się mi tu odpływać, jasne?

— Wcale... nie planowałem — szepcze ochryple, a na popękanych wargach igra ledwo wyczuwalny cień jego zawadiackiego uśmiechu. — Tylko... przymykam oczy.

— Jasne, świetny moment na drzemkę — odgryzam się słabo, próbując rozładować atmosferę, nawet gdy brawurowo omijam wolniejsze pojazdy. — Tylko nie zgub po drodze poczucia humoru.

— Nigdy... nie wychodzę... z domu... bez niego — rzęzi Declan, po czym ból znów ściąga go w milczenie.

Klata zaciska mi się ze strachu, ale po raz kolejny bezlitośnie spycham tę niechcianą emocję na dno. Nie mogę sobie teraz pozwolić na strach ani słabość — nie, kiedy nasze życie wisi na cieniutkiej nitce. Zamiast tego skupiam się wyłącznie na rytmicznym pulsie silnika, wykorzystując jego hipnotyczne wibracje, by wypchnąć z głowy wszystkie inne myśli.

— Jak tylko będzie bezpiecznie, porządnie cię poskładam — obiecuję na głos, utwardzając ton, by zamaskować własne wątpliwości. — Ale na razie zostań ze mną, Declan. Wytrzymaj.

— Zawsze... — wydycha, nim powieki wreszcie mu opadają, a głowa bezwładnie osuwa się na bok.

— Do cholery, nawet się nie waż poddawać! — syczę, zaciskając dłonie na kierownicy aż do bieli. — Przebijemy się przez to, Declan, słyszysz?

Ale tym razem na moją rozpaczliwą prośbę odpowiada tylko zawodzący wiatr. Klnąc pod nosem, wciskam gaz do dechy, skupiona na jednym: zgubić pościg. Muszę tylko utrzymać nas przy życiu wystarczająco długo, by doczekać tego, co przyjdzie dalej.

Obszarpane slumsy witają nas jak wątpliwa matka — połamane, zdesperowane, cuchnące rozkładem. Zwalniam nasz skradziony pojazd do żółwiego tempa, a zmęczone zawieszenie jęczy pod nagłym brakiem pędu. Cudem dotarliśmy tak daleko bez aktywnego pościgu, ale to wcale nie znaczy, że jesteśmy bezpieczni. Ten transport pewnie ma zamontowany nadajnik — musimy go natychmiast porzucić. Spalam cenne minuty, odpalając na krótko wóz na podmianę, a poczucie winy skręca mi kiszki, kiedy Declan jęczy przez zaciśnięte zęby obok. Ten bolesny proces wyraźnie daje mu w kość, ale nie mamy wyboru. Jego oczy spotykają się z moimi — rezygnacja i zaufanie — gdy z trudem stara się współpracować.

— Jeszcze kawałek — mamroczę uspokajająco, omiatając wzrokiem wąskie, zrujnowane uliczki w poszukiwaniu choćby cienia zagrożenia. Dłonie ściskają kierownicę tak mocno, że knykcie bieleją, a niepokój zwija się w moich trzewiach jak żmija. Jesteśmy tak blisko schronienia — jeśli tylko dotrzemy tam niezauważeni.

Declan porusza się z ostrym wdechem, świeża krew przebija się przez prowizoryczne bandaże okalające jego zbyt bladą skórę. — A... gdzie to? — mamrocze słabo, głosem napiętym do granic.

— Gdzieś, gdzie przeczekamy i zbierzemy siły — odpowiadam, ale nawet w moich własnych uszach brzmi to jak kiepski żart. Ten ściek to dalekie od ideału schronienie, ale najlepsze, na co nas stać. — Nikt nie wpadnie na to, żeby nas tu szukać.

Declan parska bolesnym, podszytym goryczą śmiechem. — Szczęście w nieszczęściu... krajoznawcza wycieczka po najlepszej kanalizacji tego miasta.

Mimo woli jeżę się na jego lekceważące słowa, czując dziwną potrzebę obrony tych zrujnowanych ulic. — Hej, nie lekceważ tego. Slumsy ukryły przez lata niejedną zabłąkaną duszę. Kiedyś także moją, dawno temu, nim znalazłam inną drogę.

Oczy Declana miękną nieznacznie w nieme przeprosiny. Potrafimy się ścierać, ale kiedy trzeba, stoi za mną murem. Mała pociecha — ale teraz biorę każdą iskierkę nadziei.

Nawiguję po krętym labiryncie slumsów czystym instynktem, a każda znajoma wyrwa i ślepy zaułek przybliżają nas do kryjówki, o którą modlę się, by nie była spalona. W końcu, wciśnięte za spróchniałe deski i rdzewiejący metal, dostrzegam ukryte wejście.

— Jesteśmy — wydycham z ulgą, gaszę silnik i szybko wysiadam. Declan z trudem podąża za mną, twarz wykrzywiona bólem. Wkładam ramię pod jego bark, prowadząc go ku możliwemu schronieniu.

— Postaraj się nie zaliczyć gleby nosem, dobra? — rzucam słabo, marny żart rozpływa się pod naporem wszechogarniającego zmęczenia i nieustannej troski o niego. Gaśnie mi w oczach, ale nie mogę dać poznać po sobie strachu.

Uśmiech Declana to bardziej bolesny grymas. — Postaram... się — wyciska ochryple, zanim razem zataczamy się przez nijakie drzwi.

◆◇◆

Drzwi skrzypią, odsłaniając półmrok kryjówki mojej mentorki, rozświetlony jedynie migotaniem porozstawianych świec. Ciężka woń starożytnego pergaminu, gryzących kadzideł i leczniczych ziół otula mnie jak znajomy uścisk. Mimo tej fali nostalgii napięcie wciąż mocno ściska mi pierś. Jeszcze nie jesteśmy bezpieczni.

— No proszę, kto wreszcie raczył się pojawić — odzywa się z cienia suchy głos. Dr Athina Rhodes wysuwa się naprzód, obrzucając mnie swoim firmowym, cynicznym półuśmiechem. — Już zaczynałam myśleć, że zapomniałaś drogi, dzieciaku.

— Ciebie też miło widzieć, staruszko — odparowuję automatycznie, pomagając półprzytomnemu Declanowi przestawić nogi przez próg. Wisi na mnie ciężko, a jego urywany oddech dudni w zakurzonej ciszy.

Bystre spojrzenie Athiny przenosi się na Declana, jedna srebrna brew unosi się z oceną. — A to kto?

— Declan Reed — odpowiadam sucho, obserwując, jak jej stalowe oczy zwężają się ledwie zauważalnie na dźwięk tego nazwiska. Oczywiście zna go z reputacji. — Złapali go razem ze mną. Potrzebujemy twojej pomocy.

— No jasne, że potrzebujecie. A po co byście się tu wprasowali bez zapowiedzi? — parska, gestem niecierpliwej, kościstej dłoni przywołując nas w głąb. — No już, połóżcie go tutaj, żebym mogła mu się porządnie przyjrzeć.

Gryzę się w język, zbyt wyczerpana na słowne potyczki. Martwy ciężar Declana na moim ramieniu przypomina, że to nie pora na riposty. — Jest mocno ranny. Próbował mnie... ochronić... — urywam, głos grzęźnie pod naporem emocji, których teraz nie mam jak rozsupłać.

Twarz Athiny mięknie na ułamek sekundy, nim wraca jej zwykła szorstkość. — Dobrze, dobrze, zobaczmy więc pacjenta.

We dwie jakoś sadzamy Declana na chyboczącym, drewnianym stole zabiegowym na tyłach zagraconego pomieszczenia. Przychodzi i odchodzi mu świadomość, głowa słabo opada na bok. Krążę blisko, patrząc, jak Athina bada go szybkimi, wprawnymi ruchami wyćwiczonymi przez dekady życia w podziemiu. Uparta stara zrzęda z niej, ale umiejętności ma nie do podważenia.

— Nie zechciałabyś mnie, przypadkiem, wtajemniczyć, jak dokładnie się w to wpakowaliście? — pyta niby rozmownie, ostrożnie rozcinając zniszczoną, przesiąkniętą krwią koszulę Declana, by odsłonić pełny obraz obrażeń. Jej twarz pozostaje nieporuszona, ale widzę, jak przełyk jej drga, gdy ogarnia skalę szkód.

Streszczam szybko znalezienie pierwszej zbiegłej hybrydy, uświadomienie sobie, że wpadliśmy na coś większego, i nasze pojmanie. Słowa wypadają ze mnie krótko i twardo, a tuż pod warstwą opanowania kipią białogorące pokłady gniewu. — Bawią się w bogów, Athino. Eksperymentują na paranormalnych i ludziach, próbują stworzyć wypaczoną armię superżołnierzy.

Kiwnięcie głową — bez zaskoczenia. Niewiele ją dziś potrafi wstrząsnąć. — Zawsze miałaś talent do wtykania nosa, gdzie nie trzeba, dzieciaku. — W słowach nie ma prawdziwej nagany. Tylko zmęczona rezygnacja.

— To nam pomożesz? — domagam się niecierpliwie. Jesteśmy tak blisko, by to przerwać. Nie pozwolę, by poświęcenie Declana poszło na marne.

— Spokojnie, gwiazdo. Zrobię, co mogę, żeby go poskładać, ale reszta należy do ciebie. — Jej spojrzenie spotyka moje — tym razem śmiertelnie poważne. — Jeśli Biuro wzięło was na cel, musicie zniknąć. Zniknąć z pola widzenia i przeczekać burzę.

Wypuszczam powietrze ostro, nie cierpię zwłoki, ale widzę sens w jej radzie. — Dobra. Coś wymyślimy, chyba.

Athina parska bez radości i wraca do opatrywania ran Declana. — Ty? I trzymanie się z dala od kłopotów? Za taki widok to bym zapłaciła niezłe pieniądze.

Choć nie znoszę tego przyznawać, ma rację. Kłopoty naprawdę depczą mi po piętach. Ale nie tym razem

— nie pozwolę im dalej rozdawać kart. Odpoczniemy, odzyskamy siły, a potem uderzymy w Biuro z całym arsenałem. Chcieli mieć Artemis Blackwell za wroga? Wkrótce się przekonają, jak wielki to był błąd.

— Dobra, wy dwoje, dość wrażeń na jedną noc — orzeka Athina zdecydowanie, wreszcie kończąc opatrywać niezliczone rany Declana. — Odpocznijcie, póki możecie. Łóżko jest jedno, ale jakoś to sobie ogarniecie.

— Fantastycznie — burczę pod nosem, zbyt zmęczona, by maskować frustrację. Ostatnia rzecz, na jaką mam ochotę, to dzielić ciasny kąt z Declanem Reedem, nawet jeśli właśnie ryzykował dla mnie życie i zdrowie. Ale oboje jesteśmy kompletnie wyczerpani — ciałem i głową. Kłócenie się o spanie to marnowanie energii, która przyda nam się na to, co nadchodzi. Poza tym nie takie warunki zdarzało nam się już znosić na wpadniętych w maliny misjach.

Declan tylko mruczy coś na potwierdzenie, już zataczając się jak zombie w stronę jedynego, wypchanego grudami, przetartego materaca w kącie. Zapada się na nim bez kości, nawet nie fatygując się, by zrzucić z błota zbrylone buty. Rycerskość chyba naprawdę zdechła.

Wzdycham, zerkając na Athinę z mieszaniną wdzięczności i rezygnacji, po czym wlokę ołowiane nogi, by zająć skrawek miejsca obok rozciągniętej sylwetki Declana. Nie ma co marudzić na ciasnotę i mizerię — oboje desperacko potrzebujemy snu, nawet jeśli przyjdzie nam go współdzielić.

W chwili, gdy kładę się na trzeszczącym materacu, całe ciało wybucha protestem, każdy mięsień pali żywym bólem. Ale to nic w porównaniu z przejmującym do szpiku zmęczeniem, które wsiąka we mnie jak w gąbkę, wciągając w otchłań. Zerkam i widzę, że Declan jest już w półśnie, oddycha wolno i równo mimo bólu, który musi czuć. Typowe.

— Hej — szepczę, szturchając go niecierpliwie. — Przesuń się, dobrze?

— Co...? — mamrocze mętnie, przesuwając się akurat tyle, bym wcisnęła się na sam skraj materaca. W tej ciasnocie nasze ramiona stykają się, a wzdłuż kręgosłupa przebiega mi niespodziewany dreszcz, który natychmiast zrzucam na karb zmęczenia.

— Dobranoc — mruczę szorstko, naciągając na nas oboje cienki, gryzący koc. Im szybciej odpłynę, tym lepiej.

— Dobranoc — powtarza niewyraźnie Declan, głos mu się rozmywa ze znużenia.

Mimo siebie po chwili głowa sama szuka ciepła jego piersi, gdy wiercę się, usiłując znaleźć choć odrobinę wygodną pozycję na tym pożal-się-Boże legowisku. I tak nie ma tu miejsca na zachowanie dystansu. A jego równy rytm serca jest zaskakująco kojący... czysto praktycznie, rzecz jasna. Nic poza tym.

— Artemis... — szept Declana wyrywa mnie z półsnu. — Przepraszam... za wszystko...

— Daj spokój, Reed — ucinam, a gniew na moment przykrywa wszechogarniające znużenie. — Tym bajzlem zajmiemy się jutro.

— Jasne... — mruczy i znów zapada w błogą ciszę.

Choć chciałabym dalej karmić swoją wściekłość, trzymać gardę wysoko, syreni śpiew snu jest już zbyt mocny. Równy oddech Declana i bijące od niego ciepło dziwnie koją. Wbrew zdrowemu rozsądkowi pozwalam, by ciężkie powieki się zamknęły. I po raz pierwszy od dawna, mimo grożącego nam niebezpieczeństwa, nie całkiem nienawidzę tej bezbronności, jaka przychodzi wraz z czyjąś obecnością obok, kiedy zasypiam.

ROZDZIAŁ DWUDZIESTY CZWARTY

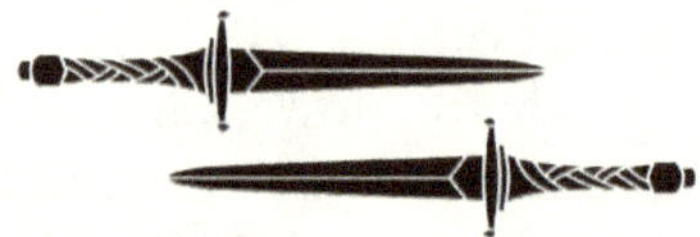

Poranne słońce zagląda przez zniszczone zasłony, wyrywając mnie z niespokojnego snu. Mrugam, oślepiona ostrym światłem, zdezorientowana. Bogaty aromat świeżo parzonej kawy wypełnia moje nozdrza, gdy podnoszę się, a grudkowaty materac jęczy w proteście. Mrużąc oczy w półmroku, dostrzegam smukłą sylwetkę Athiny na tle okna, a aureola jej białych włosów łapie promienie słońca.

— Nie sądzisz, że zbytnio zaufałaś Obsydianowemu Kręgowi, Artemis? — pyta bez ogródek, a jej przenikliwe, brązowe oczy zwężają się z troską. Opieram się pokusie, by z irytacją przewrócić oczami; jej matkowanie bywa czasami duszące.

— Potrzebujemy wszystkich sojuszników, jakich tylko uda nam się zdobyć, jeśli chcemy odnaleźć Dianę i raz na zawsze zamknąć Biuro — odparowuję, niechętnie wyślizgując się z względnego ciepła pościeli. Poranne powietrze sprawia, że na mojej skórze pojawia się gęsia skórka. — Nawet jeśli oznacza to połączenie sił z grupą renegatów.

Athina pociąga nosem, nieprzekonana. — Renegatów, którzy, dodam, zawsze działali po złej stronie prawa.

— Ach, i zapewne masz lepszy pomysł, gdzie zacząć jej szukać? — odcinam się, czując, jak napinają mi się ramiona. Ostatnie resztki snu wciąż trzymają się mojego umysłu, czyniąc mnie drażliwą.

Wzdychając ciężko, Athina odwraca się, by spojrzeć mi prosto w oczy, a na jej twarzy w równej mierze maluje się subtelna frustracja i troska. Jej oczy przeszukują moją twarz, jakby próbowały odkryć odpowiedzi kryjące się pod moim hardym grymasem. Po długiej chwili z rezygnacją kręci głową. — Znajdziemy ją, Artemis. Ale musisz uważać, komu ufasz. Cierpliwość i ostrożność są teraz kluczowe.

Zaciskam pięści, a paznokcie boleśnie wbijają mi się w dłonie. — Cierpliwa? Dianie może nie zostać wiele czasu, jeśli jej ojciec uzna, że przeżyła już swoją użyteczność. — Mój głos ocieka goryczą na tę myśl. Rozumiem jej motywy zdrady — jej własny ojciec użył jej DNA wbrew jej woli, krzyżując je z istotami paranormalnymi, by tworzyć potwornych, hybrydowych niewolników. To niewybaczalne.

Athina podchodzi bliżej, kładąc jedną ze swoich doświadczonych dłoni na moim ramieniu w geście pocieszenia. — Ślepe pakowanie się w niebezpieczeństwo nie pomoże ani Dianie, ani nikomu innemu. Dobrze o tym wiesz. — Jej głos pozostaje irytująco rozsądny, kojący.

Strząsam jej dłoń, poruszona. — Jeśli nie to, to co? Nie mogę tak po prostu siedzieć z założonymi rękami! — Mój głos lekko się łamie, a przez fasadę przebija się desperacja. Blizna na moim policzku mrowi, przypominając mi o przebytych próbach. Ale nic z tego nie może się równać z determinacją, która płonie we mnie teraz, by odnaleźć i uratować Dianę. Nie porzucę jej, nieważne co.

Wyraz twarzy Athiny łagodnieje jeszcze bardziej, gdy ta przenika wzrokiem wprost do kłębowiska emocji, które staram się ze wszystkich sił tłumić. — Cierpliwości, Artemis. Znajdziemy sposób, obiecuję ci. Bez niepotrzebnego ryzyka.

Wiem, że ma rację, ale to nie sprawia, że przymusowa bezczynność jest łatwiejsza do przełknięcia. Zaryzykowałam wszystko, by bezpiecznie wyciągnąć Declana — jak mogłabym zrobić mniej dla Diany? Na razie czekamy i planujemy. Ale wkrótce, w ten czy inny sposób, odnajdę ją. Nie porzucam ludzi.

Nigdy.

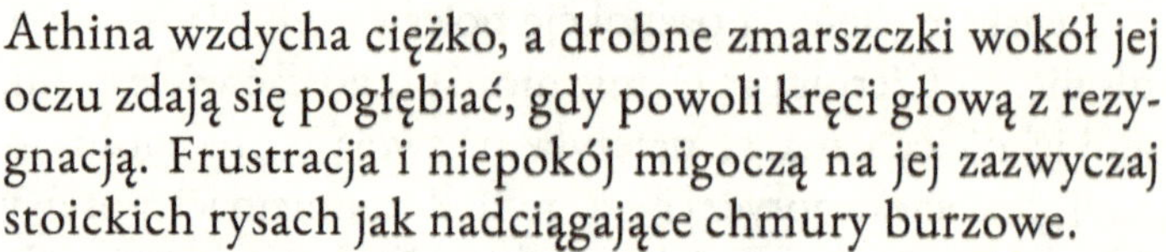

Athina wzdycha ciężko, a drobne zmarszczki wokół jej oczu zdają się pogłębiać, gdy powoli kręci głową z rezygnacją. Frustracja i niepokój migoczą na jej zazwyczaj stoickich rysach jak nadciągające chmury burzowe.

— Obawiam się, że nie mam dla ciebie łatwych odpowiedzi, Artemis — mówi w końcu, a jej głos jest cichy i pełen żalu.

— Wspaniale. Czyli znów jesteśmy w punkcie wyjścia, bez żadnych tropów. Idealnie. — Nie próbuję ukryć gryzącego sarkazmu, który ocieka z każdego słowa. Jestem zbyt spięta na udawanie.

Spojrzenie Athiny wyostrza się. Bierze powolny, przemyślany oddech, zanim odpowiada. — Jest pewna osoba, która potencjalnie mogłaby nam pomóc.

Unoszę pytająco brew, a ciekawość na chwilę przezwycięża moją kipiącą niecierpliwość. — Tak? A kto to taki?

— Zbuntowany naukowiec, dawniej z Biura. Od lat słyszę szepty, że kontynuuje swoje badania poza systemem, potajemnie zgłębiając zjawiska paranormalne i nadprzyrodzone.

Prycham pogardliwie, nie mogąc się powstrzymać. — Plotki i cienie? To twój wielki plan? Zaufać jakiemuś szalonemu naukowcowi na podstawie niepotwierdzonych pogłosek?

— W desperacji sięgamy po desperackie środki, dziecko. — Głos Athiny staje się stanowczy, nieznoszący sprzeciwu. — W tej walce potrzebujemy wszystkich możliwych sojuszników, nieważne jak niekonwencjonalnych. Ten człowiek może posiadać cenne informacje.

Nadal krążę po ciasnym pokoju jak tygrys w klatce, a niespokojna energia szuka jakiegokolwiek ujścia. — Albo może być równie niebezpieczny i nieetyczny jak jego dawni koledzy z Biura — odparowuję. Ryzyko wydaje się nie do przyjęcia, biorąc pod uwagę tak skąpe, konkretne informacje.

Athina lekko kiwa głową na znak uznania. — Być może. Ale w obecnej sytuacji stanowi on nasz jedyny potencjalny trop. — Jej przenikliwe spojrzenie pozostaje niewzruszenie utkwione w moim. — To niewielka szansa, ale uważam, że warto ją podjąć.

Wypuszczam ciężko powietrze, na chwilę ustępując. — Dobra. Ale jeśli to okaże się kolejnym ślepym zaułkiem, to ty będziesz za to odpowiedzialna. — Nawet gdy to mówię, wiem, że moja pusta groźba nie robi na niej wrażenia.

— Zgoda — przyznaje bez wahania. — A teraz szybko znajdźmy tego naukowca i zdobądźmy odpowiedzi, których potrzebujemy, by uratować Dianę, zanim skończy jej się czas. — Jej oczy błyskają z odnowionym przekonaniem.

— Racja — powtarzam, mocno zaciskając pięści w oczekiwaniu. Niepokój i podejrzenia wciąż pozostawiają gorzki posmak na moim języku, ale chętnie zawrę każdy ryzykowny sojusz, jaki będzie potrzebny, by uratować Dianę. Po wszystkim, co wycierpiała, nie zawiodę jej teraz. Nieważne, jaka będzie cena.

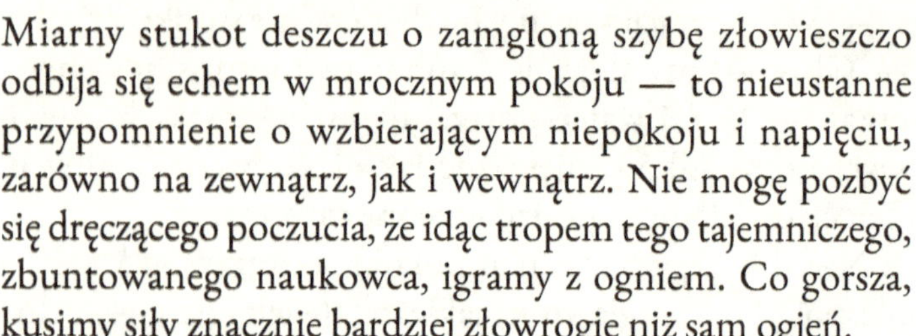

Miarny stukot deszczu o zamgloną szybę złowieszczo odbija się echem w mrocznym pokoju — to nieustanne przypomnienie o wzbierającym niepokoju i napięciu, zarówno na zewnątrz, jak i wewnątrz. Nie mogę pozbyć się dręczącego poczucia, że idąc tropem tego tajemniczego, zbuntowanego naukowca, igramy z ogniem. Co gorsza, kusimy siły znacznie bardziej złowrogie niż sam ogień.

— W porządku — odzywa się cicho Athina, przerywając napiętą ciszę, która zapadła między nami. — Jeśli ten człowiek naprawdę posiada kluczowe informacje, które pomogą uratować Dianę, będziemy potrzebować solidnego planu, by dostać się do jego laboratorium.

Prycham, nie mogąc powstrzymać sarkastycznego języka. — Jasne, żaden problem. Włamanie się do tajnej kryjówki potencjalnie niestabilnego i niebezpiecznego szaleńca brzmi jak kolejny typowy poniedziałek.

— Artemis. — Athina rzuca mi znaczące spojrzenie. Jej głos staje się ostry, ostrzegawczy, choć na jego krańcach wciąż pobrzmiewają nuty troski. — Nie mamy teraz czasu na żarty. Stawką jest życie.

Zganiona, wzruszam ramionami i krzyżuję ramiona w geście obronnym. — Dobra, przepraszam. Jaki jest więc ten genialny plan działania?

Athina waha się, jakby z uwagą dobierała kolejne słowa. — Wierzę, że twój... wyjątkowy urok może okazać się najskuteczniejszy w zapewnieniu bezpiecznego dostępu.

Przez dłuższą chwilę po prostu gapię się na nią, pewna, że musiałam się przesłyszeć. — Słucham? Poważnie chcesz, żebym uwiodła jakiegoś zbuntowanego, szalonego naukowca? To twój mistrzowski plan?

— Tonący brzytwy się chwyta, dziecko — przypomina mi stanowczo Athina, choć w jej oczach błyska empatia. — To może być o wiele mniej niebezpieczne niż próba siłowego wejścia.

Przeczesuję dłonią włosy w poruszeniu, a puls mi przyspiesza. — A, jasne, flirtowanie z prawdopodobnie niezrównoważonym i nieprzewidywalnym psychopatą brzmi o wiele bezpieczniej.

— Jeśli uwierzy, że jesteś nim szczerze zainteresowana, może opuścić gardę na tyle, by wpuścić cię do środka bez bezpośredniej konfrontacji. — Głos Athiny pozostaje irytująco rozsądny, gdy niewzruszenie wytrzymuje moje spojrzenie. — Gdy już będziesz w jego laboratorium, możesz odkryć, czego potrzebujemy, by działać dalej.

Zgrzytam zębami, wewnętrznie wijąc się wbrew jej logice, nawet gdy moje instynkty krzyczą w proteście. Używanie wykalkulowanego kobiecego wdzięku to jedno, ale zbliżanie się do kogoś naprawdę zdeprawowanego? Na samą myśl żółć pali mnie w gardle.

Ale życie Diany wisi na włosku. Nie mamy już opcji, a czas szybko się kończy.

— Dobra — wycedzam w końcu, a gorzkie słowo przylega do mojego języka jak popiół. — Zrobię to, co konieczne.

Na strapioną twarz Athiny wypływa głęboka ulga. — Dziękuję, Artemis. Wiem, że sobie z tym poradzisz.

Wymuszam uśmieszek, którego nie czuję. — Oczywiście, że sobie poradzę. Mam tylko nadzieję, że ten twój mały hazard się na koniec opłaci.

Gdy odwracam się, by wyjść z pokoju, lęk przygniata mnie z duszącym ciężarem. Ale prostuję kręgosłup i unoszę podbródek, wychodząc na burzę ze stalową determinacją. Żadna cena nie jest zbyt wysoka, by teraz uratować Dianę, nawet jeśli oznacza to taniec z samym diabłem.

Wchodzę do głównego pokoju, a we mnie kłębi się burza złości i determinacji. Declan wyleguje się na sfatygowanej kanapie, przerzucając kartki jakiejś starej książki. Podnosi wzrok, gdy podchodzę, a jego piwne oczy zwężają się.

— I co? — ponagla. — Co powiedziała Athina?

— Najwyraźniej jest jakiś zbuntowany były naukowiec z Biura, który prowadzi gdzieś tajne laboratorium — wyrzucam z siebie szorstko, a mój głos ocieka jadem. — Może mieć informacje związane z Dianą albo Obsydianowym Kręgiem.

Declan odkłada książkę, zaciekawiony. — To brzmi obiecująco. Jaki jest więc nasz plan? Tajna operacja infiltracyjna?

Odwracam wzrok, zaciskając szczękę. — Coś w tym stylu. Athina uważa, że najlepszym sposobem na wejście jest, żebym... zdobyła zaufanie naukowca w intymny sposób. — Niemal dławię się tym eufemizmem.

— Słucham? — Głos Declana podnosi się o oktawę z niedowierzaniem. — Jej mistrzowski plan to posłanie cię do łóżka jakiegoś niestabilnego szaleńca?

— Hej, nie udawaj takiego zszokowanego — odcinam się, jeżąc się. — Potrafię doskonale o siebie zadbać.

Declan przeczesuje dłonią swoje wiecznie rozczochrane włosy, z widoczną frustracją. — To nie jest jakiś podrzędny cwaniaczek, Artemis. Kto wie, do czego zdolny jest zbuntowany były naukowiec z Biura? To zbyt niebezpieczne.

Krzyżuję ramiona z wyzwaniem. — Będę improwizować, jeśli zajdzie potrzeba. Potrzebujemy tych informacji, a to nasza najlepsza szansa, by uratować Dianę. — Moje dłonie mimowolnie zaciskają się na myśl o niej. — Podejmę to ryzyko.

Szczęka Declana pracuje, a na jego twarzy maluje się wyraźny konflikt — instynkty opiekuńcze walczą z pragmatyzmem. Po ciężkim westchnieniu niechętnie ustępuje. — Dobra, ale nie pójdziesz tam bez wsparcia. Będę w pobliżu na wypadek, gdyby sprawy przybrały zły obrót.

Prycham pogardliwie, przewracając oczami. — Idealnie, nic tak nie ułatwia uwodzenia jak nadopiekuńcza przyzwoitka czająca się w cieniu.

— Lepsze to niż samotne stawianie czoła temu psycholowi. — W głosie Declana jest teraz prawdziwy żar, wściekłość rozpala się na nowo.

— Nieważne — rzucam lekceważąco, odwracając się na pięcie, by odejść. — Nie potrzebuję cholernej niańki.

Czuję jego palące spojrzenie wwiercające się w moje plecy, gdy odchodzę, ale odmawiam zwrócenia na nie uwagi. Mam zadanie do wykonania i nikt — nawet Declan — mi nie przeszkodzi. Jeśli trzepotanie rzęsami przed jakimś zdeprawowanym świrem pomoże uratować Dianę, niech tak będzie. Niewielka cena w ogólnym rozrachunku.

Gdy przygotowuję się na spotkanie ze zbuntowanym naukowcem, nerwy i niepewność kłębią się we mnie, bez względu na to, jak bardzo próbuję je stłumić. Uwodzenie przychodzi mi dość łatwo, ale jeśli ten człowiek okaże się naprawdę niestabilny... sprawy mogą potoczyć się bardzo źle.

Opiekuńczość Declana, jakkolwiek irytująca, wynika z troski. Może posiadanie go w pobliżu nie jest najgorszym pomysłem... Ale szybko odrzucam tę myśl. Nie potrzebuję niańczenia. Poradzę sobie z tym, tak jak ze wszystkim innym, co rzuciło mi pod nogi życie.

Z podniesioną głową wychodzę, by wykonać tę odrażającą, lecz konieczną misję. Bez wątpliwości, bez strachu. Porażka nie wchodzi w grę — nie, gdy los Diany wisi na włosku.

— Nie wierzę, że naprawdę zgodziłam się na ten absurdalny plan — mruczę pod nosem, podczas gdy Athina z entuzjazmem grzebie w swojej eklektycznej garderobie. Na szczęście jesteśmy na tyle podobnego wzrostu, że możemy dzielić się ubraniami, chociaż jej gust jest drastycznie bardziej ekstrawagancki niż moja preferowana, mroczna i drapieżna estetyka.

— Och, cicho bądź, będziesz absolutnie nie do odparcia, gdy już z tobą skończę! — Podnosi skandalicznie krótką, czarną minispódniczkę i prześwitujący, połyskujący krótki top pokryty srebrnym brokatem. — A teraz idź to założyć, podczas gdy ja zbiorę resztę ekwipunku.

Przewracam oczami, ale biorę podane części stroju. Wślizgując się do ciasnej łazienki, niechętnie wciągam na siebie ubrania wraz ze skóropodobnymi butami do uda, które wcześniej nalegała, bym kupiła. Biorąc się w garść, sprawdzam efekt w lustrze — strój podkreśla moje krągłości we wszystkich właściwych, prowokacyjnych miejscach. Mam tego pewność, gdy wychodzę i widzę, jak Declan zaciska szczękę, celowo unikając mojego spojrzenia.

Athina klaszcze z ekscytacją, najwyraźniej nieświadoma dyskomfortu Declana. — O tak, ten naukowiec nie będzie wiedział, co go trafiło!

Zanim zdążę zareagować, sadza mnie na krześle i zaczyna układać mi włosy, upinając moje charakterystyczne srebrzystoblond kosmyki, a następnie mocując na mojej głowie długą, ognistoczerwoną perukę.

Wzdycham, czując się już niedorzecznie. — Czy to wszystko jest naprawdę konieczne?

— Absolutnie! Musisz być kompletnie nierozpoznawalna, żeby to zadziałało. — Athina nadal się krząta, teraz ostrożnie przyklejając sztuczne rzęsy do moich powiek. — A teraz ostatni szlif...

Wkłada mi błękitne soczewki kontaktowe, całkowicie zmieniając moje zazwyczaj żywo zielone oczy. Cofa się, ocenia swoje dzieło i uśmiecha się z aprobatą. — Perfekcyjnie. Nie będzie miał pojęcia, kim naprawdę jesteś.

Oceniam się krytycznie w lustrze i muszę przyznać, że ma rację. Pomiędzy peruką, soczewkami i ryzykownym, klubowym strojem, w niczym nie przypominam mojego normalnego, odzianego w skórę, kopiącego tyłki ja. To niesamowite, co potrafi zdziałać kilka kosmetycznych poprawek.

Athina spryskuje mnie obficie jakimiś mdląco słodkimi, kwiatowymi perfumami, marszcząc nos. — Proszę, załóż to też na drogę. — Podaje mi obcisły, czarny trencz. — A potem zdejmij go, gdy już zdobędziesz jego pełną uwagę. — Złośliwe mrugnięcie podkreśla sugestię.

Wkładam płaszcz, a potem przybieram przesadnie prowokacyjną pozę. — I co? Ujdę za wystarczającą kusicielkę, by uwieść twojego szalonego naukowca?

Athina tylko śmieje się głośno. — Och, ten biedny głupiec nie będzie wiedział, co go trafiło! Jesteś teraz istną femme fatale.

Pozwalam sobie na zdawkowy uśmieszek. Czas odegrać przedstawienie życia i zdobyć informacje, których desperacko potrzebujemy. Ten niczego niepodejrzewający naukowiec nie ma pojęcia, kogo zaraz dobrowolnie zaprosi do swojego tajnego sanktuarium. Ale wkrótce dowie się, co się dzieje, gdy zadziera się z Artemis Blackwell.

Rozdział dwudziesty piąty

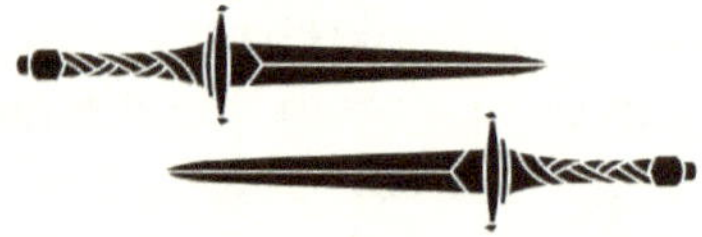

Ten ciężki księżyc wisi złowieszczo na atramentowo czarnym niebie, gdy po cichu wymykam się z naszej prowizorycznej kryjówki, uważając, by nie obudzić Declana. Leży rozwalony na brudnej podłodze, lekko pochrapując, błogo nieświadom, że znów zamierzam zlekceważyć jego uparte życzenia. Muszę stłumić nie na miejscu parsknięcie na tę myśl — jakby Declan mógł pilnować mnie każdą minutę dnia i nocy. Jego nadopiekuńcze zapędy są prawie rozczulająco daremne.

Przeciskam się krętymi, spowitymi cieniem uliczkami w stronę obskurnego baru w centrum, gdzie mam się spotkać z naszym celem, zbuntowanym naukowcem, doktorem Malcolmem Kastlerem. Według informacji Athiny bywa w tym szczególnie obskurnym przybytku w określone dni tygodnia. Idealne miejsce na przypadkowe, jak z komedii romantycznej, spotkanie.

Kiedy wchodzę do słabo oświetlonego, zadymionego lokalu, od razu go dostrzegam mimo półmroku. Około trzydziestki, dzikie, nieuczesane czarne włosy częściowo zasłaniają niezwykłe, jasnofioletowe oczy, które zdają się upiornie żarzyć w otaczającej ciemności. Garbi się nad brudnym barem, zawzięcie bazgrząc po zmiętej serwetce, całkowicie zagubiony we własnym intelektualnym świecie.

Biorę wzmacniający oddech i kołysząc biodrami podchodzę, zsuwając się na stołek obok niego. — Postawi Pan damie drinka? — pytam najzmysłowszym, kokieteryjnym tonem.

Podrywa wzrok, zaskoczony, i zamiera, kiedy mnie widzi. Posyłam mu zalotny uśmiech, pozwalając, by moje spojrzenie z uznaniem po nim prześlizgnęło, po czym lekko muskając wypielęgnowanymi palcami jego ramię.

— Ja... yyy... — bełkocze, gapiąc się na mnie jak ogłuszona ryba. Dr Kastler może i jest rzekomym geniuszem, ale aż nazbyt wyraźnie widać, że ma nikłe doświadczenie w kontaktach z kobietami. Cóż, jego oczywistą, nieporadną konfuzję z pewnością da się tu obrócić na moją korzyść.

Pochylam się bliżej, obniżając głos do chrapliwego pomruku. — To był taki długi, stresujący dzień i bardzo by mi się przydało trochę... towarzystwa.

Jabłko Adama gwałtownie mu podskakuje, gdy przełyka ślinę, źrenice szaleńczo się rozszerzają pod tymi niezwykłymi, fioletowymi tęczówkami. Ale szok szybko ustępuje pożądaniu. Pospiesznie przywołuje barmana.

— Wszystko dla pięknej kobiety — wydusza dr Kastler z niepewnym półuśmiechem. Muszę powstrzymać przewrócenie oczami na ten banał. Biedny, zaślepiony głupiec naprawdę nie ma pojęcia, kogo zaprasza do swojej pokręconej sieci. To będzie jeszcze łatwiejsze, niż przypuszczałam.

Trzepoczę sztucznymi rzęsami i obdarzam go kokieteryjnym uśmieszkiem. — Jestem Annabelle. A pan to...?

— Malcolm. — Proszę mówić mi Mal. Jego źrenice jeszcze bardziej się rozszerzają, gdy subtelnie przesuwam nogi, pozwalając, by krótka spódniczka zsunęła się wyżej i odsłoniła więcej uda. Jest całkowicie zahipnotyzowany. Połknął haczyk, z przynętą i obciążnikiem.

Pozwalam dr. Kastlerowi postawić sobie drinka, a jednocześnie dyskretnie kieruję rozmowę na jego pracę naukową, stosując strategiczne pochlebstwa i przeciągłe muśnięcia po ramieniu, by zbić go z tropu i obniżyć czujność. Chce mi zaimponować, więc wkrótce zaczyna mętnie przechwalać się swoimi ściśle tajnymi eksperymentami, choć wciąż jest bardzo powściągliwy co do ich samej natury i celu.

— Moja najnowsza formuła zrewolucjonizuje wszystko — mówi konspiracyjnie, nachylając się z podnieceniem błyszczącym w tych niezwykłych fioletowych oczach. — Potencjalne zastosowania są nieskończone!

Rozszerzam oczy i cicho wzdycham udawanym zachwytem. — Brzmi niesamowicie! A Biuro odmówiło wsparcia takiego geniuszu?

Kręci głową, a cień goryczy na moment szpeci mu rysy. — To ja ostatecznie nie zgodziłem się z ich metodami. Nie mogłem znieść kierunku, w którym zmierzali. Ale mniejsza z tym — od tamtej pory zbudowałem własne, prywatne laboratorium, tuż pod ich niczego nieświadomymi nosami!

— Jakie to brawurowe — mruczę, kreśląc ostrymi paznokciami linię na karku i wywołując satysfakcjonujący dreszcz. — Uwielbiam buntowników, którzy nie boją się łamać zasad.

— No, ja... yyy... — dr Kastler znów się jąka, teraz szkarłatnie czerwieniejąc pod moimi pieszczotami.

Wyczuwając okazję, idę za ciosem. — Może pokazałby mi Pan kiedyś to swoje tajne laboratorium? — sugeruję niewinnie. — Chętnie zobaczyłabym te wszystkie ekscytujące rzeczy, nad którymi Pan pracuje.

Oczy mu rozbłyskują na samą myśl. — Naprawdę? Naprawdę interesuje się Pani moimi badaniami?

— Oczywiście. — Posyłam mu najbardziej przekonujące sarnie spojrzenie. — Tacy genialni mężczyźni jak Pan to rzadkość. Mogłabym słuchać, jak opowiada Pan o swojej pracy, całą noc...

Podbudowany procentami i moimi bezwstydnymi komplementami, dr Kastler szybko dopija drinka i wstaje, podając mi rękę, by pomóc zeskoczyć ze stołka. — No to na co czekamy? Pozwolę sobie zafundować Pani wycieczkę VIP, moja droga.

Przyjmuję podaną dłoń z kokieteryjnym uśmiechem, skrywając triumf. Połknął haczyk, z przynętą i obciążnikiem. Ten nieświadomy naukowiec nie ma pojęcia, że z zapałem prowadzi mnie w samo serce operacji wroga. O krok bliżej do obnażenia zgniłego wnętrza Biura.

Gdy wychodzimy z baru, trzymając się za ręce, tłumię ukłucie niepokoju, jak łatwo go oszukałam. Przypominam sobie, że cel uświęca środki — stawką są ludzkie życia. Cokolwiek trzeba zrobić, by rozsupłać pokręcone eksperymenty Biura, nie zawaham się.

Nie wtedy, gdy los Diany wisi na włosku.

Niepozorny budynek wciśnięty w tętniące życiem centrum wydaje się idealnie ukrytą lokalizacją dla tajnego laboratorium — całkowicie anonimowy, choć na widoku.

Gdy zbliżamy się do nieoznaczonych drzwi, celowo muskamy z Malcolmem dłonie, a on drży z zadowoleniem. — Wie Pan — szepczę, pochylając się konspiracyjnie blisko. — Zawsze fascynowała mnie nauka. Jakie eksperymenty prowadzi Pan w swojej sekretnej kryjówce?

— Obawiam się, że to tajne, moja droga — odpowiada. Już słyszę, jak pożądanie zagęszcza mu głos. — Ale może... być może... mógłbym dać Pani później prywatny pokaz.

— Obiecuje Pan? — droczę się lekko, trzepocząc sztucznymi rzęsami.

— Słowo honoru — przysięga Malcolm, nieco drżącymi dłońmi otwierając zamek i wpuszczając mnie do środka.

Wnętrze laboratorium jest znacznie większe i bardziej rozbudowane, niż się spodziewałam — cały rozległy kompleks odchodzący od niepozornego wejścia. Ale o tej późnej porze panuje tu upiorny mrok i pustka, jakby miejsce było opuszczone. Albo reszta personelu dawno poszła do domu, albo ten szaleniec jest jedynym lokatorem hasającym po tym ogromnym kompleksie. Żadna z opcji nie napawa otuchą.

Malcolm prowadzi mnie za rękę ciemnym, krętym korytarzem, już pozwalając sobie na wędrówki dłońmi w, jak mu się zapewne wydaje, uwodzicielskich miejscach. Muszę walczyć z przytłaczającą chęcią przewrócenia oczami z obrzydzeniem. Sądzi, że przypadkiem trafiliśmy na plan taniego filmu porno. Nieważne — przełknę odrazę i zagram, jeśli dzięki temu zdobędę dostęp, którego potrzebuję.

Kiedy wreszcie docieramy do przestrzeni, która jest ewidentnie jego prywatnym laboratorium, duże pomieszczenie okazuje się ciemne, zimne i wypełnione osobliwą maszynerią oraz sprzętem, rzucającymi na ściany złowieszcze, poskręcane cienie. To dokładnie taka sceneria, jakiej spodziewałabym się po zakonspirowanych eksperymentach zbuntowanego byłego naukowca Biura. Cała ta przestrzeń wywołuje we mnie mimowolny dreszcz, który nie ma nic wspólnego z namiętnością czy ekscytacją. Jeśli już, to przypomina pierwszą scenę filmu grozy — takiego, który pewnie źle się skończy dla niczego nieświadomej bohaterki.

— Jakże interesujące — udaje mi się zamruczeć z udawanym podziwem, jakbym była pod wrażeniem tych niepokojących okoliczności. W rzeczywistości mój umysł pędzi z prędkością światła, szukając jakiejkolwiek wskazówki lub tropu, który mógłby naprowadzić mnie na miejsce pobytu Diany. A kiedy je znajdę, zadbam, by Declan doskonale wiedział, kto rozwiązał tę sprawę. Kto jest prawdziwą bohaterką tej historii.

Na razie jednak zmuszam się, by spotkać lubieżne spojrzenie Malcolma i uśmiechnąć się zalotnie. — Może pokaże mi Pan swoje ulubione projekty, Panie doktorze?

***

Słaby, miarowy odgłos ciężkiego oddechu Malcolma mówi mi, że w końcu zapadł w głęboki sen. Teraz albo nigdy, pora działać. Ostrożnie wysuwam się spod jego spoconego ramienia, a puls dudni mi w żyłach w równych częściach z oczekiwaniem i niepokojem. Los samej Diany wisi na włosku i nie mogę jej teraz zawieść.

Pośpiesznie z powrotem zakładam ubranie i bezgłośnie przekraczam zacieniony pokój — kobieta z misją. Jedynym źródłem światła jest upiorna poświata stanowiska komputerowego przy dalszej ścianie, monitory roztaczają w mroku nienaturalny, siny blask. Serce łomocze mi nieubłaganie w piersi, gdy siadam i zaczynam błyskawicznie przeglądać pliki, szukając jakiejkolwiek wskazówki co do miejsca pobytu Diany.

— Gdzie jesteś, Dianą? — mamroczę przez zaciśnięte zęby, palce śmigają po klawiaturze ze skupioną determinacją. Plik za plikiem miga na ekranie — formuły, dane z badań, dzienniki eksperymentów — ale nic nie rzuca się w oczy. Wreszcie, głęboko w gnieździe zaszyfrowanych folderów, dostrzegam to — plik zatytułowany po prostu Project Diana. To musi być klucz, którego szukałam.

— Mam cię — wydycham, gdy puls przyspiesza, a ja szybko kopiuję tajemniczy plik na pendrive'a. Co chwilę zerkam przez ramię, upewniając się, że Malcolm wciąż nieprzytomnie śpi na swojej pomiętej pryczy zaledwie kilka kroków dalej. Serce bije mi jak oszalałe z ekscytacji i lęku.

Gdy już jestem pewna, że udało mi się czysto wyjść z tego numeru, nagle powietrze rozdziera ryk syren. Drgam zaskoczona, klnąc pod nosem. Jakiś cichy alarm musiał się uruchomić przy moim nieautoryzowanym dostępie do pliku. Tyle z dyskretnego zniknięcia.

— Cholera! — syczę, wyrywając pendrive i wpychając go bezpiecznie do kieszeni kurtki. Ta akcja właśnie mocno się skomplikowała.

— Annabelle? — zaspany głos Malcolma przebija się przez nieustępliwy wycie. — Co się dzieje?

Nie raczę odpowiadać, już pędząc do drzwi laboratorium, gdy on w panice wygrzebuje się z łóżka. Mój płaszcz łopoce za mną jak mroczny mściciel, gdy gnana pędem przemierzam ciemne korytarze.

— Wybacz, Casanova! — wrzeszczę sarkastycznie przez ramię. — Wygląda na to, że nasz mały schadzek zrobił się dla ciebie za gorący.

Jego wołania odbijają się echem za mną, ale już dawno przepadłam, pędząc na oślep przez labirynt korytarzy. Syreny wyją nieprzerwanie, jak syrena alarmowa, popychając mnie do jeszcze szybszego biegu mimo palących mięśni.

Oby Declan miał już gotową drogę ucieczki — myślę, gdy umysł w szaleńczym tempie przelicza scenariusze i trasy ewakuacji. Będziemy mieli o czym rozmawiać, kiedy wydostanę się z tego gniazda żmij.

Kiedy. Nie jeśli. Porażka nie wchodzi w grę, skoro życie Diany jest na muszce. I diabli mnie wezmą, jeśli wyjdę stąd z pustymi rękami.

◆━◇━◆

Przenikliwy ryk syren nie ustaje, gdy pędzę na złamanie karku ciemnym korytarzem, a mój czarny prochowiec faluje za mną jak rozhisteryzowane widmo. Strużki nerwowego potu spływają mi po skroniach, a galopujące serce huczy ogłuszająco w uszach, niemal zagłuszając świadome myśli.

— Do licha ciężkiego, Artemis — gromię się bez tchu między urywanymi haustami powietrza. — Naprawdę spartaczyłaś tu podejście po cichu. Własna brawura zapędziła mnie w kozi róg.

— Stać, intruzie! — ryczy nagle za mną ochrypły głos. Ryzykuję szybkie zerknięcie przez ramię i widzę dwóch rosłych ochroniarzy wytaczających się z drzwi, z wyciągniętą bronią, gotowych strzelać.

— No po prostu fantastycznie — syczę pod nosem, gwałtownie skręcając i przeskakując przez laboratoryjny stół, by wcisnąć między nas jakąś przeszkodę. Mięśnie krzyczą z wysiłku, ale zaciskam zęby i brnę przez ból. Nie dam się tym osiłkom teraz, nie kiedy jestem tak blisko, by wreszcie odnaleźć Dianę.

— Daj spokój, laleczko! — wrzeszczy za mną jeden z ochroniarzy. — Nie wydostaniesz się stąd!

Nie marnuję cennego tlenu na ripostę, tylko wkładam całą energię w to, by utrzymać przewagę, buty ślizgają mi się na zakrętach, gdy przemykam przez labirynt korytarzy. Pozbawione tlenu płuca są o krok od kapitulacji, ale nie mogę pozwolić sobie nawet na chwilę wytchnienia, jeśli chcę wyjść z tego piekła w jednym kawałku — albo w ogóle.

— Skup się, Artemis — ponaglam się, łapiąc głęboki, uspokajający wdech, gdy wpadam do pustego pomieszczenia, by na moment ich zgubić. — Pamiętaj, czego cię uczono.

Wytężam słuch, starając się namierzyć po odgłosie kroków położenie ochroniarzy, gdy ich tupot dudni za moją kryjówką. O wyjściu głównym nie ma mowy. Potrzebuję natychmiast planu ucieczki, jeśli mam wyjść z tej pułapki śmierci.

Co zrobiłby Declan, gdyby tu był? — przebiega mi przez głowę z ukłuciem winy. Ostrzegał, jak niebezpieczny jest ten numer, a ja i tak głupio się uparłam. Głupi, brawurowy ruch z mojej strony.

— Dość! — strząsam z siebie żal, zmuszając myśli do powrotu do obecnego kryzysu. — Najpierw znajdź drogę ucieczki, potem zajmij się Declanem.

Jak na zawołanie dostrzegam kratkę wentylacyjną pod sufitem i muszę stłumić iskrę nadziei. To może nie najbardziej szykowna strategia ewakuacji, ale nie ma wybrzydzania. Jestem dość szczupła, by się przecisnąć. Moi prześladowcy — nie. Czas improwizować.

Spoglądam ostatni raz na drzwi, po czym wybijam się w górę i desperacko wyrywam kratkę, robiąc sobie tyle miejsca, by wpełznąć do środka. — Ciekawe, jak mnie teraz złapią — mamroczę zuchwale, wślizgując się w ciasny przewód wentylacyjny.

Napięte minuty ślimaczą się, gdy pełznę na łokciach i kolanach przez klaustrofobiczny, zakurzony labirynt kanałów, w duchu modląc się, by ta droga prowadziła gdzieś w bezpieczne miejsce. Nieustanny ryk syren dalej atakuje mi bębenki, ale zaciskam zęby i zmuszam się, by go zagłuszyć. Zaszłam już zbyt daleko, by teraz się poddać albo dać się zniechęcić.

— Dalej, ruszaj się — ochryple ponaglam siebie, mięśnie płoną, gdy z mozołem pokonuję kolejny ciasny zakręt. — Stać cię na więcej, Artemis. Jesteś silniejsza.

— Znaleźć intruza! — ryczy wściekle ktoś gdzieś na dole, ledwie słyszalny przez alarmy. Strażnicy wciąż uparcie depczą mi po piętach. Ale absolutnie nie pozwolę im wygrać. Nie dziś. Dziś wyjdę z tego piekła z potrzebnym wywiadem — nieważne, jakim kosztem.

W końcu dostrzegam wybawienie — kratkę wentylacyjną prowadzącą na coś, co wygląda na ciemną, opustoszałą alejkę. Biorę głęboki oddech, wybijam kratkę i zeskakuję, lądując w lekkim przysiadzie, by zamortyzować impet. Serce wali mi jak młotem, puls dudni w uszach.

Kakofonia stłumionych szczeknięć i złowrogich warknięć nagle rozdziera powietrze, napinając moje nerwy do granic. Żołądek ściska mi się z niepokojem, gdy dociera do mnie, że potwory na ogonie pewnie tropią mnie po zapachu. Najprawdopodobniej wilkołaki w ochronie, sądząc po tym, co wcześniej mignęło mi przed oczami. Niedobrze.

— Brawo, Artemis — mamroczę pod nosem, szybko lustrując mroczną alejkę w poszukiwaniu jakiejkolwiek drogi ucieczki. — I co teraz?

— Tam jest! Brać ją! — zachrypnięty głos wrzeszczy za mną. Nie oglądam się, natychmiast rzucam się w szaleńczy sprint przez plątaninę zaułków. Nogi młócą, płuca palą jak ogień, ale nie zwalniam. Ciężkie kroki i urywany oddech moich prześladowców wtórują moim. Szybko się zbliżają.

— Daj spokój, dziewczyno! — warczy jeden z nich aż nazbyt blisko. — Tylko przeciągasz nieuniknione!

Nie marnuję cennego tlenu na ripostę. Każde włókno mojego ciała napina się tylko ku ucieczce, ku odnalezieniu Diany. Teraz nie liczy się nic innego.

Gdy na oślep wpadam w zakręt, dostrzegam ogrodzenie z siatki — jedyną przeszkodę dzielącą mnie od potencjalnej wolności. Przynajmniej na chwilę.

— Nigdy mnie żywej nie weźmiecie! — krzyczę wyzywająco. Zbierając ostatnie rezerwy sił, odbijam się do skoku, palce desperacko szukają oparcia. Metalowe ogniwa boleśnie wbijają się w dłonie, ale na czystej adrenalinie wciągam się coraz wyżej. Jeszcze odrobina...

— Zatrzymać ją! — wściekłe ryki popychają mnie wyżej mimo protestu mięśni. Ostatnim, zdeterminowanym zrywem przewalam się przez szczyt i zsuwam po drugiej stronie. Nie ma czasu na świętowanie — ciężkie kroki już dobiegają do ogrodzenia.

— No już, Artemis, ruchy! — syczę do siebie, zataczając się do przodu. Gdy wydaje mi się, że może uda mi się dotrzeć w bezpieczne miejsce, powietrze rozdziera wstrząsający, nieludzki ryk. Zostały sekundy, zanim mnie rozerwą.

Nie. To nie może tak się skończyć — myślę desperacko, odganiając zdradzieckie łzy. I wtedy, ponad chaosem, słyszę zbawczy dźwięk warkotu silnika. Znajomy głos woła: — Artemis! Wsiadaj, już!

Pojazd z piskiem opon zatrzymuje się obok mnie, opony głośno protestują na asfalcie. Uczucie głębokiej ulgi zalewa mnie zawrotną falą, ale spycham je na bok — na to jeszcze przyjdzie pora. Nasze kłopoty bynajmniej się nie skończyły.

— Nie śpieszyło ci się, Declan — warczę, szarpiąc za klamkę i wślizgując się na siedzenie pasażera, z sercem wciąż galopującym jak szalone. Stopą Declana wciska gaz do dechy, cudem unikając zderzenia, gdy z piskiem bierzemy zakręt. Chłodne nocne powietrze smaga mnie po włosach, szczypie w oczy, ale i tak nie mogę powstrzymać przelotnej iskry ekscytacji w piersi. Może jednak nam się uda.

— Trochę to przeciągnąłeś, nie sądzisz? — rzucam z trudem łapiąc oddech, ściskając klamkę na białe knykcie, gdy zdzieramy opony na kolejnym łuku.

— Nie chciałem, żebyś się nudziła — odbija krótko Declan, choć napięty głos zdradza jego niepokój.

— Uwierz, nuda to teraz mój najmniejszy problem. — Myśli wirują mi chaotycznie, próbując ogarnąć szaleństwo ostatnich godzin. W co ja się znowu wpakowałam?

— A to na pewno — przyznaje ponuro Declan, ryzykując szybkie zerknięcie w moją stronę. — Masz cholernie dużo szczęścia, że znalazłem cię w porę.

Jeżę się lekko na tę ukrytą naganę. — Albo raczej ty masz szczęście, że nie znalazłam najpierw innej drogi ucieczki.

Declan ignoruje mój zaczepny ton. — Zdobyłaś chociaż potrzebne nam dane? — W jego głos wkrada się niepokój.

— Jasne, że tak. — Macham cennym pendrivem zaciśniętym w pięści. — Ale nie mam pojęcia, jakie alarmy uruchomiłam, zgarniając to. To może się szybko paskudnie skomplikować.

Klnie pod nosem. — Módlmy się, żeby nie dało się tego powiązać z Biurem. — Knućki mu bieleją od śmiertelnego uścisku na kierownicy.

— Swoją drogą... — mierzę Declana uważnym spojrzeniem, gdy dociera do mnie pewna myśl. — Jak właściwie tak szybko mnie namierzyłeś?

Krzywi się bez uśmiechu. — Naprawdę myślałaś, że Athina nie rozgryzie twojego planu? Doskonale wiedziała, dokąd poszłaś, i wysłała mnie za tobą, jak tylko wyszłaś.

Zaciskam szczękę, tłumiąc ukłucie irytacji. Czemu Athina nie miała więcej wiary w moje umiejętności? Przecież wszystko miałam pod kontrolą... mniej więcej.

Przynajmniej do czasu w porę pojawienia się Declana. Za co chyba powinnam okazać wdzięczność.

— No... dzięki za wsparcie tam — mamroczę, z trudem przełykając dumę.

— Zawsze do usług, partnerko. — Głos Declana odrobinę łagodnieje. Jakkolwiek potoczy się ten bałagan, tkwimy w tym razem. Zjednoczeni na to, co przyjdzie.

Gdy światła miasta rozmazują się w neonową smugę, ta myśl przynosi odrobinę ukojenia. Jakiekolwiek wyzwania czekają przed nami, przynajmniej nie muszę stawiać im czoła sama. Nie, skoro Declan pilnuje mi pleców.

Może nie doceniam go tak, jak powinnam. Dzisiaj, kiedy naprawdę trzeba było, stanął na wysokości zadania. A to, że w ogóle aż tak się o mnie troszczy i bywa nadopiekuńczy... znaczy więcej, niż kiedykolwiek przyznam na głos.

Rozdział dwudziesty szósty

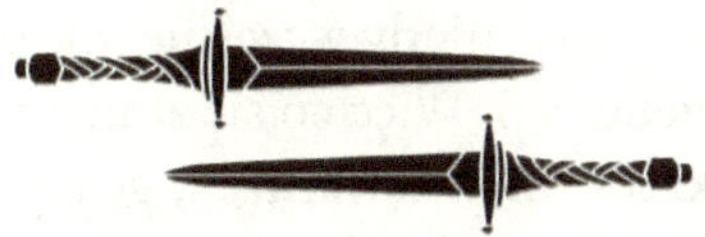

Wpowietrzu unosi się zapach starych, zakurzonych książek i rdzy, gdy wchodzę z powrotem do kryjówki Athiny, a serce wciąż wybija bezlitosną solówkę perkusyjną o moje żebra. Adrenalina nadal hula mi w żyłach nawet po naszej dramatycznej ucieczce o włos, stawiając wszystkie zmysły w stan najwyższej gotowości.

Łapię spojrzenie Declana z drugiego końca pokoju i od razu wiem, że on też to czuje — to napięcie jak napięta struna w każdym mięśniu, strach, który ustępuje miejsca uldze, ale zostawia po sobie niepokój. Tym razem byliśmy stanowczo za blisko kompletnej katastrofy.

— Cholera, to było stanowczo za blisko — mruczy, ścierając z czoła połysk nerwowego potu.

— Nie mów — odpowiadam ponuro, a pulsujący ból ran brutalnie ściąga mnie na ziemię. Szczerze mówiąc, oboje powinniśmy byli tam zginąć. Jakoś znów wyszliśmy z tego cali, ale nasze szczęście szybko się kończy.

Ściągam z siebie znoszoną czerwoną skórzaną kurtkę, żeby ocenić szkody, spodziewając się skóry usianej ciemnymi siniakami i wściekle czerwonymi rozcięciami. Zamiast tego widzę coś zupełnie innego — coś, od czego krew mi zastyga w żyłach.

— Co do cholery? — szepczę pod nosem, czując, jak alarm podskakuje mi w piersi. Wszystkie rany, które tak wyraźnie pamiętam, są już częściowo zasklepione, zabliźnione i goją się w niemożliwie przyspieszonym tempie. Jakbym nagle miała jakiś komiksowy czynnik regeneracyjny. Niemożliwe — nigdy wcześniej nie doświadczyłam tak szybkiej regeneracji. Więc co się zmieniło?

Niepokój skręca mi wnętrzności, gdy próbuję znaleźć racjonalne wytłumaczenie, ale nie znajduję nic. Muszę to rozgryźć, ale nie mogę dać o tym znać Declanowi. Jeszcze nie. Ten mój dziwaczny stan tylko by go bardziej zmartwił.

— Artemis? — jak na zawołanie odzywa się przez drzwi stłumiony głos Declana, w którym słychać troskę. — Wszystko tam w porządku?

— Tak, w porządku! — odkrzykuję szybko, walcząc o opanowanie. — Tylko... daj mi minutę. Krzywię się na wyraźną pauzę w swoim głosie. No to świetnie wyszło z tym udawaniem spokoju.

Biorę głęboki oddech, próbując poskromić nerwy, które zaciskają mi gardło. Po kolei — teraz i tak czekają nas pilniejsze zagrożenia. To rozplączę później, na osobności.

Kiedy Declan znowu woła moje imię, tym razem z nutą zniecierpliwienia, pospiesznie wciągam kurtkę, żeby ukryć te niewytłumaczalnie gojące się rany, i wracam do przyciemnionego pokoju.

— Dobra, dobra, wyluzuj. Jestem — oznajmiam z wymuszoną swadą. — To o czym chciałeś pogadać?

Declan mierzy mnie wzrokiem przez chwilę, mrużąc piwne oczy. — Musimy omówić następny ruch. Ustalić, co dalej...

Gdy mówi, z trudem się skupiam, skóra wciąż mnie swędzi od niepokoju. Jedno wiem na pewno — wszystko zaraz zmieni się w sposób, którego jeszcze nie ogarniam. I jakoś wątpię, żeby na lepsze.

Włoski na karku stają mi dęba, kiedy wchodzę do małego, zagraconego pokoju, gdzie Athina siedzi zgarbiona nad antycznym komputerem stacjonarnym. Nieustanny pomruk starzejącej się maszyny wypełnia zatęchłe powietrze niczym nieproszony upiór, potęgując mój niepokój. Coś mi mówi, że cokolwiek Athina wydobyła z tego migoczącego ekranu, jeszcze bardziej wywróci mój i tak już chaotyczny świat.

— Znalazłaś coś użytecznego? — pytam ostrożnie, starając się brzmieć nonszalancko.

Athina nawet nie podnosi wzroku znad jarzącego się monitora, oczy ma zwężone w intensywnym skupieniu. — Analizuję zaszyfrowane dane z laboratorium dr Kaisera — mruczy nieobecnie. — I najwyraźniej wcale nie dotyczą Diany.

— Serio? — wtrąca się obok mnie Declan, wyraźnie ożywiony na wzmiankę o naszym wymykającym się wrogu. Jego nagłe skupienie aż od niego emanuje, falą gorliwej uwagi. Powstrzymuję odruch przewrócenia oczami.

— To o czym w takim razie są? — pytam ostro, zakładając ramiona i wlepiając wzrok w tył głowy Athiny. Jeszcze jedna absurdalna rewelacja dzisiaj i chyba pęknę.

— Eksperymenty z hybrydami — odpowiada Athina bez ogródek, jej głos staje się lodowaty i odcięty. Obraca krzesło w naszą stronę, a chorowite światło ekranu rzuca po jej wciąż pięknych rysach upiorne, migoczące cienie, podkreślając nowe zmarszczki w kącikach oczu i głębokie bruzdy skupienia na czole. — Coś znacznie groźniejszego, niż myśleliśmy.

Wypuszczam ciężkie westchnienie, czując, jak żołądek zaczyna wiązać się w nerwowe supły. Oczywiście, z minuty na minutę ten dzień staje się coraz wspanialszy. — Fantastycznie. To czym dokładnie są te hybrydy? Ciągle się z nimi boksujemy, ale ten dzisiejszy, który mówił, to była nowość.

Athina przecząco kiwa głową, ugniatając skronie, jakby same zaszyfrowane dane sprawiały jej fizyczny ból. — Na razie nie sposób powiedzieć na sto procent. Ale wygląda na to, że mieszają ludzkie DNA z czymś bardziej... nienaturalnym.

— Świetnie, po prostu świetnie — cedzę bez cienia emocji, z jadowitą dawką sarkazmu w każdym słowie. — Mamy do czynienia z bandą szalonych naukowców bawiących się w Boga i składających prawdziwe potworne hybrydy. Co dalej, tajna podziemna kryjówka w opuszczonym wesołym miasteczku?

— Artemis, proszę — upomina mnie ostro Declan, posyłając mi karcące spojrzenie. — To poważna sprawa.

Unoszę dłonie w pojednawczym geście. — Uwierz, rozumiem powagę sytuacji. Ale co konkretnie mamy z tym zrobić?

Athina ciężko opiera się o oparcie krzesła, przyglądając się nam zamyślona, jakby ważyła naszą determinację. — Musimy poznać pełną prawdę. Zdemaskować te niebezpieczne eksperymenty takimi, jakie są.

— No jasne, prościzna — mamroczę pod nosem.

— Nic, co warte zachodu, takie nie bywa — odpowiada łagodnie Athina, a kąciki ust ledwie drgają w zalążku znającego uśmiechu.

— Pozostaje mieć nadzieję, że dożyjemy, żeby dotrzeć do sedna tego bajzlu — szepczę posępnie, czując, jak przygniatający ciężar tego przedsięwzięcia osiada na moich barkach. I w głębi siebie nie mogę uciec od narastającej obawy, że moje własne mroczne tajemnice długo się nie utrzymają pod ziemią pośród tej gęstej sieci kłamstw wokół nas.

Tylko czas pokaże, czy zdołam wygrać na obu frontach. Ale porażka absolutnie nie wchodzi w grę.

———◇———

Powietrze w ciasnej kryjówce aż skrzy się od napięcia, jakby tuż pod powierzchnią kotłowała się gwałtowna burza, gotowa w każdej chwili wybuchnąć. Declan miarowo przemierza zniszczone deski tam i z powrotem, a ciężkie buty wystukują ostry rytm, który gra mi na nerwach.

Tymczasem Athina siedzi zgarbiona nad odszyfrowanymi danymi, ignorując nas oboje, całkowicie i niepodzielnie skupiona. Opieram się napięta o łuszczącą się ścianę, obserwując ich czujnie jak jastrząb, zmysły naciągnięte do granic.

— Coś wartego uwagi? — pytam w końcu ostro, nie mogąc dłużej się powstrzymać, z niecierpliwością, która wślizguje się w mój ton, gdy widzę, jak Athina nagle prostuje się odrobinę.

Kiwnięciem potwierdza, czoło ma głęboko zmarszczone od koncentracji. — Wygląda na to, że głównym celem jest tworzenie hybryd, które potrafią bezbłędnie naśladować ludzi pod każdym względem.

Na te słowa Declan zwalnia i odwraca się do nas w pełni, piwne oczy rozszerzają mu się z niepokoju. — Hybrydy, które można wziąć za ludzi? Co to dokładnie znaczy?

— Z tego, co widzę, celem jest opracowanie syntetycznych istot absolutnie nie do odróżnienia od normalnych ludzi — wyjaśnia poważnie Athina. — Zdolnych zastąpić każdego, nie zostawiając śladu.

Marszczę brwi, próbując ogarnąć konsekwencje. — Czyli co — jacyś genetycznie projektowani zmiennokształtni? Po tym, co dziś widziałam, mogłabym w to uwierzyć. Ta jedna hybryda była jak pełnoprawny wilkołak.

Athina kiwa głową w zamyśleniu. — To raczej domieszanie wybranych nadnaturalnych atrybutów do ludzkiej bazy. Dotychczasowe wyniki są... co najmniej niepokojące.

— „Niepokojące" to bardzo delikatnie powiedziane — mruczę, czując, jak ściska mi się żołądek. Sama myśl o tak groźnych stworzeniach bezszelestnie infiltrujących społeczeństwo, przejmujących role i tożsamości, a ludzie nie mają pojęcia, z czym mają do czynienia, jest głęboko niepokojąca. Skala chaosu i szkód, jakie mogłyby wywołać, gdyby je wypuścić, poraża. Już czuję, jak przygnębiająca odpowiedzialność osiada mi na barkach. Musimy znaleźć sposób, by zatrzymać te eksperymenty, za wszelką cenę.

— Da się w ogóle namierzyć, gdzie to wszystko się dzieje? — pyta sztywno Declan, a tuż pod powierzchnią buzują mu złość i frustracja. — Gdzie znajdują się te placówki?

Athina wzdycha, na moment przerywając szybkie stukanie w klawisze. — Próbuję to ustalić, ale bardzo się postarali, żeby zatrzeć ślady. To nie będzie łatwe.

— Oczywiście, że nie — warczę kwaśno, odrywając się od ściany i zaczynając nerwowo chodzić, z ramionami skrzyżowanymi ochronnie na piersi. — Jaki sens ma diabelski tajny spisek, jeśli nie ukryjesz go porządnie?

— Artemis, spokojnie — ostrzega Declan, doskonale rozpoznając ten brawurowy błysk w moich oczach. — Nie rób niczego pochopnie.

Przewracam oczami z irytacją. — Spokojnie, nie zamierzam szturmować ich zamku bez przygotowania. Ale nie możemy też siedzieć i czekać, aż zrobią pierwszy ruch. Potrzebujemy planu bitwy.

Athina unosi dłoń. — Zanim cokolwiek, musimy ustalić, kto za tym naprawdę stoi. A to oznacza, że trzeba wgryźć się głębiej w ukryte sekrety Bureau.

Ciężko wzdycham, ugniatając spięty kark. — Idealnie. Zawsze marzyłam o tym, żeby dźgać bardzo krótkim kijem gniazdo szerszeni.

Declan obdarza mnie słabym uśmiechem. — Zawsze lepiej, niż dać się zaskoczyć szerszeniom. Przynajmniej zobaczymy, że nadlatują.

— Prawda — przyznaję z niechętnym półuśmiechem. — Co nie znaczy, że mam to lubić.

Kiedy z ociąganiem zasiadamy, żeby przewertować wyniki deszyfracji w poszukiwaniu choćby strzępu tropu, nie mogę pozbyć się wrażenia, że balansujemy tu na ostrzu brzytwy — jeden fałszywy krok, jeden zły ruch, i wszystko runie nam na głowy.

I nie mam żadnej pewności, czy uda nam się wyjść cało z nieuniknionych reperkusji. Porażka nie wchodzi w grę, ale szanse układają się niebezpiecznie przeciw nam.

Na razie możemy tylko kopać dalej — prawda jest gdzieś tu zakopana pod warstwami kłamstw i sekretów. Musimy ją znaleźć i obnażyć, zanim szerszenie zwrócą żądła przeciw światu.

Rozdział dwudziesty siódmy

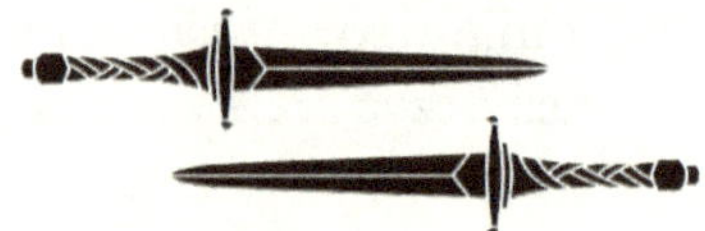

Ten niski, nieustanny szum starożytnego komputera wypełnia zatęchłe powietrze, przerywany szybkim stukotem klawiszy, gdy Athina bez wytchnienia pracuje, by wydobyć kolejne informacje. Tymczasem Declan siedzi zahipnotyzowany przez migoczący monitor, a chorowite światło rzuca na jego przystojne, lecz zmęczone rysy zniekształcające cienie. Wpatruje się w ekran tak intensywnie, jakby chciał wypalić w nim dziurę samym przenikliwym piwnym spojrzeniem.

Nie mogę go winić za tę fiksację — szokujące odkrycie, że komuś udało się stworzyć syntetyczne hybrydy ludzi zdolne bezszwowo zastępować prawdziwe osoby, jest czymś więcej niż niepokojące. To czyste przerażenie. Pełne konsekwencje opadają w moje wnętrzności jak ołowiany ciężar.

— Cholerni zwyrodnialcy — mruczy nagle pod nosem Declan, zaciskając dłonie tak mocno, że aż bieleją mu kłykcie. — Jak oni mogą usprawiedliwiać bawienie się w Boga? Tworzyć potworności...

— Bo mogą — odpowiadam bezbarwnie, a gorzki smak prawdy pali mnie na języku jak kwas. — Bo nikt jeszcze ich nie powstrzymał.

Declan odrywa wzrok od monitora i patrzy mi w oczy, a w jego spojrzeniu błyska gwałtowna mieszanka gniewu i nagiego strachu, lustrzane odbicie kipiących we mnie emocji.

— Artemis, to wykracza poza samo tworzenie potworów — mówi nagląco. — Mówimy o wyprodukowanych infiltratorach, którzy mogą być wszędzie, zastąpić każdego, a my nigdy się nie zorientujemy. Jak w ogóle zacząć walczyć z czymś takim?

Szarpnięciem przeczesuję włosy palcami, nie mogąc stłumić dreszczu na myśl o koszmarnych scenariuszach galopujących przez mój umysł. — Tak jak zawsze — krok po kroku, skupiając się na tym, co tu i teraz — proponuję z większą pewnością, niż faktycznie czuję. — To nie tak, że jesteśmy nowicjuszami w kwestii zagrożeń, Declan.

Kręci ponuro głową. — Nie, tym razem to coś innego. Poziom paranoi, jaki coś takiego może rozpętać... — Urywa, a jego spojrzenie niespokojnie wraca do ekranu.

Krzyżuję ramiona na piersi, obejmując się ciasno. — Masz rację, to nieznany teren. Ale już nie raz stawaliśmy przed rzeczami pozornie niemożliwymi i znajdowaliśmy drogę. Nie możemy teraz pozwolić, by strach nas złamał.

Declan kiwnięciem potwierdza, przygryzając dolną wargę, gdy zmaga się z ogromem bagna, w które wdepchnęliśmy. Z trudem tłumię przemożną potrzebę, by wyciągnąć rękę i zaoferować jakąś pustą otuchę, wmówić mu, że wszystko jakoś się ułoży. Ale słowa więzną mi w gardle — to bezużyteczne banały, których nie potrafię wypowiedzieć. To o wiele więcej niż kolejna walka, kolejny ukryty wróg. To wstrząs, który kruszy sam fundament naszej postrzeganej rzeczywistości.

— Artemis… — odzywa się nagle Declan, ochrypły od emocji. — A jeśli już podmienili kogoś nam bliskiego, a my nawet nie wiemy? Jeśli już tu są, ukryci na widoku?

Patrzę mu prosto w oczy, odpychając własne wątpliwości i lęk, starając się emanować pewnością, której nie czuję. — Jeśli tak, wytropimy tych impostorów i sprawimy, że pożałują dnia, w którym usłyszeli nasze imiona. Przysięgam.

Wyraz twarzy Declana tylko ciemnieje na moje buńczuczne słowa. — Łatwo powiedzieć. Ale jak odróżnić przyjaciela od wroga, kiedy wróg nosi nasze twarze?

Milknę, nie mając żadnej szybkiej pociechy ani łatwej odpowiedzi. Gorzka prawda jest taka, że nie wiem. Wiem natomiast, że nie możemy pozwolić, by strach i nieufność rozdarły nas od środka. Bo jeśli zwrócimy się przeciw sobie, hybrydy już wygrały — bez zadania choćby jednego ciosu.

— Zaufaj instynktowi — mówię wreszcie, zmuszając głos do spokoju. — Jeszcze cię nie zawiódł.

Declan ciężko wypuszcza powietrze, ale zdobywa się na nieśmiały uśmiech. — Twój też nie. Chyba pozostaje nam trzymać oczy szeroko otwarte i mieć wyostrzone zmysły.

Pozwalam sobie na blady, odpowiadający uśmiech. — Nie pierwszy to raz, gdy stajemy przeciw niemożliwemu. I nie ostatni.

Znajoma iskra zuchwałej determinacji znów rozżarza się w moim wnętrzu. Cokolwiek nas czeka, odkryjemy sekrety i staniemy z nimi twarzą w twarz, razem.

Cokolwiek będzie, nie padniemy bez walki.

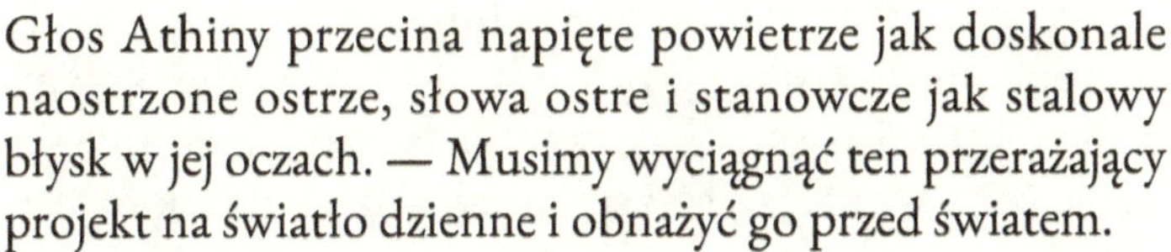

Głos Athiny przecina napięte powietrze jak doskonale naostrzone ostrze, słowa ostre i stanowcze jak stalowy błysk w jej oczach. — Musimy wyciągnąć ten przerażający projekt na światło dzienne i obnażyć go przed światem.

— No tak, bo to będzie bułka z masłem — mamroczę sarkastycznie pod nosem, palce wystukują na zniszczonym blacie nerwowy, staccatowy rytm. Moje przeciążone mięśnie wciąż bolą i pieką po naszej ostatniej, piekielnej ucieczce, choć zdają się goić w niemożliwie przyspieszonym tempie. Ale to niepokojąca nowość do rozpracowania kiedy indziej, nie teraz.

— Artemis, proszę — upomina cicho Declan, ale zbywam go wzruszeniem ramion. Szczerze mówiąc, nie obchodzi mnie, czy jestem trudna — cała ta koszmarna sytuacja związała mnie w supeł. Odkrycie, że Biuro zdołało stworzyć śmiercionośnych infiltratorów i mimów zdolnych bezbłędnie zastępować ludzi... brzmi jak żywcem wyjęte z pokręconego thrillera SF.

— Łatwo czy nie, nie mamy innego wyboru — nalega Athina, wbijając we mnie ostre spojrzenie. Zwykle jej obecność jest kojąca i niemal matczyna, ale teraz jest samą stanowczością, szczękę ma zaciętą. — Jeśli te eksperymenty będą trwały bez kontroli, nie sposób przewidzieć, jaką skalę zniszczeń te wynaturzenia mogą w końcu uwolnić.

Szarpnięciem przeczesuję włosy palcami, próbując poskromić kipiący we mnie gniew i frustrację. — Uwierz, rozumiem, że czas nagli. Ale mamy jeden bardzo poważny problem — Biuro kontroluje wszystkie główne media i polityków w kraju. Jak mamy ujawnić prawdę, skoro oni to po prostu pogrzebią?

Oblicze Athiny jeszcze bardziej kamienieje. — Ostrożnie i metodycznie. Musimy zebrać niepodważalne dowody, zanim zrobimy jakikolwiek ruch publicznie, inaczej zaryzykujemy, że całkowicie nas skompromitują.

Wypuszczam ciężkie westchnienie i wracam do niespokojnego stukania palcami. — Cudownie, kolejna ściśle tajna misja skradankowa. Nadal nie jestem przekonana, że to wystarczy, by złamać ich żelazny uścisk na narracji.

— Niezależnie od tego nie możemy stać z boku, gdy w tych eksperymentach niszczone są niewinne życia — stwierdza Athina twardo, a w jej tonie pobrzmiewa stal. — Mamy moralny obowiązek działać — i to szybko.

Podnoszę ręce w znużonej kapitulacji. — Dobra, nie mówię, żebyśmy nic nie robili. Ale miej świadomość, że kiedy to, nieuchronnie, pójdzie w diabły, całą winą obarczam ciebie.

Kącik ust Athiny unosi się bez wesołości. — Nie pierwszy raz, jak sądzę.

Kiedy niechętnie szykujemy się, by znów zanurzyć się w kipiące szambo kłamstw i sekretów Biura, nie potrafię otrząsnąć się z narastającego przeczucia, że gramy w ustawioną grę, której na końcu mamy nikłe szanse wygrać. Szanse i przeszkody piętrzą się przeciw nam jak wieża. Ale skoro na szali chwieją się niewinne życia, porażka po prostu nie wchodzi w grę.

Żeby mieć choć cień szansy, musimy być bystrzejsi, działać szybciej i okazać się sprytniejsi od naszych wielopłaszczyznowych wrogów na każdym kroku. I modlić się, by instynkt nas nie zawiódł.

Krótko mówiąc, czeka nas piekielna walka. Ale cokolwiek się stanie, staniemy do niej razem — i niech mnie diabli, jeśli damy się pokonać, zanim porządnie damy im w kość.

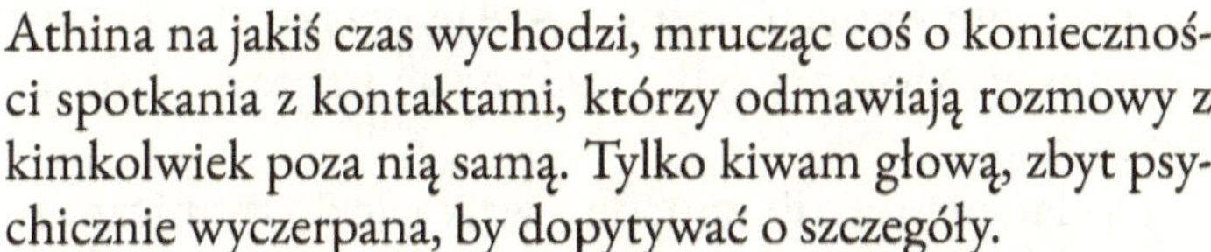

Athina na jakiś czas wychodzi, mrucząc coś o konieczności spotkania z kontaktami, którzy odmawiają rozmowy z kimkolwiek poza nią samą. Tylko kiwam głową, zbyt psychicznie wyczerpana, by dopytywać o szczegóły.

Pod jej nieobecność wyciągam z lodówki resztki gulaszu i podgrzewam go, żebyśmy z Declanem mogli się podzielić, uświadamiając sobie dopiero przy pierwszym kęsie, jak bardzo jestem wygłodniała. To pierwszy porządny posiłek od dni — ciągły, śmiertelnie niebezpieczny chaos nie zostawia luksusu regularnego jedzenia. Połykane w biegu batony energetyczne wystarczą tylko do pewnego momentu.

Wymiatamy do ostatniego okruszka w znużonym milczeniu, po czym niechętnie wracamy do żmudnego zadania: przekopywania się przez bezkresne stosy papierowych dokumentów i archiwów, które Athina jakoś zdobyła, najpewniej metodami, delikatnie mówiąc, nie do końca legalnymi. Jest zbyt paranoiczna, by ryzykować wprowadzanie czegokolwiek do systemu, który dałoby się zhakować, więc tkwimy przy starym, dobrym papierze.

Godziny wloką się w tempie żółwia, a ciszę co jakiś czas przerywa jedynie miękki szelest przewracanych kartek albo okazjonalne przekleństwo, gdy obiecujący trop gaśnie. Słaba sufitowa żarówka sieje mdlącą, bladą poświatę po ciasnym pokoju, rzucając poskręcane cienie na łuszczące się ściany, które przed moimi zmęczonymi oczami zdają się przesuwać i przeobrażać. Efekt jest dziwnie niepokojący.

— Artemis — chrypi w końcu Declan, ledwie ponad szept. Jest późno, a głęboko zakorzenione zmęczenie wyryte jest wyraźnie na jego przystojnej twarzy. — Czy

czasem życzysz sobie, żebyśmy nigdy nie wpakowali się
w ten koszmar?

Nie waham się. — Każdego cholernego dnia —
przyznaję miękko, a głos lekko mi pęka pod naporem
powstrzymywanych uczuć. — Ale przeszłości już nie
zmienimy. Możemy tylko próbować naprawiać to, co
przed nami.

Declan przytakuje znużony, wracając do rytmicznego
stukanego bębnienia palcami o blat. — Czasem czuję
się, jakbyśmy byli bezsilnymi pionkami uwięzionymi
w czyjejś sadystycznej grze. Nieważne, jak mocno walczymy, talia zawsze wydaje się ustawiona przeciw nam.

Zerkam na niego, a serce aż boli na widok udręki
i zwątpienia czających się w jego piwnych oczach —
wyrazu, który zapewne odbija się i w moich. W tej
chwili ciemność wokół zdaje się wsiąkać w nasze dusze,
dusząc każdy błysk nadziei czy pewności, który próbuje
rozpaczliwie zapłonąć.

To jednak nie tylko złowieszcze cienie i izolacja igra-
ją z naszymi umysłami. To trzeźwe uświadomienie, że
mierzymy się z czymś prawdziwie mrocznym i podstęp-
nym, bezimiennym zagrożeniem, którego ledwie poj-
mujemy.

— No — mamroczę kwaśno. — Komu w tej chwili
możemy naprawdę zaufać?

Kręci bezradnie głową. — Nie wiem. Każdy wydaje
się mieć ukryte agendy i własne interesy. Jesteśmy w
cholernej krzyżówce ognia.

— Albo po prostu mamy przerąbane, tak czy siak
— dodaję posępnie, już nie siląc się na powściągliwość
wobec własnego cynizmu.

— Artemis. — Declan wyciąga rękę i chwyta moją dłoń,
jego ciepła skóra jest stałą kotwicą w morzu chaosu i wątpliwości, które grożą, że mnie wciągną. — Cokolwiek się

wydarzy, twoja odwaga i lojalność dają mi siłę, by walczyć dalej.

Parskam kpiąco, maskując nagłą falę emocji. — Tylko mi tu nie mięknij. Przed nami jeszcze piekielnie ciężka walka pod górę.

Kącik jego ust drga krzywo. — Co do tego nie ma wątpliwości. Ale mam twoje plecy, cokolwiek przyjdzie.

— Dzięki — mruczę niezręcznie, odwracając wzrok od intensywności jego spojrzenia. Ta deklaracja powinna mnie pocieszyć, a tylko dobitniej przypomina o przeogromnym ciężarze, który dźwigamy. Myśli wirują: hybrydy, infiltratorzy, rządowe spiski — problemy wydające się zbyt wielkie dla naszej zbieraniny.

— Hej — mówi łagodnie Declan, sięgając, by delikatnie unieść mój podbródek, aż nasze spojrzenia znów się spotykają. — Mówię serio, Artemis. Cokolwiek przyjdzie, tkwimy w tym pieprzonym koszmarze ramię w ramię aż do gorzkiego końca.

Wypuszczam zirytowane tchnienie, odchylając się od jego dotyku. — Dobra, dobra, wystarczy. Tylko mi tu nie zaczynaj z ckliwościami. Rozwalamy mroczny rządowy spisek, a nie szykujemy się na bal maturalny.

Kącik ust Declana znów unosi się krzywo, choć uśmiech nie sięga jego zafrasowanych oczu. — Nawet by mi się nie śniło — mruczy.

Między nami zapada ciężka, dusząca cisza i niemal czuję w ustach smak napięcia i niewypowiedzianych słów kłębiących się dookoła jak opar. Ramiona same mi się kulą, jakbym próbowała odepchnąć nagle przygniatający ciężar.

— Declan... — wreszcie wyduszam, nienawidząc, jak mimo wysiłku mój głos lekko drży. — Boję się. Naprawdę, autentycznie przeraża mnie to, z czym się mierzymy.

— Wiem. Mnie też — przyznaje cicho, a surowa szczerość w jego tonie zaskakuje mnie. Widziałam, jak ten facet staje naprzeciw niezliczonym śmiertelnym zagrożeniom i niemożliwym szansom bez cienia strachu. A jednak teraz, wobec przeciwnika, z którym nie mamy prostego sposobu walczyć, nawet Declan Reed zdaje się wreszcie poruszony.

Obejmuję się ramionami ciasno, nagle czując się mała i okrutnie odsłonięta. — Naprawdę uważasz, że jesteśmy choć w przybliżeniu przygotowani, by to udźwignąć? Bo czuję, jakbyśmy pierwszy raz byli kompletnie poza swoją głębią.

Declan z sykiem wypuszcza długie tchnienie, szorstko pocierając twarz dłonią. — Może tak — przyznaje w końcu. — Ale nie mamy luksusu, by odejść. Musimy ich powstrzymać — za wszelką cenę.

Tylko kiwam głową, nie ufając własnemu głosowi. Pełny ciężar naszej sytuacji osiada na mnie jak ciemny, duszący całun. Przez kilka chwil ledwie potrafię zaczerpnąć powietrza pod jego przytłaczającym brzemieniem.

Wyczuwając mój wirujący lęk, Declan kładzie mi delikatnie dłoń na ramieniu. — Hej, popatrz na mnie — prosi łagodnie. — Przejdziemy przez to razem, krok po kroku. Zawsze tak robimy.

Wypuszczam drżący wydech. — Boże, miej nas w opiece. — Nie wspominam, że pewnie dawno jesteśmy poza zasięgiem boskiego ratunku.

— Albo tego, co z Niego zostało — dodaje mrocznie Declan. Nie umyka mi gorycz w jego słowach.

Przymykam na moment oczy, szukając choć skrawka opanowania i skupienia wśród chaosu, który grozi, że mnie wciągnie. — Spróbujmy po prostu trzymać się teraźniejszości — proponuję wreszcie. — Nie dajmy się zmiażdżyć przez wielki obraz.

— Zgoda. — Declan kiwa uroczyście głową. Gdy cisza znów rozciąga się między nami, nie potrafię pozbyć się wrażenia, że pod powierzchnią tego napięcia tli się coś jeszcze — niebezpieczna, lotna iskra grożąca, że buchnie płomieniem i nas oboje pochłonie, jeśli opuścimy gardę.

Odrywam od niego spojrzenie, a skóra cierpnie mi z niepokoju. Teraz zdecydowanie nie ma czasu, by przyglądać się temu niechcianemu żarowi, który zaczyna się we mnie rozpalać.

— Powinniśmy spróbować przespać choć kilka godzin — oznajmiam rzeczowo, celowo wracając do trybu misji, roli, której trzymam się jak kotwicy pośród wzburzonych mórz. — Jutro potrzeba nam jasnych głów do planowania kolejnego ruchu.

Declan przez moment wygląda, jakby chciał zaprotestować, ale tylko skłania głowę w geście zgody. — Ty weź łóżko. Ja rozłożę się tutaj na dole i będę dalej pracował.

Zbyt zmęczona, by spierać się o logistykę, mamroczę tylko: — Dzięki — i szybko się oddalam. Ale nawet gdy kładę się na wyboistym materacu na górze, sen nie nadchodzi. Myśli krążą bez końca, wracając w kółko do wszystkich sposobów, na jakie wydajemy się beznadziejnie nieprzygotowani i niedostatecznie wyposażeni na monumentalną walkę, która nas czeka.

Ale czy jesteśmy przygotowani, czy nie — nie mamy wyboru poza doprowadzeniem tego do końca. Porażka nigdy nie była opcją. Pozostaje modlić się, by nasza wspólna wola i spryt wystarczyły, by przejść przez nadchodzący ogień bez szwanku.

ROZDZIAŁ DWUDZIESTY ÓSMY

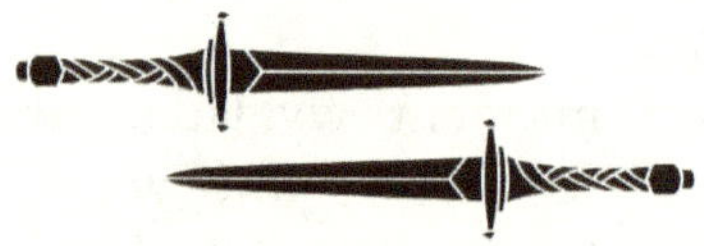

ATHINA WCIĄŻ NIE WRÓCIŁA do chwili, gdy poranne światło zaczyna się sączyć zza horyzontu. Jej nieobecność jeszcze bardziej napina nerwy moje i Declana. Bez informacji, po które poszła, tkwimy w martwym punkcie, niezdolni wykonać kolejnego ruchu.

Nienawidzę bezradnie siedzieć i czekać na innych. Cierpliwość nigdy nie była moją mocną stroną.

Opieram się spięta o zimną ceglaną ścianę opuszczonego budynku, którego używamy jako tymczasowej kryjówki, bezwiednie mieląc kawałek odłupanej zaprawy na pył pod podeszwą. Po spękanym asfalcie po drugiej stronie Declan chodzi nerwowo tam i z powrotem, emanując napiętą energią. Wschodzące słońce rzuca na jego krążącą sylwetkę długie, powykrzywiane cienie.

Nawet z daleka widzę napięcie ciasno zwinięte w jego barkach, czuję, jak za zmarszczonym czołem myśli kipią i kotłują się. Coś wyraźnie leży mu ciężarem na scrcu.

— Hej — wołam, przerywając niezręczną ciszę wiszącą nad nami. — Przewiercisz zaraz dziurę w asfalcie, jeśli będziesz tak dalej dreptał.

Declan zatrzymuje się gwałtownie na dźwięk mojego głosu, unosząc wzrok, by spotkać moje spojrzenie. Nawet w nikłym świetle widzę w jego piwnych oczach burzę niewypowiedzianych emocji.

— Ja, ekhm... — chrząka niezręcznie. — Chciałem o czymś z tobą porozmawiać. Powinnaś coś wiedzieć.

Moja ciekawość natychmiast skacze. Rzadko się zdarza, żeby zwykle zamknięty w sobie Declan dobrowolnie otwierał się na temat swojej przeszłości czy myśli. — Tak? Słucham.

Bierze głęboki, uspokajający oddech, zanim mówi dalej. — Prawdę mówiąc, dorastanie wcale nie było dla mnie łatwe. Byłem tylko sierotą, bezdomny, rzucony na ulicę, by radzić sobie sam.

Otwieram usta, by delikatnie go powstrzymać — naprawdę nie musi na moją prośbę rozdrapywać starych ran — ale on unosi dłoń.

— Proszę, pozwól mi to z siebie wyrzucić — mówi cicho. — Zasługujesz, żeby zrozumieć, skąd się wywodzę.

Kiwnięciem głowy daję zgodę, patrząc, jak hartuje się kolejnym drżącym wdechem.

— Musiałem żebrać, kraść, robić wszystko, co trzeba, żeby przetrwać każdy dzień. To była nieustanna walka i bywały chwile, kiedy naprawdę myślałem, że nie dam rady.

Gdy Declan snuje kolejne strzępy opowieści o ponurym dzieciństwie, mimowolnie wpatruję się w patchwork wyblakłych blizn znaczących jego ramiona — stłumione świadectwa stoczonych bitew, dosłownych i tych w przenośni. Ledwo potrafię sobie wyobrazić, przez jakie koszmary przeszedł, ale widać, że tamte doświadczenia ukształtowały go na człowieka, który stoi teraz przede mną.

— Declan... — wtrącam łagodnie, gdy robi pauzę. — Strasznie mi przykro, że musiałeś przez to wszystko przechodzić sam.

Spotyka moje szczere spojrzenie i przez długą chwilę po prostu stoimy w milczeniu, wpatrzeni w siebie. — To mnie ukształtowało — mówi w końcu, tonem zamyślonym. — I dlatego odmawiam stania z boku i patrzenia, jak Biuro gnębi innych.

Powoli kiwam głową ze zrozumieniem. W niezłomnym współczuciu Declana leży klucz do rozszyfrowania człowieka kryjącego się za tajemnicą. A wraz z nim tli się iskra nadziei, że razem możemy wnieść światło w ciemność, która grozi pochłonięciem nas wszystkich.

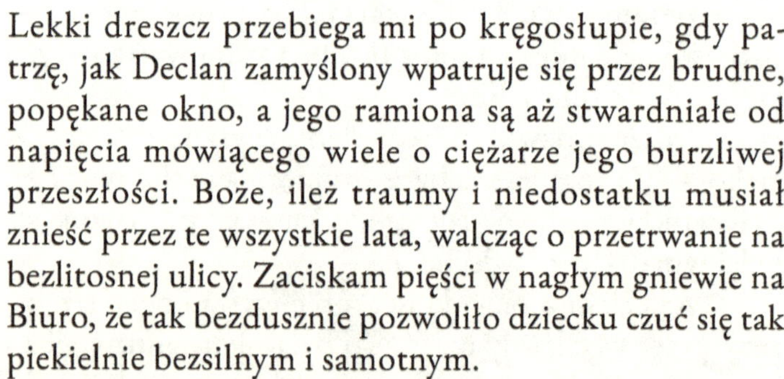

Lekki dreszcz przebiega mi po kręgosłupie, gdy patrzę, jak Declan zamyślony wpatruje się przez brudne, popękane okno, a jego ramiona są aż stwardniałe od napięcia mówiącego wiele o ciężarze jego burzliwej przeszłości. Boże, ileż traumy i niedostatku musiał znieść przez te wszystkie lata, walcząc o przetrwanie na bezlitosnej ulicy. Zaciskam pięści w nagłym gniewie na Biuro, że tak bezdusznie pozwoliło dziecku czuć się tak piekielnie bezsilnym i samotnym.

— Hej — odzywam się łagodnie, licząc, że choć na moment wyrwę go z ponurych myśli. — W końcu trafiłeś na ruch oporu, prawda? Jak do tego doszło?

Declan powoli odwraca się do mnie, a jego spojrzenie twardnieje od determinacji. — Tak, w końcu przeciąłem się z nimi podczas obławy. A gdy dołączyłem, po raz pierwszy poczułem się częścią czegoś naprawdę ważnego —

jakbym miał realną szansę coś znacząco zmienić w tym popapranym świecie.

Kiwnię głową, słuchając uważnie. — Musiała to być niezła rewolucja, przejść z kompletnej izolacji do poczucia wspólnoty.

— Można tak powiedzieć — zgadza się Declan z pozbawionym humoru półuśmiechem. Jego wzrok mimowolnie opada na patchwork wyblakłych blizn znaczących ramiona, nieme świadectwo stoczonych bitew, dosłownych i w przenośni.

Zmuszam się, by oderwać wzrok od tych blizn i skupić się na jego opuszczonych oczach. — Cóż, jakkolwiek by to nie brzmiało, jesteś czymś o wiele więcej niż ulicznym szczurem czy numerkiem w statystyce. Jesteś jednym z najodważniejszych ludzi, jakich kiedykolwiek spotkałam, Declanie Reedzie.

Mruga, jakby na moment zaskoczony moim stanowczym tonem, po czym na jego twarzy pojawia się szczerzejszy uśmiech. — Doceniam, że to mówisz, Artemis. Naprawdę, wiele to dla mnie znaczy, usłyszeć to od ciebie.

Wzruszam niedbale ramionami, próbując rozładować nagle ciężkawy nastrój. — Mówię, jak jest. Ale odkładając sentymenty na bok — masz świętą rację, że same ciepłe uczucia nic tu nie załatwią.

Uśmiech Declana gaśnie, zastąpiony wyrazem odnowionej determinacji. — Nie. Trzeba działania, żeby położyć kres temu potwornemu projektowi hybryd, obnażyć sieć kłamstw Biura i nie dopuścić, by inni podzielili straszny los Diany.

— W tej kwestii jesteśmy w pełni zgodni — potwierdzam z naciskiem, czując, jak bulgoczący gniew zaczyna iskrzyć w nerwach, łaknąc ujścia. — Zrównamy z ziemią całą ich popapraną machinę, jeśli trzeba, by ich powstrzymać.

Brwi Declana lekko się marszczą z troską. — Miejmy nadzieję, że nie będzie trzeba aż do tego. A jeśli jednak... — Jego oczy twardnieją jak krzemień. — Przynajmniej tym razem będziemy walczyć o sprawę, która naprawdę ma znaczenie.

Jego chropowato wypowiedziane słowa wiszą ciężko między nami, niosąc ze sobą surową wrażliwość, którą u Declana rzadko widuję. Nie mogę nic poradzić na to, że serce ściska mi się boleśnie na widok jego oczywistego cierpienia, echa mojego własnego mroku.

Przybieram przesadnie swobodny uśmieszek, mając nadzieję, że odrobinę przywrócę między nami lekkość. — Ej, tylko mi tu nie mięknij. Nie jesteś jedynym z tragiczną przeszłością, wiesz?

Ciekawość mignęła w jego posępnym wyrazie. — Doprawdy? No to mów, jaka jest twoja smutna opowieść?

Wypuszczam ciężkie westchnienie, szorstko przeczesując dłonią potargane włosy. — Dobra, ale bez sentymentalnych odjazdów, jasne?

Kącik ust Declana przekornie drga. — Nawet bym nie śmiał.

— No więc... prawda jest taka, że cała moja rodzina została zamordowana, gdy byłam dzieciakiem. — Pauzuję, odchrząkując szorstko, by głos mi nie zadrżał. — Zostałam całkiem sama, zmuszona radzić sobie na ulicy, tak jak ty. Dopiero gdy prawie dorosłam, Athina w końcu mnie znalazła. Byłam wtedy tylko kolejną spapraną małolatą z ulicy, trzymającą się złego towarzystwa.

Declan powoli kręci głową. — Cholera. Przykro mi, Artemis — mówi miękko. — Co było potem?

Mimowolnie śledzę palcem wyblakłe tatuaże wyryte na mojej skórze, na zawsze skrywające ślady po igłach z tamtego mrocznego okresu. — Na jakiś czas wpadłam po uszy w Bliss. Pewnego dnia Athina znalazła mnie nieprzytomną w rynsztoku. Ale zamiast mnie po prostu ominąć, żałosną ćpunkę, dała mi wybór — wytrzeźwieć i trenować z nią albo umrzeć młodo w tym samym rynsztoku.

Spotykam szczere spojrzenie Declana. — Chyba odezwał się we mnie jakiś resztkowy instynkt przetrwania. Pozwoliłam jej wyciągnąć mnie z nałogu, pracowałam jako jej uczennica, aż przeszła na emeryturę i przekazała mi interes.

— Jesteśmy oboje nieźle poobijani i połamani, co? — stwierdza Declan z smutnym, pełnym zrozumienia półuśmiechem.

— Chyba tak — mruczę z trudem. — Ale przynajmniej teraz możemy całą tę ruinę w sobie przekuć w walkę o coś naprawdę ważnego.

Declan kiwa głową, a w jego oczach zapala się ogień celu. — Jasne, że tak. Rozbierzemy Biuro i ich chore eksperymenty na części pierwsze, sztuka po sztuce.

— I wymierzymy sprawiedliwość Dianie — dodaję ostro. — Jej i wszystkim innym, których skrzywdzili.

— Bez dwóch zdań — zgadza się Declan bez wahania.

Biorę głęboki oddech, odzyskując panowanie nad sobą. — Dobra, koniec tego kółka wzajemnego użalania się. Wracajmy do planu, jak sprawić, żeby tym skurwielom poszła krew.

Kącik ust Declana drga. — Nie mógłbym się zgodzić bardziej. Jesteśmy z tobą, partnerko.

Gdy nasze trudne przeszłości leżą już między nami odkryte, rodzi się potężne poczucie braterstwa — Biuro nie będzie wiedziało, co je trafi, gdy uderzymy jako jedna, niepowstrzymana siła.

Chore światło sączące się przez spękane, brudne okno kładzie upiorną poświatę na ciasnym pokoju, gdy Declan i ja bez końca ślęczymy nad skradzionymi danymi, rozpaczliwie szukając choćby strzępu wskazówki, który mógłby obnażyć przerażający projekt hybryd. To jak przesiewanie ziaren piasku na bezkresnej plaży, ale nie pozwalamy, by frustracja czy zmęczenie nas zniechęciły. Zbyt wiele zależy od tego, co tu odkryjemy — w grze są ludzkie życia.

— Czekaj, spójrz na to — mówię nagle, wbijając palec w szczegółową mapę na ekranie, pokazującą sieć współrzędnych. — Widzisz, jak wszystkie te tajne ośrodki łączą podziemne tunele?

Szczęka Declana się napina, obrzydzenie ryje twarde bruzdy na jego przystojnej twarzy. — Tam muszą prowadzić to, co w ich pokręconych eksperymentach najgorsze, z dala od jakiejkolwiek kontroli.

Kiwnę ponuro, a puls przyspiesza, gdy docierają do mnie konsekwencje. — Dokładnie. Jeśli zdołamy bezsprzecznie ujawnić te ukryte leża, wynieść na światło dzienne niepodważalne dowody ich okrucieństw... — Spotykam spojrzenie Declana z ognistym przekonaniem. — Możemy złożyć do grobu ten pieprzony system raz na zawsze.

Declan szoruje dłonią po twarzy, a w jego wyrazie na moment migocze zwątpienie. — Artemis, bądźmy szczerzy — czy naprawdę damy radę coś takiego przeprowadzić?

— Daj spokój, odrobina wiary — ripostuję z przesadnym puszczeniem oka, próbując wpuścić trochę brawury w ten ponury nastrój. — To przecież nie tak, że mierzymy się z czymś nadprzyrodzonym. Tylko zwyczajna skorumpowana klika rządowa bawiąca się w Boga, w pakiecie z wyhodowanymi w laboratorium zmiennokształtnymi, którzy bezbłędnie naśladują ludzi. Bułka z masłem, nie?

Declan wydycha powietrze, choć dostrzegam ledwie uchwytny tik rozbawienia na jego ustach. — No jasne, w tej wersji brzmi jak spacerek.

W rzeczywistości oboje aż nadto dobrze rozumiemy ogromne niebezpieczeństwa związane z frontalną konfrontacją z Biurem i ich tajnymi eksperymentami. Ale skoro porażka oznacza pozwolenie, by kolejne niewinne życia zostały zniszczone, jaki mamy wybór, jeśli nie walczyć mimo wszelkich przeciwności?

— No dobrze — mówi w końcu Declan, prostując ramiona z nową determinacją. — Weźmy te lokalizacje po kolei. Przeanalizujmy procedury bezpieczeństwa, słabe punkty w strukturze — wszystko, co może pomóc nam się dostać.

— Teraz mówisz moim językiem — przytakuję z pasją. — Odsłonimy tych sukinsynów tacy, jacy są, a sprawiedliwość zaraz pójdzie w ślad.

Declan kiwa głową. — Brzmi solidnie. Do roboty.

Gdy godziny bezlitośnie płyną, ciężar naszych trudnych historii przygniata niczym fizyczny balast. Ale ból i strata zadane nam przez Biuro tylko wzmacniają naszą wspólną determinację. Stoczyliśmy zbyt wiele gorzkich walk i poświęciliśmy zbyt wiele, by teraz choćby rozważać odwrót.

— Hej — odzywa się po jakimś czasie Declan, wyrywając mnie z hiperfokusa. — Niezależnie od tego, co się stanie, kiedy przekroczymy tę granicę, możesz na mnie liczyć. Wiesz o tym, prawda?

— Wspominałeś o tym już raz czy dwa — odpowiadam z krzywym półuśmiechem. — Ale spokojnie, ja czuję to samo... partnerzy.

Wyraz, jaki mi wtedy rzuca, emanuje taką intensywnością, że aż odbiera mi dech. — Dobrze. Bo będziemy sobie potrzebni, jeśli mamy zerwać zasłonę kłamstw Biura i wreszcie wymierzyć sprawiedliwość Dianie oraz wszystkim innym, których zniszczyli.

Spotykam jego żarliwe spojrzenie bez mrugnięcia. — Jasne, że tak.

W tym momencie Athina wkracza zdecydowanym krokiem do ciasnego, słabo oświetlonego pokoju, a jej przeszywające spojrzenie natychmiast wbija się we mnie.

— Artemis, Declan — wita się krótko, głosem tak samo stanowczym i rzeczowym jak zawsze. — Byłam w kontakcie z kilkorgiem moich najbardziej zaufanych informatorów i sądzę, że mogłam odkryć coś kluczowego.

Pochylam się do przodu z niecierpliwością w głosie. — No to nie trzymaj nas w niepewności. Co takiego?

Na szali wiszą istniejące życia z każdą sekundą zwłoki. Czas gierek i udawanej kokieterii dawno minął.

Bez słowa Athina obchodzi mnie, by stanąć za moimi plecami, pochylając się nad ramieniem i wyświetlając na ekranie plik, który wcześniej uznałam za nieistotny. Wskazuje stanowczo imię przewijające się raz po raz — The Elysium, ultraekskluzywny klub.

— To ukryta melina, do której zaglądają najwyżsi rangą urzędnicy Biura — wyjaśnia Athina, a w oczach błyska jej przebiegłość. — Ich prywatny plac zabaw, gdzie pozwalają sobie opuścić gardę i hulają bez umiaru, zakładając, że nikt nie odważy się ich obserwować ani osądzać.

Czuję, jak chytry uśmiech rozlewa mi się po twarzy, gdy możliwości natychmiast układają się w głowie. — Idealnie. Wciśniemy się do ich klubiku, a założę się, że wykopiemy całą masę przydatnych brudów.

Athina kręci głową, a usta muska jej ironiczny uśmiech. — Gdyby to było choć w połowie tak proste. Do klubu wchodzi się wyłącznie na zaproszenie. A nawet gdybyśmy je zdobyli, patrzyliby nam na ręce jak jastrzębie, od razu w gotowości.

Mój uśmiech gaśnie, ale determinacja tylko twardnieje. — Dobra, czyli potrzebujemy sprytniejszego sposobu, żeby się tam wślizgnąć.

Wtedy włącza się Declan, z brwiami ściągniętymi w zadumie. — Co dokładnie proponujesz?

Oczy Athiny błyszczą porozumiewawczo. — Wejdźcie pod przykrywką obsługi. Da wam to dostęp i idealną okazję, by podsłuchiwać prywatne rozmowy, a może nawet przemknąć do stref z ograniczonym dostępem niezauważeni.

Kiwnę z namysłem, zaintrygowana śmiałą strategią mimo ryzyka. — Pewnie mają służbę za nic nieznaczące tło. Wchodzę w to.

Declan spotyka moje spojrzenie, a determinacja rysuje mu się na twarzy. — Ja też. Zrobimy wszystko, co trzeba, by rozwikłać ich tajemnice.

Athina obrzuca nas oboje krytycznym spojrzeniem, po czym kiwa głową. — Pamiętajcie, skrajna ostrożność jest kluczowa. Wasze życie będzie w poważnym niebezpieczeństwie.

Moje dłonie odruchowo zaciskają się w pięści, gdy w trzewiach kipi złość na to, z czym przyjdzie nam się mierzyć. Ale czuję też dreszcz oczekiwania przed wiszącą w powietrzu konfrontacją. — Zrozumiano. Zabierzmy się do planowania tej infiltracji.

Obok mnie Declan krzyżuje ramiona, a jego piwne oczy błyskają ledwo skrywaną furią. — Czas uderzyć w tych drani tam, gdzie się nie spodziewają.

— Dokładnie tak — kiwam głową, a serce wzbiera determinacją. — Nie będą wiedzieli, co ich trafiło — a kiedy opadnie kurz, prawda wreszcie wyjdzie na jaw.

Ledwie Athina wychodzi, a na Declanie znowu osiada czujność jak całun. — Jesteś absolutnie pewna, że ten plan bezpośredniego wniknięcia do ich ekskluzywnego klubu to najrozsądniejsze wyjście?

Wierci mnie spojrzeniem swoich przeszywających, piwnych oczu, z brwią ściągniętą w wątpliwości.

— O tak, jestem pewna, że to fantastyczny pomysł — odparowuję zjadliwie, ociekając sarkazmem. — No bo serio, co tu mogłoby pójść nie tak?

Ale pod tą zgryźliwą odzywką myśli pędzą mi jak stalowe tryby. Ta operacja pod przykrywką to idealna okazja, by podejrzeć wrogów z bliska, zebrać bezcenne informacje, które mogą rozwalić sprawę na oścież. Ryzyko niech się wali — porażka nie wchodzi w grę.

Declan ciężko wzdycha, niespokojnie przeczesując palcami wiecznie potargane włosy. — Dobra, wiem, że cię od tego nie odwiodę. Ale musimy tu rozpisać cholernie solidną strategię.

Już chwytam notes i długopis, szkicując zalążek planu. — Z tym się nie kłócę. Teraz pomyślmy — najpierw potrzebne nam będą autentyczne uniformy obsługi, żeby wiarygodnie wtopić się w prawdziwą ekipę.

Declan kiwa z namysłem. — Racja, musimy zdobyć stroje idealnie zgodne z ich stylem. Bez miejsca na rozbieżności.

— Dokładnie. I lewe identyfikatory, na wypadek gdyby ktoś wścibski zaczął zadawać pytania — ciągnę, a długopis śmiga po kartce. — O, i powinniśmy załatwić dyskretne mikro-słuchawki, żeby utrzymać łączność.

— Dobre zabezpieczenia — przyznaje Declan, a napięcie trochę z niego uchodzi, gdy plan nabiera kształtów. — A jak wejdziemy niezauważeni?

Psotny uśmiech szarpie mnie za kąciki ust. — Proste — „pożyczymy" po dwa komplety ciuchów od prawdziwych pracowników, kiedy przyjadą na zmianę. Bułka z masłem.

Usta Declana wykrzywiają się z niesmakiem. — Dla ciebie może. Ale postarajmy się nie skrzywdzić żadnych niewinnych ludzi. To zwykli pracownicy, którzy próbują zarobić na życie, pamiętasz?

Spotykam jego szczere spojrzenie bez cienia wahania. — Zrobimy, co będzie trzeba, Declan. Stawka jest zbyt wysoka, żeby teraz się cackać.

Krzywi się, ale skinieniem głowy ustępuje. — W porządku. Po prostu zróbmy to.

W mgnieniu oka mroczne kontakty Athiny zdobywają wszystko, czego potrzeba — autentyczne uniformy, sklonowane identyfikatory i nie tylko. Upycham moje charakterystyczne srebrne włosy pod peruką, domykając kamuflaż.

Stojąc przy dyskretnym tylnym wejściu do klubu w gęstniejącym zmierzchu, odwracam się do Declana, a kręgosłup twardnieje mi od determinacji. — Gotowy sprawić, żeby ci skurwiele zapłacili?

Szczęka Declana zacieśnia się w determinacji, choć w jego piwnych oczach wciąż błyska niepokój. — Bardziej gotowy nie będę. Ale bądź czujna w środku — drugiej szansy nie dostaniemy.

Pozwalam sobie na zuchwały uśmiech. — Daj spokój, przestań się tak zamartwiać. Co mogłoby pójść nie tak?

— Wiesz, że nienawidzę, kiedy to mówisz.

— No dobra, dobra — śmieję się. — To do dzieła.

Ramię w ramię przechodzimy przez drzwi prosto do gniazda żmij. Zaczynamy.

ROZDZIAŁ DWUDZIESTY DZIEWIĄTY

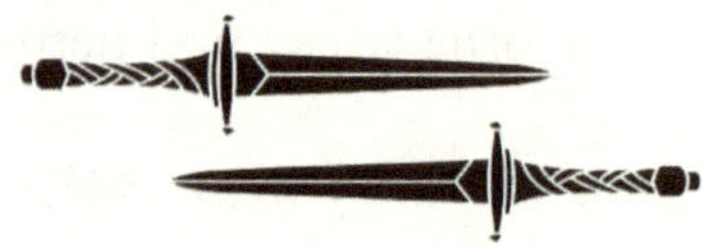

DUDNIĄCY BAS KLUBOWEJ MUZYKI wibruje mi w kościach, gdy razem z Declanem wślizgujemy się do środka, ubrani w nasze skradzione uniformy. Noszenie cudzych ciuchów jest nie w porządku, ale ta drobna nieprawość blednie w porównaniu z tym, co zrobiło Biuro. Otrząsam się z dyskomfortu i skupiam na zadaniu: znaleźć sprawiedliwość dla ofiar takich jak Diana.

— Pamiętaj — mruczy Declan, jego ciepły oddech łaskocze mi ucho — wypatruj czegokolwiek podejrzanego. I nie zapominaj trzymać gardy.

Jego troska wywołuje trzepot w mojej piersi, który bezlitośnie tłumię. To nie czas na uczucia. Muszę zachować koncentrację, a przywiązywanie się do Declana mi w tym nie pomoże.

— Jasne — odpowiadam tonem ociekającym sarkazmem. — Nigdy nie miałam w zwyczaju opuszczać gardy.

Przewraca oczami, ale nie dyskutuje. Zamiast tego wciela się w rolę niepozornego kelnera, balansując tacą z drinkami i przeciskając się przez tłum. Idę w jego ślady, wyostrzając zmysły, gdy omiatałam wzrokiem morze wijących się ciał.

Przemieszczając się między ludźmi, mimowolnie wyłapuję strzępy rozmów — banalne pogaduszki o pracy, plotki i najnowszy nadnaturalny skandal. Nic ważnego ani przydatnego. Frustracja rośnie, gdy noc się dłuży, a my wciąż nie znajdujemy żadnych solidnych tropów.

— Coś? — pyta Declan, kiedy spotykamy się w zacienionym rogu, a jego piwne oczy szukają na mojej twarzy choćby iskry nadziei.

— Nic — przyznaję, zaciskając pięści. — Jak duchy.

— Albo po prostu świetnie się ukrywają — sugeruje ponuro. — Musimy drążyć głębiej.

— Głębiej? Co, mam zacząć przesłuchiwać przypadkowych bywalców klubu?

— Może — mówi poważnie, a ja muszę ugryźć się w język, żeby nie jęknąć. — Musimy zajrzeć pod każdy kamień.

— Dobra — warczę, moja cierpliwość się kończy. — Ale jeśli dziś wyląduję w bójce, to twoja wina.

Na to się uśmiecha półgębkiem i przez moment wygląda prawie beztrosko — zupełnie niepodobny do zahartowanego wojownika, którym jest. To strona, którą chętnie widywałabym częściej, ale nie pora na takie myśli.

— Umowa stoi — mówi, wyciągając dłoń. Niechętnie ją ściskam i próbuję zignorować ciepło, które przesącza się do mojej skóry od jego dotyku.

— Dobra — wypuszczam powietrze, hartując się na kolejną fazę planu. — Odkryjmy prawdę, którą wszyscy ukrywają.

— Zgoda — odpowiada Declan, jego spojrzenie jest zajadłe i niewzruszone. — Dla Diany i wszystkich, których skrzywdzili.

Gdy z powrotem rzucamy się w wir wydarzeń, zmuszam się, by wepchnąć uczucia do Declana głęboko w siebie, zamknąć je na klucz, gdzie nie będą mnie rozpraszać. Ta misja jest o sprawiedliwości i nie pozwolę, by cokolwiek stanęło mi na drodze. Nawet moje własne serce.

— Zaufaj mi, Artemis. Nikt nas nie rozpozna — mówi Declan, a w jego głosie brzmi ta irytująco spokojna pewność siebie, której równie mocno nie znoszę, co na niej polegam.

— Łatwo ci mówić — mamroczę pod nosem, poprawiając nasze kelnerskie uniformy. Czuję się obnażona bez swojej czerwonej skórzanej kurtki i czarnych skórzanych spodni. Przynajmniej bliznę na lewym policzku przykrywa cienka warstwa makijażu. Nie ucisza przeszłości, ale na razie może ją nieco przytłumić.

— Pamiętaj plan — szepcze Declan, a jego piwne oczy spotykają się z moimi. Jego rozczochrane brązowe włosy wydają się dziś bardziej poskromione i muszę przyznać, że w tym wdzianku wygląda szalenie przystojnie. Ale mu tego nie powiem.

— No to jedziemy — zgadzam się niechętnie, prostując plecy i chwytając tacę zastawioną kieliszkami z szampanem.

Ekskluzywny klub goszczący raut szefów Biura jest jarmarczny i ostentacyjny, dokładnie jak ludzie, których zaraz mamy obsługiwać. Żyrandole rozlewają złote światło po wypolerowanych marmurowych posadzkach, a powietrze przesycone jest wonią pieniędzy i arogancji. Wszystko, czego nienawidzę, upchnięte w jednym miejscu.

Przeciskamy się przez tłum bywalców salonów, którzy nawet na nas nie patrzą. Widzą uniform – czarne kamizelki i śnieżnobiałe koszule – i skreślają nas jako nieważnych. Jesteśmy niewidzialni. Idealnie.

— Szampana, proszę pana? — pytam z wymuszonym uśmiechem, podsuwając tacę postarzałemu politykowi, którego wzrok chciwie ślizga się po mojej bladej skórze. Bierze kieliszek, nawet mnie nie zauważając, zbyt zajęty gapieniem się na tatuaże wystające spod rękawów. Obrzydliwiec.

— Skup się — przypomina mi łagodnie Declan. Kiwnięciem potakuję i krążę dalej, obserwując, jak on robi to samo po drugiej stronie sali. Przez moment pozwalam sobie napawać się faktem, że jest tu ze mną, walczy u mego boku.

— Artemis — głos Declana trzeszczy w mojej słuchawce. — Widzę ich. Szefowie Biura zbierają się w rogu przy kominku.

— Mam to — odpowiadam, lustrując salę, aż namierzam grupę elitarnych członków Biura stłoczonych razem. Sama ich obecność sprawia, że krew mi się gotuje. Ci ludzie myślą, że mogą nas kontrolować, tłumić nasze nadnaturalne zdolności i trzymać nas na uwięzi swoich zachcianek.

Ale nie na długo. Zamierzamy ich po kolei strącić, jednego skorumpowanego urzędnika za drugim. A dziś wdarliśmy się do serca ich operacji. Jeśli tylko pozostaniemy pod radarem, zbierzemy potrzebne informacje i się stąd wydostaniemy, będziemy o krok bliżej zwycięstwa.

— Spokój, Artemis — mruczy Declan do ucha, jakby wyczuwał mój wewnętrzny rozgardiasz. — Na razie idzie nam dobrze.

— Jasne — przytakuję, biorąc głęboki oddech i po raz kolejny przyklejając do twarzy sztuczny uśmiech. Musimy tylko odegrać swoją rolę, pozostać niewykryci i uderzyć we właściwej chwili.

— Podajmy tym draniom drinki — mówię do siebie, obierając kurs na grupkę szefów Biura. Czas pokazać im, z czego jesteśmy zrobieni.

*

Serce mi wali, gdy wciskam tacę z kieliszkami szampana w ręce polityka, słodko się uśmiechając, podczas gdy wewnętrznie mam odruch wymiotny. Jego oczy zjeżdżają po mnie w dół i w górę, jakby mierzył mnie do jakiejś pokręconej gry. Powstrzymuję się, by nie przyłożyć mu w twarz. Zamiast tego grzecznie kiwam i przechodzę do kolejnego celu.

— Generale — mówię gładko, podsuwając kieliszek surowo wyglądającemu dowódcy. — Toast za pańskie ostatnie zwycięstwo?

— Ach, dziękuję, kochanie — burczy, biorąc podany trunek, nawet nie obdarzając mnie drugim spojrzeniem. Dobrze. Im mniej zwracam na siebie uwagę, tym lepiej.

— Declan — szepczę pod nosem, wsuwając między palce maleńką elektroniczną pluskwę od Athiny. — Wchodzę, żeby ją podłożyć.

— Przyjąłem — odmrukuje z napiętą koncentracją. — Rób to naturalnie.

Gdy lawiruję przez tłum, zauważam grupkę korporacyjnych tuzów tłoczących się przy stoliku. Idealnie. Przysuwam się do nich, udając, że w skupieniu słucham rozmowy o kursach akcji i fuzjach. Nuda jak diabli, ale przykrywka doskonała.

— Przepraszam — mówię, udając niezdarność, gdy „przypadkiem" wpadam na jednego z mężczyzn. Palce zgrabnie wsuwają pluskwę pod krawędź obrusu, mocując ją na miejscu. — Najmocniej przepraszam, proszę pana.

— Uważaj, dokąd idziesz — warknie, piorunując mnie wzrokiem.

— Oczywiście, proszę pana — odpowiadam z wymuszonym uśmiechem. Po prostu graj dalej, Artemis. Już prawie.

— Pluskwa założona — informuję Declana, wycofując się od stolika i skanując salę w poszukiwaniu kolejnej okazji.

— Dobra robota — mówi. — Poszukajmy teraz bardziej soczystych celów.

Ciekawe określenie, ale wiem, o co mu chodzi. Musimy zebrać tyle informacji, ile się da, zanim nasza przykrywka spłonie.

— Przyjęłam — cedzę, zaciskając zęby i znów rzucając się w wir wydarzeń. W powietrzu wisi zapach drogiej wody kolońskiej i chciwości, aż chce się rzygać. Ale teraz nie ma na to czasu.

— Artemis, mam cel z najwyższej półki — sam Dr. Victor Graves — mówi Declan z nutą ekscytacji. — Zobaczmy, czy zdołamy podejść na podsłuch.

— Tuż za tobą — mówię, serce bije mi jak szalone, gdy zbliżamy się do naszego ostatecznego celu, wiedząc, że każda chwila przybliża nas o krok do zwycięstwa albo katastrofy.

— Artemis, uważaj — ostrzega Declan, gdy lawiruję przez morze garniturów i sukni. — Możemy mieć problem.

— Fantastycznie — mamroczę pod nosem. — Jaki problem?

— Na dziesiątej. Wysoki, szerokie bary, krótko ścięty — syczy. — Chyba coś przeczuwa.

Krótko ścięty — to mało powiedziane. Głowę miał praktycznie ogoloną na łyso. Serce przeskakuje mi jedno uderzenie, gdy przypominam go sobie z wcześniejszej potyczki. Był jednym z czołowych egzekutorów Biura i wtedy ledwo nam się udało uciec.

— Cholera — myślę w duchu. Ze wszystkich nocy, żeby akurat on się tu pojawił...

— Spokój — mówi Declan, próbując mnie uspokoić. — Wciąż mamy robotę do zrobienia. Ale słyszę napięcie w jego głosie.

— Jasne — mówię, starając się grać na luzie. — Po prostu idźmy dalej. Może nas nie rozpozna.

— Dobry plan — przyznaje, ale widzę w jego oczach cień wątpliwości.

— Kelner! — warczy brutalny ochroniarz, wskazując na mnie. Kosztuje mnie to całej siły woli, by nie drgnąć ani nie dać nogi. Zamiast tego przyklejam uśmiech i podchodzę, z tacą w dłoniach.

— W czym mogę panu pomóc? — pytam, a mój głos lekko drży.

— Gdzie ja cię już widziałem? — jego oczy zwężają się podejrzliwie, a ja czuję, jak krew odpływa mi z twarzy.

— Yyy, nie jestem pewna, proszę pana — jąkam się, starając się zabrzmieć na zagubioną. — Pracuję tu, może widział mnie pan już wcześniej?

— Może — mówi powoli, nie spuszczając ze mnie wzroku. — A może gdzie indziej.

— Artemis, wynoś się stamtąd — ponagla Declan, jego głos to ledwie szept w moim uchu.

— Przepraszam, proszę pana — mówię, odsuwając się od ochroniarza. — Muszę zająć się innymi gośćmi.

— Stać! — rozkazuje, chwytając mnie za ramię. Przez sztuczny kelnerski mundurek czuję żar jego uścisku, a w piersi rozkwita strach.

— Przepraszam, proszę pana — wtrąca się gładko Declan, stając między nami. — Ale naprawdę musimy już iść.

— Puść ją — mówi, mierząc brutalnego mężczyznę wzrokiem.

— Dobrze — burczy ochroniarz, puszczając moje ramię. Ale wiem, że to jeszcze nie koniec. Wyczuł nas i to tylko kwestia czasu, aż wszystko się posypie.

— Artemis. — Głos Declana dudni mi w uchu, przypominając, że mnie osłania. — Spokój.

— Łatwo ci mówić — mamroczę pod nosem, walcząc z paniką.

— Idziemy. — Chwyta mnie za rękę i prowadzi z dala od brutalnego ochroniarza, którego podejrzliwe spojrzenie śledzi każdy nasz ruch. Przecinamy tłum polityków i wojskowych, desperacko szukając wyjścia.

— Tam — szepcze Declan, skinieniem wskazując boczne drzwi. To aż zbyt piękne, by było prawdziwe — droga ucieczki tak blisko i bez straży. Ale gdy się zbliżamy, znikąd materializuje się kilku kolejnych ochroniarzy, odcinając nam drogę.

— Cholera — syczę, a serce bije mi w piersi jak królik na sterydach.

— Spokój — radzi Declan. — Znajdziemy inną drogę.

— No tak, bo jak dotąd świetnie nam to wychodzi — prychnę, a frustracja kipi.

— Artemis, zaufaj mi — mówi, a jego piwne oczy błagają, żebym jeszcze chwilę trzymała się nadziei.

— Dobra. — Biorę głęboki oddech, gotowa na to, co nadejdzie.

— Przepraszam — przerywa jeden z ochroniarzy, stukając Declana w ramię. — Musicie państwo pójść z nami.

— Czy jest jakiś problem? — pyta Declan, udając niewiniątko.

— Ta pani wygląda podejrzanie znajomo — odpowiada strażnik, wwiercając we mnie oczy, jakby widział przez moje przebranie. — Szef chce z wami zamienić słowo.

— Oczywiście. — Declan ściska mnie uspokajająco, po czym odwraca się do strażników. — Proszę prowadzić.

Eskortują nas przez słabo oświetlone korytarze, a z każdym krokiem atmosfera gęstnieje. Żołądek mi się przewraca, obrzydliwe połączenie strachu i oczekiwania zawiązuje się w supły.

— Artemis, jeśli coś się stanie... — zaczyna Declan, ale ucinam go.

— Nie. — Mój głos drży, zdradzając strach. — Po prostu... nie.

— Dobrze — mruczy, zaciskając mocniej palce na mojej dłoni.

Gdy docieramy do dwuskrzydłowych drzwi, strażnicy wpychają nas do środka. W pokoju roi się od uzbrojonych ochroniarzy, ich twarze są zimne i nieprzejednane. Tamten brutalny ochroniarz stoi na przedzie z zadowolonym, szyderczym uśmiechem na gębie.

— Wiedziałem, że cię skądś kojarzę — parska. — Myśleliście, że nas wykiwacie, co?

— Wygląda na to, że to ja jestem dziś klaunem — odpowiadam, ukrywając niepokój pod sarkazmem.

— Dość! — Grzmiący głos przecina napięcie, uciszając wszystkich w sali. Podnoszę wzrok i widzę wysokiego mężczyznę o wojskowej sylwetce, który podchodzi do nas z twarzą pozbawioną choćby cienia ciepła.

— Brać ich — rozkazuje, skinieniem wskazując otaczających nas strażników.

Zanim zdążymy zareagować, chwytają nas i wywlekają z pokoju; nasze szarpanie się jest daremne wobec ich żelaznych uścisków. Wloką nas na zewnątrz, gdzie czeka opancerzony transport dla więźniów.

— Do środka — szczeka jeden ze strażników, popychając nas ku pojazdowi. Włażemy do środka, drzwi zatrzaskują się za nami z hukiem, odcinając wszelką nadzieję ucieczki.

— Declan, co my teraz zrobimy? — szepczę, mój głos ledwie przebija się przez warkot silnika. Ale kiedy patrzę mu w oczy, szukając otuchy, uświadamiam sobie, że on jest równie niepewny jak ja.

Transport obija nas bez litości, jakbyśmy byli workami ziemniaków na pace chłopskiego wozu. Próbuję złapać punkt odniesienia, ale pojazd nie ma okien, tylko zimny, bezlitosny metal. Powietrze ciężkie od potu i rdzy bez przerwy przypomina mi o naszej sytuacji.

— Jak myślisz, dokąd nas wiozą? — pyta Declan, jego głos tonie w klekocie silnika.

— Nie wiem tyle, co ty — odpowiadam, starając się, by w głosie nie było słychać niepokoju. — Zamknęli nas w tej blasze na kołach, więc na pewno nie w jakieś przyjemne miejsce.

— Artemis, przeprasz... —

— Daruj sobie — ucinam, zanim zdąży skończyć. — Podjęliśmy decyzje i teraz musimy ponieść konsekwencje. — Serce mi się dla niego kraje, ale nie mogę opuścić gardy, nie kiedy stawką jest coś więcej niż nasze uczucia.

— Dobrze — mówi szorstko. — Ale znajdziemy wyjście. Musimy.

— Zawsze znajdujemy — mówię, a na moich ustach grozi pojawieniem się cień uśmiechu.

Po tym, co wydaje się wiecznością, transport staje, a drzwi zostają szarpnięte. Oślepiający zalew światła kłuje mnie w oczy i gwałtownie mrugam, aż przyzwyczaję się do ostrego blasku. Otacza nas kordon uzbrojonych strażników, którzy mierzą w nas bronią i wrzeszczą, byśmy wysiedli.

— Witajcie w waszym nowym domu — szydzi jeden z nich, popychając nas do przodu.

— Uroczo — mamroczę pod nosem, za co zgarnęłam szorstkie szturchnięcie.

Nasi porywacze prowadzą nas przez rozległy, jałowy krajobraz, wiatr smaga moje srebrne włosy, szczypie policzki. Więzienie Biura — tajny czarny ośrodek —

majaczy przed nami, brutalistyczny monolit otoczony drutem żyletkowym i wieżami strażniczymi. Z każdej strony wrzeszczy niebezpieczeństwo.

— Przytulnie — kwituje sucho Declan, lustrując wzrokiem tę groźną konstrukcję.

— Pięciu gwiazdek na więziennym Yelpie to nie dostanie — przyznaję, próbując znaleźć odrobinę humoru w naszej sytuacji.

Strażnicy przepychają nas przez wejście i schodzimy w zimne, sterylne trzewia kompleksu. Z każdym krokiem powietrze robi się chłodniejsze, a w piersi osiada ciężar jak z ołowiu. Nie mogę pozbyć się wrażenia, że kiedy wejdziemy do środka, możemy już nigdy nie zobaczyć światła dziennego.

— Ruchy! — warknie strażnik, brutalnie popychając nas korytarzem.

— Nikt pana nie uczył manier? — odcina się Declan, za co od razu dostaje szybki cios w tył głowy. Krzywię się z empatią, ale milczę, wiedząc, że to nie czas na zuchwałość.

W końcu zatrzymują się przy dwóch sąsiadujących celach, drzwi złowieszczo otwarte i czekają. — Do środka — mówi jeden, wskazując na ciemne, obskurne wnętrza.

— Dom, słodki dom — mówię, wchodząc do swojej celi, a drzwi zatrzaskują się za mną. Spoglądam przez kraty i widzę Declana po drugiej stronie; na jego twarzy miesza się determinacja i niepokój.

— Artemis... — zaczyna, ale uciszam go ruchem głowy.

— Oszczędzaj siły, Declan — mówię cicho, oplatając palcami zimne metalowe pręty. — Będą nam potrzebne, jeśli mamy się stąd wydostać.

Kiwnięciem potwierdza, a zrozumienie błyska w jego piwnych oczach. Może i jesteśmy zamknięci, ale jeszcze nie pokonani. I dopóki mamy siebie, jest nadzieja.

Rozdział trzydzieści

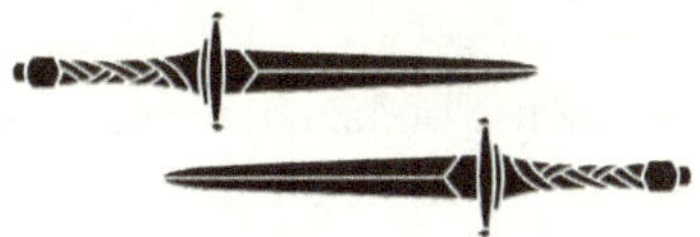

Zimne metalowe kraty wciskają mi się w plecy, mrożąc mnie do szpiku kości. Osuwam się, czując, jak moje ciało z tępym łupnięciem uderza o posadzkę. Adrenalina, która pompowała mi w żyłach, powoli opada, zostawiając po sobie tylko rozpacz.

— Artemis — odzywa się łagodnie Declan ze swojej celi — nie rób sobie tego. Wiedzieliśmy, na co się piszemy.

— Ryzyko? — parskam, a z każdego słowa sączy się gorycz. — Nasz plan był brawurowy i głupi, Declan. Mieliśmy być mądrzejsi. — Zakrywam twarz dłońmi, dławiąc łzy, które napierają na powieki.

— Hej — mówi ostro, podciągając się, by stanąć po drugiej stronie ściany, która nas dzieli. — Byliśmy już w gorszych tarapatach, pamiętasz?

— Naprawdę? — kontruję, a głos mi się łamie. — Bo z mojej perspektywy wygląda na to, że właśnie wpakowaliśmy się do tajnego więzienia poza ewidencją na Bóg wie jak długo, i to tylko dlatego, że jakiś kark mnie rozpoznał.

— Artemis, popatrz na mnie — mówi rozkazująco, ale łagodnie. Niechętnie unoszę wzrok na jego piwne oczy i znajduję w nich błysk nadziei. — Damy radę, dobrze? Zawsze dajemy.

— No chyba że nie — mruczę pod nosem, odwracając się od niego. Ciężar naszej porażki zgniata mnie, aż brakuje mi tchu.

— Słuchaj. — Jego głos ledwie brzmi, więc muszę się pochylić, by go dosłyszeć. — Mierzyliśmy się z nadnaturalnymi stworami, zbuntowanymi agentami rządowymi i skorumpowanymi politykami — i jak dotąd wychodziliśmy na swoje. Teraz nie będzie inaczej.

— A jeśli jednak? — moje słowa są ledwie zduszonym szlochem. — Jeśli to dla nas koniec?

— Wtedy padniemy, walcząc — oznajmia, a determinacja w jego głosie przeszywa mnie dreszczem. — Ale ja jeszcze nas nie skreślam — i ty też nie powinnaś.

— Nawet najlepszym się zdarza przegrać — mówię cicho, a słowa smakują jak trucizna.

— Prawda. — Declan poważnie kiwa głową. — Ale my nie jesteśmy tylko dobrzy, Artemis — jesteśmy wyjątkowi. A wyjątkowi potrafią wznieść się ponad porażki.

Pozwalam, by jego słowa we mnie wsiąkły, czując, jak żar nadziei wewnątrz zaczyna na nowo tlić się życiem. Zaszliśmy za daleko, żeby się poddać, a z Declanem u boku — nawet jeśli dzieli nas ściana celi — wiem, że znajdziemy wyjście.

— Wyjątkowi, tak? — udaje mi się zdobyć na blady uśmiech, znów spotykając jego spojrzenie. — Chyba będziemy musieli to udowodnić, co?

— A jakże — szczerzy się, i przez krótką chwilę mrok naszego więzienia dusi jakby mniej.

— To jaki plan? Masz jakiegoś asa w rękawie?

— Pracuję nad tym — odpowiada stanowczo. — Ale jedno wiem na pewno — nie padniemy bez walki. Jesteśmy to winni sobie i wszystkim, którzy walczą przeciwko Bureau.

Jego słowa rezonują we mnie i, mimo beznadziejnej sytuacji, nie mogę powstrzymać, jak rosną mi skrzydła. Jeśli czegoś nauczyła mnie praca z Declanem, to tego, że gdy uprze się na coś, nic nie staje mu na drodze.

— Dobra — mówię, gdy we mnie zapala się iskra buntu. — Zróbmy to. Rozwalmy to miejsce, cegła po cegle, jeśli trzeba. Trafili na niewłaściwych łowców nadprzyrodzonego.

— Jeszcze jak — przytakuje, a w jego głosie słychać niezachwianą pewność. — Sprawimy, że pożałują, iż nam weszli w drogę.

Uśmiecham się ponuro, doceniając, że potrafi podnieść mnie na duchu nawet teraz. Na tym zdążyłam się oprzeć — na tym, że Declan zawsze osłoni mi plecy, choćby nie wiem jak ponuro to wyglądało.

— Hej, Artemis? — szepcze, nagle śmiertelnie poważny. — Wiesz, że nigdy bym cię nie zostawił, prawda? Jedziemy w tym razem, do samego końca.

— Jak dwa ziarnka grochu — żartuję, próbując rozładować nastrój. Ale prawdę mówiąc, jego słowa znaczą dla mnie więcej, niż potrafię wyrazić.

— Dokładnie — odpowiada z nutą pewności w głosie. — Razem stąd wyjdziemy, a potem spalimy Bureau do gołej ziemi.

— Brzmi jak plan — mówię, czując przypływ nowego celu. Ciemność wokół może przytłaczać, ale niezłomna determinacja Declana wystarcza, by przegonić cienie.

— Dobra — mówi zdecydowanie. — Do roboty. Musimy uciec z więzienia i komuś skopać tyłki.

— To muzyka dla moich uszu — odpowiadam, a mój uśmiech jest drapieżny nawet w mroku. — Zróbmy im przedstawienie, którego nigdy nie zapomną.

— Zgoda — szepcze, i choć go nie widzę, wiem, że też się uśmiecha. W tej chwili wiem bez cienia wątpliwości, że

Declan Reed nigdy nie zostawi mnie tu, bym gniła w tym przeklętym miejscu.

Uzbrojona w tę pewność, prostuję się w środku i jestem gotowa na każde piekielne wyzwanie, jakie jeszcze przed nami. Uciekniemy, a kiedy już to zrobimy, Bureau zapłaci słono za swoje przewiny.

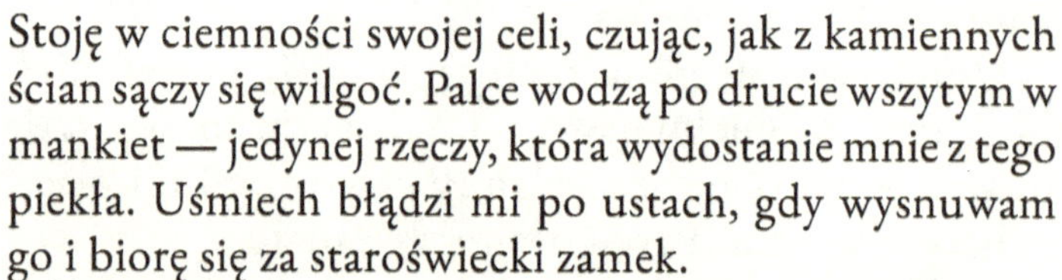

Stoję w ciemności swojej celi, czując, jak z kamiennych ścian sączy się wilgoć. Palce wodzą po drucie wszytym w mankiet — jedynej rzeczy, która wydostanie mnie z tego piekła. Uśmiech błądzi mi po ustach, gdy wysnuwam go i biorę się za staroświecki zamek.

— Na Boga, kto to jeszcze używa? — mamroczę, a w głos wkrada się irytacja. Zamek pyka i otwiera się, a ja tłumię pełne satysfakcji parsknięcie. Jeden z głowy, został jeszcze jeden.

— Artemis? — z sąsiedniej celi dobiega niski szept Declana. — To ty?

— A niby kto? — odcinam się, przewracając oczami, choć i tak mnie nie widzi. Powinien już wiedzieć, że na takie sytuacje zawsze jestem przygotowana. Podchodzę do jego celi i kucam, żeby dobrać się do zamka. Przy okazji nie mogę nie zauważyć, jak spięty i czujny wygląda, mimo że jest zamknięty. Nic dziwnego. Przeszliśmy razem dość, by wiedzieć, że niebezpieczeństwo nigdy nie jest daleko.

— Masz jakiś pomysł, gdzie jesteśmy? — pyta, starając się utrzymać równy głos. Przez chwilę się zastanawiam.

— Tam, gdzie nie powinniśmy — odpowiadam wymijająco. — A teraz zamilcz i daj mi się skupić. — Skupiam się na zamku, a metaliczne kliknięcia wypełniają ciszę między nami. Po kilku sekundach sprężyna puszcza i Declan ostro wypuszcza powietrze.

— Dobra robota — mówi, odpychając drzwi, które skrzypią tak, że aż zgrzytam zębami. Zerkam na niego: podarte dżinsy, kilkudniowy zarost, liczne blizny na ramionach po naszych dawnych potyczkach. Zobaczył lepsze dni — ja zresztą też.

— Dzięki, ale komplementy zachowaj na potem — ucinam, już skupiając się na robocie. — Musimy się stąd zwinąć, zanim ktoś zauważy, że nas nie ma.

Kiwnięciem głowy daje do zrozumienia, że rozumie powagę sytuacji. Oboje wiemy, że czas ucieka i niedługo znów po nas przyjdą. Na razie jednak mamy choć cień szansy. Oby wystarczył.

— Prowadź — mówi Declan, a jego piwne oczy płoną determinacją. Kiwnięciem odpowiadam i biorę głęboki wdech, szykując się na to, co czeka za murami celi.

— Trzymaj się blisko — szepczę, a oddech więźnie mi w gardle, gdy bezszelestnie posuwamy się słabo oświetlonym korytarzem. Włosy na karku stają mi dęba, a tatuaże jakby pulsują w rytm pędzącego serca.

— Dokąd idziemy? — syczy Declan, trzymając się blisko mojego boku. Jego oczy nerwowo błądzą, wypatrując oznak zagrożenia.

— Na zewnątrz — ucinam, nie racząc go nawet spojrzeniem. Moje zielone oczy wlepione są w ścieżkę przed nami, wyłapując każdy ruch w cieniach. — A teraz cisza.

Zanim któreś z nas zdąży zareagować, po korytarzu rozbrzmiewa echo zbliżających się kroków, zmuszając nas do wciśnięcia się za zardzewiały metalowy wózek. Wstrzymując oddech, patrzymy, jak dwóch strażników przechodzi obok, ich buty dudnią po zimnym betonie. Uzbrojeni po zęby — nie ma wątpliwości, co by zrobili, gdyby nas znaleźli.

— Artemis — szepcze Declan, ledwo dosłyszalnie. Czuję, jak bije od niego napięcie, prawie namacalne ciepło. — Przepraszam — nie chciałem—

— Zamknij się — przerywam, ściszonym i spiętym głosem. — Skup się na tym, żeby wyjść stąd żywi, a potem możesz przepraszać do woli.

Gdy strażnicy znikają za rogiem, wychodzimy z kryjówki, a serca łomoczą nam jak dwa młoty pneumatyczne. Prowadzę Declana przez labirynt pozornie niekończących się korytarzy, każdy bardziej zdewastowany od poprzedniego. Powietrze przesyca zapach wilgotnej ziemi i rozkładu, utrudniając oddychanie. Nie mamy jednak czasu, by o tym myśleć. Musimy wyjść, zanim znów po nas przyjdą.

— W lewo czy w prawo? — pyta Declan, gdy docieramy do rozwidlenia. W jego piwnych oczach szuka wskazówki, ale czai się w nich też cień wahania. Widać, że nie do końca wierzy moim instynktom, i trudno mu się dziwić. Zbyt wiele razy nas zdradzono.

— W prawo — decyduję, słuchając przeczucia. Jeszcze mnie nie zawiodło — no, może nie całkiem — i nie mam wyjścia, muszę mu zaufać. — Miej oczy szeroko otwarte, wypatruj oznak wyjścia.

— Jasne — odpowiada, zrównując krok ze mną. Idąc dalej, nie mogę przestać się zastanawiać, co czeka nas po drugiej stronie tych kruszejących murów. Czy znajdziemy upragnioną wolność, czy to tylko kolejna pułapka, gotowa zatrzasnąć się nam na karku? Czas pokaże, a z każdą sekundą czuję, że go nam ubywa.

— Uważaj — syczę, chwytając Declana za ramię i w samą porę odciągając go, by nie wpadł w pole widzenia kamery. Obiektyw jakby zatrzymuje się w miejscu, gdzie przed chwilą staliśmy, po czym jedzie dalej — jakby wiedział, że tu jesteśmy, ale nie potrafił nas namierzyć.

— Cholera, było blisko — mamrocze Declan, szeroko otwartymi oczami chłonąc przestrzeń. — Jak myślisz, ile tego tu jeszcze mają?

— Za dużo — odpowiadam, lustrując korytarz przed nami w poszukiwaniu kolejnych niespodzianek. Wyraźnie widać, że dr Graves zrobił wszystko, by utrzymać swoje tajemnice w ukryciu, i nie mogę się nie zastanawiać, jakie jeszcze koszmary odkryjemy, zanim ten horror się skończy. Odsuwam jednak te myśli i skupiam się na zadaniu. Albo teraz, albo nigdy.

— Ruszajmy. — Przemykamy od cienia do cienia, unikając czujnego oka kamer i złowrogiego pomruku drzwi zabezpieczających. Każdy krok to gra va banque, każdy oddech — wyliczone ryzyko, które może nas ocalić albo skazać na wieczną udrękę. Ale odwrotu już nie ma.

— Czekaj — szepcze Declan, zatrzymując mnie w pół kroku. — Słyszysz to?

Nastawiam uszu, próbując wychwycić to, co on. I wtedy, bardzo cicho, dociera do mnie echo głosów. Serce podskakuje mi w piersi — musimy być blisko czegoś ważnego. Centrum kontroli, może?

— Chodź. — Daję Declanowi znak i razem podążamy za źródłem dźwięku. Za zakrętem trafiamy na lekko uchylone drzwi, a za nimi pomieszczenie pełne monitorów, migających lampek i stłumionych głosów dwóch strażników.

— No proszę — mruczy Declan, zerkając do środka. — Jakby centrum nerwowe całego tego miejsca.

— Dokładnie — uśmiecham się, czując przypływ adrenaliny. — I dlatego właśnie je przejmujemy — zaczynając teraz.

— Ty naprawdę jesteś szurnięta — mamrocze, a mój uśmiech tylko się poszerza.

— Gotowy? — pytam Declana, ledwie słyszalnym szeptem.

— Zawsze — uśmiecha się krzywo. Ale pod brawurą widzę, jak w jego oczach migocze niepewność.

— Patrz i się ucz. — Słowa brzmią beztrosko, ale mówię je, by poskromić własny niepokój, kiedy wślizguję się do środka, poruszając się nienaturalnie cicho. Strażnicy nawet nie odrywają wzroku od ekranów, kompletnie nieświadomi losu, który zaraz ich spotka.

— Hej! — pstrykam im palcami przed nosem, wyrywając ich z odrętwienia. — Panowie wyglądają na znudzonych. Nie będzie przeszkadzać, jeśli się przyłączymy?

— Co—? — zaczyna jeden, ale zanim zdoła powiedzieć coś więcej, moja pięść trafia go w szczękę i posyła na ścianę. Declan szybko rozprawia się z drugim: chwyta go za ramię i wykręca je tak, że tamten skowycze z bólu. Szybki kop w tył kolan powala go jak worek kartofli.

— Niezłe ruchy — prycham z przekąsem. — A teraz do roboty.

Kieruję uwagę na system zabezpieczeń; gąszcz kamer i alarmów onieśmiela nawet kogoś takiego jak ja. Palce śmigają po klawiaturze, a myśli przeskakują przez możliwe kombinacje i kody dostępu. Czas przecieka przez palce, a z każdą sekundą szanse na ucieczkę maleją.

— No dalej, Artemis — mamroczę pod nosem, serce wali mi w piersi. — Robiłaś to już tysiąc razy.

— Problemy? — pyta Declan z troską w głosie. Czuję, jak jego spojrzenie śledzi każdy mój ruch — i to zarazem pocieszające, i doprowadzające do szału.

— Ależ skąd — ucinam, doskonale wiedząc, że to nie na niego naprawdę się złoszczę. — Daj mi tylko sekundę.

I wtedy, jak piorun z jasnego nieba, przychodzi olśnienie. Wpisuję sekwencję komend, które zapętlają obraz z kamer, skutecznie maskując nasze ruchy podczas ucieczki. Uczucie ulgi niemal mnie zalewa, ale nie ma czasu na świętowanie.

— Mam to — oznajmiam z niekrytą satysfakcją. — Teraz jesteśmy niewidzialni.

— Świetnie — mówi Declan, uśmiechając się mimo beznadziejnej sytuacji. — Wynośmy się stąd.

— W pełni się zgadzam — odpowiadam, a w uszach dudni mi serce, gdy znów wnikamy w cienie, a nasza droga ku wolności rysuje się odrobinę wyraźniej.

— Artemis — szepcze Declan, zaciskając mocno palce na mojej dłoni. — Za rzadko ci to mówię, ale jesteś niesamowita.

— Komplementy zachowaj na później — mówię, lecz nie potrafię powstrzymać lekkiego uśmiechu, który szarpie mi kąciki ust. Może i uciekamy, ratując skórę, ale przynajmniej robimy to razem. A jeśli dopisze nam odrobina szczęścia, dożyjemy, by walczyć kolejnego dnia.

ROZDZIAŁ TRZYDZIESTY PIERWSZY

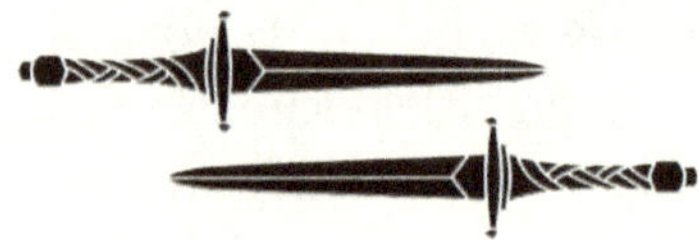

MROŹNE NOCNE POWIETRZE UDERZA we mnie jak obuchem w chwili, gdy wymykamy się na zewnątrz, przenikliwe i bezlitosne. Po niezliczonych godzinach spędzonych w zastygłej, zatęchłej ciemności tego miejsca prawie zapomniałam, jak smakuje świeże powietrze.

Declan i ja zatrzymujemy się na krótką chwilę, z naszych poszarpanych oddechów unoszą się białe obłoczki wysiłku. Kończyny drżą mi od po-adrenalinowych wstrząsów, a nerwy wciąż brzęczą po naszej ryzykownej eskapadzie.

— Wydostaliśmy się — mamroczę pod nosem, niemal bojąc się wypowiedzieć te słowa na głos.

Ale Declan pozostaje w najwyższej gotowości, podejrzliwie lustrując mroczne otoczenie w poszukiwaniu choćby cienia zbliżającego się zagrożenia. — Jeszcze nie świętujmy. Do bezpieczeństwa nam jeszcze daleko.

Przewracam oczami ku niebu. — Ty to zawsze pragmatyk, co?

Moja próba nonszalancji brzmi płasko nawet w moich uszach. Pod odwagą na pokaz serce dudni mi o żebra — i wiem, że to nie tylko z ekscytacji. Ta noc jeszcze się nie skończyła.

W głosie Declana pobrzmiewa niecodzienny ostry ton.

— Skup się i bądź czujna, Artemis. Tu jesteśmy zbyt na widoku.

Gryzę się w język, powstrzymując ciętą ripostę, i tylko kiwam głową. To zdecydowanie nie pora na moją zwykłą brawurę i udawaną pewność siebie.

Pełzniemy naprzód ostrożnie, przytuleni do najgłębszych cieni, boleśnie świadomi, jak bardzo wciąż jesteśmy odsłonięci. Niedaleko przed nami majaczy obietnica ucieczki — jeśli tylko zdołamy do niej dotrzeć.

— Tam — szepczę, gdy w zasięgu wzroku wyrasta wysoki, z siatki plecionej płot obwodowy. — Jeszcze tylko jedna przeszkoda między nami a wolnością.

Declan parska bez cienia wesołości. — Och, świetnie, prawdziwa fizyczna przeszkoda do sforsowania. Właśnie o tym marzyłem tej nocy.

Mimo pozornej lekkości w jego tonie dostrzegam przytłumiony strach czający się w jego oczach. Oboje doskonale rozumiemy, jak łatwo ta ucieczka może się jeszcze obrócić w koszmar.

Biorę głęboki, wzmacniający oddech. — Dobra. Na trzy szybko się wspinamy. Raz... dwa... trzy, start!

Wdrapujemy się na ogrodzenie z zaskakującą szybkością i zręcznością, pchani desperacją i czystą adrenaliną. Ale w chwili, gdy docieramy na szczyt, ostre wycie alarmu rozdziera powietrze, grzebiąc kruche nadzieje na czyste, niewidoczne wymknięcie się.

— Do cholery! — parskam, gdy pośpiesznie zeskakujemy po drugiej stronie.

— Artemis, biegnij! — ryczy mi do ucha Declan, jego głos ledwie przebija się przez wycie alarmu. I tak robimy

— biegniemy, jakby sam diabeł deptał nam po piętach. Na skradanie nie ma już czasu. Rzucamy się w noc na oślep, a za nami w kompleksie rozlegają się krzyki.

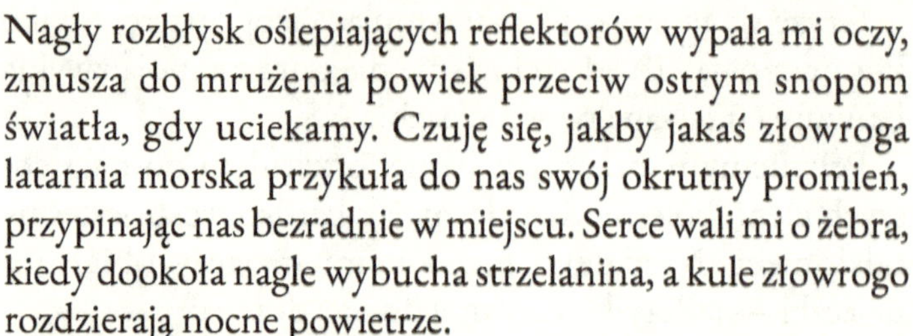

Nagły rozbłysk oślepiających reflektorów wypala mi oczy, zmusza do mrużenia powiek przeciw ostrym snopom światła, gdy uciekamy. Czuję się, jakby jakaś złowroga latarnia morska przykuła do nas swój okrutny promień, przypinając nas bezradnie w miejscu. Serce wali mi o żebra, kiedy dookoła nagle wybucha strzelanina, a kule złowrogo rozdzierają nocne powietrze.

— Cholera, strzelają do nas! — wypluwam, czując, jak prąd przeszywa mięśnie, kiedy adrenalina zalewa mi żyły.

— Nieważne, biegnij! — krzyczy ochryple Declan przez nawałę ognia. — Musimy dotrzeć do tamtych drzew, żeby się osłonić!

Zaciskam zęby i wlewam w obolałe nogi ostatnie resztki sił, próbując wycisnąć z wyczerpanego ciała choć odrobinę więcej prędkości. Przed nami kusi ciemna ściana drzew, obiecując cenny azyl przed nawałnicą. W wyobraźni widzę świszczące pociski, o włos mijające miękkie ciało i kość. Ten obraz tylko jeszcze bardziej mnie dopinguje.

— Prawie... już — rzężę między urywanymi oddechami, pot perli się na moim kredowobiałym czole. — Jeszcze... kawałek...

Głos Declana chrapie mi przy uchu, niemal zagłuszony przez kakofonię przemocy wokół. — Nie przestawaj teraz, już prawie jesteśmy! Nie wezmą nas żywcem!

Kiedy wreszcie zbliżamy się do ciemnej linii drzew, i tak już ogłuszająca strzelanina zdaje się narastać dziesięciokrotnie w koszmarną symfonię rozżarzonego ołowiu i złej woli, która grozi połknięciem nas w całości. A jednak namacalna groza tylko hartuje moją determinację — nie ma mowy, żebym pozwoliła zaciągnąć nas z powrotem do tej piekielnej nory, jeśli tylko będę mogła temu zapobiec.

— Uważaj na rów! — ostrzegam bez tchu Declana, dostrzegając ciemne zapadlisko skryte w podszyciu przy skraju lasu. Ostatnie, czego nam trzeba, to skręcona kostka albo gorzej.

— Jasne, dzięki! — odkrzykuje krótko, zgrabnie przeskakując pułapkę i bez zwalniania wpadając w kryjące zarośla. Czasem przysięgłabym, że facet ma krew gazeli w żyłach.

— Przestańcie strzelać, sukinsyny! — wrzeszczę przez ramię w bezsilnym buncie, choć wiem, że nasi prześladowcy mnie nie posłuchają. I tak dobrze jest spuścić odrobinę z bezsilnej wściekłości buzującej mi w żyłach.

Ostatnim, eksplodującym zrywem wpadamy przez ciemną linię drzew i nurkujemy pod osłonę splątanych krzaków. Wciągam słodki oddech ulgi, gdy cienie otulają nas ochronnym uściskiem, tłumiąc odgłosy chaosu za naszymi plecami.

— Udało się — dyszy chrapliwie obok mnie Declan, jego oddech pali mnie w kark. — Jesteśmy w lesie.

Kręcę znużona głową, próbując spowolnić rozszalały oddech i galop serca. — Czy aby na pewno? Bo nie jestem przekonana, że ten pościg już się skończył.

Leśna chwilowa ulga kojąco łagodzi postrzępione nerwy, a jednak lęk nie znika. To mniej bezpieczna przystań, bardziej zwodnicze oko nadciągającej burzy. Przechylam głowę, próbując wyłowić odgłosy pogoni ponad własnym, grzmotliwym tętnem.

Syczący szept Declana tnie mrok. — Są tuż za nami. Słyszę ich.

Tłumię cierpki śmiech. — A jakże. Myślałeś, że się po prostu poddadzą i pozwolą nam ot tak odmaszerować w stronę zachodu słońca?

— Nie, ale—

— Daruj sobie — przerywam ostro. — Nie możemy jeszcze przystanąć. Wstawaj, ruszamy.

Declan chwyta mnie za nadgarstek, zanim zdołam go podnieść. — Artemis, zaczekaj, nie możemy biec w nieskończoność. Potrzebujemy planu.

Pozwalam, by na mojej twarzy rozgościł się łobuzerski uśmiech. — Kto mówił o bieganiu? — W mroku niebezpiecznie błyszczą mi oczy. — Mamy jeszcze w zanadrzu kilka paskudnych sztuczek.

Declan otwiera usta, by zaprotestować, ale zdaje się zmieniać zdanie. — Dobrze, ale czy możemy chociaż złapać oddech?

— Później — ucinam krótko, chwytając go za ramię i popychając nas głębiej w przytłaczający las. Nierówny teren czyni marsz zdradliwym, ale ostrożność to luksus, na który nie możemy sobie pozwolić.

Błysk światła i ruch naprzód przykuwa mój wzrok. — Towarzystwo — syczę do Declana. Z mroku wyłaniają się ciemne sylwetki, omiatając teren latarkami, które rzucają poskręcane cienie na leśną ściółkę.

Przywieram do sękatego pnia pradawnego drzewa, a tętno znów przyspiesza. — Trzymaj się poza zasięgiem ich wzroku. Jeśli nas wypatrzą, będzie po nas.

Obok mnie Declan bez słowa stapia się z podszytem, sam już ledwie jak cień. Ale nasza chwila wytchnienia właśnie się skończyła. Prawdziwy pościg rusza na nowo.

— Ej! — nagle woła jeden ze strażników, omiatając snopem latarki niebezpiecznie blisko naszej kryjówki. — Chyba coś się tam poruszyło.

Drugi, stojący obok, prycha z irytacją. — Pewnie tylko wiewiórka albo jakieś badziewie. Nie będę się dziś tułał po całym piekielnym zadupiu, goniąc cienie.

Tłumię gorzki chichot pod nosem. — Ta, nigdy nie lekceważcie tych sprytnych wiewiórek.

Pierwszego strażnika to nie zraża. — I tak trzymać czujność! Nie mogli jeszcze daleko uciec. — Jego zgrzytliwy głos aż mnie zgrzyta w zębach.

— Jasne, szefie — cedzi sarkastycznie drugi. Prawie widzę, jak ostentacyjnie przewraca oczami.

Gdy dalej omiatają teren, kątem oka wychwytuję skradany ruch — kolejny strażnik skrada się wśród drzew z podniesioną bronią, cel nieomylnie wbity we mnie. Oddech zamiera mi w piersi, mięśnie sztywnieją w zaskoczonym paraliżu.

— Artemis, padnij! — wrzeszczy nagląco Declan. Zanim reaguję, rzuca się przede mnie w chwili, gdy strażnik strzela. Huk wystrzału ogłusza w leśnej gęstwinie, odbijając się od pni jak grom.

— Declan! — wołam, serce ściska mi przerażenie, gdy w głowie przelatują najgorsze scenariusze. Nie, tylko nie tak, nie tutaj!

Krzywi się, ale utrzymuje się na nogach, pchając nas oboje naprzód. — Nic mi nie jest, ruszaj!

Nie dyskutuję, tylko kurczowo ściskam jego dłoń, gdy z impetem wpadamy w gęstwę podszytu. Myśl mam jedną: zabrać nas stąd jak najdalej, ile sił w nogach. Musimy dać radę.

Declan dyszy ciężko obok, próbując dotrzymać kroku mojemu szaleńczemu pędowi. — Artemis... zwolnij... nie mogę...

— Jeszcze kawałek — popędzam go bez tchu, płuca płoną, nogi trzęsą się z wysiłku. Wiem, że oboje jesteśmy daleko poza granicami wytrzymałości, ale zatrzymanie się nie wchodzi w grę. Kroki naszych myśliwych rozbrzmiewają za nami nieubłaganie.

Czuję, jak Declan się potyka, jego wilgotna dłoń słabo zaciska się na mojej. — Artemis... nie mogę... padam...

— Nie, do cholery, jeszcze nie! — wyciskam z siebie przez zaciśnięte zęby. Pot skleja mi włosy do czoła, szczypie w oczy i zamazuje widok. A jednak uparcie zmuszam rozżarzone mięśnie do dalszego biegu siłą woli. Prędzej mnie diabli wezmą, niż dam się teraz złapać.

Wyczuwając moją determinację, Declan zbiera resztki sił. — Czekaj — sapie. — Tylko... tylko chwila na odd ech...

Moja przekora wreszcie pęka i staję, osuwając się razem z nim na zimną, wilgotną ziemię. Nasze piersi rozdymają się w poszarpanym rytmie, serca biją jak jedno. Ta krótka przerwa może przypieczętować nasz los, ale żadne z nas nie ma już sił na choćby krok.

Oddech Declana parzy mnie w kark, jego ciało promieniuje żarem przy moim boku. — Myślisz, że ich zgubiliśmy? — chrypi w końcu.

Ściskam powieki, kurczowo trzymając się tej kruchej bańki spokoju jeszcze o sekundę dłużej. — Może na razie — szepczę.

Jego dłoń delikatnie ujmuje mój podbródek, zmuszając mnie, bym spojrzała mu w oczy. — To wykorzystajmy tę chwilę.

Oddech więźnie mi w piersi od cichej intensywności jego spojrzenia, ale zmuszam się, by gwałtownie się odsunąć i stanąć. — Powinniśmy iść dalej, póki mamy okazję.

Declan z trudem podnosi się za mną, rysy ma wyryte bólem i zmęczeniem. — Artemis, zaczekaj... Przykro mi, za wszystko...

Hartuję serce na ból w jego głosie. — Daruj sobie. Porozmawiamy, kiedy będziemy bezpieczni. Jeśli kiedykolwiek znowu będziemy.

— Dobrze — poddaje się znużony. — Ale wiedz, że... zasłoniłbym cię znowu, bez wahania.

Wzbiera we mnie frustracja. — Ty lekkomyślny idioto. Chodź. — Chwytam go szorstko za rękę, kurczowo trzymając się jej kojącego ciepła, gdy znów rzucamy się naprzód w nieznane.

Obok mnie Declan wykrzywia widmowy uśmiech. — Może i tak. Ale trzymamy się razem.

Nie ufam głosowi, by odpowiedzieć, więc po prostu zaciskam uścisk, wlewając kipiące emocje w każdy pilny krok. Dokądkolwiek prowadzi ta ścieżka, pójdziemy nią ramię w ramię, cokolwiek się stanie.

ROZDZIAŁ TRZYDZIESTY DRUGI

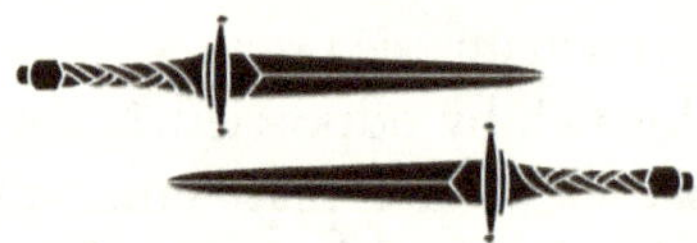

W padam po omacku w głąb mrocznego lasu, z ciężkim ramieniem Declana przewieszonym przez moje barki, podczas gdy wlokę jego słabnące ciało. Panuje upiorna cisza, przerywana tylko naszymi poszarpanymi, świszczącymi oddechami i gromkim łomotem mojego serca.

Po tym, co zdaje się wiecznością, wreszcie puszczam Declana i oboje niezgrabnie osuwamy się na zimne, wilgotne poszycie, całkiem wyczerpani.

— Kurwa — stęka Declan przez zaciśnięte zęby, ostrożnie badając jedno z dwóch krwawych postrzałów szpecących jego tors. Szczerze mówiąc, to cud, że w ogóle jeszcze oddycha.

— Pozwól ocenić szkody — rozkazuję ostro, już nachylając się nad jego ranami, zanim zdąży zaprotestować.

Pierwsza kula tylko drasnęła po żebrach, zostawiając paskudną, sączącą się bruzdę wzdłuż boku. Ale druga przeszła na wylot przez mięsień barku, zostawiając po sobie zicjącą, krwawiącą masakrę.

Declan próbuje beztrosko się uśmiechnąć, ale wychodzi mu raczej bolesny grymas. — Daj spokój, to tylko draśnięcie.

Rzucam mu ostre spojrzenie. — Serio? Cytujesz Monty Pythona, gdy właśnie wykrwawiasz się na miejscu?

Wypuszcza z siebie urwany, niemrawy śmiech. — No cóż, albo się śmiać, albo zaryczeć jak wariat. Ale tak na poważnie, czemu ja jeszcze nie padłem trupem?

— Znakomite pytanie — mruczę ponuro pod nosem, palce lekko mi drżą, gdy rozrywam jego zrujnowaną koszulę, by obejrzeć rany.

Zgodnie z wszelką logiką powinien był dawno zemdleć z powodu wstrząsu, biorąc pod uwagę zatrważającą ilość krwi, którą wyraźnie stracił. A jednak jakimś cudem zdołał biec dalej w moim morderczym tempie. Nic tu się nie klei, nic nie ma sensu.

Spotykam jego zamglone bólem, ale dociekliwe spojrzenie. — Nie mam absolutnie żadnego racjonalnego wyjaśnienia, jakim cudem jeszcze oddychasz. Uwierz, chciałabym je mieć.

Declan próbuje przewrócić oczami z sarkazmem, co psuje źle tłumiony grymas. — No to dopiero pomocne, geniuszu. Masz jeszcze jakieś złote myśli?

Parskam z frustracją, nienawidzę tego mętliku w trzewiach, ale wiem, że nie mamy czasu, by to teraz rozkładać na czynniki. — Słuchaj, wiem jedno: musimy zaraz ruszać. Te sukinsyny mogą być tu w każdej chwili.

Z jękiem opiera się na zdrowym ramieniu i próbuje wstać. — Jasne, będę się kuśtykał ostrożnie jak postrzelony w bebechy jeleń, nie ma sprawy.

Znów podsuwam mu ramię, podciągam go w górę z pełnym współczucia grymasem. — Lepsze to niż zostać trupem. Idziemy.

Kiedy brniemy przez ciemny las, nie potrafię uciszyć w głowie wątpliwości i pytań. Jego niemożliwa odporność uwiera mnie jak drzazga, jeszcze bardziej wyostrzając instynkty.

Ale na razie liczy się przetrwanie — odpowiedzi będą musiały poczekać.

Księżyc wciąż skrywa się za ciężkimi chmurami, gdy brniemy głębiej w posępny bór. Co chwilę zerkam na niepokojącą plamę ciemnej krwi przesiąkającej rozdartej koszuli Declana. Kiszki ściska mi niepokój, a zamęt i wątpliwości tylko dokładają się do dojmującego znużenia.

— Dobra, przerwa — sapie w końcu Declan, ciężko opierając się o drzewo, by złapać oddech. — Musimy porządnie obejrzeć te rany.

Wzdycham z rezygnacją i delikatnie odrywam przesiąknięty materiał od jego skóry. Gdy uważnie oglądam krwawy postrzał, zauważam coś zupełnie nieoczekiwanego. Poszarpana rana na jego ramieniu po naszej wcześniejszej potyczce — po prostu zniknęła. Wyparowała bez śladu. A postrzał w bok z pierwszego ośrodka, który badaliśmy — już niemal się zasklepił.

Spotykam jego wzrok, osłupiała. — Declan... twoje rany jakimś cudem błyskawicznie się goją. To nie powinno być możliwe.

Marszczy czoło, niezgrabnie wyginając się, by się obejrzeć. — Słucham? To niemożliwe.

— Spójrz sam — mówię ponuro, wskazując szybko zrastające się rany. — Ludzie nie składają się tak sami z siebie, zwłaszcza w ciągu zaledwie kilku godzin. A jednak proszę.

Declan przeciera twarz drżącą dłonią. — Jezu, Artem is... co do cholery się ze mną dzieje? W jego głos wlewa się czysty strach.

Kręcę bezradnie głową. — Szczerze? Nie mam zielonego pojęcia. Narastające podejrzenia gryzą mnie od środka, ale to nie czas ani miejsce, by to roztrząsać. Musimy iść, póki możemy.

Biorę głęboki oddech i prostuję się zdecydowanie. — Chodź, musimy ruszać. Wyjaśnimy to później, kiedy nie będą nas właśnie ścigać.

Declan kiwa głową, szczęka napina mu się z nową determinacją. — Dobra. Ruszajmy.

Ciśniemy dalej, a przytłaczająca ciemność znów połyka nas w całości. Ciało pali mnie bólem po dzisiejszej rzezi, a w głowie łomocze nieustanna kanonada pytań bez odpowiedzi. Ale teraz liczy się tylko przeżycie. Odpowiedzi zaczekają.

— Tam, patrz. — Declan nagle wskazuje przed siebie, a ja dostrzegam w oddali nikłe światło przebijające mrok. Gdy podchodzimy bliżej, z drzew wyłania się zarys odosobnionej stacji benzynowej. W piersi kiełkuje nieśmielna nadzieja.

— Może znajdziemy sprawny wóz — mówię ostrożnie, serce przyspiesza. — Najpierw jednak miejmy nadzieję, że to nie pułapka.

Zbliżając się ostrożnie, dostrzegam starego pickupa stojącego przy dystrybutorach. To żadna luksusowa bryka, ale na bezrybiu i rak ryba. Wokół wala się potłuczone szkło, drzwi kierowcy wiszą uchylone. Wygląda na porzucony w pośpiechu.

Odwracam się do Declana z nowym celem w oczach. — Pomóż mi szybko to zewrzeć. — Przesuwam spojrzeniem po mrocznej linii drzew. Żadnych oczywistych zagrożeń, ale to pełzające wrażenie, że ktoś nas obserwuje, nie odpuszcza.

Declan niepewnie przestępuje z nogi na nogę. — Artemis, na pewno to dobry pomysł...?

— Chyba że masz lepszy plan na już, pięknisiu, to się podziel — warczę niecierpliwie. — W przeciwnym razie pomóż albo zejdź mi z drogi.

— Dobra, niech będzie — mruczy, wciskając się ze mną do kabiny. Zmuszam drżące dłonie, by zdarły izolację i połączyły przewody stacyjki, modląc się o cud.

Silnik rzęzi, po czym wreszcie zaskakuje. Wypuszczam lekko szalony śmiech, fala ulgi mnie zalewa. — Działa! Dobra, zwiewamy.

Nasze spojrzenia spotykają się na krótką, naładowaną chwilę; strach i ekscytacja odbijają się w nich lustrzanie. Cokolwiek będzie dalej, stoimy po jednej stronie.

Ciężarówka podskakuje na pustej drodze, niosąc nas dalej od natychmiastowej śmierci, a bliżej złowrogo niepewnej przyszłości. I choć próbuję to uciszyć, natrętne podejrzenie co do niemożliwego gojenia Declana nie odpuszcza, jeszcze bardziej napinając mi nerwy.

Jedno jest, do cholery, pewne — to jeszcze się nie skończyło.

Mgliste światła miasta majaczą przed nami, kłąb splątanych, ciemnych wieżowców i mrugających neonów. Tętno przyspiesza z oczekiwania, choć zakradający się niepokój grozi, że mnie pochłonie. Brutalnie go tłumię. Teraz nie ma miejsca na wahanie ani strach.

— Dokąd dokładnie zmierzamy? — pyta oschle Declan z fotela pasażera, napięcie wyryte w każdej linii jego ciała.

— Prosto do Athiny — odpowiadam krótko, zaciskając palce na kierownicy. — Jeśli ktoś może nam pomóc ogarnąć ten chaos, to ona.

Usta Declana zwężają się sceptycznie. — A skąd ta pewność, że będzie wiedziała więcej, niż powiedziała nam w kryjówce?

Muszę się powstrzymać, by na niego nie warknąć; przypominam sobie, że jego sceptycyzm bierze się z dojmującego zmęczenia i strachu, a nie ze złej woli. — Bo odkąd ją znam, Athina ani razu mnie nie zawiodła, kiedy naprawdę jej potrzebowałam. Będzie miała odpowiedzi, jestem tego pewna.

Wyczuwając moją iskrzącą się obronność, Declan pochyla głowę z odrobiną skruchy. — Jasne, znasz ją o wiele lepiej niż ja kiedykolwiek będę. Po prostu bądź czujna na wszelkie zagrożenia, gdy wjedziemy do miasta. Jego czujne spojrzenie wraca do skanowania ulic, gdy ja przeciskam się zygzakiem przez ruch.

Porzucamy skradzionego pickupa w bezpiecznej odległości od brownstone'u Athiny i resztę drogi pokonujemy pieszo. Cały czas wypatruję oznak pościgu, ale noc wokół pozostaje cicha i nieruchoma. Obok mnie Declan owija skradzioną kurtkę wokół zakrwawionej koszuli, by nie zwracać na siebie zbytniej uwagi.

Gdy zbliżamy się do znajomego budynku, natychmiast staję na baczność. Coś tu nie gra, moje instynkty zaczynają brzęczeć. Wpuszczam nas do środka i niepewnie wołam w ciemną, pustą przestrzeń. — Athina? To Artemis. Jesteś?

Odpowiada tylko pusta, dudniąca cisza. Z trudem trafiam w włącznik i rozświetlam pomieszczenie — jest kompletnie ogołocone.

— Gdzie, do cholery, wszystko się podziało? — pyta z niedowierzaniem Declan, wypowiadając na głos moje własne przerażone myśli. Całe meble, broń, zapasy — zniknęły bez śladu, jakby Athina nigdy tu nie mieszkała.

Zmuszam głos do równowagi. — Na razie mogę zgadywać tyle co ty. A scenariusze, które mi przelatują przez głowę, wcale mnie nie uspokajają.

Declan chyba wyczuwa, że zaczynam się nakręcać. — Hej, może po prostu nagle zmieniła lokalizację? — podsuwa łagodnie. — Mogła zostawić ci jakąś wskazówkę.

Kurczowo chwytam się tej kruchej nadziei. — Musiała, bo Athina nigdy nie zniknęłaby beze słowa.

Wchodzę głębiej, przesuwając palcami po ścianach, szukając jakiegokolwiek znaku czy wiadomości. Coś tu musi być...

Za moimi plecami Declan odchrząkuje nieswojo. — Tak bardzo jak i ja chcę odpowiedzi, siedzimy tu jak na widelcu. Naprawdę powinniśmy się wkrótce zbierać.

— Tylko... daj mi jeszcze minutę — syczę przez zęby, odmawiając wiary, że zostawiłaby mnie zupełnie po omacku.

W końcu wyczuwam pod palcami subtelne nierówności na ścianie, gdzie stał jej regał — ukryty przełącznik. Naciskam i skrytka wyskakuje, odsłaniając pakunek zapasów i złożoną kartkę.

Przebiegam wzrokiem po zwięzłych, zagadkowych wskazówkach i oznajmiam z triumfem, — Lokalizacja — zostawiła koordynaty do innej kryjówki!

Declan wyraźnie osiada z ulgą. — Dzięki Bogu. Jedźmy tam szybko.

Spotykam jego zmęczone, ale zdeterminowane spojrzenie, gdy starannie składam notatkę. — Znajdziemy ją, nie martw się. Nie odpuszczę, dopóki tego nie zrobimy.

Razem wymykamy się z powrotem w noc, ścieżka niepewna, ale rozświetlona nowym celem. Athina na mnie liczy. Nie mogę jej zawieść.

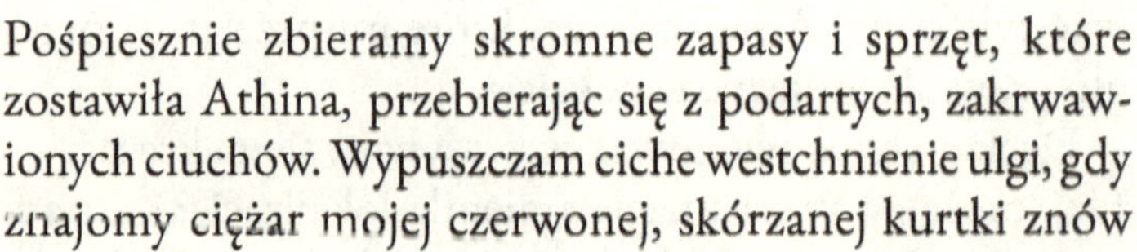

Pośpiesznie zbieramy skromne zapasy i sprzęt, które zostawiła Athina, przebierając się z podartych, zakrwawionych ciuchów. Wypuszczam ciche westchnienie ulgi, gdy znajomy ciężar mojej czerwonej, skórzanej kurtki znów osiada na ramionach. To jak włożenie zbroi, druga skóra. A własna broń w dłoniach natychmiast koi poszarpane nerwy.

Gdy próbuję obejrzeć gojące się rany Declana, stanowczo mnie zbywa, co bez słów mówi mi, że nadal zamykają się w niemożliwie szybkim tempie. Różne rozcięcia i sińce, które zdobiły moje ciało przez te piekielne dni, też jakby tajemniczo zniknęły bez śladu. Zapisuję to sobie w głowie jako alarm, do którego wrócę, gdy tylko złapiemy chwilę oddechu.

— Mamy jechać prosto do tej nowej kryjówki? — pyta rzeczowo Declan, gdy kończymy się doposażać.

Zawieszam się na moment, po czym stanowczo kręcę głową. — Nie. Najpierw musimy się zatrzymać i porządnie przegrupować. Właściwie powinniśmy jechać do mnie.

Brwi Declana wędrują w górę. — Do twojego mieszkania? To rozsądne, skoro Biuro najpewniej nas namierza? To będzie pierwsze miejsce, które sprawdzą.

Pozwalam sobie na mały, zadowolony uśmieszek. — Byłoby, gdyby ktokolwiek wiedział, gdzie teraz mieszkam. — Na jego powątpiewające spojrzenie dodaję: — Przeprowadziłam się niecały tydzień temu. Umowa jest na fałszywe nazwisko, zapłaciłam z góry gotówką. Nic mnie tam bezpośrednio nie wiąże.

— To czemu tak bardzo chcesz tam wracać? — odbija moją postawę, krzyżując ramiona, i przypomina mi, czemu tak często działa mi na nerwy.

— Bo tam jest mój zaszyfrowany laptop i to jedyny sposób, w jaki mogę skontaktować się z klientem. A bardzo chciałabym z nim porozmawiać — przyznaję. Utrata telefonu, kiedy zgarnęli nas po raz pierwszy, odcięła mnie od świata i wcale mi się to nie podoba. Telefon i tak sam by się ucegłił przy pierwszej próbie grzebania w nim przez kogoś poza mną, ale to oznacza, że jedyną realną drogą, by znów dotrzeć do tajemniczego Pana Smitha, jest mój laptop.

Mam Panu Smithowi parę rzeczy do powiedzenia.

Zmarszczka na czole Declana pogłębia się, ale po chwili wzrusza ramionami. — No dobra. Faktycznie potrzebujemy więcej informacji, a inne źródła wyglądają na spalony trop. Zgarnijmy szybko twój laptop, zanim sprawdzimy tę nową kryjówkę.

Mrugam zaskoczona, spodziewałam się większej kłótni. Ale darowanemu koniowi w zęby się nie zagląda. Potrzebuję odpowiedzi, a mój nieuchwytny klient najwyraźniej wie o tym, w co zostaliśmy wplątani, dużo więcej, niż na początku przyznał.

Najwyższa pora, żebym odbyła z Panem Smithem szczerą rozmowę.

ROZDZIAŁ TRZYDZIESTY TRZECI

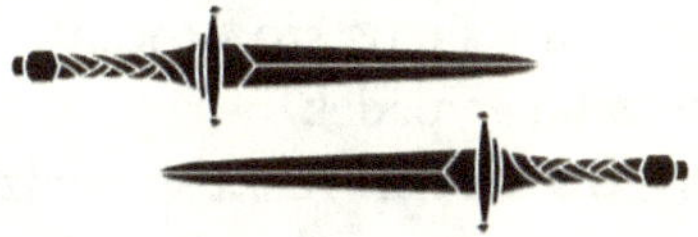

WRACAMY Z POWROTEM DO ukradzionego gruchota, a ja sprawnie lawiruję wąskimi uliczkami do tej konkretnej zrujnowanej części miasta, którą od jakiegoś czasu nazywam domem. Zatrzymuję się przy walącym się ceglanym budynku wciśniętym ciasno między dwa opuszczone magazyny, tak niepozornym, jak tylko się da. Z zewnątrz to bynajmniej nie wygląda na imponującą kryjówkę, ale nigdy nie byłam fanką efekciarskiego pierwszego wrażenia. Każde miejsce, w którym naprawdę prześpię więcej niż dwie noce pod rząd, automatycznie staje się w mojej głowie kryjówką.

Declan przygląda się z powątpiewaniem zrujnowanej konstrukcji, gdy wysiadamy. — To tutaj? — unosi sceptycznie brew.

Obdarzam go zaczepnym uśmiechem, licząc, że przykryje to napięcie buzujące pod skórą. — Ej, nie oceniaj moich zdolności dekoratorskich, zanim w ogóle wejdziesz do środka.

W gruncie rzeczy, mimo mojej niezachwianej pewności, że nawet Biuru trudno byłoby namierzyć mój obecny byt poza siecią, powrót tutaj wciąż niesie ze sobą niezaprzeczalne ryzyko. Jestem gotowa je podjąć, ale nigdy lekkomyślnie.

Kąciki ust Declana drgają ledwie dostrzegalnie, gdy kończy obserwację cichej ulicy. — Nie krytykowałem wystroju. Po prostu chcę się najpierw upewnić, że to miejsce naprawdę jest bezpieczne.

Poważnie kiwam głową, trzeźwiejąc. — Zróbmy szybkie obchody i upewnijmy się na sto procent, że nikt nas nie śledził, tak na wszelki wypadek.

Bez dalszych słów Declan rusza sprawdzić przedni obwód, a ja wślizguję się w wąską alejkę biegnącą wzdłuż budynku, zmysły na najwyższym czuwaniu. Zwalniam, gdy docieram do obskurnego tylnego wejścia, ukrytego za kontenerem na śmieci, który chyba stoi tu od zarania dziejów, sądząc po gryzącym smrodzie.

Po sprawdzeniu, czy drzwi i wzmocniona kłódka są nienaruszone, przykładam ucho do pooranego drzewa, nasłuchując choćby śladu intruza w środku. Wita mnie tylko cisza.

Chwilę później pojawia się Declan, który obszedł już cały kwartał. — U mnie czysto — potwierdza krótko. — Chodźmy do środka.

Wchodzimy ostrożnie, z bronią w dłoniach, gotowi na wszystko. Ale w środku wszystko wygląda nietknięte, tak samo skąpo umeblowane i chaotyczne, jak to zostawiłam. Utrzymujący się zapach zwietrzałego jedzenia i tanich kosmetyków daje dziwną namiastkę komfortu.

— Wygląda na to, że nikt tu nie był. Zabezpieczenia są nienaruszone.

Declan jeszcze raz omiata wzrokiem przestrzeń, po czym kiwa głową. — Zgadzam się. Przynajmniej na noc powinniśmy móc się tu zabunkrować bezpiecznie.

Tłumię ziewnięcie, nagle czując pełen ciężar przeszywającego kości zmęczenia. — Najpierw desperacko potrzebuję prysznica. A potem proponuję, żebyśmy wreszcie spróbowali się porządnie wyspać.

Declan obdarza mnie zmęczonym półuśmiechem. — Z mojej strony bez sprzeciwu. Będziemy potrzebować trzeźwych głów, żeby jutro wymyślić następne ruchy. — W jego oczach błyska potem odnowiona determinacja. — I żeby znaleźć Athinę. Złożyłem ci obietnicę i zamierzam jej dotrzymać.

— I cholera jasna, dotrzymamy — odpowiadam twardo. A kiedy ryglują drzwi i uzbrajam zapasowe zabezpieczenia, robiąc wszystko, byśmy byli tak bezpieczni, jak to możliwe, nie mogę powstrzymać iskry nadziei, która zapala się we mnie. Zaszliśmy już tak daleko, wbrew wszelkim przeciwnościom. Teraz się nie poddamy.

— Możesz pierwszy iść pod prysznic — mówię do Declana. — Mam jednak tylko jedno łóżko. Wybacz. Nie mam nawet kanapy. Tylko worek sako, na który czasem się zwalam, żeby pooglądać telewizję, kiedy muszę oderwać głowę od roboty, i tani składany stołek przed biurkiem, które wywlekłam z opuszczonego magazynu obok. Na tym nikt by nie pospał.

Declan wzrusza ramionami. — Dzielenie się już przerabialiśmy wczoraj w nocy. Mnie to nie przeszkadza, jeśli tobie też nie. — Uśmiecha się znużenie. — I tak jestem zbyt zmęczony, żeby się na ciebie rzucać, jeśli się o to martwiłaś.

— Nie martwiłam. Choć między nami zdecydowanie coś się dzieje, jestem niemal pewna, że Declan nie należy do tych, co tak po prostu się na kogoś rzucają. Zwłaszcza na mnie.

Wie, że za próbę wbiłabym mu nóż w bebechy.

Nieregularne migotanie jedynej latarni za oknem rzuca na ściany poskręcane, upiorne cienie, zostawiając we mnie nieodparte wrażenie niewidzialnych oczu śledzących każdy mój ruch. Pełzający niepokój bezlitośnie gryzie mnie od środka, wiążąc wnętrzności w pełne trwogi supły.

Najbardziej dręczy jednak ziejąca niewiadoma wokół nagłego zniknięcia Athiny — niepewny los mojej stoickiej mentorki i jedynej prawdziwej przyjaciółki w tym parszywym świecie. Gdzie się podziała? Dlaczego tak nagle porzuciła swoją kryjówkę? Jak nasi wrogowie zdołali ją namierzyć, skoro wymykała się im całymi dekadami? I kto właściwie kryje się pod tym „oni"? Same pytania bez odpowiedzi.

— Artemis, musisz odpocząć — mruczy łagodnie Declan tuż obok, najwyraźniej wciąż nie śpi, wbrew moim założeniom. — Jutro to ogarniemy, obiecuję.

Wypuszczam powietrze ze świstem i odwracam się do niego, czując irracjonalny zryw gniewu. — I co nam da czekanie, jeśli już dorwali też Athinę? Nie mogę tu siedzieć bezczynnie, podczas gdy ona cierpi Bóg wie co z naszego powodu!

Mój głos wychodzi spięty, wściekły szept. Ta niewiedza zżera moją równowagę. Nie zniosę paraliżu bezczynności, jeśli Athina właśnie teraz może na mnie liczyć.

W oczach Declana odbija się empatia, ale jego ton pozostaje rzeczowy. — Rozumiem, uwierz mi. Ale na pół żywi ze zmęczenia nie przydamy się Athinie ani nikomu. Odpocznijmy, zbierzmy siły, a potem od rana zaczniemy polowanie na odpowiedzi.

Chcę się kłócić z zasady, ale jego logika jest niestety nie do zbicia. Czystą siłą woli tłumię więc burzę w środku do cichego wrzenia. Najpierw sen. Potem odpowiedzi.

Kładę się ostrożnie na plecach, aż nazbyt świadoma piecowego ciepła promieniującego od Declana obok. Gdy wreszcie ściąga mnie niespokojny sen, myśli jeszcze raz przemierzają pokrętną ścieżkę, która nas tu przywiodła, szukając przegapionej wskazówki.

Ale wciąż to tylko kłąb sekretów i cienistych wrogów. A w samym jego sercu — Diana, klucz do rozplątania tego chaosu raz na zawsze.

Kurczowo trzymam się tego przekonania jak liny ratunkowej, gdy pochłania mnie ciemność. Jutro znajdziemy Athinę i wydobędziemy prawdziwe odpowiedzi od Diany. Koniec z kłamstwami i sztuczkami. Tak czy inaczej, to się skończy teraz.

Z tą cichą obietnicą hartującą moją determinację w końcu poddaję się objęciom niebytu, modląc się, by odpoczynek przyniósł tak potrzebną jasność.

❦

Wyrywam się ze snu z gwałtownym wdechem, lodowate macki burzliwego koszmaru wciąż zaciskają się wokół mojego rozpędzonego serca. Przez dezorientującą chwilę nie wiem, gdzie jestem. Potem wraca świadomość — jesteśmy w mojej kryjówce, daleko od łap Biura, a Declan niespokojnie drzemie u mojego boku.

Przygniatający ciężar zagadkowego zniknięcia Athiny znów osiada mi na piersi. Zanim zdążę w pełni okiełznać szalejące emocje, Declan się porusza.

— Hej — mruczy, głos ma zachrypnięty od snu, a jednak kojący. — Wszystko w porządku? Brzmiało, jakby śniło ci się coś paskudnego.

Pocieram dłonią twarz, zgarniając z niej warstewkę zimnego potu. — Tak, nic mi nie jest. Po prostu zły sen, jak mówiłeś. — Nawet dla mnie to kłamstwo brzmi marnie.

Orzechowe oczy przenikliwie szukają moich, ale Declan nie naciska na szczegóły. Zamiast tego delikatnie obejmuje mnie ramieniem i przyciąga bliżej do swojego gorąca, bez słów przepędzając chłód wciąż jeżący mi skórę.

Pozwalam sobie rozluźnić się w tym luźnym uścisku, smakując tę rzadką chwilę ukojenia pośród chaosu. Declan waha się odrobinę, po czym muska moje czoło najlżejszym z pocałunków. Ta delikatność zaskakuje mnie nieprzygotowaną.

— Będzie dobrze, Artemis — szepcze, jego oddech muska mi skroń. — Cokolwiek będzie dalej, poradzimy sobie z tym razem.

Nie powstrzymuję kpiącego parsknięcia. — No tak, razem. Gwarancja sukcesu.

— Artemis... — wydycha moje imię niemal czcią, ledwie tchem. Dreszcz mimo woli przebiega mi po kręgosłupie.

Oblizuję nagle wyschnięte wargi. — Declan...

Patrzymy na siebie, powietrze gęstnieje od niewypowiedzianych słów i narastającego napięcia. Świat zewnętrzny znika, zostaje tylko rozżarzone ciepło Declana i nasze splątane, urywane oddechy.

— Może powinniśmy wstać — proponuję bez przekonania, zmuszając się, by przerwać hipnotyczne działanie jego spojrzenia. — Musimy zacząć szukać Athiny. Leżąc tutaj, nic z tego...

Ale słowa gasną, gdy Declan muśnięciem opuszków kreśli linię mojej szczęki. Zegar w ciszy tyka ogłuszająco. Czas szybko nam ucieka, a my wciąż tkwimy tutaj, przyciągani do siebie siłami ponad rozsądek.

— Artemis... — jego szept pieści moje imię niczym błaganie. Jestem absolutnie zagubiona.

Finalnie nie ma znaczenia, kto zamyka ostatni dystans między nami. Liczy się tylko płomień pożądania, który spala nas oboje do popiołu.

— Artemis, nie powinniśmy... — zaczyna, ale nie kończy, bo miażdżę jego usta swoimi. Nasze wargi poruszają się łapczywie, a wszelkie wahania znikają w jednej chwili. Serce mi galopuje, krew buzuje czystą, nieskażoną żądzą.

Szarpanym ruchem zrywamy z siebie ubrania, desperacko pragnąc skóry na skórze. Jego dłonie wędrują po moim ciele, rozpalając ogień wszędzie, gdzie dotkną. Nasz oddech robi się urywany, nasze jęki wypełniają pokój.

— Artemis, jesteś pewna? — pyta między pocałunkami zachrypniętym głosem.

— Bardziej niż czegokolwiek — dyszę.

A potem stajemy się jednym. Plątanina kończyn i namiętności, nasze ciała poruszają się w zgodnym rytmie, jakby zawsze były sobie pisane. Choć raz zapominamy o niebezpieczeństwie czającym się tuż za drzwiami i całkowicie gubimy się w sobie.

— Declan — wołam, kurczowo się go trzymając, gdy fale rozkoszy rozbijają się o mnie jedna po drugiej.

— Artemis — jęczy, głos napięty do granic.

Gdy razem osiągamy szczyt, nasze okrzyki uniesienia odbijają się echem po pokoju. Opadamy na łóżko, ciała splątane i śliskie od potu. I przez krótką chwilę czas staje w miejscu.

Ale niebezpieczeństwo wciąż tam jest, a my nie możemy już dłużej zatracać się w tej namiętności. Kiedy patrzę w oczy Declana, dostrzegam w nich tę samą determinację. Mogliśmy ulec pragnieniom, ale teraz pora stawić czoła twardej rzeczywistości, która na nas czeka.

ROZDZIAŁ TRZYDZIESTY CZWARTY

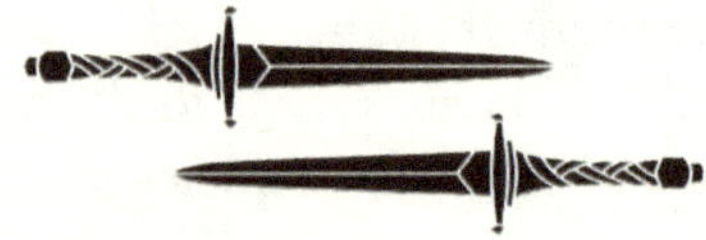

POWOLI OTWIERAM OCZY, NADMIERNIE wyczulona na piórkowo lekkie muśnięcie opuszków palców Declana, wciąż delikatnie spoczywających na mojej nagiej ręce. Nieproszony dreszcz przebiega mi po kręgosłupie, gdy nagle wszystkie zmysły jakby się wyostrzają — faktura pogniecionych prześcieradeł pod sobą, cichy szum klimatyzacji, odurzająca mieszanina potu i perfum Declana.

— Coś jest... nie tak — mamroczę, próbując bezskutecznie strząsnąć tę dziwną nadwrażliwość dudniącą w każdy nerw.

Declan unosi pytająco brew. — Nie tak, to znaczy jak? Nic ci nie jest? — W jego urzekających piwnych oczach mignęła troska.

Przygryzam zamyślona dolną wargę. — Nie wiem, jak to ująć. Jakby wszystkie zmysły nagle, w dziwny sposób, wyostrzyły się i nastroiły.

— Może to po prostu resztki adrenaliny — sugeruje rozsądnie Declan, czułym gestem odgarniając kilka niesfornych kosmyków z mojej twarzy. — W końcu ostatnio przepuściło nas przez magiel.

Kiwnę niechętnie głową, nadal nieprzekonana, że to tłumaczy tę bezprecedensową klarowność zmysłów. Działa tu coś jeszcze, czai się tuż poza zasięgiem.

Niezrażony moją udręką, Declan pochyla się bliżej, wciągając głęboko powietrze. — A tak w ogóle to pachniesz teraz obłędnie. — W jego oczach błyska figlarnie, choć pod spodem wciąż tli się niezręczność po naszych gorących starciach.

Przewracam oczami na siłę. — Tak, cóż, najwyraźniej mam dobre mydło.

Choć kusi, by znowu zatracić się w sobie nawzajem i zapomnieć o czekającym nas chaosie, nie mamy takiego luksusu. Najwyższa pora wymyślić kolejne kroki.

Jakby czytał mi w myślach, Declan gwałtownie siada z westchnieniem i roztrzepuje wiecznie potargane włosy zdenerwowaną dłonią. — Więc... chyba powinniśmy teraz wymyślić jakiś plan.

Przytakuję rzeczowo, szufladkując w głowie te mętne nowe odczucia, by wrócić do nich później, kiedy akurat nikt nie będzie miał życia na włosku. — Zgoda. A pierwszy krok to wyciągnąć wreszcie pieprzone odpowiedzi od mojego tajemniczo dobrze poinformowanego klienta.

Chwytam szyfrowanego laptopa i szybko loguję się do komunikatora, zbierając się w sobie. Mr. Smith ma sporo do wyjaśnienia w sprawie katastrofy, którą niechcący wywołał, wplątując mnie w tę sprawę cienistego stwora. I zamierzam te odpowiedzi dostać, choćby nie wiem jak.

Declan odchrząkuje, a na jego twarzy mignie rzadki niepokój. — Artemis, jest coś ważnego, co powinnaś wiedzieć o moim tajemniczym kliencie.

Spinam się, a w głowie natychmiast rozbrzmiewają alarmy. — No dawaj. Wygadaj się.

Krzywi się lekko na dźwięk mojej ostrzej niż brzytwa tonacji. — To była Diana. To ona mnie wynajęła, a nie jakiś anonimowy zleceniodawca.

Przez ułamek sekundy te słowa do mnie nie trafiają. Potem przez moją czaszkę przetacza się furia, wypalając wszystko inne.

— Diana szantażowała cię, żebyś cały ten czas dla niej pracował? I jakimś cudem nie wspomniałeś o tym drobiażdżku aż do tej cholernej chwili? — Mój głos tnie powietrze jak bat.

Declan unosi uspokajająco dłoń. — Po prostu daj mi to wyjaśnić—

Przecinam powietrze ręką, uciszając go. — Zachowaj sobie te żałosne wymówki. Nie mogę teraz na ciebie patrzeć.

Głębokie poczucie zdrady wydrąża mnie od środka. Po wszystkim, co przeszliśmy ramię w ramię, on i tak to ukrył. Jak mam mu teraz zaufać?

Odwracam się od Declana zdecydowanie. — Po prost u... pozwól mi w spokoju napisać do klienta. Zajmiemy się rozmiarem twoich kłamstw później.

Ręce lekko mi drżą, gdy wystukuję oschłą wiadomość do nieuchwytnego Mr. Smitha, wykładam wszystko, co odkryliśmy, i żądam odpowiedzi bez gierek i tajemnic. To moja jedyna potencjalna lina ratunkowa.

— Mów — syczę. — Wiem, mówiłeś, że Diana cię szantażowała, bo miała na ciebie haki. Czego dokładnie od ciebie chciała?

Declan znów się krzywi, ale szybko odpowiada. — Chciała, żebym śledził tego samego cienistego stwora co ty i porównywał ustalenia. Ale był jeszcze jeden element jej poleceń...

Milknie, a ja unoszę groźnie brew, by mówił dalej.

— Kazała mi cię zlikwidować, jeśli nasze drogi skrzyżują się w trakcie polowania. — Wyrzuca to z siebie jednym tchem, nie mogąc znieść mojego ognistego spojrzenia.

Wciągam gwałtownie powietrze, dłonie same zwijają się w pięści. — A jednak najwyraźniej nie wykonałeś tego rozkazu, skoro wciąż oddycham. Co cię powstrzymało, Declan? Zmiękłeś?

Podnosi oczy na moje, błagającym wzrokiem. — Od początku wiedziałem, że nigdy nie mógłbym cię skrzywdzić, Artemis. Ja... za bardzo mi na tobie zależy.

Wypuszczam szorstki, żrący śmiech. — Miałeś mnie zabić, a zamiast tego ze mną sypiasz? Tyle?

— To nie tak było! — desperacja oplata teraz głos Declana. — Nie chciałem cię oszukiwać. Chciałem cię tylko chronić, nawet jeśli miałoby to uczynić Dianę moim wrogiem!

Już otwieram usta, by rozszarpać te żałosne wymówki, gdy laptop rozbrzmiewa dźwiękiem nowej wiadomości. Znów odwracam się od Declana, ignorując ból narastający za mostkiem.

— Zobaczmy, co na to powie nieuchwytny Mr. Smith, co? — mruczę bardziej do siebie niż do Declana.

Jego bolesne milczenie wisi między nami niemal namacalnie, ale zmuszam się, by je odciąć. Zatwardzić serce — to jedyna droga naprzód. Mamy misję do wykonania i nie pozwolę, by małostkowe emocje znów weszły nam w drogę, choćby miało boleć.

⬥

Serce tłucze mi o żebra jak gepard uwięziony w klatce na sterydach, gdy nerwowo odszyfrowuję odpowiedź Mr. Smitha. Palce wystukują na klawiaturze niecierpliwy, lękliwy rytm, czekając, aż zaszyfrowana wiadomość w pełni wyłoni się na ekranie.

Kiedy w końcu się pojawia, oschłe słowa natychmiast gotują mi krew:

Artemis, jestem bardzo rozczarowany. Pani zadaniem było dostarczyć stworzenie żywe do badań, nie zaś wybić je i niezliczone obiekty badawcze. Martwe okazy nie są mi do niczego.

Zaciskam zęby, a opuszki z sykiem uderzają w klawisze, gdy odsyłam wściekłą odpowiedź.

Może, do diabła, trzeba było podać na wstępie kluczowe szczegóły, zamiast trzymać mnie w nieświadomości!

To, że traktuje te umęczone dusze jak zwykłe „okazy" i „obiekty", tylko podsyca moją wściekłość. Mówimy o żywych, cierpiących istotach, nie o szczurach laboratoryjnych!

Gotuję się w milczeniu, czekając na odpowiedź Mr. Smitha, wiedząc, że powinnam trzymać na wodzy temperament, ale nie do końca potrafiąc. Ten bajzel istnieje przez jego sekrety i manipulacje.

Wreszcie wyskakuje nowa, długa wiadomość. Muszę ją czytać kilkakrotnie, zanim dotrą do mnie konsekwencje:

Pozwoli Pani, że doprecyzuję, skoro wyraźnie nie rozumie Pani złożoności naszej pracy. To był test zarówno Pani umiejętności, jak i etyki. Gdyby zdołała Pani dostarczyć stworzenie żywe, przyjąłbym Panią do naszej organizacji z pełnym ujawnieniem. Zamiast tego udowodniła Pani, że jest Pani brawurowym, topornym narzędziem, przed czym ostrzegało mnie kilku moich współpracowników. Wiele placówek skompromitowanych, niezliczone cenne obiekty zlikwidowane, władze Panią ścigają. Wszystko to świadczy o głębokim braku subtelności i przewidywania. W związku z tym proszę uznać naszą umowę za zakończoną. Nie otrzyma Pani wynagrodzenia i ma Pani zakaz kontaktowania się ze mną lub z jakimkolwiek innym członkiem Obsidian Circle.

Przez dłuższą chwilę siedzę w osłupieniu, dłonie wbrew mojej woli zaciskają się w pięści. — Syn...

Declan pochyla się nad moim ramieniem, by szybko przejrzeć wymianę, a od niego aż bije napięcie.

Jestem o krok od wybuchu, ale biorę głęboki oddech, by ustabilizować narastającą wściekłość. Gniew teraz niczemu nie pomoże. Wybieram zwięzłą ripostę:

Pierdol się.

No dobrze. To przecież jeszcze nie utrata panowania nad sobą.

Prawie.

— Artemis, jesteś pewna— — zaczyna Declan, ale uciszam go, wbijając palec w klawisz ENTER, by wysłać wiadomość.

— Odpuść, Declan. On już podjął decyzję. — Patrzę na niego twardo. — Teraz my podejmujemy swoją.

Wściekłość wciąż we mnie buzuje, ale spycham ją na dno, skupiając się na zadaniu. Mamy robotę do odrobienia i zero czasu na rozpraszacze. Athina wciąż zaginiona, a każda zmarnowana sekunda to kolejna sekunda, w której może być w niebezpieczeństwie.

Declan przygląda mi się z troską. — To jaki mamy plan?

— Po pierwsze, jak najszybciej namierzyć Athinę. — Mój głos ani nie drgnie. — Potem dorwać Dianę i wyciągnąć prawdziwe wyjaśnienia. A ich obu wykorzystać, by rozplątać tę całą cholerną intrygę i zdjąć każdego, kto jest za to odpowiedzialny.

Declan tylko kiwa głową, a jego piwne oczy odbijają moją stalową determinację. Stoimy w tym razem — na dobre i na złe.

Ale gdy dzielimy ten moment postanowienia, nie mogę się powstrzymać od pytania: jak wiele zaufania naprawdę mogę pokładać w Declanie? W tym świecie kłamstw i zdrady, czy naprawdę stać mnie na to, by opuścić gardę?

Na razie jednak odsuwam te wątpliwości na bok. Tkwimy w tym razem, czy nam się to podoba, czy nie. A jeśli chcemy przetrwać, będziemy musieli na sobie polegać — przynajmniej dopóki pył nie opadnie i prawda nie wyjdzie na jaw.

W końcu to dosłownie jedyny sojusznik, jaki mi został.

***

Gdy wychodzimy w złowieszczą noc, mroźny wiatr wiruje wokół nas, a cienie wiją się i tańczą jak obłąkane marionetki. Śpiące miasto nagle wydaje się groźniejsze niż kiedykolwiek, a każdy ciemny zaułek i ukryty kąt skrywa złowrogie sekrety, tylko czekające, by wyciągnąć je na światło.

Idziemy w napiętym milczeniu przez mglistą ulicę w stronę ukrytego garażu, gdzie skitrałam parę motocykli. Czuję ciężar niewypowiedzianych słów zawieszonych gęsto między nami.

Wreszcie rozcinam to duszne milczenie, a mój głos jest naznaczony goryczą. — Cztery ośrodki skompromitowane w kilka dni. Niezliczone paranormalne obiekty badawcze zlikwidowane. Szczerze mówiąc, nie powinnam się dziwić, że Mr. Smith nie chce mieć ze mną już nic wspólnego.

U mego boku Declan porusza się niespokojnie, unikając mojego oskarżycielskiego spojrzenia. — Wiem i jest mi przykro, ja tylko—

Przecinam powietrze dłonią, urywając mu. — Daruj sobie bezużyteczne przeprosiny. Doskonale wiedziałeś, w co się pakujemy, prawda? A jednak dawałeś mi tylko starannie wyselekcjonowane skrawki całości. Więc powiedz, po co ta gra?

Declan teraz spotyka moje spojrzenie; w jego oczach lśni desperacja. — Artemis, musisz mi uwierzyć, ja też w dużej mierze błądziłem po omacku! Diana zataiła kluczowe informacje, które mogły wszystko zmienić.

Prychnę z goryczą. — Och, i to ma cię niby z czegoś rozgrzeszyć?

Przeczesuje nerwowo włosy dłonią. — Nie, oczywiście, że nie. Powinienem był zaufać ci od samego początku. Ale nie zmienimy tego, co się stało — możemy tylko pchać do przodu najlepiej, jak potrafimy.

Nie umyka mi, że starannie pominął imię Diany. Ukłucie zdrady wciąż pulsuje we mnie ostre i świeże. Co jeszcze przede mną ukrywa, nawet teraz?

Wyczuwając mój uporczywy sceptycyzm, Declan wyciąga rękę i delikatnie kładzie dłoń na mojej. — Proszę cię, musimy trzymać się razem, inaczej nie przetrwamy. Wiem, że zaufanie nie przyjdzie łatwo, ale potrzebujemy siebie nawzajem.

To czułe dotknięcie sprawia, że drgnę. Szarpnięciem wyrywam dłoń. — Dużo wymagasz, biorąc pod uwagę okoliczności.

Ból miga na twarzy Declana, ale mówi dalej z przejęciem. — Jestem tu tak samo zagubiony i przestraszony jak ty, Artemis. Ale nie możemy pozwolić, by strach i podejrzliwość rozdarły nas od środka. Nie, jeśli chcemy mieć jakąkolwiek nadzieję na rozwikłanie tego koszmaru.

Choć nie znoszę się do tego przyznawać, Declan ma rację — podzieleni, oboje zginiemy w samotności. Jakkolwiek kruche, razem to jedyna droga naprzód.

Przynajmniej na razie duszę w sobie zranioną dumę i żrącą złość. — Dobrze. Na razie gramy do jednej bramki. Ale koniec z mylącymi półprawdami od tego momentu. — Ton nie znosi sprzeciwu.

Declan poważnie kiwa głową. — Masz moje słowo. Tylko pełna przejrzystość.

— Dobrze. — Zatrzymuję się przed niepozornym schowkiem, podnoszę skrzypiącą bramę i odsłaniam smukłe motocykle czekające w środku. — A teraz znajdźmy Athinę i zakończmy to szaleństwo raz na zawsze.

Gdy przecinamy puste przedświtowe ulice, nie potrafię uciszyć szeptanych ostrzeżeń w środku. Zaufanie, raz pęknięte, rzadko goi się bez blizny. I boję się, że zobaczyliśmy dopiero wierzchołek góry lodowej, jeśli chodzi o pogrzebane sekrety po wszystkich stronach.

Ale na razie trwamy razem, cokolwiek się wydarzy. Jedyna droga wyjścia to przejść przez to.

ROZDZIAŁ TRZYDZIESTY PIĄTY

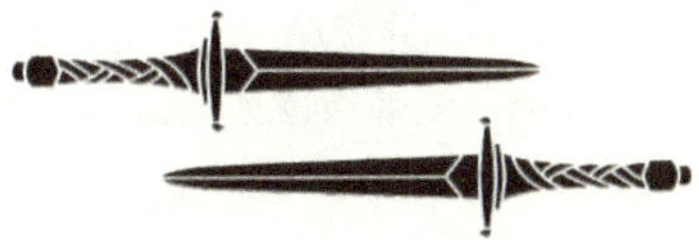

To co WIDZIMY PRZED nami, jest tak stereotypową ruderą, że aż ociera się o żałość. Stoję z Declanem i gapimy się na wysmaganą pogodą szopę, która niebezpiecznie przechyla się na wietrznym klifie, podczas gdy zaledwie kilka metrów niżej fale rozbijają się o skalisty brzeg. Rześka morska bryza szarpie mnie za włosy, jakby uparcie próbowała ściągnąć mnie z powrotem ku mizernej ostoi, jaką są nasze ukryte motocykle. Uwierz, część mnie aż rwie się, by jej posłuchać.

— Jesteś absolutnie pewna, że to właściwe miejsce? — pyta Declan z powątpiewaniem, zerkając na GPS i unosząc sceptycznie brew na widok tej ruderki. Jego wojskowa kurtka łopoce głośno na wietrze, wtórując trosce i niedowierzaniu walczącym na jego twarzy.

Nie potrafię powstrzymać kąśliwości. — Nie, po prostu naszła mnie ochota, żeby zwiedzać malownicze opuszczone domki nad morzem dla zabawy. Tak, niestety, jestem pewna, że to tu. — Wskazuję z przekąsem na rozwalającą się konstrukcję. — Urocze miejsce na wakacje, które tym razem wybrała nam Athina, co? Po prostu czarujące.

Declan tylko kręci głową i ciężko wzdycha. — No cóż, tak czy siak już tu jesteśmy. Rozejrzyjmy się.

Ostrożnie stąpając po zwietrzałych deskach zapadniętego ganku, zauważam, że frontowe drzwi ledwo trzymają się na skorodowanych zawiasach, jakby w każdej chwili miały puścić i runąć. Drewno jest pełne drzazg i pęknięć, świadczących o dekadach zaniedbania i bezlitosnych żywiołach.

— Patrz pod nogi — ostrzegam przez ramię. — Nie chciałabym, żebyś nadział się na zardzewiały gwóźdź i złapał tężec czy coś. Co to byłaby za tragedia.

Declan tylko przewraca oczami, gdy ostrożnie przeciskamy się do środka. — Zawsze tak troszczysz się o moje dobro, Artemis.

Ale pod tą uszczypliwością z obojga bije napięcie. Oboje wiemy, że ta szopa daje marne schronienie. Gdyby ktoś nas tu znalazł, bylibyśmy jak kaczki na strzelnicy. Tylko że i tak nie bardzo mamy wybór.

— o —

Wnętrze szopy to jeden obskurny pokoik, ściany umazane złowieszczymi, ciemnymi zaciekami, które rozlewają się jak choroba. Z każdego kąta zwisają zakurzone pajęczyny, nie pozostawiając wątpliwości, że miejsce od dawna stoi opuszczone.

Wymuszam krzywy półuśmiech, próbując rozproszyć wszechobecną ponurość. — Ach, dom, słodki dom. Przytulnie.

Declan posyła mi tylko zmęczone spojrzenie — oboje rozpoznajemy wydmuszkę tej mojej brawury. Na podniesienie nam ducha potrzeba będzie czegoś więcej niż dowcipów.

— Przeszukajmy to miejsce szybko, czy nie ma śladów, że Athina tu była albo zostawiła coś użytecznego — proponuje znużony.

Rozdzielamy się, żeby przekopać sterty rupieci, ale im dłużej szukam w tych ciasnych ścianach, tym cięższe osiadanie niepokoju czuję w środku. Gnijące deski zdają się przybliżać z każdą minutą, jakby miały nas zaraz pochłonąć.

Najbardziej niepokoi jednak ziejąca nieobecność samej Athiny — jakby brakowało mi kończyny. Bez żadnej wskazówki, gdzie jest i co się z nią stało, zżera mnie nieustanne zmartwienie. Była moją niewzruszoną mentorką tak długo, jedynym stałym punktem prowadzącym mnie przez mrok.

— Artemis, tutaj.

Ostry okrzyk Declana wyrywa mnie z rozpędzającej się spirali myśli. Stoi przy zrujnowanym biurku, trzymając w górze zakurzony stary telefon — w kontaktach ma zapisany tylko jeden numer.

Podchodzę, a nowy ciężar napina mi wnętrzności, gdy wymieniamy spojrzenia i odbywamy błyskawiczną, milczącą rozmowę. To zmienia wszystko, a jednak rodzi więcej pytań niż odpowiedzi.

Declan daje głos naszej wspólnej niepewności. — Powinniśmy zaryzykować i zadzwonić pod ten tajemniczy numer?

Przygryzam wargę, rozdarta. Mogą być odpowiedzi, ale na tej drodze czeka też większe niebezpieczeństwo. Tylko czy teraz w ogóle mamy wybór?

— Jest tylko jeden sposób, żeby się przekonać. — Zbieram się w sobie i wciskam „zadzwoń", zanim zdążę to nadmiernie roztrząsać, a krew dudni mi w uszach.

Po dwóch sygnałach odzywa się nieznajomy głos, co tylko podkręca mój niepokój. — Halo?

Usztywniam głos. — Kto mówi?

— Witaj, Artemis — odpowiada głos. — Spodziewałam się twojego telefonu.

<hr>

Serce wali mi o żebra, gdy rozpoznanie uderza we mnie jak fala. Ten drwiący głos jest nie do pomylenia, korzeni mnie w miejscu twardym, lodowatym lękiem.

— Agentka Diana Foxberry — wycedzam, a jej imię pali mnie na języku jak kwas. Obok mnie Declan napina się jak sprężyna gotowa do skoku.

Odpowiadający chichot Diany działa mi na nerwy. — Cieszę się, że wreszcie zdołałaś podążyć za moim małym śladem okruszków. Trochę wam zajęło, zanim pojęliście zasady gry.

— Gra? — warczy Declan, drżąc od ledwo powstrzymywanej furii, takiej samej jak moja. — Myślisz, że to jakiś pokręcony żart?

— Ależ oczywiście. — Aż nazbyt dobrze widzę w wyobraźni jej zarozumiały uśmieszek. — I oboje jak dotąd idealnie odgrywaliście role posłusznych pionków.

Pionki. Słowo tylko podsyca mój gniew. — Co to niby ma znaczyć? — cedzę. — Pionki do czego?

Przysięgłabym, że słyszę przez telefon jej niedbały wzrus ramionami. — No proszę, chyba już rozumiecie, że jesteście niczym więcej jak tylko łatwymi do poświęcenia narzędziami, które mają posunąć do przodu moje ostateczne cele.

— Cele? — naciska Declan, a jego piwne oczy płoną. — Po prostu to wyłóż!

— Ciii, cierpliwości — upomina Diana, wyraźnie rozkoszując się władzą, jaką teraz nad nami ma.

Kosztuje mnie to każdy strzęp samokontroli, żeby nie walnąć telefonem o zgniłą ścianę. Najchętniej przeszłabym na tamtą stronę i raz na zawsze starła z jej głosu tę wkurzającą wyniosłość.

Ale odpowiedzi są teraz ważniejsze. I diabli mnie wezmą, jeśli pozwolę Dianie się wymknąć, zanim wycisnę z niej każdą ostatnią kroplę prawdy.

— Dość gierek — warczę, ściskając telefon, aż bieleją mi knykcie. — Zaprowadziłaś nas tu swoim śladem okruszków. O co chodzi?

— Chciałabyś wiedzieć, co? — mruczy Diana. Och, jakże pragnęłabym wymazać ten jej samozachwyt z głosu. Ale choć w żyłach buzuje mi wściekłość, wiem, że potrzebujemy odpowiedzi — i diabli mnie wezmą, jeśli pozwolę jej odejść, nie dawszy nam ich.

— Jak zwykle twoje ego jest gigantyczne — odpłacam, zaciskając pięści tak mocno, że blednąm mi kłykcie. — Czemu nie opowiesz, co stało się po tym, jak zgarnęli nas podczas tamtej blokady?

— Ach, tak. Mój kochany ojciec przyszedł mi na ratunek — mówi beztrosko. — Zawsze świetnie mu to wychodziło.

— Twój ojciec? — wtrąca Declan, marszcząc podejrzliwie brwi. — Przecież on jest z Bureau? Co tu się, do cholery, dzieje?

— *Był* Bureau, czas przeszły — poprawia Diana, a w jej głosie pobrzmiewa chytry uśmiech. — Widzisz, zbuntował się lata temu, gdy zobaczył olbrzymi potencjał tkwiący w paranormalnych. Postanowił wziąć sprawy w swoje ręce, że tak powiem.

Serce ściga się z oddechem, a krew dudni mi w uszach — mieszanka strachu i wściekłości. Coraz lepiej. Widzę niemal ten wykrzywiony uśmiech na jej twarzy, choć dzielą nas mile.

— Daj zgadnąć — mówię zjadliwie, kapiąc jadem. — Idziesz śladami tatusia, prawda? Odwracasz się od wszystkiego, za czym stoi Bureau.

— Nie porzucam, ściśle rzecz biorąc. Raczej wykuwam własną, nową i ulepszoną ścieżkę — odpowiada, tonem ociekającym arogancją. — Mamy plany, Artemis. Wielkie plany.

Zaciskam pięści, a w uszach pobrzmiewa śmiech Diany. — A jakie to niby plany?

— No dobrze, skoro tak ładnie prosisz. — Głos Diany staje się rozradowany, aż przechodzi mnie dreszcz. — Udoskonalamy proces przemieniania zwykłych ludzi w paranormalnych. Mój ojciec pracuje nad tym od lat. To doprawdy fascynujące.

Przez moje żyły przetacza się przerażona furia na bezduszność jej słów. Obok mnie Declan wygląda na równie wściekłego. — Bawisz się w boga kosztem niewinnych istnień! — oskarża ostro.

— Naprawdę? — głos Diany twardnieje do lodu. — A może po prostu daję im moc, o której zawsze marzyli? Jedno ukłucie i pstryk — jesteś wampirem, albo wilkołakiem, albo czym tylko zapragnie twoje serce.

Prychnę z goryczą, myśląc o biednych hybrydach, które spotkaliśmy. — No tak, bo eksperymenty twojego tatusia szły dotąd jak po maśle. Przyznaj: stworzyliście potwory, a teraz chcesz zetrzeć ślady.

— Straty uboczne — zbywa, jakby mówiła o zbitej wazie, a nie o rozbitych życiach. — Musiały się zdarzyć pewne... potknięcia po drodze. Za to każda porażka przyniosła cenne wskazówki, by dopracować formułę. Ta następna generacja będzie silniejsza, szybsza, bardziej posłuszna.

— Posłuszna? — warczy Declan, zaciskając pięści u boków. — Chcesz armii, prawda? Paranormalnej armii, którą możesz kontrolować, żeby przejąć władzę nad światem albo cokolwiek pokręconego knujesz.

— Coś w ten deseń — mruczy. Zanim eksploduję z wściekłości, ton Diany nagle się zmienia, a po plecach przebiega mi zimny dreszcz. — Ale dość o mnie na teraz. Porozmawiajmy o was dwojgu. Jestem pewna, że zdążyliście zauważyć, iż Athiny tam nie ma.

Chłód przebiega mi po kręgosłupie, gdy zerkam na rozsypującą się szopę, a słone powietrze szczypie mnie w nozdrza. Nie ma śladu naszej mentorki, tylko telefon znaleziony w szufladzie — pułapka zastawiona, byśmy weszli prosto w sidła. — Co z nią zrobiłaś? — żądam, a serce tłucze się w piersi.

— Artemis, Artemis — karci Diana, udając rozczarowanie. — Zawsze taka skora do pochopnych wniosków. Spokojnie, żyje... na razie. To, czy tak zostanie, zależy od was.

— Puść ją wolno, ty popieprzona suko! — ryczy Declan, a jego głos aż trzęsie ścianami szopy. Ale Diana tylko się śmieje, dźwiękiem jak paznokcie po tablicy.

— Jej wolność ma swoją cenę, moi drodzy. Wy dwoje. Jesteście nam teraz potrzebni.

— Co znaczy, *teraz*? — podejrzenie kwaśnieje mi w żołądku.

— A nie wspomniałam? — Znów się śmieje, lekko i słodko, i wiem, że zaraz palnie coś jeszcze potworniejszego, niż dotąd ujawniła. — Nie zauważyliście u siebie czegoś dziwnego przez ostatni dzień czy dwa?

Declan sztywnieje obok mnie jak deska, a z jego opalonej twarzy uchodzi cały kolor. Spotykamy się wzrokiem i widzę w nim lustrzane odbicie własnego lęku.

— Już stajecie się tym, czego się boicie — głos Diany skrapla się trucizną przez tandetny, chrapliwy głośniczek telefonu. — Wstrzyknęłam wam obojgu, kiedy padliście

po usypiającym gazie. Nie jesteście ciekawi, w jakie paranormalne stworzenia się zamienicie?

ROZDZIAŁ TRZYDZIESTY SZÓSTY

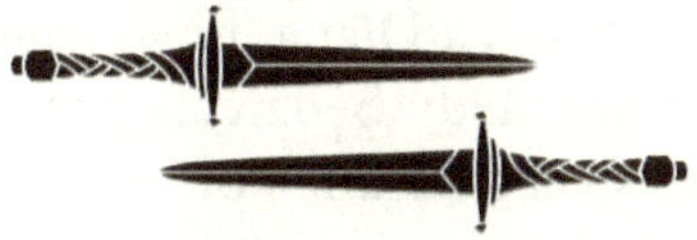

F FALA MDŁOŚCI ZALEWA mnie, żółć pali mi tył gardła. Chwiejnym krokiem odsuwam się od tego przeklętego telefonu w stronę skrzypiących drzwi, łapczywie łykając powietrze w daremnej próbie uspokojenia rozszalałych trzewi.

Za mną mgliście rejestruję, że Declan coś mówi, ale jego głos brzmi stłumiony i odległy przez ryk krwi w uszach.

Na zewnątrz zginam się wpół i wreszcie opróżniam żołądek na spróchniałe deski werandy. Dreszcze wstrząsają moim ciałem, gdy kurczowo chwytam się zwietrzałej poręczy, usiłując zmusić mój świat, by przestał gwałtownie wypadać z osi.

To nie może być prawda. Po prostu nie może.

A jednak w głębi wiem z narastającą pewnością, że Diana mówi prawdę. Declan, który biegł dalej przez las po tym, jak dwa razy dostał kulą. Oboje goimy się stanowczo zbyt szybko, nie zostawiając nawet blizn. Dziwne wrażenie, że źle się czuję we własnej skórze, zmysły aż nazbyt wyostrzone. Refleks trochę za szybki, przez co w drodze tutaj więcej niż raz o mało nie rozbiłam motocykla.

To wszystko prowadzi do jednego przerażającego wniosku, którego nie zdołam zanegować, choćbym nie wiem jak bardzo tego pragnęła.

— ... zniszczyć wszystkie pomyłki — odzywa się z telefonu za mną głos Diany i prostuję się.

— Wciąż stoję.

— Ale ona nie będzie, kiedy ją dopadnę.

Declan cicho staje u mego boku, twarz ma posępną, telefon wciąż w dłoni, a Diana mówi dalej.

— Zadzwońcie, kiedy będziecie gotowi współpracować — mówi słodko Diana i połączenie się urywa.

Spotykam oszołomione spojrzenie Declana, widząc w nim odbicie własnej wściekłości i strachu. Brakuje słów, by ująć tę profanację.

Morski wiatr miota moimi srebrnymi włosami, na moment zasłaniając widok fal rozbijających się o brzeg. Zaciskam pięści na naprężonej skórze kurtki, próbując ujarzmić chaos emocji.

Obok mnie Declan ma na twarzy maskę niedowierzania i ledwie tłumionej furii. — Powiedz mi, proszę, że ta pomylona harpia naprawdę nie powiedziała tego, co myślę — wycedzam.

Wyraz twarzy Declana twardnieje. — Niestety, powiedziała. Jej najdroższy tatuś chce, by zniknęły wszelkie ślady jego spartaczonych eksperymentów hybrydowych — tak zwanych pomyłek, jak to Diana bezdusznie je określiła. I wygląda na to, że zlecił jej, by wykorzystała nas jako nieświadomych egzekutorów, żeby to osiągnąć.

Wciągam gwałtownie powietrze, dłonie zaciskają mi się w pięści aż do bieli kłykci. — To co, mamy teraz dołączyć do ich wesołej bandy potworów? Nie ma mowy.

Wymuszam na głosie opanowanie mimo wiru w głowie. — Nie pozwolimy im wygrać. Znajdziemy Athinę i położymy kres temu szaleństwu raz na zawsze.

Declan gwałtownie kręci głową. — Artemis, słuchaj — nie możemy też pozwolić, żeby Biuro nas dorwało. Zamienią nas w króliki doświadczalne, jeśli odkryją, w co się zmieniamy.

Obnażam zęby, wściekłość we mnie wrze. — A figę! Nie będę ich cholernym królikiem doświadczalnym.

— W takim razie musimy zniknąć, zejść całkiem z radaru. — Declan nerwowo przeczesuje włosy palcami. — I to szybko, zanim zaczną na nas polować.

Kiwnięciem głowy daję znać, że rozumiem, choć myśli uciekają mi do Athiny. Nie mogę jej porzucić. — Najpierw musimy namierzyć Athinę. Musi wciąż być wolna.

Declan tylko patrzy na mnie. — Diana już mówiła, że ją schwytała.

— Nie ma mowy — ripostuję twardo. — Jest zbyt cwana, żeby dali radę ją tak łatwo obezwładnić. — Rzucam spojrzeniem po okolicy z nowym zrozumieniem. — To miejsce to zaprzeczenie stylu Athiny — zbyt odsłonięte. Nigdy nie wybrałaby gdzieś tak odludnego.

Na twarzy Declana pojawia się zrozumienie. — Współrzędne, ślad prowadzący tutaj — to wszystko było ustawione przez Dianę, żeby zwabić nas w jej pułapkę.

Ruszamy równocześnie biegiem w stronę motocykli. Diana nie mogła wiedzieć dokładnie, kiedy tu dotrzemy, i może nie ma dość ludzi, by mieć to miejsce obstawione przez cały czas. Zatrzymanie się u mnie w domu zeszłej nocy mogło być najlepszą decyzją, jaką podjęliśmy — wystarczająco wybiło ją z rytmu, by dać nam czas na ucieczkę.

Odkręcam manetkę, puls dudni mi w uszach. Musimy zniknąć jak duchy, zanim jej ludzie przyjadą. Nie zamierzam zostać kolejnym jej pokracznym eksperymentem.

Pędzimy otwartą szosą, wiatr wściekle szarpie nam włosy. Myśli odbijają się we mnie jak piłki, usiłując wytyczyć następny ruch.

Napięty głos Declana trzaska w komunikatorze w kasku. — Od czego, do diabła, mamy w ogóle zacząć to bagno?

Przygryzam wargę, zastanawiam się chwilę, zanim odpowiadam. — Cofniemy się po śladach, znajdziemy punkt, w którym wszystko po raz pierwszy poszło źle.

Declan wzdycha ciężko. — Łatwo powiedzieć. Teraz nie wiemy, komu tam właściwie można ufać.

Moje dłonie mocniej zaciskają się na kierownicy. — Zgoda. Nikomu poza sobą. — Biorę wzmacniający oddech i niechętnie dodaję: — Ale musimy spróbować.

Declan jakby się waha, zanim wypowiada to, czego oboje boimy się nazwać. — Naprawdę sądzisz, że Diana skłamała, jakoby już jakimś sposobem schwytała Athinę?

Zaciskam szczękę, tłumiąc trawiący mnie niepokój. — To możliwe. Może tym razem zaskoczyli ją nieprzygotowaną. Albo... — urywam, nie chcąc wypowiedzieć na głos najczarniejszej możliwości — że Athina celowo poświęciła się, żeby kupić nam czas.

Nie, wmawiam sobie stanowczo — to nie w jej stylu. Athina nie padłaby bez walki, a ta zostawiłaby widoczne ślady zniszczeń.

W końcu to ona nauczyła mnie obchodzić się z materiałami wybuchowymi.

— Diana jej nie ma — stwierdzam tak pewnie, jak potrafię. — Gdyby miała, kazałaby Athinie mówić do nas przez telefon, żeby nas drażnić.

Głos Declana obniża się. — Może i tak. Ale uważasz, że Diana mówiła prawdę o... o tym, co nam zrobiła?

— Tak — mówię na głos, zmuszając się, by przyjąć to, co w głębi wiem, że jest prawdą. — Tak, myślę, że Diana mówiła prawdę. Wydaje mi się, że naprawdę wstrzyknęła nam to swoje koszmarne serum, które wynalazł jej ojciec.

W ciężką ciszę wbijam twardo: — Ale nie możemy pozwolić, żeby nas to pokonało. Wciąż jesteśmy sobą — mamy umiejętności, szkolenie. I siebie nawzajem. Jeśli już, to idiotyzm Diany tylko zrobił z nas większe zagrożenie.

W głosie Declana znów słychać siłę. — Masz absolutną rację. Znajdziemy sposób, żeby to opanować, i sprawimy, że tego pożałują.

Wiatr i ryk silnika niemal go zagłuszają, ale czuję, jak jego odnowiona determinacja dorównuje mojej. — Nie staniemy się potworami, jakich chcą — przyrzekam zajadle.

Może i jesteśmy teraz hybrydami, ale wciąż jesteśmy ludźmi. A ludzie walczą o to, w co wierzą, bez względu na cenę.

Rozdział trzydziesty siódmy

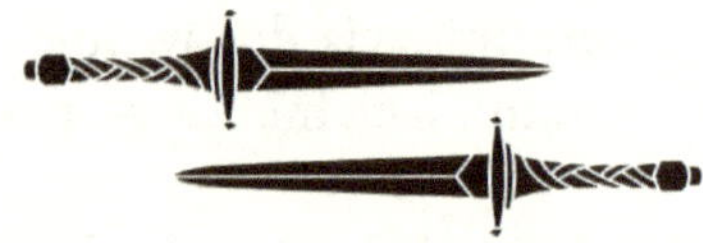

Zatrzymujemy się na brudnych obrzeżach miasta, żeby w pośpiechu dotankować motocykle i wepchnąć w siebie bezsmakowy fast food. Skuleni pod migoczącym neonem taniego baru z makaronem, jemy, nie czując właściwie smaku. Liczą się już tylko kalorie.

Declan kończy pierwszy i zaczyna krążyć w ciasnych, nerwowych kółkach, podczas gdy ja mechanicznie wpycham w siebie ostatnie kęsy. Będę potrzebowała każdej odrobiny energii, jaką zdołam zebrać.

Jak na komendę, lodowaty deszcz zaczyna siec w chwili, gdy wyrzucam puste pudełko do przepełnionego kosza na śmieci; krople spływają chłodem po karku i kap, kap z czubka nosa.

Bo jakżeby inaczej.

Ten deszcz to już wisienka na tym gównianym torcie.

Gdy wracamy do motocykli, Declan wchodzi mi w drogę, a jego mina bez słów mówi, że musi o czymś pilnie porozmawiać. Niepokój ściska mi żołądek.

— Artemis. — Ściska mocno moją dłoń, głos ma niski i intensywny. — Nieważne, jak źle będzie czy w co się zamienimy, przysięgam, że będę przy tobie do samego końca.

Drżę, wypowiadając swój najgłębszy lęk. — Nawet jeśli zamienimy się w potwory?

Jego dłoń ściska moją pokrzepiająco. — Zwłaszcza wtedy. Jeszcze nie wiemy, co się z nami dzieje, ale mamy siebie. Na dziś to wystarczy.

Wpatruję się w jego twarz z wątpliwością. — Ale na jak długo? Co, jeśli to nie wystarczy i całkiem się zatracimy?

Declan spotyka moje spojrzenie bez drgnięcia. — Wtedy zmierzymy się z tym razem. Dzień po dniu.

Zawieszam głos, po czym zadaję pytanie, które przeraża mnie najbardziej. — Obiecaj mi jedno. Jeśli stracę kontrolę, jeśli stanę się zagrożeniem... obiecaj, że mnie powstrzymasz. Wszelkimi środkami.

Ból miga na twarzy Declana, ale powoli kiwa głową. — Obiecuję. I ty musisz złożyć mi tę samą przysięgę.

Serce mi się ściska, ale szepczę: — Masz moje słowo. — Przynajmniej jest w tym chłodna pociecha, że nie pozwolimy sobie zamienić się w bezmyślne potwory.

Declan przyciąga mnie do gwałtownego uścisku. — Cokolwiek nadejdzie, stoimy razem. To ci przysięgam.

Kurczowo go obejmuję, na moment zapominając o burzy. Ale nie możemy tu dłużej tkwić, wystawieni i bezbronni.

Odsuwając się niechętnie, automatycznie skanuję otoczenie w poszukiwaniu potencjalnych zagrożeń. Dreszcz pod skórą mówi, że ktoś nas obserwuje, instynkt wrzeszczy: niebezpieczeństwo.

Ale nie mamy już dokąd uciec i nikomu poza Declanem nie możemy ufać. Pozostaje nam tylko iść naprzód, w mrok. Cokolwiek pokręconego się w nas rodzi, nasze ludzkie dusze wciąż trwają.

I będziemy walczyć do ostatniego tchu, by utrzymać ten skrawek człowieczeństwa, zanim zniknie na zawsze.

<hr>

— Artemis, jakoś przez to przejdziemy — przysięga Declan ponad dudniącym deszczem, kładąc dłoń na moim ramieniu.

Drgam i odchylam się. — Ach, tak sądzisz? Bo z mojego punktu widzenia jesteśmy kompletnie i absolutnie w czarnej dupie. — Każde słowo ocieka kwasem.

Declan chwyta mnie za ramię, nim zdołam się bardziej odsunąć. — Nie mów tak. Wychodziliśmy już z gorszych sytuacji.

Gorszych sytuacji? Szarpię rękę i wchodzę mu niemal na twarz. — Powiedz mi, Declan, co niby mogłoby być gorsze niż to, że nasz własny kod genetyczny jest wypaczany wbrew naszej woli, w diabli wiedzą co?

Krzywi się, ale pozostaje irytująco spokojny. — Rozumiem, że się boisz—

— Przestraszona? — ucinam ostro. — Raczej wściekła. A ty wciąż tak pewny, że wszystko się jakoś ułoży. Powiedz, skąd ta pewność — z nagłego przypływu wiedzy o tym, w jakie pokręcone potwory właśnie mutujemy?

— Artemis... — Ból mignął w oczach Declana, ale moje gorzkie słowa nie chcą przestać się sypać.

— A może to tylko gołosłowna samcza brawura? Próba udowodnienia, że potrafisz „chronić" biedną, bezradną mnie? — Podkreślam pogardę gestem w powietrzu.

Szczęka Declana się napina. — Obiecałem, że będę cię chronił bez względu na to, co nadejdzie, i mówiłem serio.

Parskam żrącym śmiechem. — Wielkie słowa jak na kogoś, kto i tak nie może tego zagwarantować. Więc powiedz, jaki masz niby genialny plan?

— Będąc przy tobie przez wszystko, co nas czeka — odpowiada bez wahania. — Wystarczy, że będziemy razem, by przez to przejść.

Kręcę głową z goryczą. — No tak, od razu jak ręką odjął.

Declan znów wyciąga do mnie rękę. — Artemis, proszę, wiem, że się boisz—

Odrzucam jego dotyk. — Nie boję się, jestem wściekła! Na tę przemoc, na utratę kontroli. Czuję się uwięziona i zdradzona.

— To powiedz mi, jak mam to naprawić! — W głosie Declana wślizguje się desperacja.

Mój śmiech tnie jak potłuczone szkło. — Tego się nie da „naprawić". Żadne ładne słówka nie cofną tego, co się z nami dzieje. Więc zrób nam obojgu przysługę i zamknij się wreszcie z tymi pustymi obietnicami.

Odwracam się do niego plecami, zdecydowana. — Ruszajmy. Za bardzo się tu wystawiamy.

Declan wygląda na poranionego, ale już się nie spiera. Gdy w milczeniu brniemy z powrotem do motocykli, jego pełna dobrych chęci przysięga wciąż pustym echem dźwięczy mi w uszach. Ale teraz same słowa nie zdołają przerzucić mostu nad przepaścią, która nas dzieli.

Może nic.

✦

Krzykliwe, jaskrawe neony miasta rozmazują się przez deszczową ciemność w dezorientujący kalejdoskop, gdy przedzieramy się przez puste ulice. Nasze samotne kroki odbijają się upiornym echem, podkreślane nieustannym bębnieniem deszczu. Dwie zagubione dusze związane teraz nie wyborem, lecz ciężarem tajemnic, które dźwigamy.

Naszym celem jest jedna z kryjówek Declana — taka, o której, zarzeka się, nie wie nawet Diana. To nasza jedyna opcja, by na jakiś czas zniknąć i złapać oddech.

Zatopiona w ponurych myślach, omal nie ślizgam się na mokrym bruku, dopóki stabilny uchwyt Declana na moim ramieniu nie ratuje mnie przed upadkiem. Klnę pod nosem, zła na siebie za tę chwilową utratę czujności.

— Patrz pod nogi — upomina z opóźnieniem. Jego dotyk trwa o ułamek sekundy za długo, wzniecając we mnie kipiącą mieszaninę uczuć, której nie chcę roztrząsać.

Szarpnięciem wyrywam rękę. — Nie potrzebuję, do cholery, niańki.

Declan pozostaje irytująco spokojny. — Nie twierdziłem, że potrzebujesz. Próbuję tylko pomóc.

Wypuszczam ostry, gorzki śmiech. — Och tak, na pewno twoja „pomoc" wszystko odmieni.

Jego szczęka się zaciska, ale głos ma wciąż równy. — Może nie, ale nie przestanę próbować.

Moja strzępiona cierpliwość pęka. — Cóż, twoja upartość jest cholernie irytująca. Już samo to, że w ogóle jesteśmy blisko siebie, jest niebezpieczne.

Oczy Declana wiercą we mnie dziurę. — Nieważne. Nie będziesz stawiać temu czoła sama, Artemis. Cokolwiek się stanie, stoimy razem.

Czerwono mi przed oczami. — Przestań tak mówić! I tak nie mamy już wyboru!

— Może i nie — przyznaje cicho. — Ale nie zrezygnuję z ciebie, bez względu na wszystko.

Wściekłość i frustracja kipią w lekkomyślne pragnienie. Chwytam go za kurtkę i miażdżę usta o jego w palącym pocałunku.

Smakuje deszczem, desperacją i zakazanym głodem — mieszanka wybuchowa, która odbiera mi oddech i rozum.

Trzymamy się kurczowo, jakby nasze popękane dusze mogły scalić się samą namiętnością.

Gdy nasze usta poruszają się rozpaczliwie razem, z przerażeniem czuję, jak mroczna istota we mnie budzi się, drapie po kruchej samokontroli. Jakaś żarłoczna bestia domagająca się wypuszczenia.

Rzężę i szarpię się w tył, puls łomocze. — Nie mogę... Nie stracę tak kontroli.

Declan wyciąga do mnie dłoń ostrożnie. — Artemis...

Gwałtownie się odchylam. — Musimy iść dalej. Teraz. Na otwartym terenie nie jest bezpiecznie.

Ostry stuk naszych butów o mokry bruk podkreśla moje słowa. Serce bije jak oszalałe, wtórując desperackiej potrzebie, by zwiększyć dystans, zanim poddam się siłom, których nie rozumiem.

Piwne oczy Declana płoną tłumioną determinacją i jeszcze jakimś nienazwanym uczuciem, od którego ściska mi się pierś.

— Słuchaj — zaczyna łagodnie, lecz stanowczo. — Wiem, że teraz wszystko wydaje się beznadziejnie skomplikowane. Ale jeśli mamy przetrwać ten koszmar, musimy sobie ufać.

Parskam szyderczo. — Zaufanie? Dobre sobie, zwłaszcza z twoich ust. — Gorycz wpełza mi do głosu. — Skoro ostatnio na każdym kroku nas okłamywano.

Ból mignął na twarzy Declana, ale wyciąga rękę, by ująć moją dłoń. — Artemis, błagam cię, proszę...

Nie odsuwam się, ale też nie potrafię odwzajemnić uścisku. Mimo całego kłamstwa on naprawdę jest wszystkim, co mi zostało.

Wypuszczam zrezygnowane westchnienie. — Dobrze. Ale koniec z wchodzeniem na oślep w oczywiste pułapki. Musimy działać mądrzej.

Declan lekko ściska moją dłoń, po czym ją puszcza. — Masz absolutną rację. Koniec z błędami.

Bez słowa brniemy dalej przez ciemny labirynt budynków i zaułków. W oddali zawodzi żałośnie syrena, podbijając nasze osamotnienie.

Gdy znikamy głębiej w cieniach, pełen ciężar sytuacji grozi, że mnie zmiażdży. Moje dawne życie już wydaje się nie do odzyskania — nie ma powrotu ani do Bureau, które nas zdradziło, ani do mentora, który nas porzucił.

Teraz uciekamy przed tymi, którzy mieli chronić ludzkość, nie wiedząc nawet, czy jeszcze długo sami pozostaniemy ludźmi. Myśl o utracie tożsamości, tego kim jestem w rdzeniu, przeraża mnie bardziej niż cokolwiek.

Zerkam ukradkiem na kamienny profil Declana i zastanawiam się — czy on też czuje ten sam, sięgający duszy lęk, który go gryzie? Ale ziejąca między nami przepaść wydaje się zbyt szeroka, by ją zasypać.

Połączeni samym zbiegiem okoliczności, dwoje nieznajomych dryfujących w ciemności. Jedyna pewność, jaka nam została, to że nie mamy dokąd przynależeć — poza tym miejscem.

ROZDZIAŁ TRZYDZIESTY ÓSMY

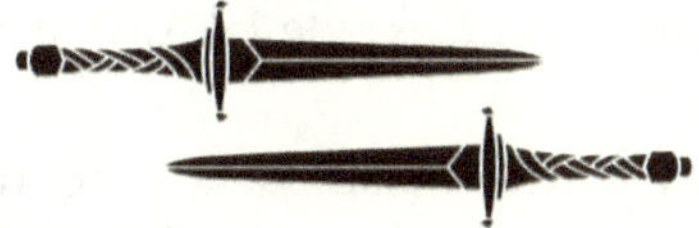

BLADY, CHOROBLIWY KSIĘŻYC ZAWISA złowieszczo na atramentowym nocnym niebie, gdy pędzimy na motocyklach pustą autostradą. W rękawicach ściskam kierownicę tak mocno, że bieleją mi kłykcie, a silnik wyje w proteście, kiedy lekkomyślnie cisnę po więcej prędkości.

Gdzieś za słabnącą łuną naszych tylnych świateł Diana i, kto wie, jacy jeszcze wrogowie nie ustają w pościgu. Każdy z mozołem zdobyty kilometr jest na wagę złota — kupuje nam odrobinę czasu, by zebrać się do kupy i wymyślić kolejny ruch w tej śmiertelnej grze w kotka i myszkę.

Nagle w moich komach w hełmie zaskwierczał naglący głos Declana. — Zjedź na następnym zjeździe, Artemis.

Zawieszam się na moment, podejrzliwość zwija się w żołądku jak sprężyna. Ostatnio nasze plany już parę razy nagle się zmieniały. Zaufanie — zwłaszcza do Declana — nie przychodzi mi teraz łatwo. — Jesteś absolutnie pewien, że to rozsądny ruch?

— Na sto procent, po prostu mi zaufaj — nalega. — To maleńkie, poza mapami, wiejskie miasteczko — idealne, żeby zniknąć i przeczekać chwilę. Spałem tam kiedyś w motelu. Kierownika obchodzi tylko gotówka z góry, bez nazwisk i pytań.

Ostro zjeżdżam na wąską rampę zjazdową, opony piszczą w proteście na tak gwałtowny skręt. Samotna droga natychmiast zwęża się jeszcze bardziej, z obu stron ściśnięta gęstym, złowieszczym lasem, który całkiem gasi blask księżyca. Czujnie lustruję ciemną ścianę drzew, szukając oznak ruchu albo zasadzek, ale jak dotąd wita nas tylko cisza i bezruch.

Przed nami wyłania się spłowiały neon motelu Pine Grove, migocząc niespokojnie. Całe to zrujnowane miejsce wygląda, jakby wystarczył jeden silniejszy podmuch wiatru, by legło w gruzach.

Nie kryję sceptycyzmu. — Ten motelik dla karaluchów to twój genialny pomysł na kryjówkę? Mówisz to naprawdę serio?

W oschłym głosie Declana słychać, że i jemu puszczają nerwy. — Masz lepszy pomysł? — Zamieniam się w słuch, Artemis.

Skarcona przypomnieniem, że na bezrybiu i rak ryba, tylko mruczę: — Może być — i wjeżdżam na zarośnięty chwastami parking, żwir chrzęści pod kołami. Neon z napisem „wolne pokoje" mruga szyderczo, jakby mówił: „Mamy wolne, ale serio myśleliście, że ukryjecie się tu bezpiecznie?"

— Pójdę załatwić klucz do pokoju. Ty zostań tutaj i czuwaj — rzuca ostro Declan, już zsuwając się z motocykla. Czujna jak ścigane zwierzę śledzę jego drogę do obszarpanego holu, spięte mięśnie gotowe do ucieczki przy pierwszej oznace kłopotów.

Myśli kotłują mi się bez ustanku, nawiedzane wspomnieniem lodowato szmaragdowych oczu Diany i tej głębokiej goryczy, która napędza jej nieustanny pościg. Nie odpuści, dopóki nie będziemy martwi albo zamienieni w zniewolone narzędzia, zmuszone do realizowania jej spaczonego planu. Na samą myśl krew mi się ścina w żyłach.

Declan wraca, trzymając porysowaną plastikową kartę z numerem 8. — Załatwiłem nam pokój w tylnym rogu, z dala od drogi i ciekawskich oczu. Przestawię tam też motocykle.

Tylko kiwam głową, zbyt wyczerpana, by mówić. Numer na drzwiach nie daje żadnej pociechy; liczy się tylko marny azyl, który jest za nimi.

Ukrywamy maszyny poza zasięgiem wzroku, po czym podchodzimy do stareńkich drewnianych drzwi z numerem 8. Serce zapada mi się jeszcze bardziej, gdy ogarniam wzrokiem mroczne, przygnębiające wnętrze. Ale ta nora musi na razie wystarczyć za bezpieczną przystań.

Jakby czytając w moich myślach, Declan mruczy: — Tylko na jedną noc. Znikamy o świcie.

Osuwam się na wyboisty materac z rezygnacją, a Declan prędko rygluje za nami drzwi. W oddali żałosny gwizd pociągu rozdziera samotną noc — zastanawiam się, ile jeszcze zrozpaczonych dusz kryło się tu kiedyś na chwilę.

— Odpocznij trochę. Ja wezmę pierwszą wartę — zachęca łagodnie Declan.

— Dziękuję — szepczę w odpowiedzi. Zmęczenie szybko wciąga mnie pod spód, w niespokojne sny nawiedzane bezlitosnym, szmaragdowym spojrzeniem Diany. Proszę, dajcie nam tu choć parę godzin spokoju.

O świcie polowanie zacznie się na nowo. Ale tej nocy mamy siebie. I to musi wystarczyć.

———◆———

Nie zniosę już ani sekundy dusznego, zastałego powietrza i nieubłaganego tykania zegara. Sen wciąż uparcie nie przychodzi. Z frustracją odrzucam cienką narzutę i kieruję się do drzwi, łaknąc chłodnego nocnego powietrza, które przegoni rozpędzone myśli.

Poobijane drzwi trzaskają mocniej, niż zamierzałam, a ostrym trzaskiem wtóruje im mój grymas. Lecz ukłucie zimnego wiatru na skórze jest mile widocznym odwróceniem uwagi od burzy szalejącej wewnątrz.

Odchylam głowę, szukając ukojenia w bezkresnym morzu gwiazd nad sobą. Ich odległe, wieczne światło koi, przypominając o mojej własnej znikomości. Przez ułamek chwili zastanawiam się, czy nie śmieją się z głupich ludzi, którzy śmią walczyć z losem.

— Hej. — Cichy głos Declana rozbija moją chwilową ciszę. Klnę w duchu, że pozwoliłam mu podejść bezszelestnie. — Wszystko w porządku?

— Po prostu cudownie — parskam jadowicie, krzyżując ramiona, jasny sygnał „odczep się". Jeśli myśli, że wyleję tu pod gwiazdami serce, to grubo się myli.

Ale Declan uparcie ciągnie dalej. — Artemis, porozmawiaj ze mną. Nie musisz mnie odcinać.

— Dzięki, ale jak dotąd całkiem nieźle radziłam sobie sama, wierz lub nie. — Wbijam paznokcie w ramiona, trzymając się złości jak tarczy. — Naprawdę zaczęło się źle dziać dopiero, odkąd pojawiłeś się w moim życiu.

Declan wyraźnie się wzdryga, ale jadę dalej bez litości. — Rozejrzyj się! Uwięzieni w tej zapadłej dziurze, ścigani przez Biuro i Bóg raczy wiedzieć, jakie jeszcze potworności wypuścili.

Słowa grzęzną mi w gardle. — I Diana... — Samo wypowiedzenie jej imienia tnie serce jak ostrze. — Jaka przyszłość może nas czekać? Gdzie tu jeszcze nadzieja?

Declan wytrzymuje moje oskarżycielskie spojrzenie bez mrugnięcia. — Nadzieja jest tym, czym zdecydujemy, że będzie. I wciąż wierzę w nas — że razem znajdziemy wyjście z tego koszmaru.

Wypuszczam gorzki śmiech. — Cieszę się, że przynajmniej jedno z nas jeszcze wierzy. Ale to nas nie ocali.

— Może nie sama wiara — przyznaje cicho. — Ale miłość — być może.

Miłość? Próbuję szarpnąć rękę, ale jego uścisk się zaciska, nie puszczając. — O czym ty mówisz?

Oczy Declana wwiercają się w moje. — Mówię o tym, że cię kocham, Artemis. Myślę, że w głębi serca — od dawna, nawet kiedy nie chciałem się do tego przyznać.

Oniemiałam milknę, a on mówi dalej, szczerze. — Wiem, że się boisz i że cię boli. Ale razem jesteśmy dość silni, żeby to przetrwać. Znajdziemy nadzieję na nowo i zbudujemy prawdziwą przyszłość, jeśli pozwolisz mi stać u twojego boku.

Przez zawieszony moment jego słowa wiszą między nami jak kryształ w zimnym nocnym powietrzu. Część mnie pragnie chwycić się ich jak liny ratunkowej, lecz strach trzyma mnie w miejscu.

Wyczuwając mój zamęt, Declan muska palcami mój policzek. — Nie musisz teraz odpowiadać. Wiedz tylko, że jestem przy tobie. Zawsze.

Wtulam twarz w jego dłoń, wciąż niezdolna całkiem opuścić murów. Ale w cieple bezwarunkowego wsparcia Declana kiełkuje we mnie małe ziarenko nadziei. Może jednak razem przetrwamy tę burzę.

Przyszłość wciąż przeraźliwie niepewna, lecz w tej chwili mamy siebie. A niezachwiana obecność Declana u mego boku trzyma demony na dystans — przynajmniej tej nocy.

— Artemis... — Miękki głos Declana przerywa ciężką ciszę, jaka między nami zapadła.

— Po prostu zamknij się na chwilę — ucinam, chociaż nic więcej jeszcze nie powiedział. Stojąc tu, z jego wyznaniem zawieszonym w powietrzu jak kryształ, potrzebuję czasu, by przetworzyć to nieoczekiwane objawienie.

Że ten zatwardziały, skryty wojownik, który niezliczoną ilość razy walczył u mego boku i niemal umierał, mógłby żywić do mnie coś głębszego... to niemal nie do pojęcia.

Declan wygląda na należycie skarconego. — Przepraszam, nie chciałem wywierać na tobie presji ani niczego.

— Na to już za późno — odpowiadam kąśliwie, unosząc brew.

— Artemis, proszę, pozwól mi to wyjaśnić... — zaczyna gorąco, ale unoszę dłoń i ucinam.

— Declan, serio, daj mi chwilę. — Biorę głęboki oddech, próbując ujarzmić wir myśli i emocji tłukących się we mnie. To absolutnie ostatnie komplikacje, jakich nam trzeba. Miłość jest bałaganem, nieprzewidywalnością. Balastem, na który nie mogę sobie pozwolić.

A jednak coś w jego gorącym spojrzeniu każe mi się zawahać, przemawia do tej części mnie, którą tak długo starałam się zakopać. Do zaniedbanej części, która wciąż pragnie prawdziwej więzi, choć zawsze twierdziłam, że czyni mnie słabą.

Wypuszczam zrezygnowane westchnienie. — Dobra, chcesz prawdy? Nie mam pojęcia, co teraz czuję. Ale wiem, że nie mogę dłużej udawać, że nic nas nie łączy.

W oczach Declana zapala się krucha nadzieja. — Artemis, nie oczekuję niczego, na co nie jesteś gotowa...

Unoszę dłoń, zatrzymując jego zapewnienia. — Nie składam żadnych obietnic. Nie wiem, co przyniesie przyszłość któremukolwiek z nas. Ale teraz, w tej chwi li... — Zbliżam się, nasze twarze dzieli ledwie kilka centymetrów. — Teraz potrzebuję ciebie, Declan.

Patrzy mi intensywnie w oczy. — Jesteś absolutnie pewna?

Odpowiadam, domykając tę nikłą odległość i wciągając go w żarliwy pocałunek. Czuję, jak na moment sztywnieje zaskoczony, po czym odpowiada z pasją, obejmując mnie mocno.

Trwamy przy sobie pod nieskończonymi gwiazdami, zagubieni w surowej intensywności tej nowo odkrytej więzi. To w równych częściach upajające i przerażające. Wszystko, czego nie wiedziałam, że potrzebuję — i ostatnia komplikacja, jakiej nam trzeba.

Ale tu nie istnieją konsekwencje. Jest tylko ciepło objęć Declana, jego usta palące moje, nasze popękane dusze sklejające się w całość.

Wiem, że o świcie czeka nas zimna rzeczywistość. Lecz tej nocy liczy się tylko to — ukojenie, jakie znajdujemy w swoich ramionach. Skrawek światła, który przebija mrok przed nami.

Jutro przyjdzie pora zmierzyć się z niepewną przyszłością. Dziś mamy tę jedną, doskonałą chwilę razem — i to wystarczy.

Cokolwiek nadejdzie, staniemy mocni i razem. Tego przynajmniej jestem pewna.

KONIEC

(tom 1)

Oczywiście, historia toczy się dalej... w Tomie 2 trylogii
Projekt Chimera, *Nienaturalna selekcja*.
Zamów przedpremierowo już teraz, żeby nie przegapić tego, w co mają ewoluować Artemis i Declan!

INNE KSIĄŻKI AUTORKI CARYSSA COLE

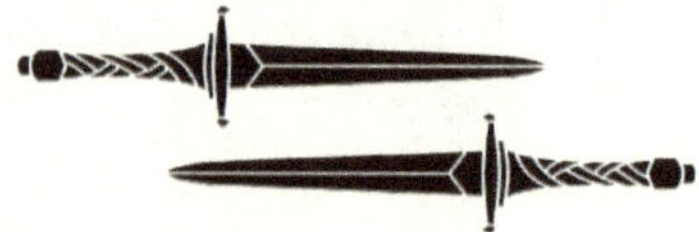

Projekt Chimera

Mroczne narodziny
Nienaturalna selekcja
Zbuntowana ewolucja

Upadła Anielica

Upadła anielica
Zbuntowana anielica

Za Dużo Magii na Jednego Faceta (tylko dla subskry-
bentów newslettera)

Poznaj wszystkie publikacje Shenanigans Press, odwiedzając naszą stronę internetową, https://www.shenaniganspress.com/pl!

Możesz też obserwować nas w mediach społecznościowych – jesteśmy na Facebooku i Instagramie (@ShenanigansPressPolska)

I nie zapomnij zapisać się do naszego newslettera, aby otrzymywać informacje o nowościach, promocjach, konkursach i wiele więcej!